Weitere Titel der Autorin

Zeit der Verheißung
Das Glück der Sonnenstunden
Ein Haus in Cornwall
Die Mühle am Fluss
Die Wärme eines Sommers
Wo die Liebe wohnt
Das Spiel der Wellen
Jene Jahre voller Träume
Der Tanz des Schmetterlings
Ein Geschenk der Freundschaft
Ein Paradies in Cornwall
Ein Hauch von Frühling
Der Ruf der Amsel
Julias Versprechen
Das verborgene Kind
Der Duft des Apfelgartens
Das Paradies am Fluss

Titel in der Regel auch als E-Book erhältlich

Über die Autorin

Marcia Willett, in Somerset geboren, studierte und unterrichtete klassischen Tanz, bevor sie ihr Talent für das Schreiben entdeckte. Ihre Bücher erscheinen in 18 Ländern. Sie lebt mit ihrem Ehemann in Devon, dem Schauplatz vieler ihrer Romane.
Besuchen Sie die Website der Autorin: www.marciawillett.co.uk

Marcia Willett

DER GEHEIMNISVOLLE BESUCHER

Roman

Aus dem Englischen von
Barbara Röhl

BASTEI LÜBBE TASCHENBUCH
Band 17099

Dieser Titel ist auch als E-Book lieferbar

Vollständige Taschenbuchausgabe

Deutsche Erstausgabe

Für die Originalausgabe:
Copyright © 2013 by Marcia Willett
Titel der englischen Originalausgabe: »Postcards from the Past«
Originalverlag: Transworld Publishers

Für die deutschsprachige Ausgabe:
Copyright © 2015 by Bastei Lübbe AG, Köln
Titelillustration: © shutterstock; © shutterstock/Christian M;
© shutterstock/Helen Hotson; © shutterstock/Gizele
Umschlaggestaltung: Kirstin Osenau
Satz: Urban SatzKonzept, Düsseldorf
Gesetzt aus der Garamond
Druck und Verarbeitung: GGP Media, Pößneck
Printed in Germany
ISBN 978-3-404-17099-8

2 4 6 5 3

Sie finden uns im Internet unter
www.luebbe.de
Bitte beachten Sie auch: www.lesejury.de

Ein verlagsneues Buch kostet in Deutschland und Österreich jeweils überall dasselbe.
Damit die kulturelle Vielfalt erhalten und für die Leser bezahlbar bleibt,
gibt es die gesetzliche Buchpreisbindung. Ob im Internet, in der Großbuchhandlung,
beim lokalen Buchhändler, im Dorf oder in der Großstadt – überall bekommen Sie Ihre
verlagsneuen Bücher zum selben Preis.

Für Linda Evans

1. Kapitel

Heute Nacht scheinen zwei Monde. Die runde, weiße, leuchtende Scheibe, die zerbrechlich und scharfkantig wie Glas wirkt, sieht auf ihr Spiegelbild hinunter, das auf dem Rücken im schwarzen Wasser des Sees liegt. Nichts regt sich. Kein Windhauch kräuselt die Oberfläche. Am Seeufer neigt sich die Vogelkirsche wie ein elegantes Gespenst. Ihre zarten, kahlen Äste sind mit silbrigem Eis überzogen und sehnen sich nach der Wärme vergangener Sommertage. Hohe Hartriegel, deren Farben durch das kalte, grelle Licht ausgelöscht werden, sodass sie schwarz-weiß erscheinen, bewachen das Nordufer des Sees und werfen spitzige Schatten über das reifbedeckte Gras.

Sie steht in dem warmen Raum und sieht auf die eisige Winterszene hinunter, und die ganze Zeit über fingert sie am Rand der Postkarte herum, die sie tief in die Tasche ihrer Steppweste gestopft hat; genau wie ihre Gedanken sich unaufhörlich um die Bedeutung der Worte drehen, die auf die Rückseite einer Reproduktion von Toulouse-Lautrecs *La Chaîne Simpson* gekritzelt sind, einem Plakat, auf dem Radrennfahrer zu sehen sind.

Ein Gruß aus der Vergangenheit. Wie geht's euch? Vielleicht sollte ich euch einen Besuch abstatten und es selbst herausfinden!

Die Karte ist an sie und ihren Bruder adressiert – Edmund und Wilhelmina St. Enedoc –, und die Unterschrift besteht nur aus einem Wort: *Tris*. Billa betastet die Karte, wobei sie versehentlich eine Ecke abknickt. Aus einem Raum unten steigen ein paar Töne auf; der lyrische Schmerz einer Trompete. *It never entered my mind* von Miles Davis, einer von Eds Lieblingstiteln.

Vorhin, als Ed in die Küche kam, um zu sehen, was der Briefträger gebracht hatte, hat Billa die Postkarte instinktiv versteckt und unter die Zeitung vom Vortag geschoben. Sie hat eine unbeschwerte Bemerkung gemacht und ihm die Handvoll Umschläge und Kataloge gereicht, während die Schrift auf der Postkarte sich in ihr inneres Auge eingebrannt hat.

... Vielleicht sollte ich euch einen Besuch abstatten und es selbst herausfinden. Tris.

Später hat sie die Karte in die Tasche gesteckt, um sie in ihrem Zimmer ungestört anzusehen. Sie ist vor drei Tagen in Paris abgestempelt. Inzwischen könnte er im Land sein und nach Westen fahren. Wie hatte er wissen können, dass Ed und sie nach über fünfzig Jahren noch zusammen hier leben würden?

Fünfzig Jahre.

»Tris, die Zecke.« – »Tris, die Kröte.« – »Tris, die Petze.« Mit zwölf Jahren hatte Ed eine ganze Sammlung von abfälligen Spitznamen für ihren neuen Stiefbruder gehabt. »Den müssen wir im Auge behalten, Billa.«

»Versuch, nett zu sein, Tristan, Liebling!« Die Stimme ihrer Mutter. »Ich weiß, dass es schwer für dich und Ed ist, aber ich möchte wirklich, dass ihr euch alle versteht. Tut es für mich! Wirst du es versuchen?«

Fünfzig Jahre. Billa zieht die Karte aus der Tasche und starrt sie an.

»Billa?« Eds Stimme. »Kommst du herunter? Abendessen ist fertig.«

»Ich komme«, ruft sie. »Einen winzigen Moment noch.«

Sie sieht sich um und nimmt ein Buch von dem kleinen Drehtisch – dem Nussbaumtischchen ihrer Mutter – und steckt die Postkarte hinein. Sie zieht die Vorhänge zu und sperrt die beiden Monde und den See aus. Dann geht Billa nach unten zu Ed.

Er beugt sich über das Essen, das er gekocht hat, und schmeckt die Sauce ab. Die Hähnchenschenkel sind über Nacht in mit Oregano und Knoblauch versetztem Rotweinessig mariniert und dann in Weißwein gegart worden, und jetzt betrachtet Ed beifällig das Ergebnis, das auf einem Teller angerichtet und mit Oliven, Kapern und Backpflaumen verziert ist. Es duftet köstlich. Eds Küche ist kapriziös, extravagant und gelegentlich auch katastrophal, aber er leistet gern seinen Beitrag. Groß und breitschultrig wie er ist, sieht er in seinem dunkelblauen Aran-Pullover, der an den Bündchen fusselt und an den Ellbogen geflickt ist, wie ein liebenswürdiger Bär aus. Als er sich bückt, um Teller aus dem Wärmeteil des Aga-Herdes zu nehmen, fällt ihm sein mit grauen Strähnen durchzogener Haarschopf in die Stirn. Eds Herangehensweise an das Leben ist einfach und gemütlich; er hasst Aufregung oder überschäumende Gefühle und hält sich selbst für unfähig, die Erwartungen anderer an ihn zu erfüllen. Die Frauen, die sich von seiner angeborenen Freundlichkeit und Sanftmut angezogen fühlen, verzweifeln an seiner Bindungsunfähigkeit. Er ist nach dem Studium direkt zu einem großen Verlag gegangen und dort bis zur Frührente geblieben, hat die Wochenenden aber immer hier in Mellinpons verbracht. Er hat seine Autoren – Naturforscher, Reisende, Gärtner – gehegt und gepflegt und die Präsentationen und Geschäftsessen genossen. Doch als er Mitte fünfzig war und seine kinderlos gebliebene Ehe auf eine einvernehmliche Scheidung hinsteuerte, hatte er beschlossen, wieder nach Cornwall zu ziehen. Sein eigenes, zwei Jahre später veröffentlichtes Buch *Wildvögel der Halbinsel* – war ein erstaunlicher Erfolg, was teilweise auf seine bezaubernden Tuschezeichnungen und schönen Fotos zurückzuführen war. In derselben Serie folgte darauf *Wildvögel der Klippen und Küsten Cornwalls*, und gerade jetzt plant er den Band *Wildvögel der Binnenseen Cornwalls* über den Colliford-, den Crowdy- und den Siblyback-See.

Zu seinem Bedauern ist ihr eigener See zu klein, um mehr als ein paar Wildenten zu beherbergen, und zu gezähmt für Reiherenten oder Haubentaucher. Zeitig im Frühjahr kommen die Frösche in Scharen, um im flachen Wasser herumzurutschen, sich aneinanderzuklammern und übereinanderzuklettern, und ihre Paarungsgesänge hallen unheimlich durch die Nacht.

Ed hebt die angewärmten Teller aus dem unteren Teil des Ofens. Billa und er waren hier in Mellinpons stets am glücklichsten gewesen und immer froh, das große Stadthaus in Truro hinter sich zu lassen, sobald die Sommerferien begannen. Er erinnert sich an die Aufregung, wenn die Stadt hinter ihnen zurückblieb. Sein Vater fuhr den großen Rover, neben ihm saß ihre Mutter, und Billa und er waren mit ihren Lieblingsspielzeugen und Büchern auf die Rückbank gepackt. Mellinpons war 1710 als Mühle errichtet und 1870 von Bauern aus der Gegend zu einer als Kooperative betriebenen Butterfabrik ausgebaut worden.

Der Zweig der Familie St. Enedoc, dem sie angehörten, war durch Bergbau zu Wohlstand gelangt, und Billas und Eds Urgroßvater hatte dieses Stück Land mit seiner – inzwischen stillgelegten – Mine, der Mühle und ein paar Cottages in den 1870er Jahren erworben. 1939, als die Männer in den Krieg gerufen worden waren, war die Butterfabrik geschlossen worden und hatte brachgelegen, bis Harry St. Enedoc beschloss, sie umzubauen. Mellinpons war sein Nachkriegsprojekt. Er hatte im Krieg Schlimmes erlebt und danach nur noch wenig Interesse für das Familienunternehmen aufgebracht, seinen Abteilungsleitern größere Verantwortung übertragen und war aus den Vorständen der großen Bergwerksgesellschaften zurückgetreten, bis er schließlich mit seiner Familie aus Truro wegzog und sich in diesem stillen Tal niederließ. Danach lebte er nur noch sechs Jahre und starb dann.

Merkwürdig, denkt Ed, dass der Einfluss seines Vaters in der Butterfabrik noch so stark zu spüren ist, obwohl er nur so kurz hier gelebt hat. Es war seine Idee gewesen, den alten Mühlstein als Kaminplatte unter einen Kaminsims aus Granit zu setzen, der eine ganze Ecke der Eingangshalle einnimmt. Vor dort aus sieht man vorbei an der offenen Galerie bis zu den gewaltigen schwarzen Balken hoch am Dach hinauf. Auch das Panoramafenster mit dem Blick auf das Tal hatte er einbauen lassen. Der aus den dicken Granitwänden herausgehauene Alkoven ist groß und tief genug, um Platz für zwei Sessel zu bieten. Ihr Vater hat der alten Butterfabrik auch den Namen Mellinpons gegeben, die »Mühle auf der Brücke«.

Ed setzt die Teller auf den riesigen Küchentisch mit der Schieferplatte, auf der früher die Butter zu Blöcken geformt wurde. Als Billa hereinkommt, blickt er auf.

»Das sieht gut aus«, meint sie anerkennend.

Die Küche ist warm und von köstlichen Düften erfüllt, Miles Davis spielt *I'll remember April*, während Eds Neufundländer, der tabakbraun ist und Bär heißt, weil er als Welpe wie ein Braunbärenjunges aussah, friedlich auf einem alten, durchgesessenen Sofa unter dem Fenster schläft. Billa sieht entschlossen über das Chaos hinweg, das Ed bestimmt am fürs Geschäftliche bestimmten Ende der Küche angerichtet hat, und setzt sich an den Tisch. Der große Hund hebt den Kopf, registriert ihr Eintreten und rollt sich wieder zusammen. Gemächlich wedelt er mit dem Schwanz; eigentlich schlägt er zur Begrüßung nur ein-, zweimal damit auf die fadenscheinige Decke und schläft dann weiter.

»Steh bloß nicht extra auf!«, meint Billa trocken zu ihm.

»Wird er nicht«, sagt Ed gelassen. »Wäre ja viel zu anstrengend.«

Er löffelt etwas Hähnchen und Sauce auf einen schönen alten Spode-Teller, dessen Goldauflage fast abgetragen ist, und reicht ihn Billa. In einer Keramikschale von Clarice Cliff gibt es Püree aus gerösteten Pastinaken, und auf einer Platte aus Mason-Steingut liegen ein paar Strünke violetter Brokkoli. Ed wählt seine Teller nach Design und Farbe aus, aber nicht danach, ob sie zusammenpassen. Merkwürdigerweise funktioniert es jedoch: alt oder neu, kostbar oder wertlos – alle führen eine fröhliche Koexistenz. Der Tisch ist nur teilweise frei geräumt: Sämereienkataloge, ein Fernglas, ein paar alte Tageszeitungen sowie der Terminkalender, der vor wichtigen Zetteln mit Adressen, Telefonnummern und den Notizen, die sich Ed beim Telefonieren macht, aus den Nähten platzt, sind über die schwarze Schieferplatte verstreut. Ein mit Alpenveilchen bepflanzter Terrakottatopf steht neben einem hübschen, mehrarmigen Kerzenleuchter aus Silber.

Ed füllt Billas Glas mit Wein, einem weichen südafrikanischen Merlot, der am Herd Zimmertemperatur angenommen hat, und setzt sich. Er erzählt begeistert von seinen Plänen, wilde Blumen und Gräser auf der kleinen Wiese auszusäen und mehr Blumenzwiebeln unter die große Rotbuche zu setzen. Die ganze Zeit über, während sie nickt und »hmm, gute Idee«, sagt, schleichen ihre Gedanken um die Worte auf der Postkarte herum.

Ed bemerkt, dass sie zerstreut ist, sagt aber nichts. Sie interessiert sich allgemein mehr für ihre wohltätige Arbeit für das hiesige Hospiz als für sein Schreiben und Zeichnen, seine Bemühungen um die Entwicklung des Landes am Wasserlauf und seine Studien über Wildtiere. Das ist Eds uneingeschränktes Reich, und Billa versucht gar nicht, ihm auf einem dieser Gebiete Ratschläge zu erteilen.

Während er die Teller abräumt und dabei ein paar leckere Brocken in Bärs Napf fallen lässt, denkt er über Billas Ehe mit dem viel älteren bekannten Physiker Philip Huxley nach. Ed war schon immer der Überzeugung, dass die Beziehung auf Billas Seite eher auf Heldenverehrung denn auf Leidenschaft beruhte und auf Philips Seite auf einer beinahe väterlichen Freundlichkeit. Billa war nach und nach durch eine Reihe verheerender Fehlgeburten geschwächt worden und hatte ihren Kummer durch ihre Arbeit als Leiterin der Fundraising-Abteilung einer großen Hilfsorganisation für behinderte Kinder kompensiert. Sie hatte Philip während seiner langen letzten Krankheit gepflegt und war dann wieder nach Mellinpons gezogen. Doch selbst jetzt, als Witwe und im Ruhestand, ist Billa immer noch stark, und Ed ist froh darüber, dass sein Fachgebiet außerhalb ihres Tätigkeitsbereichs liegt. Die beiden kommen sehr gut miteinander aus.

Bär klettert von seinem Sofa und inspiziert den Inhalt seines Napfs. Er sieht zu Ed auf, als wollte er sagen: Was bitte soll das sein?

»Nichts für dich, Alter?«, fragt Ed besorgt. »Zu viel Oregano vielleicht?«

Billa verdreht die Augen. »Wahrscheinlich möchte er lieber von dem Spode-Teller fressen.«

»Kann schon sein«, antwortet Ed völlig unberührt von ihrem Sarkasmus, »doch davon sind nur noch zwei Stück da. Soweit ich mich erinnere, haben sie Urgroßmutter gehört, und ich schätze sie sehr. Aber du hast schon recht, Bär, deine alte angeschlagene Emailschüssel ist ziemlich schäbig, was?«

Billa lacht schallend. »Armer Bär! Wir kaufen ihm zum Geburtstag eine neue. Soll ich jetzt Kaffee kochen, oder übernimmst du das?«

Das Lachen nimmt ihr einen Teil der Spannung, und sie fühlt sich wieder kräftiger. Was kann Tristan ihnen heute schließlich noch tun? Dieser spezielle Teil der Vergangenheit ist lange vorbei und abgeschlossen.

Doch als sie jetzt Ed beim Kaffeekochen zusieht, verschwimmt seine Gestalt, und Billa sieht stattdessen ihre Mutter, die im Stehen mit Tassen und Untertellern hantiert und dem Blick ihrer Kinder ausweicht, die nebeneinander am Tisch sitzen.

»Ich weiß, dass es zuerst schwer sein wird«, erklärte sie schnell, während ihre Hände sich mit dem Wasserkessel und der Teedose beschäftigen. »Aber ich weiß auch, dass ihr ihn genauso lieben werdet wie ich, wenn ihr ihn erst einmal kennenlernt. Schließlich ist euer Vater jetzt über fünf Jahre tot, und ...« Der Kessel begann zu singen, und sie nahm ihn von der Kochplatte. »Und ich möchte, dass ihr euch wirklich Mühe gebt zu verstehen, wie einsam ich bin, wenn ihr in der Schule seid ...«

»Wir brauchen ja nicht beide aufs Internat zu gehen.« Billas Stimme klang rau vor Besorgnis. Der Anblick ihrer so nervösen und flehentlich bittenden Mutter war Furcht einflößend und peinlich. »*Ich* brauche nicht weg zu sein«, sagte sie. »Ed natürlich schon, vor allem, weil er ja jetzt einen Platz in Sherborne hat, aber ich könnte ja als Externe auf die Schule in Truro gehen.«

»Aber Liebling ...« Endlich schaute ihre Mutter sie beide an, und Billa sah, dass sie ihr Glück und ihre Aufregung nicht verbergen konnte. Sie streckte ihnen die Hände entgegen wie

14

ein Kind bei einer Party, das sie zum Mitspielen einlädt. »Andrew und ich lieben uns, versteht ihr? Ich glaube, ihr seid alt genug, um das zu begreifen. Versteht ihr, ich bin so glücklich.«

Ed spürte die Anspannung seiner Schwester.

»Vielleicht verstehen wir es ja«, sagte er höflich, »wenn wir ...« Er stolperte über die Worte »diesen Mann« oder »ihn« und entschied sich dann unsicher für »Andrew«. »... wenn wir Andrew kennengelernt haben«, schloss er mit festerer Stimme.

Ihre Mutter goss Tee auf, obwohl Billa sehen konnte, dass ihre Hände zitterten. »Und«, erklärte sie in einem speziellen Tonfall, als wäre das eine besondere Dreingabe, »Andrew hat auch einen Sohn namens Tristan. Er ist zehn, zwei Jahre jünger als du, Ed, und ich bin mir sicher, dass wir sehr glücklich zusammen sein werden. Wieder eine richtige Familie. Die beiden werden hierher zu uns nach Mellinpons ziehen.«

Billa und Ed waren so fassungslos, dass es ihnen die Sprache verschlug. Ein zehnjähriger Junge. Tristan. Der hier in ihrem Haus leben sollte.

Unter dem Tisch, wo niemand es sehen konnte, streckte Billa die Hand nach Ed aus und legte sie fest um sein Handgelenk. Wie versteinert starrten sie ihre Mutter an, die durch die Küche kam und den Tee auf den Tisch stellte.

Ed schiebt Billas Kaffeetasse auf sie zu, sieht sie an und beugt sich dann ein wenig vor, um sie genauer zu mustern. »Geht's dir gut?«, fragt er.

Stirnrunzelnd erwidert sie seinen Blick und nickt. »Tut mir leid«, sagt sie. »Einen Moment war ich abgelenkt. Ich habe gerade daran gedacht, wie Mutter uns eröffnete, dass sie diesen abscheulichen Andrew heiraten würde.«

»Wahrscheinlich war er gar nicht so übel«, meint Ed. »Für ihn kann es auch nicht leicht gewesen sein.«

»Wir waren einfach im falschen Alter«, sagt Billa nachdenklich. »Vierzehn ist nicht das richtige Alter, um zuzusehen, wie sich die eigene Mutter leidenschaftlich verliebt. Natürlich war Andrew auf eine ungewöhnliche Art sehr attraktiv, aber sie war so verrückt nach ihm, dass es schon peinlich war, vor allem in der Öffentlichkeit. Ich habe sie schließlich nicht mehr zu Schulveranstaltungen eingeladen, weil ich die Demütigung nicht ertragen habe. Mädchen können so grausam sein!«

»Für mich war es leichter.« Ed setzt sich an den Tisch. »Andrew kannte sich ziemlich gut mit Sachen wie Rugby und Kricket aus. Ich konnte eher diese kleine Wanze nicht ausstehen, Tris. Der war so eine Giftspritze, oder?«

Billa schweigt und denkt an die Postkarte, und erneut zieht sich ihr Magen vor Panik zusammen. »Hmm«, sagt sie, denn sie will nicht über Tristan reden, und beugt den Kopf über die Tasse, damit Ed ihre Miene nicht sieht. Kurz darauf steht sie auf und nimmt ihren Kaffeebecher. »Ich sehe mal meine E-Mails nach«, erklärt sie.

Ed trinkt seinen Kaffee, und Bär kommt herüber und lehnt sich schwer gegen ihn. Eds Stuhl rutscht langsam seitwärts über den großen Teppich weg, der über den Schieferboden geworfen ist, bis Bär langsam zu Boden sinkt. Miles Davis' Trompete verklingt, und Ed steht auf, um die Kerzen auszublasen, und beginnt, das Abendessen abzuräumen. Während er die Teller, die in die Spülmaschine können, von den empfindlicheren Teilen – den Spode-Tellern und der Clarice-Cliff-Schale – trennt, grübelt er über Billas Gedankenverlorenheit nach. Sie ist schon den ganzen Tag nervös, doch er weiß, dass jede Art von Fragen oder Besorgnis dazu führen werden, dass sie sofort abstreitet, dass etwas nicht stimmt. Und bei den seltenen Gelegenheiten, wenn sie eine Sorge oder Angst mit ihm teilt, nimmt sie das gleich wieder zurück. »Aber es ist in Ordnung. Wirklich, alles bestens«, setzt sie dann hinzu, zieht sich eilig vor jedem Trost zurück, den er ihr vielleicht bieten könnte, und wechselt das Thema.

Sogar als Kind hat sie nach dem Tod ihres Vaters ihre eigene Last getragen, ihre eigenen Entscheidungen getroffen. Als sie klein waren, hat Ed sich stark auf sie gestützt. Ihre eifrige, leidenschaftliche Vitalität hat seiner ruhigen, gedämpften Persönlichkeit Farbe verliehen und ihm etwas von Billas Brillanz geschenkt. Sie hat ihn tapfer gemacht, indem sie über seine Ängste lachte und ihn über die bescheidenen Grenzen, die er sich selbst setzte, hinaus anfeuerte.

Nachdem ihr Vater an einem kalten Tag im März plötzlich gestorben war, ließ sie der Schock wochenlang verstummen, und ihre Miene war starr vor Leid. Damals war Billa neun Jahre alt und Ed sieben, und die Art und Tiefe ihres Kummers jagte ihm Angst ein und schwächte sein eigenes Verlustgefühl. Er lenkte seinen Schmerz und seine Panik vor dem Tod in die Konzentration auf das Leben, das um ihn herum herzlos weiterbrodelte. Der kalte, süße Frühling, wie lebendig und großzügig er ist – und in seinem Überfluss beinahe verschwenderisch! In dieser Zeit bemerkte er, dass viele Wildblumen gelb sind, und zum ersten Mal legte er eine Liste an, die erste von vielen, die noch folgen sollten. Es wurde zu einer Prüfung, einer Herausforderung, und er konnte sich wunderbar darauf konzentrieren.

Weidenkätzchen – schrieb er in seiner rundlichen Kinderhandschrift –, *Schlüsselblumen, Narzissen, Primeln, Löwenzahn, Butterblumen, Schöllkraut, Sumpfdotterblumen.* Neben jeden Namen zeichnete er ein Bild der Blume und malte es sorgfältig aus. Dabei fiel ihm die große Bandbreite von Gelbtönen in der Natur auf: Dottergelb, Zitronengelb, Cremegelb. Die Weidenkätzchen waren vielleicht ein wenig gepfuscht, weil sie eher grau als gelb waren, aber er schrieb sie trotzdem dazu. Billa beobachtete ihn, tief in ihr Elend versunken.

»Was machst du da?«

»Eine Liste aller gelben Blumen, die ich kenne«, gab er abwehrend zurück, für den Fall, dass seine Beschäftigung unter den gegebenen Umständen als zu unterhaltsam betrachtet werden könnte. »Fast alle wilden Frühlingsblumen sind gelb, Billa.«

Er sah ihr an, dass sie versuchte, sich welche einfallen zu lassen, die nicht gelb waren, um zu beweisen, dass er sich irrte. Aber selbst das schien ihr zu viel zu sein, was ihm noch mehr Angst einjagte.

»Was hast du denn bis jetzt?«, fragte sie düster.

Er las ihr seine Liste vor und sah zu, wie Billa sich den Kopf zerbrach, um auf etwas zu kommen, das er vergessen hatte. Er wünschte, sie würde weitermachen, denn er sehnte sich nach der alten, lebhaften Billa, die ihn auf Trab hielt.

»Stechginster!«, rief sie schließlich triumphierend aus. Und er fühlte sich ganz schwach vor Erleichterung, als hätten sie einen wichtigen Meilenstein überwunden. »Und Forsythien.«

Sie buchstabiere es ihm, und er schrieb es gehorsam nieder. Dabei verzichtete er auf die Bemerkung, dass Forsythien keine Wildblumen waren, sondern ein kultivierter Gartenstrauch. Trotzdem pochte sein Herz vor unbändiger Freude: Ihre Rollen hatten sich vertauscht, und er hatte sie vom Rand des Abgrunds zurückgezogen. Doch eigentlich war es Dom, der die beiden wirklich aus ihrer Verzweiflung rettete.

»Dominic ist so eine Art Verwandter«, erklärte ihre Mutter ihnen. Sie wirkte unbehaglich, als würde sie lieber nicht darüber sprechen, aber Billa und er hatten nur die Neuigkeit im Kopf, dass Mrs. Tregellis' Enkelsohn zu ihr in ihr Cottage weiter unten an der Straße gezogen war.

»Er ist zwölf«, sagte Billa zu ihr, »und er ist ganz allein mit dem Zug den weiten Weg von Bristol gekommen. Und er sieht genau wie Ed aus. Das ist so komisch! Mrs. Tregellis hat uns erzählt, wir wären verwandt.«

Und an diesem Punkt sagte ihre Mutter es. »Dominic *ist* tatsächlich so eine Art Verwandter.« Das Blut war ihr in die Wangen gestiegen und ließ sie dunkelrot erscheinen, und sie hatte den Mund zu einer schmalen Linie zusammengepresst, aber sie waren so aufgeregt, dass es ihnen nicht besonders auffiel. Doms Ankunft lenkte sie von ihrem Kummer ab und gab ihnen etwas Neues, über das sie nachdenken konnten.

Das durchdringende Schrillen des Telefons unterbricht Eds Gedanken. Als er sich die Hände abtrocknet und nach dem Hörer greift, verstummt das Klingeln, und er weiß, dass Billa an den anderen Apparat gegangen ist. Wahrscheinlich einer ihrer Kollegen von der Wohlfahrt. Er schenkt sich noch Kaffee ein und nimmt die CD von Miles Davis aus dem Player. Er räumt sie weg, zögert vor dem Regal, in dem sich weitere CDs stapeln, und wählt dann eine Aufnahme von Dinah Washington.

Billa beendet das Gespräch mit dem Kassenwart, legt den Hörer wieder auf die Gabel und starrt den Computerbildschirm an. Der kleine Raum neben der Küche ist jetzt ihr Büro. Ein alter Waschtisch aus Kiefernholz dient ihr als Schreibtisch, und Eds Kiste, in der er im Internat seine persönlichen Gegenstände aufbewahrt hat, ist ihr Aktenschrank. Sie ist erstaunlich unordentlich. Sogar Ed, der kein methodischer Mensch ist, verschlägt die Unordnung in Billas Büro die Sprache.

»Wie bist du bloß klargekommen, als du noch gearbeitet hast?«, hat er einmal, beeindruckt von dem Ausmaß ihrer Schlamperei, gefragt.

»Ich hatte eine Assistentin und eine Sekretärin«, antwortete sie knapp. »Ich wurde nicht dafür bezahlt, die Ablage zu machen, sondern für meine Ideen, Spenden zu sammeln.«

Zettel, Bücher und Briefe stapeln sich auf dem Boden, auf dem Schreibtisch, auf dem Lloyd-Loom-Stuhl, auf dem tiefen Fenstersims aus Granit. Ab und zu startet sie eine Aufräum-aktion.

»Dem Himmel sei Dank, dass heute so viel per E-Mail er-ledigt wird!«, pflegt sie dann zu sagen und tritt in die Küche. Ihr kurzes blondes Haar steht nach solch einer ungeliebten Arbeit in die Höhe, und sie hat die Hemdsärmel aufgekrempelt. »Sei ein Schatz und mach mir Kaffee, Ed! Ich sterbe vor Durst.«

Jetzt starrt sie die E-Mail über Fundraising bei einer Veran-staltung in Wadebridge an und denkt dabei an Tristan. Ihre erste instinktive Reaktion ist es, Ed zu schützen, ihre zweite, mit Dom zu reden. Ihr ganzes Leben lang – jedenfalls seit ihr Vater starb und ihr Sicherheitsgefühl unwiderruflich zerstört wurde – hat sie sich an Dom gewandt, um Rat oder Trost zu suchen. Sogar als er im Ausland, in Südafrika, arbeitete, und auch nach seiner Heirat hat sie ihm geschrieben und Freud und Leid mit ihm geteilt. Sie fühlt sich untrennbar mit ihm verbun-den. Von Anfang an war es, als wäre ihr Vater in Gestalt des jungen Dom zu ihnen zurückgekehrt.

Er baute Dämme über den Bach und ein Baumhaus in der Buche im Wald – wenn auch nicht allzu hoch, weil Ed noch klein war – und zeigte ihnen, wie man ein Lagerfeuer anzündet und ganz einfache Mahlzeiten kocht. Den ganzen langen Sommer über – der Sommer nach dem Tod ihres Vaters – war Dom mit ihnen zusammen. Er war groß und stark und einfallsreich, und die ganze Zeit über erkannten sie seinen Blick, die Art, wie er lachte, den Kopf zurückwarf oder seine Hände gebrauchte, um etwas zu beschreiben, indem er es in der Luft formte. Billa fühlte sich so sicher bei ihm, fast, als wäre ihr Vater wieder bei ihnen, aber wieder jung und unbekümmert und lustig.

Ihre Mutter reagierte kühl auf ihre Begeisterung – und sie waren sich ihrer Trauer zu sehr bewusst, um sie aufregen zu wollen. Außerdem hielt sich Dom lieber im gemütlichen Cottage seiner Granny auf oder in der wilden Landschaft dahinter als in der alten Butterfabrik und ihrem Gelände.

»Ich frage mich, wie wir jetzt zurechtkommen sollen«, sagte Billa zu Dom, während sie zusahen, wie Ed in dem ruhigen, tiefen Wasser hinter dem Damm planschte. »Ohne Daddy, meine ich. Ed ist noch zu klein, um die Verantwortung zu übernehmen, und Mutter ist . . .«

Sie zögerte, denn sie kannte das richtige Wort für ihre instinktive Wahrnehmung nicht, für die Bedürftigkeit ihrer Mutter und ihre Abhängigkeit von anderen, ihre Stimmungsumschwünge zwischen Tränen und Lachen und ihre Instabilität.

Holztauben gurrten behaglich in dem hohen Blätterdach, das ihr Lager mit bebenden Mustern aus Sonnenlicht und Schatten übergoss. Hohe Fingerhutstauden klebten in den Rissen der alten, steinernen Fußgängerbrücke über den Bach, wo winzige Fische durch das klare, seichte Wasser huschten.

»Mein Vater ist auch tot«, erklärte Dom. »Ich habe ihn nie kennengelernt. Er war im Krieg bei der Marine und ist gefallen, als ich noch ganz klein war.«

Noch so ein wundersamer Zufall. »Unser Vater war auch bei

der Marine«, sagte sie. »Er hätte auch umkommen können, doch er ist nur verletzt worden. Aber deshalb ist er auch gestorben. Zuerst die Verletzung, und dann hatte er einen Herzanfall. Ich weiß nicht, was Mutter ohne ihn anfangen wird.«

Von ihrem eigenen überwältigenden Verlustgefühl und dem Schmerz sprach sie nicht.

»Meine Mutter arbeitet«, sagte Dom. »*Inzwischen* arbeitet sie. Deswegen bin ich auch allein gefahren. Sie findet, ich bin jetzt alt genug.«

»Ich bin froh, dass du gekommen bist«, sagte Billa. »Wir beide sind das. Und wir freuen uns, dass du mit uns verwandt bist.«

Mit ernster Miene sah er sie an. »Komisch, was?«, murmelte er, und sie spürte einen kleinen Schreck – und Aufregung. Er war ihr so vertraut und doch ein Fremder. Am liebsten hätte sie ihn berührt und wäre immer in seiner Nähe gewesen.

Jetzt greift Billa spontan zum Telefon und drückt eine Reihe von Tasten.

»Dominic Blake hier.« Dominics kühle, unpersönliche Stimme beruhigt sie sofort.

»Ich bin's, Dom. Ich hatte mich nur gefragt, ob ich vielleicht morgen Vormittag bei dir vorbeikommen kann.«

»Billa. Ja, natürlich. Alles in Ordnung?«

»Ja. Na ja ...«

»Du klingst nicht besonders sicher.«

»Nein. Die Sache ist die ...« Instinktiv spricht sie leiser. »Wir haben eine Ansichtskarte von Tristan bekommen.«

»*Tristan?*«

»Ja. Komisch, oder, nach so vielen Jahren?«

»Was will er?«

»Das ist ja die Sache. Er schreibt, er kommt uns vielleicht besuchen.«

In dem Schweigen, das jetzt eintritt, kann sie sich Doms Gesicht vorstellen, diese konzentrierte, nachdenkliche Miene, bei der er die braunen Augen zusammenzieht, und sein dichtes Haar, das schwarz und von dicken grauen Strähnen durchzogen ist wie Eds. Die geraden Augenbrauen sind gerunzelt.

»Was sagt denn Ed dazu?«

»Ich habe es ihm noch nicht erzählt. Ich will nicht, dass er sich Sorgen macht.«

Sie hört das nachsichtige, amüsierte Schnauben, mit dem Dom ihr tief verwurzeltes Gefühl quittiert, für Eds Wohlergehen verantwortlich zu sein.

»Du nimmst also an, dass es Grund zur Sorge gibt?«

»Du nicht? Fünfzig Jahre kein Wort und dann eine Postkarte. Woher wusste er, dass wir beide noch hier leben?«

»Wo ist sie denn abgestempelt?«

»Paris. Ist Tilly bei dir?«

»Ja. Wir haben gerade zu Abend gegessen.«

»Ist sie morgen früh auch da?«

»Gegen zehn müsste sie weg sein.«

»Dann komme ich gegen elf.«

»Okay.«

Billa seufzt erleichtert. Als sie den Hörer wieder auf die Gabel legt, hört sie Dinah Washington *It could happen to you* singen. Durch die Küche geht sie in die Eingangshalle, wo Ed Scheite auf das Feuer stapelt und Bär an seinem Lieblingsplatz auf den kühlen Schieferplatten bei der Haustür liegt. Billa betrachtet sie und fühlt sich von überwältigender Zuneigung zu beiden erfüllt.

Morgen wird sie mit Dom sprechen; alles wird gut.

2. Kapitel

Dom steht still und mit nachdenklicher Miene da, die Arme vor der Brust verschränkt. Tristan, Eds und Billas Stiefbruder. Er ruft sich das Gesicht des Jungen vor sein inneres Auge: schmal, scharf geschnitten, gut aussehend, eiskalte graue Augen, die einen ausdruckslos und herausfordernd anstarren. Dom war achtzehn, als er Tristan Carr zum ersten Mal begegnete, und er hatte noch nie bei einem so jungen Menschen eine solche Zerstörungskraft wahrgenommen. Sogar heute noch, über fünfzig Jahre später, erinnert sich Dom an den Schock dieser Begegnung: ein Gefühl wie von einem Faustschlag in die Magengrube.

Er war zurück in Cornwall und hatte einen Platz an der Camborne School of Mines, wo er Bergbauwesen studieren sollte. Er fühlte sich stark, stolz und frei, und er konnte es kaum abwarten, Billa und Ed zu sehen, besonders die arme Billa, die ihm in einem Brief von der katastrophalen zweiten Ehe ihrer Mutter erzählt hatte.

Warte ab, bis du den abscheulichen Tris triffst!, hatte sie geschrieben. *Er ist richtig widerlich. Ich bin froh, dass Ed und ich das ganze Schuljahr über im Internat sind. Ed wird es nie mit Tris aufnehmen können. Und ich auch nicht …*

Dom schrieb zurück, versuchte, sie zu trösten und ihre Abneigung herunterzuspielen.

So übel kann er doch gar nicht sein, oder?, hatte er geantwortet. *Sagtest du nicht, er wäre erst zehn? Ich bin mir sicher, dass du einem Zehnjährigen mühelos gewachsen bist ...*

Als er jetzt den Fahrweg zur alten Butterfabrik entlangging, bewegte sich ein Schatten unter der Esche, und ein drahtiger Knabe mit rotbraunem Haar trat Dom in den Weg. Dieser Junge starrte ihn kurz an – er musste zu Dom aufsehen, was ihn aber nicht zu stören schien –, und dann schoss seine linke Augenbraue nach oben, und seine Lippen zuckten belustigt, als erkenne er ihn.

»Aha, du bist also der Bastard«, bemerkte er leichthin ...

Selbst jetzt noch, viele Jahre später, ballt Dom die Fäuste bei dem Gedanken an diese Begegnung. Fragmentarisch und wahllos überfallen ihn Erinnerungen: das kleine Haus in Bristol, in dem er und seine Mutter mit einer Cousine zusammenlebten, und wie sie sich alle drei unter dem Küchentisch zusammendrängten, als die Bomben fielen. Sein Vater, James Blake, erklärten sie ihm, sei fort, auf See, im Krieg – und dann war er tot. Später kam die kleine Schule um die Ecke, und dann, als Dom acht und der Krieg schon vorüber war, das Bewerbungsgespräch an der Domschule. Er verdiente sich ein Stipendium, sang im Chor, wurde größer. Und die ganze Zeit über war da eine schattenhafte Präsenz, jemand im Hintergrund, der ihnen Geld schickte und sie unterstützte.

»Ein Verwandter«, erklärte seine Mutter ausweichend. »Du hast Verwandte unten in Cornwall. Nein, nicht Granny. Noch andere Verwandte. Ich erzähl's dir, wenn du älter bist.« Aber schließlich war es Granny, die es ihm sagte.

Und jetzt verschieben und verändern sich die Erinnerungen. An einem heißen Juninachmittag war er mit Billa im Küchengarten. Grannys Gemüsegarten, wo der Duft der Kräuter und des Lavendels in der warmen Luft hing, war ein geradezu magischer Ort. Als ihr Mann 1919 bei dem Grubenunglück von

Levant starb, war sie erst zwanzig. Der alte Matthew St. Enedoc erlaubte ihr, so lange in dem Cottage zu wohnen, wie sie die symbolische Pacht bezahlen konnte. Also hatte sie sich eine Stelle in der alten Butterfabrik gesucht und ihre ganze Leidenschaft auf ihre sechs Monate alte Tochter Mary und den Garten hinter dem Häuschen übertragen.

Sie pflanzte das notwendige Gemüse an – so viel, wie es auf ihrer kleinen Parzelle möglich war –, aber sie liebte Blumen und setzte ihre Lieblingsblumen zwischen die Gemüsepflanzen. Zarte Wicken kletterten an den Erbsenreisern empor, Sonnenblumen steckten die gelben Köpfe aus den Wigwams aus Weidenzweigen, die die Stangenbohnen stützten, und am Rand der schmalen Wege wuchs Lavendel. Kapuzinerkresse spross neben Glockenblumen, Geranien und Dianthuskraut über die Steinmauer. Zwischen Salatköpfen, Roter Beete und Mangold mit seinen roten und gelben Stängeln wuchsen Kräuterbüschel; Fenchel, Basilikum, Schnittlauch, Rosmarin und Thymian.

Die junge Witwe hegte ihren Garten fast so leidenschaftlich, wie sie für ihr Kind sorgte, das neben ihr hertappte, hinfiel, einen Schmetterling jagte oder sich plötzlich hinsetzte, um einen Stock oder Stein zu untersuchen. Das Kind wuchs, besuchte die kleine Dorfschule und wurde zu einem schönen Mädchen – und die ganze Zeit über grollten die Gerüchte über einen neuen Krieg wie ferner Kanonendonner. Und dann kam der junge Harry St. Enedoc. Sein Vater war verstorben, und er war ihr neuer Grundherr. Er fuhr ein schickes, glänzendes Automobil und war freundlich und amüsant. Zu Beginn waren die beiden Frauen schüchtern, doch dann begannen sie, sich zu entspannen. Er trank Tee in der kleinen Wohnstube, neckte Mary und machte ihrer Mutter Komplimente über ihren köstlichen Kuchen, bevor er auf dem Fahrweg zur Butterfabrik weiterfuhr.

»Er ist nett«, sagte Mary. Ihre Augen strahlten, und ihre Wangen waren so rot wie die Mohnblumen im Gemüsegarten.

»Ja«, antwortete ihre Mutter und betrachtete ihre Tochter in einer Mischung aus Furcht und herzzerreißendem Mitgefühl. »Vielleicht ein bisschen zu nett für uns.«

Doch Mary hörte nicht zu. Verträumt drehte sie eine ihrer Haarsträhnen und schlenderte bald auf die Straße hinaus ...

Aber an diesem Juninachmittag achtzehn Jahre später, als Dom und Billa im Gemüsegarten Erbsen pflückten, hatte Granny ihm diese Geschichte noch nicht erzählt.

Billa war wütend. Während sie die Erbsenschoten von ihren Stängeln drehte, erzählte sie ihm, dass ihre Mutter diesen Mann namens Andrew heiraten würde und er einen Sohn hatte, der Tristan hieß und bei ihnen wohnen würde, und dass das Leben nie wieder wie früher sein würde. Billa war vierzehn; Dom fast achtzehn. Fünf Jahre lang waren sie und Dom und Ed während der langen Sommerferien unzertrennlich gewesen. Heute blieb ihr weizenblondes Haar an den Blättern hängen, und in ihren veilchenblauen Augen glänzten Tränen. Mit bebenden Lippen sah sie zu ihm auf, und Dom legte einen Arm um sie und zog sie an sich, ohne darüber nachzudenken, was er tat. Zu seiner Überraschung – und Freude – schlang sie beide Arme um ihn und klammerte sich an ihn.

»Was sollen wir nur tun?«, schluchzte sie. »Es wird nicht mehr wie vorher sein, oder? Das wird alles verderben.«

Er hielt sie in den Armen und tröstete sie, und dann sah er, dass Granny sie vom schmalen Weg aus beobachtete. Etwas an ihrer Miene brachte ihn dazu, sich rasch loszumachen, obwohl er behutsam mit Billa umging und sie zum Pfad führte, wo Granny ihm Billa abnahm und sie ins Haus brachte.

Granny brühte Tee auf, hörte Billa zu und ging dann mit ihr zurück zur alten Butterfabrik. Dom wies sie an, das Kartoffelbeet umzugraben. Er arbeitete hart und verausgabte sich im heißen Sonnenschein, bis Granny zurückkam und ihm hier, auf der kleinen Bank inmitten der Düfte des Küchengartens, von dem jungen Harry St. Enedoc und seinem schnellen, schicken Auto erzählte.

Sie erklärte ihm, dass Harry nichts davon gewusst hatte. Er war in den Krieg gezogen, ein paar Monate bevor Mary ihrer Mutter weinend und verzweifelt von geheimen Treffen im Wald am Bach erzählte – und von dem Ergebnis, das unter ihrem Herzen heranwuchs. Ihre Mutter zerbrach sich den Kopf über die Folgen. Sie stellte sich das Gerede im Dorf vor, wie der pikante Klatsch eifrig von einem zum anderen weitergetragen werden würde. Sie dachte an ihre Cousine Sally in Bristol. Sally hatte eine gute Partie gemacht, war jedoch früh verwitwet und kinderlos. Vielleicht wäre es ihr recht, während der dunklen Kriegstage Gesellschaft zu haben. Und so schickte sie Mary über den Tamar ins ferne Bristol, um Cousine Sally zu helfen; und bald freuten sich ihre alten Freunde und Nachbarn in Cornwall sehr für sie, als sich die Nachricht verbreitete, Mary habe einen netten jungen Seemann namens James Blake kennengelernt, und ein Kind sei unterwegs. Und als der nette junge Seemann drei Jahre später, 1942, auf See fiel, war das inzwischen eine ganz alltägliche Sache, und die Menschen verhielten sich mitfühlend, waren aber nicht schockiert oder auch nur erstaunt.

Dom war beides. Er saß auf der kleinen Bank, und ihm schwirrte der Kopf von dieser erstaunlichen Geschichte. Granny beobachtete ihn. Sie berührte ihn nicht und achtete darauf, dass ihre Stimme fest, doch unbeschwert klang.

Und dann, erzählte sie weiter, kehrte Harry St. Enedoc aus dem Krieg zurück. Er war zweimal torpediert worden und nicht besonders gut in Form, aber er hatte in der Zwischenzeit geheiratet und plante, die alte Butterfabrik umzubauen. Er hatte sich nach Mary erkundigt, und da hatte sie, Granny, ihm die Wahrheit gesagt.

Kurz saß sie schweigend da, als sähe sie wieder Harrys schockierte Miene vor sich. »Oh, mein Gott!«, sagte er. »Oh, mein Gott, ich hatte ja keine Ahnung! Ich schwöre, dass ich nichts davon wusste, Mrs. Tregellis.« Und sie hatte ihm geglaubt, ihm Tee gekocht und ihm von Mary und Dom erzählt – und sie hatte ihm einen Schnappschuss von seinem Sohn gezeigt.

Harry hatte weder angezweifelt noch abgestritten, dass er der Vater war, sondern nur das Foto angestarrt. »Ich habe eine kleine Tochter, Wilhelmina«, sagte er. »Und meine Frau erwartet noch ein Kind.« Er hatte sie angesehen und trotz seiner achtundzwanzig Jahre selbst wie ein Kind gewirkt. »Das kann ich Elinor nicht sagen«, hatte er erklärt. »Unmöglich. Das würde sie mir nie verzeihen.«

Irgendwie regelten er und Granny alles. Als der alte Mr. Potts im Nachbarcottage starb, ließ Harry beide Cottages auf Dom überschreiben und setzte Granny als Treuhänderin ein. Harry zahlte seine Schuluniformen und alle Gebühren, die sein Stipendium nicht abdeckte, und half, wo er konnte. Aber er suchte das kleine Haus in Bristol nicht auf, und Mary und Dom kamen nur nach Cornwall, wenn die St. Enedocs fort waren. Granny fuhr mit dem Zug, um ihre Tochter und ihren Enkelsohn zu besuchen, bis Harry St. Enedoc starb, als Dom zwölf war und man der Meinung war, er sei alt genug, um allein mit dem Zug nach Cornwall zu fahren.

Wieder trat ein kurzes Schweigen ein, während Granny ihn beobachtete und Dom sich an den ersten Besuch in Cornwall erinnerte. Billa und Ed waren in Grannys Küche gerannt gekommen, um ihn kennenzulernen, und hatten Bemerkungen darüber gemacht, wie ähnlich er und Ed sich sähen. Die Sonne schien ihm auf den Rücken, als er jetzt dasaß und mit der Erkenntnis rang, dass Billa seine Halbschwester war.

»Und sie haben keine Ahnung?«, fragte er Granny rasch. »Billa und Ed und ihre Mutter? Keiner von ihnen?«

Doch es sah so aus, als wüsste Mrs. St. Enedoc Bescheid. Als Harry starb, hatte er sich in seinem Testament klar ausgedrückt, aber Mrs. St. Enedoc weigerte sich, ihren Kindern davon zu erzählen. Sogar als Dom begann, seine Sommerferien bei Granny zu verbringen, wollte sie Billa und Ed immer noch nichts sagen, obwohl Granny sie anflehte und einwandte, sie sollten die Wahrheit erfahren.

»Aber ich habe ihr klargemacht, dass sie es ihnen jetzt mitteilen muss«, erklärte Granny. Sie stand auf, hielt kurz inne und strich Dom leicht mit der Hand über den gebeugten Kopf. »Und wenn sie es nicht tut, übernehme ich das selbst.«

Sie ging davon und ließ Dom sitzen, der die Hände zwischen den Knien zusammenkrampfte, versuchte, diese Nachricht zu verarbeiten, die alles auf den Kopf stellte, und sich fragte, was er Billa sagen sollte.

Doch schließlich war es Ed, der die Lage rettete; Ed, der mit Billa im Schlepptau den Fahrweg hinuntergerannt kam und Dom stürmisch umarmte. »Eigentlich habe ich es die ganze Zeit gewusst!«, schrie er glücklich. »Ich habe es einfach *gewusst*. Du bist unser Bruder, Dom! Tris wird vielleicht unser Stiefbruder, aber du bist unser *richtiger* Bruder.«

Und Dom sah über Eds Kopf hinweg Billa an, die zögerte und nervös und verlegen wirkte.

Sie ist erst vierzehn, dachte er. Ich muss das in die Hand nehmen, muss der Stärkere sein.

Er grinste ihr zu. »Das ist schon ein Schock, was? Aber Ed hat recht. Es erklärt eine Menge Merkwürdigkeiten … und

Gefühle. Deswegen stehen wir uns also alle so nahe.« Und er sah, wie sie sich ein wenig entspannte.

»Und Dom wird Tris zeigen, wo es langgeht«, warf Ed eifrig ein. »Tris, die Zecke. Tris, die Kröte. Dom wird es ihm schon zeigen.«

Und ein paar Monate später, als Dom mit seiner guten Nachricht von seinem Studienplatz an der Camborne School of Mines den Fahrweg entlangeilte, bewegten sich die Schatten unter der Esche, und ein Junge trat heraus.

»Aha, du bist also der Bastard«, sagte Tris ...

Jetzt tritt Dom aus seinem kleinen Arbeitszimmer in die Diele und wirft einen Blick durch die halb offene Tür zum Wohnzimmer, das Granny immer so ordentlich und sauber gehalten hat. In einem tiefen, bequemen Sessel sitzt seine Patentochter Tilly und sieht fern. Sie hat einen Fuß unter den Körper gezogen und den anderen auf den Rücken von Doms Golden Retriever gestellt. Ihr langes, dichtes blondes Haar ist zu einem Zopf geflochten, und sie hält das Ende in der Hand und zwirbelt es durch ihre Finger, während sie eine Dokumentation über Wildtiere anschaut. Ihr Vater war vor fünfundzwanzig Jahren, als Tilly ein Baby war, in Camborne Doms Assistent, und jetzt hat er angerufen, weil Tilly ihren Job in einem Hotel in Newquay hingeworfen hat. Er und Tillys Mutter haben gerade einen Posten in Kanada übernommen, und er hat seinen alten Freund und Mentor gebeten, seine Tochter im Auge zu behalten.

»Du kennst doch Tilly«, meinte er betreten zu Dom. »Man hat sie gebeten, das Hotel zu organisieren und es ins einundzwanzigste Jahrhundert zu führen, und sie hat die Leute beim Wort genommen. Sie hat wirklich geglaubt, es sei ihnen ernst, und war so aufgeregt. Natürlich hat es alle möglichen Streitigkeiten gegeben, und jetzt hat Tilly gekündigt. Was heißt, dass sie keine vernünftige Wohnung hat, weil sie sich weigert, Cornwall und ihre Freunde zu verlassen und zu uns zu kommen. Sie schläft bei einer Freundin auf dem Sofa. Könntest du sie vielleicht eine oder zwei Wochen aufnehmen? Sie wird sich sehr schnell wieder aufraffen, weil sie nicht lästig fallen will.«

»Ach, Tilly weiß gar nicht, wie man jemandem zur Last fällt«, gibt Dom zurück. »Und ich würde mich sehr freuen, sie hierzuhaben, falls sie kommen will. Obwohl sie wahrscheinlich gar nicht will.«

Aber Tilly will; und sie taucht in einem ziemlich ramponierten kleinen Auto auf, in dem sich ihre gesamten irdischen Besitztümer befinden – einschließlich ihres Surfbretts auf einem Dachgepäckträger –, und zieht in das Zimmer hinten in dem Cottage, das einmal dem alten Mr. Potts gehört hat. Sie stellt ihren Laptop auf, um an ihrem Lebenslauf zu arbeiten. Schon jetzt hat sie einen Teilzeitjob bei einer Freundin, die ein privates Projekt ins Leben gerufen hat. U-Connect hilft Menschen, die nichts von Computern verstehen, oder älteren Menschen in ländlichen Gebieten, mit dem Internet zurechtzukommen. Alles ist noch ziemlich im Experimentalstadium, doch Tilly gefällt es, obwohl sie die Arbeit nicht ganz als Berufung fürs Leben ansieht. Drei Abende pro Woche arbeitet sie in einem Pub im Ort.

»Das ist so grauenvoll«, sagt sie jetzt zu Dom, den sie an der Tür gehört hat, dreht sich aber nicht zu ihm um. »Diese riesigen Fregattvögel sind am Nistplatz der Möwen gelandet und laufen einfach herum und fressen die Kleinen, während deren Eltern unterwegs sind, um Futter zu suchen. Arme winzige Wesen; sie sind so hilflos! Ich kann es gar nicht ertragen.«

»Ja«, meint Dom. »Es ist schon hart, Teil der Nahrungskette zu sein.«

Tilly sieht sich stirnrunzelnd zu ihm um. »Das ist so herzlos!«

Er zuckt mit den Schultern. »Was soll ich dagegen unternehmen? So ist es nun einmal in der Natur.«

Sie starrt ihn an. »Wieso bist du so mürrisch?«

»Ich bin nicht mürrisch.« Er hat nicht vor, ihr zu verraten, dass er einen Ausflug in die Vergangenheit unternommen hat. »Wenn es dich aufregt, sieh es dir eben nicht an! Möchtest du eine Tasse Tee?«

»Ja, bitte«, sagt sie und wendet sich erneut dem Massaker zu. »Oh, schau doch! Das sind die Laubenvögel. Viel besser. Sind sie nicht toll? Der da sieht richtig aus wie ein schwuler Modeschöpfer in seinem Atelier.«

»Du musst es ja wissen.«

Dom geht, gefolgt von Bessie, in die Küche und setzt den Wasserkessel auf. Er öffnet die Hintertür und lässt die Hündin in den kalten Abend hinaus. Der weiße Mond hängt wie eine Lampe hoch über dem Nebel, der über den Talboden fließt, sich über dem Bach hebt und über dem Garten kräuselt. Bachabwärts hallt der auf- und abschwellende Ruf einer Eule durch die Stille.

Dom lehnt am Türrahmen und wartet. Eine hungrige Füchsin schleicht, den mageren Bauch tief über dem eisigen Boden und mit hinter ihr herschleifendem Schwanz, an der Hecke entlang. Sie hält inne, dreht sich um, sieht Dom an und verschwindet dann am Bachufer entlang. Er wartet. Hinter ihm beginnt der Kessel zu pfeifen. Was will Tris?, denkt er.

Bessie taucht schwanzwedelnd wieder auf, und beide gehen zurück in die Wärme der hell erleuchteten Küche.

»Aber was will Tris bloß?«, fragt Billa am nächsten Morgen. »Nach all diesen Jahren? Was kann er nur wollen?«

Sie sitzen in dem kleinen, quadratischen Raum hinter der engen Küche, wo die Glastüren in den Garten führen, an dem Eichentisch mit den abklappbaren Seiten, der einmal Granny gehört hat. Heute sind die Türen geschlossen, um die bittere Kälte des Februartages abzuhalten, aber der Sonnenschein hebt die Farben der Kissen in einem Sessel aus Weidengeflecht hervor und schimmert auf einigen Porzellanstücken, die hinter den Glastüren einer alten Eichenvitrine aufgestellt sind. Bessie liegt, die Nase auf den Pfoten, an der Tür und beobachtet ein Rotkehlchen, das die vorhin von Dom ausgestreuten Krumen aufpickt.

»Mir fällt kein vernünftiger Grund ein«, antwortet Dom, der den größten Teil der Nacht wachgelegen und sich Gedanken darüber gemacht hat. Er liest die Postkarte noch einmal. »Ich sehe, dass er deinen Ehenamen nicht benutzt hat. Ihr habt gar keinen Kontakt mehr gehabt, seit Andrew weggegangen ist und Tris mitgenommen hat, oder?«

Billa schüttelt den Kopf. »Sobald die Flitterwochen vorüber waren, haben die Streitigkeiten begonnen. Das Eheglück hat ein Jahr gedauert, vielleicht zwei. Möglich, dass Andrew glaubte, es wäre mehr Geld zu haben, als das tatsächlich der Fall war, obwohl er immer den Eindruck erweckt hat, gut betucht zu sein. Unser Vater hat Ed und mir allerdings alle Anteile an der Firma hinterlassen, obwohl Großvater, bis Vater dann erbte, ziemlich mit dem Geld um sich geworfen hat. Und dann der Krieg ... Vielleicht hat Andrew beschlossen, sich davonzumachen, als er feststellte, dass doch nicht so viel Geld da war.«

»Und eure Mutter hat alles selbst kontrolliert? Merkwürdig, dass es bei ihrem Tod kein Testament gab, oder? Ich erinnere mich noch, dass du mir geschrieben und etwas über das Testament gesagt hast.«

Sie sehen einander an, und zwischen ihnen flackert Furcht auf.

»Es gab schon ein Testament, doch das hatte sie schon vor Daddys Tod gemacht. Darin hat sie alles ihm hinterlassen, und falls er zuerst sterben würde, sollte alles zu gleichen Teilen an Ed und mich gehen. Unser Anwalt fand es eigenartig, dass sie nach ihrer Wiederverheiratung nie ein zweites Testament aufgesetzt hat, aber schließlich sind wir zu dem Schluss gelangt, dass sie einfach nicht dazu gekommen ist ...«

»Oder Andrew hat nach ihrer Heirat ihre Angelegenheiten seinem eigenen Anwalt übertragen.«

»Dafür gab es keinen Anhaltspunkt«, versetzt Billa rasch. »Unser Anwalt hat sie weiter beraten. Das musste er, weil es nie eine Scheidung gab.«

»Was auch merkwürdig war.«

»Ja, nun ja, Mutter konnte sich nicht dazu durchringen, weil es ja keinen wirklichen Grund gab ...«

»Außer, dass Andrew sie verlassen hat.«

»Ja, doch ich glaube, sie hat immer gedacht, er würde zurückkommen. Sie konnte der Wahrheit nicht ins Auge sehen, und damals begannen ja schon ihre schrecklichen Depressionen.«

»Dann könnte also ein Testament existieren, in dem Andrew bedacht wird.«

Ängstlich starrt sie ihn an. »Aber der muss doch lange tot sein. Sonst müsste er ja ... mindestens neunzig sein.«

»Eine Menge Menschen werden neunzig und älter, Billa.«

»Ich weiß«, begehrt sie auf. »Um Gottes willen, Dom! Versuchst du mich eigentlich zu trösten oder was?«

»Ich versuche, mir einen Grund zu denken, aus dem Tris dir nach über fünfzig Jahren eine Postkarte schickt, und die einzige Erklärung, die mir einfällt, ist, dass sein Vater gestorben ist und unter seinen Papieren etwas gefunden wurde. Denk daran, dass ich in Südafrika gearbeitet habe, als Andrew eure Mutter verließ, und bis ich nach Hause zurückgekehrt bin, war deine Mutter schon tot und alles geregelt.«

»Jedenfalls dachten wir das«, gibt Billa finster zurück. »Oh, mein Gott! Was, wenn es ein Testament gab, in dem Andrew bedacht war?«

»Dann nehme ich an, dass er wahrscheinlich wiederum alles Tris hinterlassen hat. Aber warum dieses lange Schweigen? Wenn Andrew wusste, dass er geerbt hatte, hätte er dann nicht ein Auge darauf gehalten, was hier los war? Vielleicht sind die beiden ja ins Ausland gegangen.«

Sie schüttelt den Kopf. »Ich habe keine Ahnung, wohin sie gegangen sind. Möglicherweise gab es kein Testament, oder sie hat ihm nicht genug hinterlassen, dass es der Mühe wert gewesen wäre, sich zu präsentieren. Jedenfalls hätte sie Ed oder mich nicht rundweg enterbt.«

»Nein«, pflichtet er ihr bei. »Nein, das hätte sie nie getan ...« Doch er zögert.

»Was?«, fragt sie sofort. »Was denkst du?«

»Ich male mir nur den schlimmsten denkbaren Fall aus«, sagt er vorsichtig. »Und deine Mutter war verrückt nach Andrew. Daran kann sogar ich mich erinnern. Und verliebte Menschen begehen viele Dummheiten. Ich finde, wir sollten uns auf die entfernte Möglichkeit einstellen, dass sie – unter ein wenig Druck von Andrew und von dessen Anwalt – ein neues Testament verfasst hat. Vielleicht hat sie ihm alles hinterlassen und darauf vertraut, dass er richtig an Ed und dir handeln würde. Möglich auch, dass sie ihm nicht viel hinterlassen hat. Vielleicht ist sie ja nach dem Ende der Beziehung davon ausgegangen, dass es nicht wichtig war, und hat es niemals rückgängig gemacht. Doch es könnte ausreichen, um Tristan zur Rückkehr zu bewegen.«

Billa schlägt die Hände vors Gesicht. »Also, was können wir tun?«

Dom lacht auf. »Nichts. Das ist typisch Tris, oder? Er zündet die Nebelkerzen an und hält alle Karten in der Hand. Wir können nur dasitzen und abwarten, bis er sie auf den Tisch legt. Du musst es Ed sagen.«

»Ja, ich weiß. Ich wollte nur zuerst mit dir reden. Alles richtig durchdenken. Es war ein Schock.«

Er nickt. »Ja, das verstehe ich.«

»Komisch, was?«, fragt sie. »Wieder sind es nur wir drei. Genau wie vor all den Jahren, als Tris kam. Ich muss zugeben, dass es sehr viele Erinnerungen aufgerührt hat.«

»Bei mir auch. Ich habe an die ersten Worte gedacht, die er draußen auf der Straße zu mir gesagt hat. ›Aha, du bist also der Bastard.‹ Woher wusste er das? Okay, Ed und ich haben uns sehr ähnlich gesehen und tun es noch, aber es ist unmöglich, dass er von allein zu diesem Schluss gekommen ist. Er hat es gewusst.«

Billa zuckt mit den Schultern. »Aber so war Tris, oder? Er hat an Türen gelauscht, überall herumgeschnüffelt und Briefe oder Karten gelesen. Ich vermute, Mutter hat Andrew davon erzählt, sobald die beiden sich über die Heirat einig waren, und Tris war einfach zufällig in Hörweite. Weißt du noch, wie vorsichtig wir sein mussten, was wir gesagt haben oder herumliegen ließen? Und dann hat er Andrew immer erzählt, wir hätten ihn ausgeschlossen oder wären unfreundlich zu ihm gewesen. Welche Freude, als Andrew fortging und Tris mitnahm! Es war, als käme man aus einem Gefängnis frei.«

»Wir müssen uns auf Tilly verlassen«, meint Dom, der versucht, einen leichteren Ton anzuschlagen. »Sie wird ihn schon in die Schranken weisen.«

»Tilly ist ein kluges Mädchen«, sagt Billa. »Ich wünschte, sie würde in London für mich arbeiten. Diese Hotelleute wissen nicht, was ihnen entgangen ist. Ich hoffe, sie findet bald eine andere Stelle. Oder dass dieses Projekt mit Sarah läuft, obwohl ich mir nicht wirklich vorstellen kann, dass Tilly damit ausgefüllt ist. Sie kann sicher wunderbar mit den Kunden umgehen, aber sie braucht es, Teil von etwas Größerem zu sein.«

»Sie ruht sich jedenfalls nicht auf ihren Lorbeeren aus, sondern schickt eine Bewerbung nach der anderen ab. Irgendjemand wird bald aus reiner Erschöpfung nachgeben. Unterdessen ist sie ganz glücklich dabei, mit ihrer Freundin zusammenzuarbeiten. Sarah ist auch ein sehr aufgewecktes Mädchen, wie es klingt. Es kann nicht so einfach sein, eine Firma aufzubauen und sie aus einem Häuschen zu leiten, während man zwei kleine Kinder großzieht, und das mit einem Ehemann bei der Marine, der die meiste Zeit unterwegs ist. Möchtest du noch Kaffee?«

»Ja, bitte. Nein.« Billa schüttelt den Kopf. »Nein, ich gehe nach Hause und zeige Ed die Postkarte, bevor mich der Mut verlässt.« Sie steht auf, zögert. »Aber was ist, wenn Tris ohne weitere Vorwarnung auftaucht, Dom? Das wäre doch genau sein Stil, oder? Uns auf dem falschen Fuß zu erwischen.«

Dom denkt darüber nach. »Ich finde, es sieht Tris ähnlicher, uns jetzt schmoren zu lassen. Er hätte es sicher gern, dass wir grübeln und uns Sorgen machen. Und genau das machen wir natürlich.«

»Deswegen wollte ich auch Ed nichts sagen.«

»Du musst es ihm erzählen. Ich könnte mich irren, und Tris kommt jede Sekunde anmarschiert. Ed muss vorgewarnt sein.«

Mit bedrückter Miene nickt sie, und Dom steht auf und umarmt sie.

»Wir sind doch glücklich, oder?«, fragt sie und hält ihn fest. »Ed und ich wursteln zusammen vor uns hin, und du lebst hier, und deine Familie kommt in den Sommerferien zu Besuch.

Und dann hast du noch ab und zu deine Schützlinge, die in Mr. Potts' Schlafzimmer wohnen. Ich habe schreckliche Angst, Tris könnte etwas tun, um das alles zu verderben. Er hat immer alles verdorben. Geburtstage, schulfreie Tage, Weihnachten. Irgendwie hat er jedes Mal etwas ausgeheckt, um alles zu vergiften oder kaputt zu machen. Nur Kleinigkeiten: etwas, das man jemandem ins Ohr flüstert, ein boshafter kleiner Scherz, aber genug, um einem die Freude zu nehmen. Ich habe Angst, Dom.«

Kurz drückt er sie an sich; in seinen Adern brodelt der alte Zorn wie an diesem Sommervormittag vor langer Zeit.

»Zerbrechen wir uns nicht den Kopf über ungelegte Eier!«, meint er. »Erzähl Ed davon, aber mach keine große Sache daraus, und dann hoffen wir, dass es nur so eine von Tris' Foppereien ist.«

»Ja.« Sie lässt ihn los und widersteht dem Drang, wieder von vorn anzufangen und sich im Kreis zu drehen. »Ich sage ihm nicht, dass ich zuerst mit dir gesprochen habe. Das würde so aussehen, als machte ich mir Sorgen. Ich werde so tun, als wäre die Karte heute in der Post gewesen, und dann weitersehen.«

»Zu spät«, meint Dom, tritt als Erster in die Diele und hebt ein paar Umschläge auf. »Der Briefträger war schon da.«

»Verdammt«, sagt sie. »Na schön. Dann warten wir eben bis morgen früh. Es ist ein ausländischer Poststempel, und das Datum ist verwischt. Außerdem will er heute wegfahren und Recherchen für sein Buch anstellen, daher ist es wahrscheinlich nicht der beste Zeitpunkt, es ihm zu sagen.«

Er hilft ihr in ihren alten Kapuzen-Dufflecoat aus Schafswolle, sie tritt in der Diele in ihre Gummistiefel, und dann begleiten er und Bessie sie noch bis an die Straße. Der Boden ist eisglatt, und Billa geht vorsichtig. An der Biegung der Straße dreht sie sich um und winkt Dom zu. In ihren Stiefeln und

Jeans und mit der riesigen Jacke, deren Kapuze ihr kurzes blondes Haar bedeckt, könnte sie der Teenager von vor fünfzig Jahren sein.

Dom schaut ihr nach, bis sie nicht mehr zu sehen ist. Plötzlich wirft er instinktiv einen Blick in die andere Richtung, wo der Fahrweg in Serpentinen zum Dorf hinaufführt. Er mustert die Hügel auf der anderen Seite des Tals. Ein sechster Sinn sagt ihm, dass Tris bereits hier ist und sie beobachtet.

3. Kapitel

Tilly fährt über die tief eingeschnittenen, abschüssigen Straßen, die sich am Rand des Moors entlangschlängeln und auf und ab führen. Unter den Dornenhecken wachsen milchweiße Schneeglöckchen, und dort, wo es golden aufleuchtet, stehen die ersten Narzissen. Sie biegt in eine Einfahrt, um einem Traktor, der auf sie zukommt, Platz zu machen, und sieht ein Grüppchen Schafe, das sich unter den ausladenden Zweigen einer riesigen Tanne zusammendrängt. Die Sonne strahlt scharf und hell herunter, aber in den schwarzen Schatten des Straßengrabens liegt Raureif auf dem zarten Gras, und die tief eingefurchten Randstreifen sind gefroren und eisbedeckt. Dort, wo die Straße abwärts ins Dorf führt, sieht sie Krähen wie Asche durch die kalte Luft wirbeln, deren Nester hoch in den Buchen liegen wie stachlige schwarze Bälle, die von nackten Knochenfingern aufgefangen worden sind.

Tilly parkt in der kleinen Sackgasse bei der Kirche und zieht ihr iPhone hervor, um ihre Notizen durchzusehen.

Mrs. Anderson, letztes Jahr verwitwet. Einzige Tochter lebt inzwischen mit ihrem Mann, einem Neuseeländer, und den gemeinsamen zwei Kindern in Neuseeland. Möchte, dass sie ihr das Skypen beibringt. Ziemlich nervös und unsicher.

Tilly wirft einen Blick auf den adretten Bungalow mit seinem ordentlichen kleinen Garten. Jemand steht am Fenster und beobachtet Tilly, die beim Aussteigen aus dem Wagen fröhlich winkt. Die Gestalt verschwindet, die Tür wird geöffnet, und da steht Mrs. Anderson. Sie wirkt so adrett wie der Bungalow und der Garten, und der Raum, in den sie Tilly führt, ist so ordentlich, dass es fast wehtut. Mrs. Anderson redet schnell, erklärt, dass sie noch nie etwas von Computern verstanden hat, dass ihr Mann sich immer mit so etwas befasst hat. Aber jetzt wohnen ihre Tochter und die Enkelkinder so weit weg …

Tilly hört zu und nickt mitfühlend, und die unausgesprochene Einsamkeit in Mrs. Andersons niedergeschlagenem Blick und ihren Händen, die sie ständig knetet, bricht ihr fast das Herz. Überall sind Fotos verteilt: eine Gruppe bei einer Hochzeit, ein strahlendes junges Paar mit zwei kleinen Kindern, ein viel älterer Mann mit denselben zwei Kindern, eine Braut, die glücklich lächelt und dabei ziemlich vorstehende Zähne enthüllt, und noch einmal die beiden Kinder, dieses Mal in Schuluniform.

»Ich hätte nie gedacht, dass sie wegziehen würden«, sagt sie gerade, »weil die Kleinen hier in der Schule so gut zurechtkamen. Aber dort gibt es so viele Möglichkeiten, stimmt's? Und dann ist mein Donald letztes Jahr kurz vor Weihnachten gestorben. Als der Krebs erkannt wurde, hatte er noch drei Monate zu leben.«

In ihren Augen steht der Schmerz. Der unterdrückte Kummer lässt sie spröde erscheinen, und Tilly möchte am liebsten die Arme um Mrs. Anderson legen.

»Sie haben andauernd von diesem Skype geredet«, sagt sie, »und Donald wollte es immer einrichten. Als ich dann in der Lokalzeitung Ihre Anzeige gelesen habe, da habe ich beschlossen, es zu versuchen.«

Ihr tapferes Lächeln ist herzzerreißend, und Tilly erwidert es.

»Es ist wirklich einfach«, erklärt sie beruhigend. »Ehrlich. Und es ist sicher toll, sie auch zu sehen, wenn Sie sich unterhalten. Viel besser als das Telefon, und außerdem sind diese Anrufe kostenlos. Das trägt dazu bei, enger in Verbindung zu bleiben, wenn die Kinder größer werden. Und sie werden sicher begeistert darüber sein, Granny sehen zu können. Nennen sie Sie Granny oder Grandma?«

Ganz ohne Vorwarnung sind Mrs. Andersons Augen voller Tränen, die überfließen und ihre ausgehöhlten Wangen hinunterströmen. Tilly steht noch kurz still da und beißt sich auf die Lippen.

»Umarme bloß die Kunden nicht!«, hat Sarah sie gewarnt. »Ich kenne dich, Tilly, und du wirst dich in Schwierigkeiten bringen und Arbeitszeit verschwenden. Nein, ich bin nicht herzlos, sondern nur rational. Wenn du mit Sachen wie Teetrinken und Mitgefühl anfängst, brauchst du den ganzen Tag. Da draußen leben ein paar sehr einsame Menschen.«

Sarahs Stimme klingt laut und deutlich in Tillys Kopf, als sie einen Arm um Mrs. Andersons knochige Schultern legt und sie drückt. Mrs. Anderson bettet den Kopf an Tillys Brust und fängt jetzt richtig an zu schluchzen.

»Das Leben«, sagt Tilly und sieht die Fotos an, »ist die absolute Hölle, stimmt's?«

»Vergiss nicht«, erklärt Sarah, »dass die Kunden uns pro Stunde bezahlen!«

Sie ist ein kleines, dunkles Mädchen und war Schülersprecherin, die Beste in der Schule und ein Wirbelwind auf dem Lacrosse-Feld. Das Baby, George, hat sie sich über die Schulter gelegt, während sie ein Mittagessen für Tilly und sich vorbereitet.

»Ich weiß«, sagt Tilly ganz unberührt von Sarahs Heftig-keit. »Aber Mrs. Anderson lernt eben langsam. Die arme alte Frau!«

»Und ich weiß, was das heißt«, meint Sarah resigniert und setzt George in seine Babywippe. »Du bist einfach hoffnungs-los, Tilly.«

»Wie geht's eigentlich Dave?«, erkundigt sich Tilly und streichelt Georges Wange. »Wann hat er denn wieder Land-gang?«

»Das Schiff soll in drei Wochen anlegen«, erklärt Sarah, schöpft Suppe in Schalen und lässt sich bereitwillig von Tillys Charakterschwäche ablenken. »Dann wird er ein Weilchen zu Hause sein. Er hat nicht richtig frei, aber er ist da. Möchtest du ein Sandwich?«

Tilly schüttelt den Kopf. »Suppe ist prima.« In der fröh-lichen Unordnung von Sarahs Küche fühlt sie sich wohler als in Mrs. Andersons aufgeräumtem Bungalow. »Also, wie schla-gen wir uns? Neue Kundschaft?«

»Einen sehr noblen neuen Kunden«, sagt Sarah, setzt sich an den Tisch und schiebt ein Holzbrett mit einem Laib Vollkorn-brot zu Tilly hinüber. »Kein Geringerer als Sir Alec Bancroft. Pensionierter Diplomat. Er lebt unten im Dorf und ist ein Freund meiner Mum. Er möchte eine Datenbank für all seine Kontakte aufbauen. So, wie es klingt, sind es Hunderte. Ziem-lich viele Menschen, die lernen wollen, wie man E-Mails ver-schickt. Eine andere Frau will unbedingt ihre Einkäufe per Internet erledigen.«

»Meine Güte!«, ruft Tilly. »Nächste Woche könnten wir schon Millionärinnen sein.«

»Aber nicht«, versetzt Sarah energisch, »wenn wir Stunden bei Leuten verbringen, weil sie einsam sind. Zeit ist Geld. Nach dem Mittagessen sehen wir uns den Terminkalender an.«

George weint kläglich, und Tilly beugt sich vor, um ihm mit dem Ende ihres dicken, buttergelben Zopfs die Wange zu kitzeln.

Es ist ja *meine* Zeit, denkt sie. Und im Moment kann ich es mir leisten.

Ihre Gedanken wandern zu Mrs. Anderson in dem furchtbar aufgeräumten kleinen Zimmer, und sie sieht wieder vor sich, wie die einsame Frau begierig auf den Computerbildschirm gestarrt hat.

»Jetzt müssen Sie Ihrer Tochter einfach mitteilen, wann Sie online gehen. Versuchen Sie, jede Woche einen regelmäßigen Termin dafür zu verabreden. Berechnen Sie auch den Zeitunterschied ...«

Tilly setzt sich gerade auf, schneidet sich Brot ab und grinst Sarah an. »Ich hoffe wirklich, dass diese Sache funktioniert«, erklärt sie. »Ich kann mich nicht ewig bei Dom durchschnorren. Obwohl ich zugeben muss, dass im Vergleich zu deinem Sofa Mr. Potts' Schlafzimmer geradezu luxuriös wirkt.«

»Zapfst du immer noch Bier im Pub?«

»Drei Abende die Woche. Ist noch Suppe da?«

»Bedien dich!« Sarah zieht einen DIN-A4-Notizblock auf sich zu. »Du führst doch Buch über deine Benzinkosten, oder? Das ist unser größter Kostenfaktor. Aber die Anzeige war wirklich ihr Geld wert. Die Reaktion war gut.«

Tilly setzt sich wieder an den Tisch, und sie beugen sich zusammen über die Notizen auf Sarahs Block, während George in seinem Stühlchen friedlich schläft. Das Telefon klingelt, und Sarah spring auf, um das Gespräch anzunehmen. Mit erhobenem Daumen bedeutet sie Tilly, dass sie einen neuen Kunden haben, und beginnt, sich Notizen zu machen.

»Hast du meine Nachricht wegen Mrs. Probus bekommen?«, fragt sie, als sie wieder Platz nimmt. »Ihr Sohn sagt, dass sie die

Feinheiten des Versendens von E-Mails immer noch nicht ganz begriffen hat und nicht auf seine Nachrichten antwortet. Ich habe deinen Besuch für halb drei angekündigt.«

»Sie ist eine ganz Liebe«, meint Tilly, »aber sie gehört einfach nicht in diese schöne neue IT-Welt. Er hat ihr diesen wunderschönen neuen Laptop gekauft, doch sie hat Todesangst davor. Sie hat ungefähr vierzehn Katzen, und es scheint ihr merkwürdigerweise gar nichts auszumachen, keine Nachrichten von ihrem Sohn zu empfangen. Okay. Ich sehe, was ich tun kann.«

»Das is doch nich natürlich«, erklärt die alte Mrs. Probus stur. »Und buchstabieren hab ich noch nie gut gekonnt.«

Auf jedem Stuhl im vollgestopften Wohnzimmer in Mrs. Probus' winziger Sozialwohnung sitzen mehrere Katzen. Sie rekeln sich gelangweilt und beobachten Tilly gleichgültig. Ein paar streichen herum, reiben sich an Mrs. Probus' mit Katzenhaaren überzogener Trainingshose und reißen die Mäulchen zu leisem Miauen auf.

»Die Rechtschreibung ist nicht wichtig«, sagt Tilly. »Ihr Sohn möchte etwas von Ihnen hören. Natürlich will er das. Er möchte wissen, ob es Ihnen gut geht. Und Sie hören doch gern von ihm, oder? Sehen Sie: Er hat Ihnen drei Nachrichten hinterlassen, und Sie haben keine davon gelesen.«

Drei oder vier Katzen umkreisen die beiden, während Mrs. Probus stirnrunzelnd auf den Bildschirm starrt, die Nachrichten mustert und jede davon langsam liest.

»Das steht doch nix drin«, murrt sie schließlich. »Hätte auch anrufen können.«

»So geht es schneller«, meint Tilly begütigend, hebt eine hartnäckige Tigerkatze hoch und streichelt sie. »Er kann sich einfach einloggen, Ihnen schnell eine Nachricht schreiben und ein, zwei Minuten später schon wieder weiterarbeiten. Ein Anruf würde viel länger dauern. Und außerdem, als er diese Stunden gebucht hat, da hat er mir erzählt, dass Sie nicht immer ans Telefon gehen.«

Mrs. Probus sieht Tilly verschmitzt an. »Kommt ja auch drauf an, wann er anruft, oder? Vielleicht seh ich gerade fern. Ach, lassen wir doch die langweiligen Nachrichten, meine Hübsche! Wie wär's mit einer Tasse Tee?«

Tilly fragt sich, wie lange sie die penetrant nach Katzen riechende Luft noch ertragen kann, doch sie erwidert Mrs. Probus' Lächeln. »Dann los!«, sagt sie. »Aber erzählen Sie bloß meiner Chefin nichts davon!«

Sie ruft Sarah aus dem Auto an, sitzt bei heruntergekurbeltem Fenster da und atmet in tiefen Zügen die kalte, frische Luft ein.

»Hoffnungslos«, erklärt Tilly. »Du wirst ihrem Sohn sagen müssen, dass sie E-Mail-resistent ist und er möglicherweise sein Geld verschwendet. Es macht mir nichts aus, es zu versuchen, doch er muss das wissen. Wir haben ihm eine Mail geschickt, und ich bin mir sicher, dass Mrs. Probus es verstanden hat – sie ist schließlich nicht dumm –, aber sie ist nicht mit dem Herzen dabei.«

»Er hat ein schlechtes Gewissen«, meint Sarah. »Er und seine Frau haben sich scheiden lassen, und sie ist in die Nähe von Penzance gezogen. Die Kinder sind erwachsen und aus dem Haus, und er ist Fernfahrer und möchte seine alte Mutter im Auge behalten, während er unterwegs ist.«

Tilly lacht. »Ich glaube nicht, dass seine alte Mutter sich im Auge behalten lassen möchte. Sie ist mit ihren Katzen und dem Fernseher vollkommen glücklich.«

»Wie undankbar!«, sagt Sarah. »Ich bin weg, um Ben von der Schule abzuholen. Er bringt einen Freund mit zum Tee nach Hause.«

»Okay. Ich mache nach dem nächsten Termin auch Schluss. Heute Abend arbeite ich im Pub. Bis morgen.«

Tilly fährt über die schmalen Landstraßen nach Hause und fragt sich, ob Sarahs Geschäftsidee irgendwann so viel einbringen wird, dass sie beide davon leben können. Es macht Spaß, ihr dabei zu helfen, U-Connect auf die Beine zu stellen, und sie waren beide erstaunt über die zahlreichen Reaktionen auf ihre Anzeigenkampagne. Aber kann diese Sache wirklich genug Einkommen für zwei Personen einbringen? Und will sie, Tilly, sich wirklich mit aller Kraft dafür engagieren? Sie arbeitet lieber in einem Team, in dem man gemeinsam mit Ideen jonglieren kann, doch solche Jobs sind sehr dünn gesät. Man hat ihr angeboten, mehr Stunden im Pub zu übernehmen. Das Lokal hat einen Anbau mit zwei abgeschlossenen Ferienwohnungen, und das Mädchen, das samstagmorgens die Abschlussreinigung macht, hat gekündigt. Der zusätzliche Verdienst kommt Tilly sehr gelegen, solange alles noch nicht richtig nach Plan läuft, obwohl im Moment nicht viele Urlauber herkommen.

Tilly zieht eine Grimasse. Ihre Mutter ist nicht erfreut darüber, dass sie ihren Job in dem Hotel in Newquay hingeworfen hat. Doch Dad bringt ihr mehr Verständnis entgegen.

»Deine Mum will nur wissen, dass du abgesichert bist«, erklärte er ihr, als sie ihm auf Skype von ihrer Kündigung erzählte. »Sie macht sich Sorgen um dich. Wir wohnen weit weg, und du bist unser einziges Kind. Oh, ich weiß, dass du jede Menge Freunde hast und immer irgendwo einen Job findest, doch wir hatten wirklich gehofft, das wäre das Richtige für dich.«

»Ich ja auch«, protestierte Tilly. »Habe ich ehrlich. Sie haben gesagt, sie wollten das Hotel auf den allerneuesten Stand bringen, und es wäre so ein aufregendes Projekt gewesen. Aber sie haben mir auf Schritt und Tritt Steine in den Weg gelegt. Jeder Vorschlag, alles Neue oder Frische wurde heruntergemacht. Sie wollten bloß einen Jasager, der alle Prügel einsteckt. Du glaubst gar nicht, wie frustrierend das war, Dad.«

»Ich weiß. Aber sieh mal, Tilly. Du kannst nicht ewig bei Sarah auf dem Sofa schlafen. Geh zu Dom! Er würde sich freuen, dich aufzunehmen, bis du dich wieder stabilisiert hast. Versprich mir, dass du dich mit ihm triffst! Mum wird beruhigter sein, wenn du eine vernünftige Unterkunft hast.«

Trotz ihrer Beteuerungen, dass sie ausgezeichnet in der Lage ist, auf sich selbst aufzupassen, ist Tilly sehr glücklich darüber, bei Dom zu wohnen. Zuerst hat es Spaß gemacht, bei Sarah und den Jungs zu sein und sich Sarahs Pläne für U-Connect anzuhören. Aber als Dave auf Landurlaub kommen sollte, lief es nicht mehr so gut. Außerdem mag sie Dom und ist gern mit ihm zusammen; er ist entspannt und unvoreingenommen, aber auf eine gute Art. Und sie liebt auch Ed und Billa und die alte Butterfabrik. Es ist so eine romantische Geschichte, wie sie alle verwandt sind, und sie kennt sie schon seit Ewigkeiten, sodass sie ihr vorkommen wie Familienmitglieder. Es ist traurig für Dom, Ed und Billa, dass Doms Töchter sich beide in Johannesburg in Südafrika niedergelassen haben, wo Dom ihre Mutter, Griet, kennengelernt und geheiratet hat.

»Komisch, oder?«, meinte Tilly einmal zu Billa. »Dass Dom hier wohnt, nachdem er in Pension ist und Griet gestorben ist. Man könnte doch meinen, dass er in der Nähe seiner Familie sein möchte.«

»Dom ist eben aus Cornwall«, antwortete Billa. »Er ist ein St. Enedoc. Wir sind auch seine Verwandten. Er ist als Ingenieur so viel in der Welt herumgekommen; aber was ihn angeht, geht nichts über Cornwall. Und Harry ist genau wie er. Der junge Harry ist ein wahrer St. Enedoc.«

Das findet Tilly auch. Sie mag Doms jüngsten Enkel – und einzigen Enkelsohn – schrecklich gern. Harry besucht Dom, sooft er kann, und surft und segelt gern.

Sie parkt neben dem alten Schuppen, den Dom als Garage benutzt, und steigt aus. Ein Weg führt zwischen Flieder- und Hortensienbüschen zur Hintertür, wo Dom gerade seine Stiefel abstreift und Bessie sie entzückt begrüßt. Tilly stellte ihre Tasche ab und bückt sich, um sie auf die Nase zu küssen.

»Riechst du die Katzen an mir?«, fragt sie die Hündin.

»Hattest du einen guten Tag?«, erkundigt sich Dom. »Viele Klienten, die dein Können brauchten?«

Er klopft sich krümelige Erde von seiner dunkelgrünen Cordhose, deren Beine in dicken Socken stecken, und folgt ihr ins Haus.

»Einen ziemlich guten sogar«, erklärt sie. »Aber soll das wirklich meine Berufung fürs Leben werden? Das fragen wir uns, stimmt's, Bessie?«

Die Retriever-Hündin wedelt begeistert mit dem Schwanz.

»Die Frage ist doch«, meint Dom, »ob dieses Unternehmen so viel Arbeit für Sarah und dich abwirft, dass ihr euch ein anständiges Gehalt zahlen könnt. Und was ist, wenn sie näher nach Plymouth zieht? Das Cottage ist doch nur für den Übergang, oder?«

»Es ist das zweite Zuhause ihrer Mum. Als Dave von Portsmouth nach Plymouth versetzt wurde, haben sie sich in der Nähe von Plymouth, am Rand des Dartmoor, ein Haus zur Miete gesucht, aber die Besitzer haben es sich im letzten Moment anders überlegt. Das war kurz vor Georges Geburt, daher haben sie beschlossen, in das Cottage zu ziehen, bis sie Zeit haben würden, sich nach einem Haus umzusehen, das näher am Hafen liegt. Ich glaube, das steht bei Daves nächstem Landurlaub an.«

»Und wenn die beiden weggehen?«

»Darüber haben wir auch geredet. Wir haben nicht die Art von Kundenkreis, der uns immer wieder bucht. Die meisten Aufträge sind schnell erledigt – wir bringen den Leuten zum Beispiel bei, wie man skypt oder E-Mails empfängt und versendet –, sodass wir reichlich Zeit haben, uns darauf einzustellen, falls Sarah weggeht. Das war nur so eine Art Testlauf, um das Terrain zu sondieren. Die Sache ist doch die, dass sie diese Art von Firma überall aufziehen kann.«

»Und was ist mit dir?«

»Ah«, sagt Tilly. »Na ja, es ist so, dass ich das Geschäft, sobald es läuft, auch allein weiterführen könnte, wenn Sarah weggeht. Wenn ich will.«

Sie lächelt über Doms Miene; er glaubt eindeutig nicht, dass sie das will.

»Ich sehe dich nicht als Einzelkämpferin«, meint er. »Du hast gern Menschen um dich.«

Sie nickt. Da hat er ganz recht; sie ist glücklicher, wenn sie in einem Team arbeitet.

»Andererseits habe ich ja viel mit Menschen zu tun. Fahre zu Leuten wie Mrs. Anderson und Mrs. Probus.«

»Das ist aber nicht das Gleiche«, wendet er ein. »Das sind Kunden. Bei ihnen kannst du nicht mit Ideen spielen oder Dampf ablassen.«

»Ich weiß«, antwortet sie. »Die Sache ist die, dass ich Sarah bei ihrem Einstieg helfe und gleichzeitig ein bisschen verdiene. Sie ist durch George ein wenig gehandicapt, und da kann ich

51

mich nützlich machen. Wenn ich ein unwiderstehliches Angebot bekomme, nehme ich es an. Das weiß sie auch. Unterdessen habe ich zusätzliche Arbeit im Pub bekommen. Schluss-
reinigung am Samstagmorgen.«

Dom füllt den Wasserkessel. »Aber wahrscheinlich kommen
momentan nicht viele Touristen, oder? Hast du in letzter Zeit
irgendwelche Fremden gesehen?«

Sie wirft ihm einen Blick zu. Die Art, wie er seine Frage formuliert hat, verwirrt sie. »Sogar im Februar kommen immer
Paare, die sich ein freies Wochenende gönnen. Ab und zu fana-
tische Vogelbeobachter. Oder wirklich passionierte Wanderer.
Das *Chough* ist sehr beliebt, seit Giles Coren – du weißt schon,
der Schriftsteller, der auch Gastrokritiken schreibt – dort über-
nachtet und diesen begeisterten Artikel verfasst hat.« Sie sieht
auf die Uhr. Die Fahrt zum Pub dauert fast zwanzig Minuten.
»Ich muss los, doch ich hätte gern eine Tasse Tee, wenn ich
mich umgezogen habe, bitte.«

Um acht Uhr abends ist die kleine Bar von Gelächter und
Gesprächen erfüllt. Tilly, die herumgeht und leere Gläser von
den Tischen einsammelt, bückt sich und legt ein frisches Scheit
auf das Feuer in der gewaltigen, aus Granit gebauten Kamin-
ecke. Ein Mann sitzt allein an dem kleinen Ecktisch und lächelt
ihr zu, als die Scheite Feuer fangen und die Funken tanzend in
die rußschwarze Höhlung des mächtigen Kamins aufsteigen.
Er wirkt ein wenig ungewöhnlich, etwas fremdländisch. Seine tief gefurchte Haut ist zum einen leicht gebräunt und will
nicht richtig zu seinem rötlich grauen, dichten Lockenhaar
passen. Er trägt einen schwarzen Rollkragenpullover – Kasch-
mir, meint Tilly zu erkennen – und schwarze, ziemlich eng ge-
schnittene Moleskin-Hosen. Neben seinem Stuhl steht eine

Tasche, eine Art Umhängetasche mit einem langen Henkel, den er um die Stuhllehne geschlungen hat. Eine ziemlich eigenartige Tasche für einen Mann, und Tilly fragt sich, ob er vielleicht Schriftsteller oder Musiker ist. Sie hält ihn für Ende fünfzig, Anfang sechzig, doch er wirkt schlank und durchtrainiert und ein wenig nervös. Er könnte Franzose oder Italiener sein, aber als er jetzt spricht, klingt er durchaus wie ein Engländer, obwohl sie seine Stimme bei dem Lärm in der Bar kaum hören kann.

»Ziemlich kalt heute Abend«, meint er. »Das Feuer können wir gut gebrauchen.«

Sie lächelt ihm zu und nickt, und er erwidert ihr Lächeln, und ihr fällt auf, dass seine Augen von einem hellen, kalten Grau sind. Mit einem Mal erinnert sie sich an Doms Frage. »Hast du in letzter Zeit irgendwelche Fremden gesehen?« Und dann ruft jemand ihren Namen, und sie vergisst das Ganze. Als sie später zu dem Tisch am Feuer sieht, ist der Stuhl leer, und der Mann ist fort.

4. Kapitel

Ed sitzt an seinem Schreibtisch und sieht seine Notizen durch. In diesem Raum, der einmal das Arbeitszimmer seines Vaters war, fühlt er sich wohl und glücklich. Hier spürt man die Gegenwart Harry St. Enedocs immer noch; hier hat er alles, was ihm am kostbarsten war und was im Stadthaus in Truro nicht vermisst werden würde, um sich geschart. Sein Bücherregal voller Erstausgaben moderner Schriftsteller; die Bilder von Malern aus der Gegend, die er schätzt; eine kleine, mit Seide ausgeschlagene Vitrine mit drei Brettern voller Netsuke-Figuren und das Tablett mit sechs erlesenen Miniaturen, die Vorfahren von ihm darstellen, sind alle sorgsam in diesem Raum platziert.

Hierher kam Ed als Kind, wenn er um seinen Vater trauern wollte; hier versuchte er, diese magischen Nachmittage zurückzuholen, als die beiden eine private Welt teilten. Gemeinsam betrachteten sie die Miniaturen, und Ed lauschte ein weiteres Mal den Geschichten, die sich um jedes der gemalten Gesichter rankten, jeder zutiefst vertrauten Geschichte, die nie langweilig wurden, sooft er sie auch hörte. Er sah seine Urgroßeltern – eigentlich noch entferntere Vorfahren – an, ihre zwei Töchter und zwei Söhne und war stolz darauf, dass er dem jüngeren Sohn so ähnlich sah. Er saß mit seinem Vater in dem großen Sessel und hörte zu, wie er aus einigen der Bücher vorlas – Conan Doyle war einer seiner Lieblingsautoren und John Buchan ein weiterer –, und durfte vorsichtig einige der Netsuke in die Hand nehmen, diese winzigen, perfekten

Schnitzereien, die wie Spielzeuge wirkten, und sich Geschichten und Spiele ausdenken, die sich um sie drehten. Dies war seine ganz eigene, besondere Zeit mit dem Vater, in die weder seine Mutter noch Billa sich je hereindrängten.

Nach dem Tod des Vaters suchte Ed das Arbeitszimmer weiter auf. Er setzte sich an den Schreibtisch auf den Stuhl seines Vaters und arbeitete wie sein Vater vor ihm; er steckte seinen Kummer und seine Angst in Dinge, die sich eingrenzen und begreifen ließen. Er schrieb Listen, malte Blumen und Vögel und verglich sie mit den Bildern in den Enzyklopädien und Nachschlagewerken, wie sein Vater es ihm gezeigt hatte. Von Zeit zu Zeit blickte er auf, sicher, dass sein Vater da gleich beim Bücherregal stehen würde, und wartete auf die tröstliche Hand auf seiner Schulter und den warmen Atem auf seiner Wange. Ed setzte alles ein, was sein Vater ihn gelehrt hatte, um mit der furchtbaren Endgültigkeit des Todes fertigzuwerden. Alles, was Sicherheit symbolisierte, befand sich hier in diesem kleinen Raum, und solange dieser unberührt blieb, kam Ed zurecht. Da alle geschäftlichen und familiären Angelegenheiten von Truro aus geregelt wurden, war das Arbeitszimmer weiterhin ein zutiefst persönlicher und privater Raum, der langsam zu Eds Reich wurde ... bis Andrew und Tris kamen.

»Wir müssen das Arbeitszimmer ausräumen, damit Tris ein eigenes Zimmer hat«, sagte ihre Mutter mit dieser munteren Stimme, die sie inzwischen immer einsetzte, wenn die Rede von Andrew und Tris war. In diesem Ton lag die Verheißung, dass alles furchtbar spaßig werden würde und Ed und Billa sich doch sicher genauso darauf freuten wie sie. Sie hatten Andrew und Tris jetzt kennengelernt, und die Begegnung war nicht besonders glücklich verlaufen. Andrew war selbstbewusst und verhielt sich ihrer Mutter gegenüber besitzergreifend, und diese wiederum war so nervös, dass es schien, als könnte sie vor Anspannung zerspringen. Billa sprach nur, wenn sie etwas gefragt wurde, und wirkte verlegen; und Ed fürchtete, seiner Schwester und dem Gedenken seines Vaters gegenüber illoyal zu erscheinen, und fühlte sich zutiefst unbehaglich. Nur Tris war entspannt. Kühl starrte er seine potenziellen Halbgeschwister an und trat auf Anweisung seines Vaters gehorsam vor, um ihnen die Hände zu schütteln – aber sein Blick war amüsiert und berechnend.

Wartet's nur ab!, schien dieser Blick zu sagen.

Und lange brauchten sie nicht zu warten.

»Wir müssen das Arbeitszimmer ausräumen«, erklärte ihre Mutter ein paar Tage nach diesem Treffen, »damit Tris ein eigenes Zimmer hat.« Und nun, endlich, trat Ed in den Kampf ein, in den Billa schon vor Wochen gezogen war.

»Nein«, sagte er. »Nein. Das kannst du nicht machen.«

Beide sahen ihn an, seine Mutter nervös und Billa verblüfft. Ed war das egal. Er dachte an das Arbeitszimmer, an die Aquarelle, die Miniaturen von John Smart, die Netsuke und die Bücher. In den fünf Jahren seit dem Tod seines Vaters hatte Ed auch seine eigenen Schätze gesammelt: seine Farben, seine Bücher, seine Modellkriegsschiffe. Das Arbeitszimmer war nicht groß; es war immer das kleinste der Zimmer im ersten Stock gewesen, doch es gehörte ihm, und er würde dafür kämpfen.

»Aber Schatz«, begann seine Mutter halb lachend, damit er begriff, dass er sich albern benahm. Und Ed war immer vernünftig – und lenkbar. »Tris braucht doch ein Zimmer, oder? Du kannst ein paar Sachen in dein Zimmer mitnehmen, und einiges kann auch in den Salon.«

»Nein«, erklärte Ed noch einmal.

Es kam auf das Zimmer selbst an, nicht auf die Gegenstände darin. Dort hatten sein Vater und er geredet, gelesen, gemalt. Sein Schatten war noch dort, blickte vom Schreibtisch auf und lächelte ihm zur Begrüßung entgegen. Er lehnte an dem Tisch, auf dem die Miniaturen auf ihrem kleinen, mit Glas abgedeckten Tablett standen, und wies nacheinander auf jede davon; oder er griff ins Bücherregal, um ein Buch herauszunehmen. »Es ist genauso Vaters Zimmer wie meines. Es ist alles, was von ihm übrig ist.«

Er war groß für seine zwölf Jahre und sah seinem Vater verblüffend ähnlich; aber er war sich dieser Wirkung auf seine Mutter nicht bewusst. Sie fühlte sich illoyal, klein, verängstigt. Ed konnte nicht ahnen, welche Furcht ihr Herz schneller schlagen ließ, als sie über die Kämpfe nachdachte, die noch vor ihnen lagen. Trotzdem war sie verliebt und würde ebenso für ihr Glück kämpfen wie Ed um das Arbeitszimmer seines Vaters.

»Dann wirst du dir dein Zimmer mit Tris teilen müssen«, versetzte sie kalt.

Sie wartete auf einen empörten Aufschrei, auf seine Kapitulation – sogar Billa schwieg –, doch Ed erwiderte ruhig ihren Blick.

»Na schön«, sagte er. »Dann teilen wir uns eben ein Zimmer.«

»Wie kannst du nur?«, verlange Billa später zu wissen. »Wie kannst du es ertragen, dir das Zimmer mit ihm zu teilen?«

Ed schwieg. Während des Treffens war Tris' wohlerzogene Maske ein wenig verrutscht, sobald die beiden Erwachsenen die Kinder allein gelassen hatten, »damit sie sich ein bisschen kennenlernen konnten«.

»Hast du ein Fahrrad?«, hatte er Ed gefragt.

Ed nickte. Sein Raleigh-Rad war noch ganz neu – Rennlenker, drei Gänge –, ein Geschenk zu seinem Geburtstag vor ein paar Wochen.

»Ja«, antwortete er, »aber ich bin groß für mein Alter, deswegen wird es für dich ein wenig zu hoch sein.«

»Ich komme schon klar«, sagte Tris großspurig. Aus seinen hellen, kühlen Augen sah er Ed herausfordernd an, musterte ihn abschätzig. »Wo hast du es?«

Schweigend führte Ed ihn zu der Garage, zu der sein Vater eines der alten Außengebäude umgebaut hatte. Billa folgte den beiden, sah zum Haus zurück und fragte sich, ob sie beobachtet wurden. Die hölzernen Türflügel standen offen. Drinnen stand Mutters Morris Minor Traveller und dahinter Andrews neuer Ford Consul Cabrio. Neben der Limousine wirkte es ziemlich schrill und unpassend. Behutsam schob Ed sein Fahrrad nach draußen und stand dann da und hielt es fest. Er fühlte sich verlegen und wusste nicht recht, was er sagen sollte. Tris wirkte zwar drahtig und robust, doch er war nicht sehr groß, und das Fahrrad sah viel zu hoch für ihn aus. Trotzdem nahm Tris den Lenker und schob es weiter auf die Ausfahrt hinaus. Zögernd ließ Ed los und sah zu, wie Tris versuchsweise den Fuß auf das Pedal setzte und sich dann plötzlich abstieß. Er probierte gar nicht, sich in den Sattel zu setzen, sondern strampelte einfach die Ausfahrt hinunter, was das Zeug hielt, und auf die Straße hinaus.

Ed und Billa rannten ihm nach. Als sie an die Straße kamen, sahen sie, dass er immer noch vor ihnen herfuhr. Und als er dann die Kurve erreichte, beobachteten sie, wie er vom Rad sprang und es davonschlenkern ließ, bis es umfiel und mit weiterdrehenden Rädern liegen blieb. Ed schrie bestürzt auf. Er rannte los, um es aufzuheben, und untersuchte es auf Kratzer und sonstige Schäden, während Tris dastand und ihn vom Straßenrand aus grinsend beobachtete.

»Warum hast du das getan?«, schrie Billa aufgebracht. »Wieso hast du so etwas Blödes gemacht?«

»Was denn?«, fragte Tris. »Ich bin heruntergefallen. Ihr hättet mich nicht anstacheln sollen, damit zu fahren. Es ist zu hoch für mich.«

Beide starrten ihn in stummer Verblüffung an.

»Dich anstacheln?«, wiederholte Ed schließlich. »Wir haben nichts dergleichen getan. Ich habe dich davor gewarnt, damit zu fahren.«

»Das musst du erst einmal beweisen«, gab Tris zurück. »Jetzt habe ich mir den Knöchel verstaucht. Dad hat gesagt, ihr sollt auf mich aufpassen, weil ich der Jüngste bin.« Er drehte sich um und humpelte auf die alte Butterfabrik zu.

»Aber er hat sich nicht wehgetan«, wandte Ed besorgt ein, sah ihm nach und hielt sein Rad fest. »Er ist abgesprungen. Wir haben es doch gesehen. Da hat er nicht gehumpelt.«

»Nein«, sagte Billa. »Doch jetzt humpelt er, die kleine Zecke. Komm! Ist das Rad in Ordnung?«

Ed sah noch einmal nach, aber bis auf ein paar Kratzer am vorderen Schutzblech hatte es nicht wirklich Schaden genommen. Betrübt sah er sie an und fuhr mit dem Finger darüber, und dann schob er das Fahrrad die Straße entlang und musste sich beeilen, um mit Billa mitzuhalten. Als sie in die Küche kamen, sahen sie Tris auf dem Rand der großen schiefernen Tischplatte sitzen. Ihre Mutter massierte ihm den Knöchel, und sein Vater drehte sich um und starrte sie aus den gleichen hellen, kalten Augen an. Er war schlank und drahtig, und in seinen raschen Bewegungen lag etwas fast Bedrohliches.

»Das war nicht besonders schlau«, versetzte er scharf. »Einen viel kleineren Jungen anzustacheln, auf einem Rad zu fahren, das mehrere Nummern zu groß für ihn ist.«

»Ach, gib Ed keine Schuld, Dad!«, sagte Tris. »Ich hätte ja

nicht darauf eingehen müssen. Und mir geht es gut. Wirklich.«
Er biss von einem Apfel ab und lächelte Ed und Billa über seine
prall gefüllte Wange hinweg strahlend an.

»Guter Junge«, sagte ihre Mutter, zog Tris die Socke wieder
an den dünnen, schmalen, weißen Fuß und strich leicht über
sein rötliches Haar. »Nichts passiert.« Sie wirkte zutiefst verlegen und konnte Ed oder Billa kaum ansehen. Mit fest zusam-
mengepressten Lippen wandte sie sich ab.

»Nun ja«, meinte Andrew. »Jungs sind eben Jungs. Und wir
müssen wirklich zurück nach Bristol fahren. Wie wär's mit
einer Tasse Tee, bevor wir aufbrechen, Elinor?«

»Wie in aller Welt kannst du dein Zimmer mit ihm teilen?«,
verlangte Billa später zu wissen. »Wie kannst du das nur ertragen? Gott sei Dank bin ich ein Mädchen, und sie können ihn
nicht bei mir einquartieren.«

»Besser, als ihm Dads Arbeitszimmer zu überlassen«,
meinte Ed. »Ich komme schon irgendwie klar.«

Als Ed sich jetzt unter den geliebten Besitztümern seines
Vaters umsieht, ist diese Szene ihm noch so gegenwärtig, dass
es ihn kaum erstaunt, was Billa sagt, als sie mit ein paar Briefen in der Hand die Tür öffnet. »Gerade ist die Post gekommen«, erklärt sie, »und rate mal, was dabei ist! Eine Postkarte
von Tris.«

Er starrt die Karte an, den Radfahrer in Shorts und dem
blauen Trikot, der sich über den Rennlenker beugt, und sein
Magen macht einen kleinen Satz.

»Was will er denn?«, fragt er.

»Keine Ahnung«, antwortet sie, aber sie beobachtet Ed
genau. »Ich habe Kaffee gekocht. Komm herunter und trink
einen mit!«

Ed folgt ihr auf den Absatz und die Treppe hinunter. Böse Vorahnungen erfüllen ihn.

»Warum sollte es ihn interessieren, wie es uns geht? Wieso sollte er uns sehen wollen?«

Sie hat den Kaffee vor dem Kamin in der Halle auf die alte, mit Schnitzereien geschmückte Seemannskiste gestellt, die sie als Tisch benutzen. Bär kommt aus der Küche getappt, um zu sehen, ob etwas los ist, und Billa gibt ihm einen kleinen Leckerbissen, den er mit sichtlichem Genuss zerbeißt. Er leckt sich die Lefzen und lässt sich in einiger Entfernung vom Kamin nieder.

»Ich hatte zurückgedacht«, sagt Ed und setzt sich. »Gerade, als du hereingekommen bist. Ich habe mich an unsere erste Begegnung erinnert und daran, wie er auf meinem Rad gefahren ist.« Er streckt ihr die Karte entgegen. »Weißt du noch?«

»Ich erinnere mich an alles«, gibt Billa bitter zurück. »Obwohl ich die Verbindung zu deinem Fahrrad nicht gezogen hatte. Das war bei unserer ersten gemeinsamen Unternehmung, stimmt's? Und Mutter war immer auf seiner Seite. Sie war so besessen von Andrew, dass Tris einfach nichts falsch machen konnte. Es war so verdammt unfair!«

Ed beobachtet sie. Ihr plötzlicher Zorn erinnert ihn an diese unglücklichen Zeiten und daran, wie ihr Leben auf den Kopf gestellt wurde.

»Gott sei Dank waren wir ja im Internat!«, meint er. Er legt die Postkarte auf die Kiste, und beide sehen sie darauf hinunter.

Ein Gruß aus der Vergangenheit. Wie geht's euch? Vielleicht sollte ich euch einen Besuch abstatten und es selbst herausfinden!

»Wir können uns einfach weigern, ihn zu sehen«, überlegt Ed laut. »Wenn er anruft, sagen wir einfach Nein.«

»*Falls* er anruft«, gibt Billa zu bedenken. »Vielleicht taucht er auch einfach auf.«

»Trotzdem«, sagt Ed. »Wir brauchen ihn ja nicht hereinzulassen. Hier hat er keine Rechte.«

Billa schweigt so lange, dass er zu ihr aufsieht. Ihre Miene ist besorgt, beinahe finster.

»Was?«, fragt er.

Sie schüttelt den Kopf. »Nichts. Trink deinen Kaffee!«

»Ich schätze, das ist nur eine von seinen dummen Sticheleien«, meint Ed hoffnungsvoll, doch er sieht, dass Billa anderer Meinung ist. Er denkt daran, wie die zweite Ehe seiner Mutter sein Leben verändert hat, wie sehr er seinen Vater vermisste und wie er begann, Veränderungen zu fürchten und sich an das zu klammern, was sicher und bekannt war. Er denkt an seine merkwürdige Sehnsucht, Kinderbücher zu schreiben und zu illustrieren – magische, zauberhafte Bücher –, die er sich immer versagt hat, weil er fürchtete, der Aufgabe nicht gewachsen zu sein und sich zum Gespött zu machen. Er trinkt seinen Kaffee, der so bitter schmeckt wie verpasste Gelegenheiten, und eine alte, vertraute Beklemmung legt sich um ihn, kalt wie ein feuchter Umhang.

5. Kapitel

Sir Alecs Haus ist ein wahrer Fuchsbau aus kleinen Räumen und unerwartet auftauchenden Treppen. Er empfängt Tilly an der Eingangstür, die direkt auf die abschüssige Dorfstraße führt, und lädt sie in das erste der kleinen Zimmer ein. Ein älterer gelber Labrador erhebt sich knarrend von einem Sitzsack, um sie zu begrüßen, und sie hält inne, um ihm über den breiten Kopf zu streicheln und ihm etwas zuzuflüstern. Dankbar wedelt er rhythmisch mit dem Schwanz, und Sir Alec lächelt beifällig.

»Ich sehe, dass Sie die Hundesprache sprechen«, meint er. »Das ist prachtvoll. Der arme Hercules hat gern Besuch. Meine Frau fehlt ihm furchtbar.«

Tilly ist schon instruiert worden.

»Sir Alecs Frau ist letztes Jahr ziemlich schnell gestorben«, erklärte Sarah. »Ich war schon bei ihm, weil er gleich im Dorf wohnt, und er ist ein richtiger Schatz. Und vollkommen chaotisch, obwohl er eine Putzfrau hat, die zweimal die Woche kommt. Denk daran, dass du bloß da bist, um eine Datenbank mit all seinen Kontakten einzurichten! Früher hat seine Frau die Liste für die Weihnachtskarten geführt, und ihr Tod war ein furchtbarer Schock für ihn. Jetzt will er das Adressensystem automatisieren. Du bist also nicht zum Aufräumen da, Tilly. Mit der Datenbank wird es ohnehin ewig dauern. Er hat Hunderte Freunde auf der ganzen Welt und steht in Kontakt zu allen.«

Als Sir Alec sie in sein Arbeitszimmer führt, holt Tilly tief

Luft. Es ist fast so unordentlich wie Billas Büro: Zeitungsberge, aufeinandergetürmte Bücher, Stapel von Briefen.

»Ich weiß«, sagt er, wirft ihr einen besorgten Blick zu und zieht eine komische Grimasse. »Ziemlich chaotisch, stimmt's? Was meinen Sie, kommen wir trotzdem zurecht?«

»Natürlich kommen wir zurecht«, gibt sie herzlich zurück. »Und dann diese Aussicht!«

Durch das hohe Fenster sieht man über die unebene, mit grauem Schiefer gedeckte Dachlandschaft des Dorfes bis zur Küste. Jenseits der Klippen, die im Westen zurückweichen, brandet das Meer heran und wirft sich machtvoll gegen die steilen Granitwände und Felsspitzen. Ein Fischerboot, das im Seegang auf und ab wogt, tuckert mit einem Möwenschwarm im Schlepptau in Richtung Padstow.

»Herrlich, nicht wahr?«, sagt er und stellt sich neben sie ans Fenster. »Lenkt mich aber sehr ab, wenn ich zu arbeiten versuche.«

Er schaut sie an. Tilly sieht, dass sie ungefähr gleich groß sind, doch seine hoch aufgerichtete militärische Haltung lässt ihn größer erscheinen und verleiht ihm Ausstrahlung, und seine Augen blicken freundlich.

»Sarah hat der Zustand des Raumes ziemlich schockiert. Sie war sehr höflich, aber ich habe es ihr angesehen. Sie meinte, es würde mir vielleicht leichter fallen, wenn ich organisierter wäre.«

Tilly schnaubt amüsiert. »Ich verstehe schon, was sie sagen wollte.«

»Das kommt davon, wenn man immer Sekretärinnen hatte, verstehen Sie? Ich bin verwöhnt. Stets ist jemand da, der einen auf dem Laufenden hält, einen an alles erinnert und hinter einem aufräumt. Und Rose, Gott hab sie selig, war wunderbar.« Er seufzt, nicht voller Selbstmitleid, sondern einfach in Erinnerung an die Vergangenheit. »Kennen Sie eigentlich unseren Vikar, Clem Pardoe?«

Tilly ist verblüfft über diesen Themenwechsel. »Ich glaube nicht.«

»Ah, großartiger Bursche, dieser Clem. Hat sich so wundervoll um Rose gekümmert, als es mit ihr zu Ende ging. Er kommt mich immer noch besuchen, nur um mich auf Trab zu halten. Vielleicht sollte ich lieber sagen, damit ich nicht umfalle. Er hat mir auch Ihre Anzeige gezeigt. Clem hat in London in der IT-Branche gearbeitet, verstehen Sie? ›Genau das brauchen Sie‹, hat er gesagt. ›Rufen Sie doch dort an und vereinbaren Sie einen Termin!‹ Also habe ich es gemacht.«

»Dann lassen Sie uns anfangen!«, meint Tilly, wendet sich vom Fenster ab und wappnet sich für das, was vor ihr liegt. »Sarah sagt, Sie hätten ein sehr dickes Adressbuch.«

Er schmunzelt. »Wir haben den größten Teil unseres Lebens im Ausland verbracht. Ich habe viele Freundschaften geschlossen und möchte den Kontakt halten.«

»Das ging uns genauso«, sagt Tilly. »Eigentlich immer noch. Mein Vater ist Bergbauingenieur. Er und Mum leben momentan in Kanada.«

»Sie vermissen die beiden sicher.«

»Ja, aber ich bin daran gewöhnt. Ich bin hier zur Schule gegangen und habe viele Freunde in Cornwall.«

»Sarah zum Beispiel? Sie sagte, Sie wären zusammen zur Schule gegangen.«

»Ja, obwohl eigentlich ihre Schwester meine beste Freundin war. Sarah ist älter als ich, doch sie hat immer auf mich aufgepasst, und ich bin an freien Tagen oft mit zu ihr nach Hause gekommen, wenn es zu weit war, nur für ein Wochenende zu Mum zu fahren.«

»Und wo leben Sie jetzt?«

»Momentan wohne ich bei meinem Patenonkel Dominic Blake. Er war in Camborne eine Zeit lang der Chef meines Vaters, und er hat mich aufgenommen, bis ich einen neuen Job finde.«

»Dann ist das hier nicht Ihr Job?«

»Einer davon. Es wird noch etwas dauern, bis die Firma richtig läuft.« Sie zieht eine kleine Grimasse. »Vielleicht ist es ein wenig ehrgeizig, dass wir glauben, sie könnte überhaupt laufen.«

»Ah, aber ein Mann sollte die Hände weiter ausstrecken, als seine Arme reichen. Wozu ist sonst der Himmel da?««, ruft Sir Alec aus.

Tilly starrt ihn an. »Wie bitte?«

Er lächelt. »Browning«, erklärt er. »Niemand liest ihn heutzutage noch. Egal. Machen wir uns an die Arbeit!«

»Er hat mir alles über den Vikar erzählt und dann Browning zitiert«, berichtet Tilly später Sarah. »Ich liebe ihn einfach.«

Sarah verdreht die Augen. »Und da wir gerade über den Vikar reden ... Ich hatte einen Anruf aus dem Kloster.«

»Dem Kloster?«

»Chi-Meur. Nun ja, heute ist es ein Haus der Einkehr, aber dort lebt noch eine anglikanische Klostergemeinschaft, nur noch drei oder vier Schwestern, doch sie halten tapfer durch. Jedenfalls braucht das Einkehrhaus jemanden, der eine Website organisiert.«

»Kommt mir ein bisschen komisch vor. Eine Website für ein Kloster.«

»Sie ist nicht für das Kloster. Sie ist für das Haus der Einkehr, um für einen Aufenthalt dort zu werben. Du wirst mit ihnen reden müssen, um genau herauszufinden, was sie brauchen und was sie anbieten. Besinnungstage, Kurse, so etwas. Der Administrator ist Laie, sodass du nicht wirklich mit den Nonnen zu tun bekommst. Ich kann das übernehmen, wenn du magst.«

»Nein.« Tilly schüttelt den Kopf. »Ich komme schon klar. Ich bin auch gut bei den Spinnern.«

Sarah kommt am besten mit kleinen Geschäftsleuten zurecht: Bauunternehmern, deren Ablage durcheinander ist, Anstreichern, die verwirrt vor ihrer Buchhaltung stehen, Autowerkstätten, die ein System für ihre Mehrwertsteuererklärung brauchen. Sie ist tüchtig, energisch und weiß, dass Tilly die Beste ist, um mit Menschen wie Mrs. Probus und Sir Alec umzugehen, obwohl sie fürchtet, dass Tilly dazu neigt, Zeit mit ihren Kunden zu verschwenden. Die beiden sind ein gutes Team.

»Du solltest sie nicht Spinner nennen«, entgegnet Sarah tadelnd.

»Ja, aber ich meine es nett«, protestiert Tilly. »Ich mag Spinner.«

Als sie zurückkommt, parkt sie den Wagen und geht spontan zur alten Butterfabrik hoch, um nach Billa zu sehen. Sie mag die ältere Frau sehr gern. Billas Zähigkeit, ihr trockener Sinn für Humor und ihre tiefe Anhänglichkeit an Ed und Dom – all diese Eigenschaften machen sie sehr anziehend. Sie spricht mit Tilly auf eine direkte Art, die die jüngere Frau zu schätzen weiß.

Der späte Nachmittag ist von schlüsselblumenfarbigem Licht erfüllt, grün und ganz blassgold, und sie hört einen seltsamen Chor, heiser, knarzend, weithin hallend. Spontan geht sie um die Hinterseite des Hauses herum und schlägt den Weg am Bach ein. Der See ist voller Wolken, und am Ufer, überall zwischen den Wolken, sind Frösche. Drängelnde, krabbelnde, braungrüne Körper in schleimigen Hügeln und öligen Haufen umklammern einander und singen. Die Wolkenspiegelbilder zerreißen und setzen sich neu zusammen, als die Wellen, die sich über den See ausbreiten und in den Schatten unter den Weiden auslaufen, sie stören.

In dem neu geschaffenen Waldstück am Bach, wo Ed Buchen und Spindelsträucher, Glockenblumen und Narzissen gepflanzt hat, erblickt Tilly Billa, die langsam auf sie zukommt. Bär folgt ihr auf dem Fuß. Billa hat den Kopf gesenkt und die Arme unterhalb der Brust verkreuzt, als müsste sie sich selbst zusammenhalten, und sogar aus dieser Entfernung kann Tilly erkennen, dass sie tief in Gedanken versunken ist. Bär hält inne, um einem interessanten Geruch nachzugehen, und entfernt sich dabei vom Bach. Leise und mit der Nase am Boden folgt er der Fährte. Mit einem Mal bricht eine Fasanenhenne aus ihrer Deckung, einer Stelle mit abgestorbenen, spröden Flechten. Kreischend rennt sie vor ihm her, schießt dann mit wild schlagenden Flügeln nach oben und fliegt in die sicheren Felder hinter dem Wald.

Billa, die von dem plötzlichen Aufruhr aufgeschreckt wird, dreht sich um und sieht zu, und dann erblickt sie Tilly, die winkt und eilig zu ihr läuft. Billa erwidert den Gruß und steckt dann beide Hände in die Taschen ihres Dufflecoats aus Schafswolle und reckt die Schultern, als versuchte sie, sich zu entspannen.

»Ich hatte die Frösche gehört«, erklärt Tilly und hofft, dass sie keinen wichtigen Gedankengang unterbrochen hat, »und da konnte ich nicht widerstehen und bin gekommen, um sie anzuschauen. Das gibt Millionen Kaulquappen. Als ich klein war, bin ich furchtbar gern hergekommen und habe sie in Marmeladengläsern mitgenommen.«

»Ed macht das immer noch«, erwidert Billa mit leiser Ironie. »Er trägt seinen Anteil zur Rettung des Planeten bei. Letztes Jahr, als es so lange eiskalt war, hat er jede Menge davon in seine Kaulquappenbecken gesetzt, diese großen Plastikcontainer, und sie dann freigelassen, als sie Beine entwickelt hatten und groß genug waren, um nicht zu erfrieren oder von Vögeln gefressen zu werden. Da können Sie ihm helfen.«

Tilly lacht schallend. »Ich finde das genial. Funktioniert es wirklich?«

Billa zuckt mit den Schultern. »Wer weiß das schon? Dieses Jahr scheinen es noch mehr als sonst zu sein, deswegen schätze ich, dass es geklappt hat.«

Bär kommt hinter ihnen herangelaufen, überholt sie und schreckt die Frösche auf, die in einem glibberigen Schlammwirbel in die umwölkten Tiefen tauchen. Er hält inne, um sie zu beobachten, und Billa ruft ihn.

»Heute kannst du nicht schwimmen gehen, Bär. Es ist zu kalt, und du machst den Fröschen Angst. Komm weiter!«

Ziemlich zögerlich dreht er sich um und tappt auf seinen großen Tatzen zum Haus. Mit seinem gemächlichen, wiegenden Gang sieht er genauso aus wie der Braunbär, nach dem er benannt ist.

»Ich habe eine E-Mail von dieser Freundin in London bekommen«, erklärt Tilly. »Sie sagt, sie kann mich ihrem Chef für einen Job empfehlen, und ich kann mich einfach nicht entscheiden, ob ich das versuchen soll.«

»Was ist das für ein Job?«

Tilly verzieht das Gesicht. »IT. In einer großen Firma. Alles Anzugträger. Ich habe das schon gemacht und weiß, dass es nicht wirklich das ist, was ich will. Doch ich kann mich nicht entscheiden, ob ich es ausprobieren soll.«

»Warum ›soll‹?«

»Na ja, es ist sehr nett von Dom, dass er mich in Mr. Potts'
Schlafzimmer wohnen lässt, aber ich habe das Gefühl, ihn aus-
zunutzen.«

»Zahlen Sie ihm denn etwas?«, fragt Billa auf ihre direkte Art.

Tilly schüttelt den Kopf. »Er lässt mich nicht, doch ich kaufe
Essen, Wein und solche Sachen. Natürlich hat Dad ihn gebeten, auf mich aufzupassen.«

»Stört Sie das?«

»Nicht wirklich. Dom bevormundet mich nicht. Er sieht,
was ich zu tun versuche, und respektiert es. Er sagt, er hat gern
Gesellschaft und jemanden, der für ihn bügelt. Eigentlich wohne ich schrecklich gern bei ihm. Die Sache ist die, dass Dom
mich wie eine Freundin behandelt, die ein Problem hat und der
er nur unter die Arme greift. Er tut nicht väterlich.«

»Und wie läuft es mit Sarah?«

»Ziemlich gut. Die Anzeige hat eine wirklich positive Reso-
nanz gehabt, aber es ist schwierig, die Zukunft vorherzusagen,
und ich nehme an, nachdem heutzutage Jobs so dünn gesät
sind, sollte ich mich um die Stelle in London bemühen.«

»Obwohl Sie keine Lust auf die Arbeit haben und die
Arbeitsstelle nicht Ihren Vorstellungen entspricht?«

»Sie finden also nicht, dass das am verantwortungsbewuss-
testen wäre?«

Billa lächelt über Tillys nervöse Miene. »Wenn Sie eine
Familie zu unterhalten hätten, würde ich auf Ihre Frage vielleicht anders antworten; aber ich denke, im Moment können
Sie es sich leisten, U-Connect eine Chance zu geben und Sarah
zu unterstützen, während Sie darauf warten, dass sich eine
Gelegenheit bietet, um zu tun, was Sie wirklich wollen. Sie
haben Glück, Dom zu haben. Doch er kann auch von Glück
reden, dass er Sie hat, also beruht es auf Gegenseitigkeit. Und
Sie arbeiten immer noch im Pub?«

Tilly nickt. »Dort haben sie mir ein paar zusätzliche Stunden am Samstagvormittag angeboten, und ich habe ein bisschen gespart, um das Auto zu unterhalten, aber ich möchte mir wirklich sicher sein, dass Dom sich nicht ... Sie wissen schon, unter Druck gesetzt fühlt.«

»Dom ist sehr glücklich damit. Mein Rat wäre, dabei zu bleiben, eine positive Einstellung zu U-Connect zu wahren, sich jedoch nicht von dem ablenken zu lassen, was Sie wirklich wollen. In gewisser Weise war der Job in diesem Hotel ideal für Sie. Sie genießen Herausforderungen und die Gelegenheit, mit Menschen zusammenzuarbeiten. Geben Sie sich nicht mit dem Zweitbesten zufrieden, nur weil es damit nicht geklappt hat! Halten Sie weiter Ausschau nach dem richtigen Angebot, und unterdessen finde ich es großartig, dass Sie und Sarah U-Connect zu einem Erfolg machen. Es ist immer gut, nach etwas zu streben.«

»*Ein Mann sollte die Hände weiter ausstrecken, als seine Arme reichen.*‹«

Billa zieht die Augenbrauen hoch und die Mundwinkel nach unten. »Browning? Ich bin beeindruckt.«

Tilly lacht. »Da war noch mehr, aber ich habe es vergessen. Sir Alec hat das gesagt. Er würde Ihnen bestimmt gefallen, Billa. Ein ehemaliger Diplomat. Er ist schrecklich nett. Soll ich Sie ihm vorstellen?«

»Ich bin mir nicht zu fein, nette Männer kennenzulernen. Ich nehme an, er ist einer Ihrer Kunden?«

»Ich erstelle eine Datenbank für ihn. Nach dem Tod seiner Frau schwimmt er etwas und braucht ein wenig Organisation. Er lebt in Peneglos. Sie wissen schon, dort, wo auch Sarah wohnt.«

»Ich kenne das Dorf nicht. Wir haben die Orte da drüben an der Küste nicht so richtig auf unserem Radar. Aber ja, bringen

Sie ihn einmal zum Tee mit! Wir können ihm die Kaulquappen zeigen. Ed wird selig sein.«

»Vielleicht mache ich das wirklich. Ed und er würden sich großartig verstehen. Bei Sir Alec liegen überall Bücherstapel herum.«

»Wie alt ist er eigentlich?«, fragt Billa. Plötzlich wirkt sie argwöhnisch.

»Ungefähr in Doms Alter«, antwortet Tilly ausweichend. »Vielleicht ein wenig älter, doch man denkt gar nicht an sein Alter, wenn man mit ihm zusammen ist. Er ist so lustig. Eine wunderbare Stimme und nette, funkelnde Augen.«

»Hm«, meint Billa. »Ein netter Mann mit einer wunderbaren Stimme und funkelnden Augen. Ich kann es kaum abwarten. Haben Sie seine Telefonnummer?«

»Vertrauliche Kundeninformationen«, gibt Tilly steif zurück. »Sie werden Ihre Neugier bezähmen müssen.«

An der Haustür gehen sie auseinander, und Tilly folgt dem Fahrweg zu Dom. Sie fühlt sich wieder zuversichtlich und sicher, dass sie das Richtige tut, indem sie U-Connect eine Chance zum Wachsen gibt; wenn nicht für sich selbst, dann wegen Sarah. Tilly öffnet die Tür, ruft einen Gruß und lässt ihre Tasche auf den Stuhl in der Diele fallen. Alles ist gut.

6. Kapitel

Die zweite Postkarte kommt am nächsten Morgen. Billa bringt die Post in Eds Arbeitszimmer, aber er ist nicht da, obwohl sein Laptop eingeschaltet ist und von einer CD Jacques Loussiers Interpretation des Allegro aus Bachs *Italienischem Konzert* erklingt. Sie legt die anderen Briefe auf seinen Schreibtisch, dreht die Postkarte um und wirft nur einen kurzen Blick auf das Bild.

Bin auf dem Weg. Tris.

Der Poststempel und die Marke sind französisch; das Datum ist verwischt, doch Billa meint zu erkennen, dass es drei Tage alt ist. Er könnte jeden Moment hier sein, die Straße hinauffahren und an die Tür klopfen. Billa dreht die Karte um und betrachtet das Bild, die Reproduktion eines viktorianischen Künstlers, und ein merkwürdiges, kompliziertes Gefühl schießt ihr durchs Herz. Ein Hund – ein Terrier – sitzt da und sieht den Betrachter an. Er hat den Kopf zur Seite gelegt und die Ohren gespitzt. Sein spitzes, fuchsähnliches Gesicht trägt einen forschenden, intelligenten Ausdruck; eine Pfote hat er tatendurstig gehoben.

»Bitser«, murmelt Billa.

Die Vergangenheit rückt so stark und unerwartet an sie heran, dass ihr Herz schneller schlägt, Tränen in ihren Augen brennen und sie mehrmals schlucken muss. Sie spürt Bitsers kleine, feuchte Zunge auf ihrer Hand und das Gewicht seines

warmen Körpers auf ihren Armen. Bitser, dieses anbetungs-
würdige, unfassbare Hündchen, hatte ihr Vater ihr weniger als
zwei Jahre vor seinem Tod zum Geburtstag geschenkt.

Sie hatten immer Hunde gehabt, wohlerzogene, gutmütige
Jagdhunde, aber dies war das erste Mal, dass sie oder Ed einen
kleinen Hund ganz für sich allein bekamen. Beim Geburtstags-
tee hatte Billa gerade die Kerzen auf ihrem Kuchen ausgebla-
sen, während alle *Happy Birthday* sangen und applaudierten,
als er in einer Hutschachtel hereingebracht wurde. Die Schachtel wurde auf einem Stuhl abgesetzt, und Billa starrte sie an,
weil sie darin ein merkwürdiges Rascheln und leises Wimmern
hörte. Ihr Vater lächelte ihr zu und bedeutete ihr, ruhig den
Deckel anzuheben. Das tat sie sehr misstrauisch – und darin
saß ein Welpe unbestimmter Abstammung, der in einem Nest
aus Seidenpapier zappelte. Billa stieß einen ungläubigen Freudenschrei aus und hob das warme, strampelnde Körperchen
aus der Schachtel. Ed strahlte vor Vergnügen und Stolz darüber, dass er es geschafft hatte, ein solches Geheimnis zu wahren. Ihre Mutter klatschte in die Hände und lachte; und ihre
Freundinnen drängten sich unter neidischen und fröhlichen
Ausrufen um sie.

»Er ist eine schöne erste Kreuzung«, sagte ihr Vater gerade.
»Er hat ein bisschen Cairn-Terrier und ein bisschen Jack Rus-
sell in sich…« Und so bekam der Hund den Namen »Bitser«,
weil er ein bisschen – *a bit* – von allem hatte.

»Was für ein komisch aussehender Hund!«, meinte Tris später. »Eine Promenadenmischung, oder?«

Bitser mochte Tris nicht leiden. Er knurrte, wenn Tris ihm
verstohlen einen Tritt versetzte oder ihn mit einem Hundekuchen neckte, den er ihm anbot und dann wegzog. Das wagte

Tris aber nie, wenn ein Erwachsener hinsah, sondern brachte es immer fertig, die Reaktion so abzupassen, dass sie nur sahen, dass Tris so tat, als streichelte er Bitser, der inzwischen knurrte oder sogar schnappte. Dann sah Tris seinen Vater an, zog die Mundwinkel nach unten und tat betrübt.

»Ein übellauniges Viech, was?«, pflegte Andrew zu sagen, worauf Billa sich leidenschaftlich zu Bitsers Verteidigung aufwarf.

»Tris ärgert ihn wieder«, sagte sie, doch Tris zuckte mit den Schultern und mimte großäugiges Erstaunen über diesen Vorwurf.

»Bring Bitser nach draußen, Billa!«, sagte ihre Mutter.

Sie und Andrew entschieden, dass Bitser eifersüchtig auf Tris war und man ihm beibringen müsse, dass der Junge jetzt zur Familie gehörte. Nach und nach wurden Bitser kleine Privilegien entzogen: Er durfte nicht mehr auf dem Sofa im Salon sitzen; er wurde bei den Mahlzeiten in die Waschküche verbannt und durfte nicht mehr in Andrews Auto fahren. Doch niemand konnte Billa davon abhalten, ihn abends mit nach oben in ihr Zimmer zu nehmen. Dann rollte Bitser sich am Fuß des Bettes zusammen, und sie saß neben ihm, streichelte ihn und versuchte, diese neuen, unerklärlichen Verbote wettzumachen.

»Aber was soll ich machen«, fragte Billa Dom, als die langen Sommerferien zu Ende gingen, »wenn ich wieder im Internat bin? Mutter war immer froh, Bitser um sich zu haben, wenn wir nicht da waren. Früher hat er in ihrem Zimmer geschlafen. Doch jetzt hat sie Andrew und braucht ihn nicht mehr.«

Sie klang verbittert. Es war immer noch ein Schock, wenn sie mitbekam, wie Andrew abends ins Zimmer ihrer Mutter ging oder ihn morgens durch die halb offene Schlafzimmertür halb nackt und unrasiert in dem zerknautschten Bett zu sehen, wo er Kaffee trank und ihre Mutter neben ihm saß und über eine Bemerkung von ihm lachte. Er hatte Billa auf dem Flur bemerkt und hob herausfordernd die Tasse in ihre Richtung, während er mit der anderen Hand das Handgelenk ihrer Mutter umfasste; und Billa lief tiefrot an und huschte, verwirrt und peinlich berührt über ihre eigene Reaktion, davon.

So, wie Ed sich ins Arbeitszimmer zurückzog, klammerte Billa sich fester an Bitser, das Geschenk ihres Vaters. Sie begann, ihren eigenen Krieg zu führen, der sich aus reiner Notwendigkeit mehr gegen ihre Mutter als ihren hauptsächlichen Peiniger Tris richtete.

»Weißt du noch ...«, begann sie ihre Fragen oft. Und dann konnte es um alles gehen, was sich um Bitser und ihren Vater drehte. Ihre Mutter fürchtete bald diese beiläufige Gesprächseröffnung, doch sie war die einzige Waffe, die Billa gegen die Demontierung ihrer Vergangenheit in ihrem Selbstverteidigungsarsenal besaß.

Also ging sie zu Dom. Bitser rannte vor ihr her. »Was soll ich tun?«, fragte sie ihn. »Könntest du Bitser nicht zu dir nehmen?«

Im Küchengarten herrschte inzwischen herbstliche Stimmung. Die Sonnenblumen ließen die schweren Köpfe hängen, obwohl die Wicken zwischen den Erbenstangen noch ihre Blüten reckten. Die Kürbisse wurden dicker, die leuchtenden Blüten der Kapuzinerkresse hingen über die Schieferwege und zeigten sich unter der Hecke.

Sie saßen zusammen im weichen Sonnenschein des Septembers, und Billa sehnte sich danach, sich an Dom zu lehnen und einen tröstlich um sie gelegten Arm zu spüren.

»Ich kann ihn nicht nehmen«, erklärte Dom unglücklich. »Tut mir leid, aber das geht nicht, Billa. In Camborne bin ich im Wohnheim untergebracht, und außerdem, was sollte den ganzen Tag über aus ihm werden, während ich im College bin?

Deine Mutter wird doch sicher auf ihn aufpassen, oder? Das hat sie immer getan.«

»Da war aber Andrew noch nicht da«, versetzte Billa bitter. »Und Tris auch nicht.«

Dom schaute sie an, und sie sah, dass er sich ebenfalls danach sehnte, die Arme nach ihr auszustrecken und ihr Unglück zu teilen. Sie brachte ein schiefes Lächeln zustande.

»Dann muss ich ihr eben vertrauen«, sagte sie.

Ed nahm Bitser mit zum Bahnhof, als Billa zur Schule zurückfuhr, und sie stand am Zugfenster, um den letzten Blick auf Ed zu erhaschen, der den Hund auf dem Arm hielt. Ed hielt Bitsers Pfote in die Höhe und tat so, als winkte der kleine Terrier. Das war das letzte Mal, dass sie Bitser sah. Der Brief kam fast drei Wochen später.

Ich weiß gar nicht, wie ich dir das schreiben soll, liebste Billa, aber ich glaube, du würdest wissen wollen, dass wir Bitser einschläfern lassen mussten. Er hat Tris ziemlich schlimm gebissen, und der Tierarzt war auch der Meinung, er sei unberechenbar. Es tut mir so leid ...

Jetzt starrt Billa auf die Postkarte, und Bitser erwidert ihren Blick mit gespitzten Ohren und erhobener Pfote. Sie fragt sich, wie lange Tris wohl gebraucht hat, um eine Karte zu finden, die ihr mit solcher Sicherheit einen scharfen Schmerz durchs Herz jagen würde.

Bin auf dem Weg. Tris.

»Was ist?«, fragt Ed, der mit Bär auf den Fersen hinter sie tritt. »Geht es dir gut?«

Sie reicht ihm die Karte, und er betrachtet sie stirnrunzelnd. Dann lacht er leise, zärtlich und betrübt.

»Bitser, wie er leibt und lebt«, sagt er. »Herrje, jetzt weiß ich wieder alles!« Er dreht die Karte um, um zu sehen, wer sie geschickt hat, und sofort ist das Lächeln von seinem Gesicht gewischt. Schockiert und zornig starrt er Billa an. »Das ist wie eine Kriegserklärung«, meint er schließlich.

Sie nickt. »Sie haben sich nicht einmal die Mühe gemacht, ihn mitzunehmen, um ihn bei den anderen Hunden zu begraben«, sagt sie. »Sie haben ihn beim Tierarzt gelassen. Das letzte Mal habe ich ihn mit dir am Bahnhof gesehen.«

Billa erinnert sich daran, wie Bitser in ihren Armen gezappelt hat; sie weiß noch, wie sie die Wange an sein glattes Köpfchen drückte, bevor sie ihn an Ed weitergab. Und zusammen mit dieser Erinnerung steigt der schmerzhafte Gedanke an diese Kinder auf, die sie nicht gebären konnte, die wie Fische in ihrem Fruchtwasser gezappelt haben und dann für immer verschwunden sind.

»Ich kann Babys anfangen«, hat sie einmal zu Dom gesagt, »aber ich kann sie nicht zu Ende bringen.« Und dieses Mal streckte er wirklich die Arme aus und zog sie an sich. Billa weinte, wie sie noch nie geweint hatte: um ihren Vater, um Bitser und um ihre Babys. Dom hielt sie fest, die Wange an ihr Haar gedrückt, und dachte an ihren gemeinsamen Vater, den Mann, den er nie kennengelernt hatte.

»Was sollen wir tun?«, fragt Ed jetzt. »Zuerst das Fahrrad und jetzt Bitser. Sag mir nicht, dass das nur freundliche Mitteilungen sind und ein Vorschlag, uns zu treffen, um glücklichen Erinnerungen nachzuhängen!«

Billa schüttelt den Kopf. »Aber was sollen wir machen? Wir wissen weder, wo er ist, noch was er vorhat. Er hat uns wie üblich in der Hand.«

»Sie haben alles gekriegt, was sie wollten.« Ed lässt die Postkarte auf den Schreibtisch fallen. »Und dann haben sie einfach zusammengepackt und sind fortgegangen.«

»Nicht alles.« Billa sieht sich im Arbeitszimmer um, betrachtet die Gemälde, die kleine Vitrine mit den Netsuke, die Miniaturen, das Bücherregal. »Wie er dich gehasst hat, weil du das hier hattest!«

»Aber er konnte es nicht anrühren«, setzt Ed zufrieden hinzu. »Er war viel zu gerissen, um es direkt kaputtzumachen, doch alles andere hat er versucht. Es war, als hätte dieses Zimmer ihm getrotzt und gewonnen.«

»Bist du schon einmal auf die Idee gekommen«, beginnt Billa behutsam, »dass vielleicht noch ein anderes Testament existierte?«

Ed sieht sie stirnrunzelnd an. »Was?«

»Angenommen, Mutter hat Andrew etwas in einem Testament hinterlassen, das wir nie gefunden haben, weil Andrew es hatte?«

»Was sollte das denn gewesen sein?«

»Genau das ist die Frage. Angenommen, sie war zu Beginn vernarrt genug, um ihm Mellinpons zu hinterlassen, weil sie dachte, er würde sich im Falle ihres Todes um uns kümmern.«

»So etwas hätte sie nie getan.« Eds Gesicht ist kalkweiß geworden.

Billa zuckt mit den Schultern. »Wir müssen an alles denken. Warum kommt Tris zurück? Hat er etwas entdeckt, das zu seinem Vorteil sein könnte? Wenn Andrew sie überredet hat, bei seinem eigenen Anwalt ein Testament aufzusetzen, hätten wir nie davon erfahren. Vielleicht ist Andrew kürzlich verstorben. Er hätte gut über neunzig sein müssen, doch es ist möglich, dass er so alt geworden ist. Und angenommen, Tris hat ein Dokument gefunden ...«

»Aber dann wären er oder Andrew bei Mutters Tod zurück-gekommen. Warum sollte Tris bis jetzt warten?«

»Ich weiß es nicht. Doch ich finde, wir müssen auf alles vor-bereitet sein.«

»Oh, mein Gott!«

»Kannst du dir einen anderen Grund denken, aus dem Tris den Wunsch verspüren sollte, uns wiederzusehen? Nach fünf-zig Jahren?«

Ed schüttelt den Kopf. »Und was machen wir jetzt?«

»Wir versuchen, wie er zu denken und vorbereitet zu sein.«

»Aber was ist, wenn er einen ... rechtmäßigen Anspruch hat? Ist das nach so viel Zeit noch möglich?«

»Keine Ahnung. Vielleicht rede ich mit Dom, um zu hören, ob er etwas über die juristische Seite weiß. Bis wir ein wenig mehr wissen, möchte ich nichts unternehmen. Bist du damit einverstanden?«

»Ich glaube schon.« Ed wirkt unsicher. »Es ist nur einfach so ein schrecklicher Gedanke, er könnte uns irgendwie in der Hand haben.«

Bär setzt sich schwer auf Billas Füße und lehnt sich an sie, und sie bückt sich, um den großen Hund zu umarmen. Sein Gewicht und seine Anwesenheit trösten sie.

»Ich rufe Dom an«, erklärt Ed. »Und dann schmieden wir einen Plan.«

7. Kapitel

Tilly fährt zwischen den hohen Säulen am Klostertor hindurch, hält neben dem Pförtnerhäuschen an und fragt sich, ob jemand herauskommen wird, um sich nach dem Grund ihres Kommens zu erkundigen. Sie fühlt sich merkwürdig nervös, versucht immer noch, sich eine Werbung für ein Haus der Einkehr auszudenken, und überlegt, wie sie sich verhalten soll, falls sie Mitgliedern der religiösen Gemeinschaft begegnet. Die Tür des Pförtnerhäuschens bleibt geschlossen; niemand kommt, um ihr Fragen zu stellen, daher fährt sie ganz langsam über die Einfahrt auf das alte, aus Granit errichtete Gutshaus zwischen seinen Parks und Obstgärten zu. Es liegt oberhalb eines steil abfallenden Tals, das sich nach Westen zum Meer erstreckt. Ein paar Menschen schlendern über den Pfad zwischen den Bäumen, und auf einer Bank sitzt eine Frau, deren ausgestreckte Füße fast ein Büschel goldener Krokusse im Gras berühren. Dies, vermutet Tilly, müssen die Gäste des Einkehrhauses sein.

Die Auffahrt führt an der Vorderfront des Hauses vorbei und verläuft in einer Kurve auf einige Außengebäude zu; aber Tilly hält an, um die Kreuzstrebenfenster und die Tür aus schwerer Eiche zu betrachten. Sie stellt sich schon die Fotos vor, die sie für die Webseite braucht. Ihre Nervosität weicht, und sie spürt Vorfreude in sich aufsteigen. Während sie dort verweilt und innerlich schon formuliert, taucht, von den Außengebäuden kommend, eine kleine, schmale Gestalt auf. Sie trägt einen langen blauen Habit, ein grünes Baumwolltuch, das im Nacken gebunden ist, Gummistiefel und eine schwarze Fleecejacke.

Tillys Nervosität kehrt zurück, doch sie kurbelt das Autofenster herunter und lächelt dem neugierigen Gesicht mit den leuchtenden, klugen Augen entgegen.

»Hallo«, sagt sie unsicher. »Ich bin Tilly von U-Connect und suche nach Elizabeth.«

Die Nonne strahlt sie an. »Sind Sie gekommen, um uns zu helfen?«, fragt sie. »Oh, wie wundervoll! Lassen Sie den Wagen dahinten« – sie weist auf die Hausecke – »und dann gehen wir sie suchen!«

Tilly gehorcht. Das Kutschenhaus im Stallhof ist umgebaut worden, aber in einer der offenen Scheunen ist Platz für das Auto, und sie fährt hinein, schaltet den Motor aus und steigt aus.

»Ich bin Schwester Emily«, erklärt die kleine Gestalt neben ihr. »Was haben Sie da?«

Hochinteressiert sieht sie die Laptoptasche an, und Tilly muss unwillkürlich über die wache Neugierde der Nonne lächeln.

»Meinen Laptop und anderen Kram«, sagt sie. »Ich soll Ihnen helfen, eine Website für das Haus der Einkehr zu erstellen. Ich kann Ihnen verraten, dass ich ziemlich nervös bin. So etwas haben wir noch nie gemacht.«

Kurz fragt sie sich, ob auch Schwester Emily ihr ein Browning-Zitat an den Kopf werfen wird – oder einen erbaulichen religiösen Text. Aber Schwester Emily lacht einfach nur fröhlich.

»Wir auch nicht«, sagt sie. »Ist das nicht aufregend? So ein Spaß!«

Auch Tilly lacht. »Ja«, pflichtet sie ihr bei – und mit einem Mal sind all ihre Ängste wie weggeblasen, und sie begreift, dass es *wirklich* ein großer Spaß ist. »Es ist absolut toll hier. Wir brauchen jede Menge schöner Fotos für die Website.«

Sie folgt Schwester Emily durch eine Tür ins Haus, die in

die Küche führt, und sieht sich entzückt in dem Raum mit den niedrigen Deckenbalken, dem großen, uralten Kaminofen mit seinem Herd und den Blumentöpfen auf den tiefen Fenstersimsen um.

»Die Gemeinschaft ist ins Kutschenhaus gezogen«, sagt Schwester Emily gerade, »aber wir nehmen trotzdem noch großen Anteil an allem, was hier geschieht. Möchten Sie Kaffee, während ich nach Elizabeth suche? Er ist aus fairem Handel«, setzt sie hinzu, als wäre das irgendwie beruhigend.

»Sehr gern«, sagt Tilly und genießt die Wärme der Küche und die ruhige Atmosphäre, obwohl es eindeutige Hinweise auf Geschäftigkeit gibt. Suppe köchelt in einem Topf auf dem hinteren Teil des Herdes, und auf einem Gitterrost liegt ein großer Laib Brot. Die Düfte sind köstlich.

Tilly setzt sich an den riesigen Tisch, während Schwester Emily Kaffee aufbrüht, und hat das Gefühl, das es nicht nötig ist, Konversation zu machen. Das Schweigen ist gesellig und irgendwie natürlich. Sie nimmt den Kaffeebecher mit einem dankbaren Lächeln entgegen, und Schwester Emily verschwindet durch eine Tür, die ins Haus führt. Tilly sitzt still da und wartet auf Elizabeth. Ihre Ängste sind verschwunden. Ihr Kopf hat sich geklärt, Ideen bilden sich bereits heraus, und sie ist von Zuversicht erfüllt.

»Und, wie war es?«, fragt Sarah, die Tee aufgießt. »Noch mehr liebenswerte Spinner?«

»Total fantastisch«, antwortet Tilly, ignoriert den Sarkasmus der Freundin und nimmt George hoch, um ihn zu herzen. »Ich habe Schwester Emily kennengelernt und eine Penny, die kocht. Und Elizabeth, die ihnen bei der Verwaltung hilft. Sie kennt sich ziemlich gut mit Computern aus, aber nicht mit

Websites. Ich habe ein paar Ideen, doch ich muss noch darüber nachdenken. Ist die Umgebung nicht herrlich, mit dem Blick auf das Meer im Westen?«

»Atemberaubend«, meint Sarah zustimmend. »Ein perfekter Ort zur Einkehr, würde ich meinen.«

»Ich habe eine Liste von Kursen, die sie anbieten, und sie wollen etwas fördern, das sie ›geführte Einkehr‹ nennen und von unabhängigen Gruppen organisiert wird, die einen Veranstaltungsort suchen. Und dann gibt es noch Leute, die einfach kommen und ganz allein die Ruhe erleben und nur spazieren gehen und lesen wollen ... und vielleicht noch an den täglichen Gottesdiensten teilnehmen, die die Schwestern in der Kapelle veranstalten. Schwester Emily nennt so etwas ›heilige Ferien‹. Ich muss noch einmal hin und eine Kamera mitnehmen. Dom hat eine richtig gute, und ich werde ihn fragen, ob er sie mir leihen kann.«

»Großartig«, sagt Sarah. Sie freut sich über Tillys Begeisterung und ist froh, dass sie ihre Nervosität angesichts des Klosters überwunden hat und positiv denkt. »Hast du schon einen zweiten Termin ausgemacht?«

»Nein. Ich dachte, ich sollte mich zuerst mit dir besprechen. Morgen früh habe ich eine Sitzung mit Sir Alec. Ich könnte danach hinfahren, weil es ganz in der Nähe ist.«

Tilly wirbelt George herum, sodass er kichert und versucht, nach ihr zu greifen.

»Komm nach der Verabredung mit Sir Alec her und iss mit uns!«, sagt Sarah und stellt Becher mit Tee auf den Tisch. »Ich rufe an und frage, ob du danach vorbeifahren kannst.«

»Okay«, gibt Tilly zurück. Sie hält eines von Georges molligen Fäustchen in die Höhe, tanzt mit ihm, wiegt sich und wirbelt herum. »George und ich gehen nächstes Jahr zu *Let's Dance*, was, Georgie?«

»Du bist vollkommen übergeschnappt«, meint Sarah resigniert. »Trink deinen Tee und leg George wieder hin, bevor ihm noch schlecht wird!«

»Ihm wird nicht schlecht«, entgegnet Tilly, aber sie bettet den Kleinen in seine Wippe und setzt sich an den Küchentisch. Sie fühlt sich unbeschwert, als hätte sie eine Art Prüfung bestanden und stünde kurz vor etwas Aufregendem, und es ist ein gutes Gefühl.

Sarah beobachtet sie ziemlich neidisch. Tilly ist schon immer ein Freigeist gewesen, und gerade in diesem Moment spürt Sarah eine plötzliche und unkomplizierte Sehnsucht danach, frei von ihren Verantwortlichkeiten und Pflichten zu sein. Das ist ganz untypisch für sie und verwirrt sie; sie hat gern die Kontrolle und ist ein praktisch denkender Mensch. In der Schule hat man sie aufgezogen. »Unsere geborene Anführerin!«, pflegten die Mädchen zu rufen, wenn Sarah wieder einmal für ihre Initiative gelobt worden war. Ihr machte das nichts aus; sie war so beliebt, dass sie diese Foppereien selbstbewusst aushalten konnte.

Während Tilly mit George tanzte, wünschte sie allerdings, sie könnte George auch einfach zurück in seine Babywippe legen, Tee trinken und dann aus der Tür gehen, wie Tilly es gleich tun wird. Diese Gefühle verwirren sie und flößen ihr Schuldgefühle ein. Sie liebt George über alles, und sie würde für ihn sterben, aber manchmal spürt sie den überwältigenden Drang, die Tür hinter ihm zu schließen und auch alle anderen Pflichten zurückzulassen, die sich hinter ihm himmelhoch auftürmen: Ben zusammen mit allen richtigen Habseligkeiten in die Schule und wieder nach Hause zu befördern, Essen einzukaufen und es zuzubereiten, zu waschen und zu bügeln, den Garten in Ordnung zu halten. Die Liste ist endlos. Dave fehlt ihr, sein schlagfertiger Humor, seine praktische Veranlagung, seine Arme um sie.

Ihre Mutter hat keine Nachsicht mit ihr, wenn sie verzweifelt ist.

»Wenn du nicht zurechtkommst, Liebling«, sagt sie munter, »hättest du nicht mit diesem neuen Job anfangen sollen.«

Ihre Mutter, eine inzwischen verwitwete Marine-Ehefrau, sitzt unermüdlich in allen möglichen Komitees und hat drei Kinder großgezogen. Sie ist stolz auf Sarah, aber Gejammer will sie nicht hören. Dann zitiert sie ein altes Motto der Marine. »Wenn du keinen Scherz einstecken kannst, hättest du nicht anheuern sollen.« Und meistens schlägt sich Sarah wirklich sehr gut; nur manchmal hat sie eben diese Momente, wenn George Fieber hat und nicht schlafen kann und dann Ben stört, sodass sie den größten Teil der Nacht keinen Schlaf bekommt. Dann hätte sie gern, dass Dave sie unterstützt. »Keine Sorge«, würde er sagen. »Er wird wieder gesund. Versuch, dich einfach zu entspannen, und ich bringe dir eine Tasse Tee ...«

Aber selbst wenn er das tut, kann sie sich nicht ganz entspannen. Er kann gut mit den Jungs umgehen, doch sie hält gern ein Auge darauf, um sich davon zu überzeugen, dass er genau so vorgeht, wie sie es gern hat. Manchmal wird er dann böse auf sie.

»Ich mache es vielleicht nicht auf deine Art«, sagt er dann, »aber das heißt nicht, dass es falsch ist. Die Welt wird nicht untergehen, wenn sich an ihrer Routine ab und zu einmal etwas verändert. Bleib doch mal locker!«

Er begreift nicht, dass sie unbedingt die Kontrolle behalten muss; so kann sie sich sicher fühlen, weil sie weiß, dass alles genau vorhergeplant ist, damit sie es anständig schaffen kann. Gleichzeitig kränkt es sie manchmal, dass Dave seinen Beitrag nicht leistet und auch nicht zu schätzen weiß, was es kostet, wenn der Haushalt glattläuft. Sie wirft ihm vor, dass er alles als selbstverständlich betrachtet – oh, natürlich nicht direkt, aber durch bedeutungsschwere Seufzer, verärgerte Blicke oder ungeduldige Gesten. Doch wenn er vorschlägt, dass er mit den Jungs nach draußen gehen, das Mittagessen kochen oder die Kinder ins Bett bringen könnte, kann sie sich nicht gestatten, sich zurückzulehnen und ihn gewähren zu lassen. Sie muss sich davon überzeugen, dass er es richtig macht – und dann beginnen die alten Streitigkeiten wieder von vorn.

Gern würde sie Tilly ihr Herz ausschütten, aber diesen Luxus kann sie sich nicht erlauben. Tilly ist so etwas wie eine kleine Schwester; sie bewundert und respektiert Sarah. Sie würde das Gesicht verlieren, wenn sie diese Gefühle Tilly gegenüber eingesteht, die sowieso keine Ahnung hat und sie nicht verstehen würde. Wie könnte sie auch? Sie hat keine Verantwortung zu tragen. Alle lieben Tilly; jeder will ihr helfen und ihr Freund sein. Manchmal, nur manchmal fühlt Sarah sich richtig irritiert darüber, dass Tilly alles so einfach in den Schoß fällt, und sie fragt sich, warum sie ihr den Job bei U-Connect angeboten hat. Wenn sie ehrlich ist, lag es nicht nur daran, dass Tilly die Stelle in Newquay gekündigt hatte. Der wahre Grund war, dass Tilly diese Art Arbeit liegt: Die Menschen reden mit ihr, sie vertrauen ihr, und sie ist gut fürs Geschäft. Sarah ist es leid, dass Kunden anrufen und ihr erzählen, wie brillant Tilly ist, doch sie beißt sich auf die Lippen und pflichtet ihnen bei, dass Tilly reizend, klug, witzig ist, oder was immer die Leute beeindruckt hat. Und sie mag Tilly sehr gut leiden, natürlich mag sie sie. Nur gerade heute, nach einer richtig schlechten Nacht mit George und nachdem sie dann Bens neueste Bastelarbeit für die Vorschule nicht finden konnte ...

»Bist du okay?« Tilly schaut sie so besorgt und voller Zuneigung an, dass Sarah einen kurzen Moment lang in Betracht zieht, zusammenzubrechen und laut zu heulen, genau wie George es die ganze Nacht getan hat.

»Mir geht's gut«, gibt sie munter zurück und zieht die Augenbrauen ein wenig hoch, als verstünde sie nicht, warum Tilly ihr diese dumme Frage stellt. »Ich plane nur und sortiere verschiedene Dinge im Kopf. Treffen wir uns dann morgen zum Mittagessen, nachdem du bei Sir Alec warst?«

Arme alte Sarah!, denkt Tilly beim Wegfahren. So verklemmt und ernst. All diese Babybücher, als Ben zur Welt kam.

»Ich frage mich, wie unsere Vorfahren, die Höhlenmenschen, nur ohne die vielen Ratgeber zurechtgekommen sind«, hatte sie zu Sarah gesagt, um sie aufzuheitern, und Dave hatte sich vor Lachen ausgeschüttet, aber Sarah hatte den Scherz gar nicht verstanden.

»Es ist absolut unentbehrlich, eine Routine zu haben«, hatte sie verkrampft erklärt, und Tilly hatte nicht gewagt, Dave anzusehen, damit sie nicht beide wieder in Gelächter ausbrachen und Sarah aufregten. Dave war sehr nett zu seiner Frau und versuchte, die Spannung zu lindern, als Ben sich weigerte, zu den vorgeschriebenen Zeiten zu essen oder zu schlafen, doch Sarah hatte nicht vor, sich von ihrem gewählten Weg abbringen zu lassen.

»Es ist das Beste«, meinte er unter vier Augen zu Tilly, »sie alles auf ihre Art machen zu lassen. Schließlich bin ich oft nicht zu Hause. Sie muss tun, was für sie und Ben das Richtige ist.«

Das war sehr vernünftig von Dave, aber sobald George auf der Welt war, bemerkte Tilly, dass seine Toleranz nachließ. Dave hatte offenbar gehofft, dass Sarah inzwischen etwas entspannter sein würde, doch wie sich herausstellte, war es nicht so gekommen. Als sein letzter Landurlaub vorüber war und es Zeit war, wieder auf See zu gehen, hatte Tilly gemeint, einen erleichterten Unterton in Daves Stimme wahrzunehmen, als sie schnell vorübergegangen war, um sich von ihm zu verabschieden.

»Behalt sie an meiner Stelle im Auge!«, hatte er scherzhaft zu Tilly gesagt, und Sarah hatte eine Grimasse gezogen, um zum Ausdruck zu bringen, wie albern diese Vorstellung war.

Tilly fährt nun in die Abenddämmerung hinein, grübelt über Sarah nach und wünscht, ihr würde etwas einfallen, um ihren Stress zu lindern. Sie tritt ins Cottage, wo Dom dabei ist, Gemüse fürs Abendessen zu putzen.

»Ich hatte gerade eine Idee«, sagt sie und bückt sich, um die Retriever-Hündin zu umarmen. »Ich könnte Bessie mit zu einigen der älteren Kunden nehmen. Als so eine Art Haustiertherapie. Was meinst du? Nicht zu Mrs. Probus wegen der Katzen, und Mrs. Anderson würde sich bestimmt wegen der Hundehaare aufregen, aber mir fallen ein paar nette alte Leutchen ein, die sie lieben würden. Dir würde das doch sicher gefallen, gutes Tier, oder? Ich könnte sie auch Hercules vorstellen.«

»Hercules?«, erkundigt sich Dom und schnippelt friedlich weiter. »Sollst du ihm bei seinen zwölf Aufgaben helfen? Muss er nach Tipps für das Ausmisten der Augiasställe googeln? Oder will er mit den stymphalischen Vögeln skypen?«

»Sehr witzig«, sagt Tilly. »Er ist Sir Alecs Hund. Ein gelber Labrador mit perfekten Manieren. Bessie wäre begeistert von ihm, und sie würde mir im Auto Gesellschaft leisten.«

»Dann besorg dir selbst einen Hund!«, sagt Dom. »Ich brauche sie hier, damit sie *mir* Gesellschaft leistet.«

»Ich hätte schrecklich gern einen Welpen«, meint Tilly wehmütig. »Aber das wäre ein wenig knifflig, solange ich noch hier wohne, oder? Ihn zu erziehen und so.«

»Schau bloß nicht mich an!«, sagt Dom. »Ich bin zu alt für einen Welpen. Und, wie waren die Nonnen?«

»Wunderbar«, antwortet Tilly. »Ich habe ein paar richtig gute Ideen. Dom?«

»Hmmm?«

»Meinst du, ich könnte mir morgen deine Kamera ausleihen?«

»Zuerst mein Hund und jetzt meine Kamera. Möchtest du sonst noch etwas?«

»Mir fällt bestimmt etwas ein. Das Abendessen riecht gut.«

»Fasaneneintopf«, erklärt er. »Habe ich gestern in der Kühltruhe gefunden. Dann schenk mir mal einen Drink ein und erzähl mir von den gottseligen Nonnen!«

8. Kapitel

Dom geht auf den steinigen, schmalen Wegen oberhalb des Cottage, am Rand des Moors, spazieren. Überall um sich herum hört er Wasser rauschen; es strömt aus den Feldern, flutet die Gräben, rinnt aus schlammigen Ausfahrten oder verschwindet in Abflüssen, die von Zweigen und Blättern halb verstopft sind. Der Himmel ist ein einziges Puzzle aus Wolkenformen und Farben – stürmisches Indigoblau, die Farbe von geronnener Sahne, schimmerndes Gold, ein winziges Stück Regenbogen. Angetrieben von den Südwestwinden fließen sie zusammen und wieder auseinander. Plötzlich poltert Hagel herunter, und dann überschwemmt ebenso unerwartet Sonnenschein die durchweichte Landschaft mit strahlendem Licht.

In dem Maß, wie der Weg steil zu der kahlen Moorlandschaft hinaufklettert, machen die Dornenhecken Mauern Platz, die aus unebenen, grob behauenen und dann aufgehäuften Granitbrocken bestehen und sich meilenweit erstrecken. Sie bilden ein Netzwerk aus steinernen Grenzen zwischen den eckigen, ungleichmäßigen kleinen Feldern.

Bessie trägt einen alten, abgebrochenen Ast im Maul, den sie nicht fallen lassen will. Ab und zu versucht Dom, ihn ihr abzunehmen, um ihn zu werfen, damit sie ihn holen kann. Doch jedes Mal weicht sie ihm aus und dreht den Kopf, sodass die Zweige über seinen Ärmel oder seine Hand kratzen. Sie lässt sich auf die Vorderpfoten fallen, wedelt aufgeregt mit dem Schwanz und fordert ihn zum Spielen auf.

»Dummes Vieh«, knurrt er und schnappt nach dem feuchten, moderndern Holz, aber sie springt von ihm weg und rennt über den Weg auf das offene Moor zu. Er folgt ihr langsamer, denkt an Tris' Postkarte und erinnert sich an Bitser und Billas Kummer, als sie von seinem Tod erfuhr.

Ich will nicht nach Hause fahren, hatte sie ihm aus dem Internat geschrieben. *Es ist nicht mehr mein Zuhause. Wenn Ed nicht wäre, würde ich eine meiner Freundinnen bitten, mich über die Ferien zu sich einzuladen. Aber ich kann Ed nicht im Stich lassen...*

Dom erinnert sich daran, wie frustriert er war, weil er den beiden nicht helfen konnte. Er hatte ihnen regelmäßig geschrieben und war während der Ferien nach Hause ins Cottage gefahren, sooft er konnte. Aber die kleine Familie war zerbrochen, und nur ihre Freundschaft war unberührt geblieben, ihre Freundschaft und das Arbeitszimmer.

Weil sein Inhalt ihm teuer gewesen war, hatte Harry St. Enedoc ein Schloss in die dicke Tür einbauen lassen und den Schlüssel immer bei sich getragen. Ed und Billa durften das Zimmer nur betreten, wenn er da war, und lernten, seine Schätze zu respektieren. Ed tat es seinem Vater nach, und seine Mutter, die immer noch beeindruckt davon war, wie Ed das Gedenken seines Vaters verteidigte, ließ sein exzentrisches Verhalten zu. Schließlich war das Arbeitszimmer ein kleiner Raum, der nicht gebraucht wurde. So begründete sie es jedenfalls Andrew gegenüber, der nicht nur die Schätze gesehen hatte, sondern auch Eds Modelle und Sammlungen und ihr beipflichtete, ein Knabe seines Alters brauche ein wenig Privatsphäre. Zum Ausgleich bekam Tris die alte Käserei; ein kleines Gebäude aus Stein und Schiefer, in dem er seine persönlichen Besitztümer aufbewahren konnte. Er beklagte sich natürlich – es lag außerhalb des Hauses, war im Winter kalt und feucht –, doch in diesem Fall wurden seine Proteste ignoriert.

Er rächte sich, indem er langsam den größten Teil des Zimmers, das er mit Ed teilte, in Anspruch nahm, sodass dieser nicht viel mehr hatte als das Bett, als er aus dem Internat nach Hause kam.

»Das macht mir nichts«, erklärte er Dom. »Wichtig ist das Arbeitszimmer. In dem anderen Zimmer schlafe ich bloß. Ich hasse Tris aber trotzdem.«

Diese Bemerkung, die der sanfte, friedliche Ed so nüchtern aussprach, schockierte Dom mehr, als er zugeben mochte. Am liebsten hätte er Ed beigepflichtet und »ich auch« gesagt, doch er zügelte sich und dachte an seine eigenen Verletzungen. Dom konnte verstehen, warum Elinor St. Enedoc ihn nie gemocht hatte, aber bald wurde klar, dass sie Andrew die ganze Geschichte erzählt hatte, worauf dieser es sich angewöhnte, Dom jedes Mal, wenn er ihm begegnete, von oben herab zu behandeln. Doch Tris ging noch einen Schritt weiter.

An einem kalten Tag im Spätherbst traf er auf Dom, der eine Ladung Holz aus den Wäldern geholt hatte. Zwischen Granny und den St. Enedocs bestand seit Langem die Übereinkunft, dass sie sich Kaminholz holen durfte, und Dom zog die Scheite hinter sich her, die er wie immer auf einen alten Schlitten gestapelt und festgebunden hatte. Als Tris ihm den Weg vertrat, musste er ihm ausweichen, doch der Junge brachte ihn mit einer Frage dazu, dass er stehen blieb.

»Darfst du überhaupt unser Land betreten?«

Dom starrte ihn an; in seiner Magengrube überschlugen sich Unglaube, Zorn und Demütigung, sodass er sich nicht rühren konnte. »*Euer* Land?«, fragte er abfällig und legte tiefe Verachtung in seine Stimme.

Aber Tris war ihm gewachsen. »Na ja, dein Land ist es jedenfalls nicht, oder? Deine Großmutter hat das Cottage nur, weil deine Mutter eine Hure war.«

Instinktiv holte Dom aus, doch noch während Tris tat, als wiche er ihm aus, wurde Dom klar, dass er es genau darauf angelegt hatte. Er wollte, dass er reagierte, indem er ihn körperlich angriff, damit er schreiend nach Hause rennen konnte. »Dom hat mich geschlagen«, würde er sagen. Dom zog sich zurück, und als er beiseitetrat, sah er die Enttäuschung auf Tris' Miene. Vor Wut kochend, nahm Dom das Zugseil des Schlittens und ging weiter.

Ein Hagelschauer holt Dom zurück in die Gegenwart. Bessie hat ihren Stock fallen gelassen und folgt lieber einer Fährte, die sie am Fuß einer Mauer entlangführt. Er geht hinter ihr her, denkt an die Postkarten und versucht, hinter ihnen Tris' wahre Absicht auszuloten. Und darüber hinaus noch der alten Frage nachzugehen, warum Andrew so plötzlich fortgegangen ist.

Dom hat nie ganz an die Geschichte von dem Streit geglaubt, einen Streit, der anscheinend so heftig war, dass Andrew Tris' und seine Habseligkeiten gepackt und gegangen ist. Anschließend hat er Tris auf dem Weg nach Norden in seiner Schule abgeholt. Ein paar Tage später kam ein Brief, in dem es einfach hieß, es habe sich nicht so entwickelt, wie Andrew gehofft hatte, und es sei besser für alle, jetzt einen Schlussstrich zu ziehen. Billa berichtete Dom davon. Sie war überglücklich über diese plötzliche Befreiung, sorgte sich jedoch um ihre Mutter.

Sie ist vollkommen durcheinander, schrieb sie ihm. *Zutiefst niedergeschmettert. Sie versteht es überhaupt nicht. Anscheinend ist alles aus heiterem Himmel gekommen. Natürlich nimmt sie den Brief einfach nicht ernst. Sie glaubt, er kommt wieder.*

Was wollte Andrew und hat es nicht bekommen?, überlegt Dom.

Es ist zu vermuten, dass er Elinor nur geheiratet hat, weil sie eine reiche Witwe war. Aber warum sollte er sie dann verlassen? Er hatte es gut, er war bestens versorgt, sein Kind wurde verhätschelt – und Elinor war auf jeden Fall verliebt in ihn. Andrews unerklärliche Abreise ist immer noch so verdächtig wie Tris' Postkarten.

Dom ruft nach Bessie und macht sich auf den Heimweg, aber er schlägt den Weg durch die Wälder ein, der auf das Gelände der alten Butterfabrik führt, und umrundet das Seeufer. Bär kommt hinter einem Hartriegelgebüsch hervor und läuft schwanzwedelnd auf Bessie zu, um sie zu begrüßen. Die beiden kennen sich seit Welpentagen, sind zusammen aufgewachsen und gute Freunde. In der Nähe steht ein alter Schubkarren, der eine Ansammlung rostiger Werkzeuge birgt, und Dom sieht sich nach Ed um. Er arbeitet am Seeufer, richtet sich aber auf, als Dom ihn ruft und aufs Haus weist. Ed winkt bekräftigend zurück.

»Ich komme gleich nach!«, schreit er, und Dom geht weiter, tritt durch die Hintertür und macht sich mit einem Ruf bemerkbar.

»Hier drinnen«, antwortet Billa, und er öffnet die Tür des Arbeitszimmers, in dem sie sitzt. Sie stützt die Ellbogen auf den Schreibtisch, und vor ihr steht ihr aufgeklappter Laptop. »Oh, gut. Eine Ausrede, um Pause zu machen. Kaffee?« Sie sieht auf ihre Armbanduhr. »Herrje, fast Mittagszeit! Ich hatte ja keine Ahnung, dass es schon so spät ist. Hast du Ed irgendwo gesehen?«

»Unten am See. Aber er ist unterwegs.«

Billa steht auf und geht in die Küche vor. »Rührei? Ein Schinkensandwich?«

»Rührei«, sagt er. »Und Speck. Kein Sandwich.«

»Das bringe ich fertig«, meint sie. »Wo steckt Bessie?«

»Sie ist zurückgeblieben, um mit Bär zu spielen. Wie läuft es?«

Sie zuckt mit den Schultern und zieht eine Grimasse. »Ach, du weißt ja, wie das ist. Diese Sache mit Tris hängt über uns wie eine dunkle Wolke. Man lebt so vor sich hin, und plötzlich fallen einem die Postkarten wieder ein. Oh, mein Gott, denkt man, was hat er bloß vor? Wenn er plant, hier aufzutauchen, dann wünschte ich, er würde es tun, damit wir es endlich hinter uns haben.«

Dom setzt sich an den großen Tisch mit der Schieferplatte und sieht zu, wie Billa die Eier in eine blau-weiß gestreifte Schüssel schlägt und Speck aus dem Kühlschrank holt.

»Da oben auf dem Moor habe ich nachgedacht«, erklärt er. »Ich habe versucht, mich daran zu erinnern, was passiert ist, als Andrew deine Mutter verlassen hat. Weißt du noch etwas darüber?«

Billa schnaubt höhnisch. »Machst du Witze? Natürlich. Das war einer der besten Tage meines Lebens.«

»Ich hatte nicht so sehr an deine Erleichterung gedacht, ihn und Tris los zu sein. Ich meine, wie Andrew deine Mutter verlassen hat, und ihre Reaktion. Es kam so plötzlich, oder? War das während des Schuljahrs? Ich kann mich nicht mehr auf die Einzelheiten besinnen.«

Billa, die die Eier geschlagen und gewürzt hat, hält inne und sieht ihn an.

»Es war während des Schuljahrs«, antwortet sie bedächtig und erinnert sich. »Ich war beurlaubt und zu Hause. Nur ich allein, weder Ed noch Tris waren da, und es ging mir nicht so gut ... Ich glaube, ich hatte eine Halsentzündung.« Wieder zögert sie, denkt zurück. »Andrew war derjenige, der sagte, ich solle nicht zurückfahren. Er meinte, ich mache den Eindruck, als brütete ich etwas aus. Darüber haben sie gestritten. Ja. Natürlich, das ist es. Darum ging der ganze Streit.« Und jetzt steht es ihr wieder lebhaft vor Augen: ihre Mutter, die Eier für das Frühstück schlägt, genau wie sie, Billa, jetzt; und Andrew, der am Tisch sitzt, wo Dom nun Platz genommen hat.

»Und ich war noch im Morgenmantel und jammerte, weil ich zurück in die Schule wollte ...«, sagt Billa.

»Natürlich muss sie zurück«, meinte ihre Mutter ärgerlich. »Wahrscheinlich ist es bloß eine kleine Erkältung.«

Das Wochenende war nicht gut verlaufen. Am Samstag hatte Andrew mehrere Anrufe erhalten, die dafür gesorgt hatten, dass er zerstreut war und kurz angebunden auf sie und ihre Mutter reagierte. Er wollte nicht sagen, worum es bei den Anrufen ging, nur, dass sie etwas mit Geschäften zu tun hatten, und Billa sah, dass ihre Mutter deswegen immer besorgter wurde. Jedes Mal, wenn das Telefon klingelte, lief Andrew hin, um den Anruf anzunehmen, und sprach leise in den Apparat, damit niemand mithören konnte.

»Was ist denn bloß, Liebling?«, fragte Elinor schließlich. »Es ist klar, dass dir etwas Sorgen bereitet.«

Billa, die tat, als lese sie in einem Buch, beobachtete die beiden aus dem Augenwinkel. Es war ein kalter Novembertag, an dem aus einem stumpfen, grauen Himmel immer wieder Regen fiel. Das Feuer in der Halle brannte, und Billa saß in einem der Lehnsessel, hatte die Beine unter den Körper gezogen und beugte sich tief über ihr Buch. Ihre Mutter hatte auf dem Sofa Platz genommen und betrachtete Andrew argwöhnisch.

»Es ist nichts«, erwiderte er knapp. »Mein Börsenmakler, der über einige meiner Investitionen reden will.«

»An einem Samstagnachmittag?« Ungläubig zog ihre Mutter die Augenbrauen hoch. »Wie überaus pflichtbewusst von ihm!«

Vielleicht, überlegte Billa, denkt sie, dass es eine andere Frau gibt. Solche Situationen hatte es schon gegeben. Das erste Jahr, in dem meist noch eitel Sonnenschein herrscht, war vorüber, und Andrew wurde immer rastloser. Oft fuhr er kurzfristig weg, weil ihm Termine erst im letzten Moment einfielen.

»Es ist diese plötzliche Krise in Argentinien«, erklärte er. »Ich habe viele Aktien im Viehhandel.«

Ihre Mutter zuckte leicht mit den Schultern. Sie glaubte ihm sichtlich nur halb, brachte es jedoch nicht über sich, das zuzugeben. »Ich brühe uns Tee auf«, sagte sie. »Hör doch auf, die Nase hochzuziehen, Billa! Hast du kein Taschentuch?«

Andrew warf ihr hinter dem Rücken ihrer Mutter einen mitfühlenden Blick zu, und ausnahmsweise reagierte Billa darauf. Sie fühlte sich nicht besonders, jetzt kränkte sie auch die Gleichgültigkeit ihrer Mutter.

»Du Armes!«, meinte Andrew leichthin. Sein Blick ruhte weiter auf ihr, doch nun wirkte er beinahe abschätzend, und Billa runzelte die Stirn.

»Was ist?«, fragte sie.

Er schüttelte den Kopf, aber er sah aus, als hätte er eine Idee gehabt, die sein Problem lösen könnte.

Und am nächsten Morgen, als ihre Mutter das Frühstück richtete und Billa bibbernd am Herd stand und sich selbst leidtat, meinte Andrew, Billa solle nicht zurück in die Schule, und der Streit begann.

»Natürlich muss sie zurück«, erwiderte ihre Mutter ärgerlich. »Wahrscheinlich ist es bloß eine kleine Erkältung.«

»Nein, nein, du siehst doch, dass sie sich furchtbar fühlt«, erwiderte Andrew. »Armes Mädchen! Sie hat sich das ganze Wochenende angeschlagen gefühlt.«

Billa war so verblüfft über Andrews Unterstützung, dass es ihr die Sprache verschlug. Für gewöhnlich konnte er es kaum abwarten, sie ins Auto zu packen und zurück in die Schule zu fahren. Ihre Mutter allerdings schien seine Besorgnis beinahe zu verärgern. Sie sah ihre Tochter an, als wäre sie sich plötzlich der Formen ihres sechzehnjährigen Körpers in dem alten, aber eng anliegenden Morgenmantel bewusst. Instinktiv zog Billa den Kragen höher um den Hals.

»In der Schule wird es ihr besser gehen«, erklärte ihre Mutter kühl. »Mach doch nicht so viel Aufhebens, Andrew! Sie ist meine Tochter. Ich weiß, was das Beste für sie ist.«

»Ja, das hast du sehr deutlich zum Ausdruck gebracht«, entgegnete er. »Und Ed ist dein Sohn, und dies ist dein Haus. Alles gehört dir, Elinor, nicht wahr? Also, ich bin es langsam leid, nur eine Art Schlafgast in meinem eigenen Zuhause zu sein. Aber natürlich ist es auch nicht mein Zuhause, oder? Es gehört dir.«

»Was für ein Unsinn!«, sagte ihre Mutter, offensichtlich bestürzt. »Du bist doch hier vollkommen zu Hause.«

Er lachte verächtlich auf. »Wie kannst du das sagen? Billa und Ed versuchen gar nicht zu verbergen, wie sehr sie Tristan verabscheuen, und mich behandeln sie wie einen Eindringling ...«

»Nein«, widersprach ihre Mutter. »Nein, das stimmt nicht. Ich weiß, dass es während der Ferien nicht immer einfach ist ...«

»Nicht immer einfach? Das ist eine Untertreibung.«

Er war aufgesprungen, seine Stimme wurde lauter, und er schrie ihre Mutter nieder, wenn sie zu sprechen versuchte. Aber ein kleiner Teil von Billa war verwirrt; es war, als wäre das alles nicht ganz real. Sie spürte, dass Andrew seinen Zorn aus einem Grund, den sie nicht begriff, künstlich schürte und anstachelte.

»Ich habe genug, Elinor«, sagte er jetzt. »Es hat eben nicht funktioniert. Das müssen wir einfach einsehen.«

Er marschierte aus der Küche und schloss die Tür hinter sich, und die beiden Frauen standen schockiert und schweigend beieinander. Billa schaute ihre Mutter an. Irgendwie hatte sie das Gefühl, das sei alles ihre Schuld. Doch als sie zum Sprechen ansetzte, ließ ihre Mutter den Schneebesen fallen und rannte aus der Küche. Billa hörte, wie sie die Treppe hinaufpolterte, und dann laute Stimmen vom Treppenabsatz und aus dem Schlafzimmer. Billa kauerte am Herd, lauschte den Schritten, der flehenden Stimme ihrer Mutter und Andrews zornigen Erwiderungen. Bald kamen sie die Treppe herunter, und Billa hörte, wie die Haustür geöffnet wurde; ihre Mutter weinte inzwischen und flehte ihn an zu bleiben. Vom Fenster aus sah sie, wie Andrew Koffer in den Kofferraum seines Wagens packte und ihre Mutter sich an seinen Arm hängte und ihn daran zu hindern versuchte. Er stieß sie weg, setzte sich auf die Fahrerseite, und dann rollte der Wagen auch schon über die Auffahrt davon. Ihre Mutter stand regungslos da und schaute ihm nach.

»Sie war am Boden zerstört«, sagte Billa. »Sie hatten sich ein paar Mal gestritten, doch mit so etwas hatte sie eindeutig nicht gerechnet.«

»Und du hattest das Gefühl, dass er – wie hast du das noch ausgedrückt? – seinen Zorn künstlich schürte?«

»Ja.« Bei der Erinnerung runzelt Billa die Stirn. »Klingt komisch, was? Aber es war, als bräche er absichtlich einen Streit vom Zaun, damit er davonstürmen konnte. Doch warum hätte er so etwas tun sollen?«

Dom schüttelt den Kopf. »Ich hätte gern gewusst, worum es bei den Anrufen ging.«

Gefolgt von den Hunden, tritt Ed in die Küche. Er hat seine Jeans in dicke Socken gesteckt, und Stücke von Zweigen hängen an seinem Pullover. Bessie geht an Bärs Napf und schlabbert von dem Wasser. Bär folgt ihr, und sie trinken einträchtig.

»Ihr seht ernst aus«, meint Ed. Seine fröhliche Miene schwindet, und Besorgnis tritt an ihre Stelle. »Oh, nein! Es sind doch nicht noch mehr Postkarten gekommen?«

»Nein, nein«, sagt Billa rasch. »Nein. Wir haben nur noch einmal Andrew und Tris' Weggang nachvollzogen.«

»Klingt wie eine *Rhythm-and-blues*-Nummer«, meint Ed. »So etwas von Dolly Parton. *The Leaving of Andrew and Tris.*«

»Ich frage mich immer noch, warum Andrew sich so schnell davongemacht hat«, sagt Dom. »Warum sollte er einfach so weggehen, wenn er zum Beispiel wusste, dass er in Elinors Testament bedacht war?«

»Dann glaubst du, dass Tris' Besuch nichts mit einem etwaigen Erbe zu tun hat?«, will Billa hoffnungsvoll wissen.

»Nein, nicht unbedingt. Ich versuche nur, an alles zu denken. Ihm einen Schritt voraus zu sein. Ich hätte gern gewusst, warum Andrew es nötig fand, nach einigen dringenden Telefonanrufen so schnell und vollständig von der Bildfläche zu verschwinden.«

»Ach.« Ed sieht ihn mit hochgezogenen Augenbrauen an. »Glaubst du, Andrew hatte eine dunkle Vergangenheit, und das war so ein Fall von *Fliehe, wir sind entdeckt?*«

»Na ja, ich mache mir schon so meine Gedanken«, gesteht Dom. »Es war so endgültig, oder? Und keiner von euch war der Meinung, dass es wirklich so schlecht zwischen den beiden stand.«

»Die erste Begeisterung war sicher vorüber«, sagt Billa. »Aber ich hätte nicht behauptet, dass ihr Verhältnis unrettbar zerrüttet war. Während der Ferien kam es zu ein paar Streitigkeiten, doch die gab es immer, und für gewöhnlich hatten sie mehr mit uns Kindern zu tun als mit Mutter und Andrew. Aber ich glaube, Andrew wurde unruhig. Fuhr oft allein weg. Im Rückblick frage ich mich, ob Mutter glaubte, dass er ihr untreu war.«

»Nun ja, das könnte der Grund gewesen sein«, meint Dom. »Vielleicht hat er irgendwo bessere Aussichten gefunden und hat nur nach einer Gelegenheit gesucht, den Bruch zu vollziehen. Vielleicht hat die andere ihn angerufen und ihm ein Ultimatum gestellt.«

Das Telefon klingelt, und Ed hebt ab. »Bleiben Sie kurz dran!«, sagt er in den Hörer und wendet sich zu Billa um. »Tilly fragt, ob sie Alec Bancroft morgen zum Kaffee mitbringen kann. Sie sagt, er kann es kaum erwarten, die Kaulquappen zu sehen.«

Billa lacht. »Sie ist unmöglich. Ja, natürlich kann sie! Sag ihr, um elf!«

Ed blickt verwirrt drein, wiederholt die Nachricht und legt dann den Hörer auf die Gabel. »Aber wir haben noch keine Kaulquappen«, wendet er ein. »Es ist viel zu früh. Es ist nur Froschlaich.«

»Das ist eben Tillys Scherz.« Billa grinst. »Frag nicht! Lass uns essen, bevor es kalt wird!«

Sie löffelt Rührei auf Teller und gibt knusprige Speckscheiben hinzu, und dann sitzen die drei zusammen an dem großen Tisch mit der Schieferplatte wie bereits so oft zuvor. Die Hunde klettern auf das alte, durchgesessene Sofa und lassen sich gemütlich nieder, als wären sie noch Welpen. In der Küche ist es warm und friedlich. Bär beginnt zu schnarchen, und Billa zieht Ed wegen eines neuen Lochs in seinem Pullover auf.

Dom erinnert sich daran, wie die beiden ihn als ihren Bruder aufgenommen und ihn fröhlich als Teil ihres Lebens akzeptiert haben . . . und wie glücklich sie waren, bis Tris kam. Nie wird er vergessen, wie Ed sagte: »Ich hasse ihn«, und Billa über Bitsers Tod weinte. Er hört wieder Tris' Worte. »Du bist also der Bastard . . . Deine Mutter war eine Hure.« Er denkt: Ich darf nicht zulassen, dass Tris verdirbt, was wir jetzt haben. Nicht noch einmal. Eher bringe ich ihn um.

»Schau nicht so finster drein, Dom!« Billa lächelt ihm zu, denn sie errät seine Gedanken. Sie wirkt fröhlich, zuversichtlich und glücklich. »Ich kann mir wirklich nicht vorstellen, dass Tris uns nach all dieser Zeit etwas anhaben kann. Wahrscheinlich ist er Hunderte von Meilen entfernt, zu Tode gelangweilt und denkt sich etwas aus, um so lästig wie immer zu fallen.«

Dom nickt, schmunzelt, als wäre er ebenfalls dieser Meinung und nimmt sich aus der Obstschale eine Handvoll Trauben. Aber er glaubt nicht daran. Jeder Instinkt sagt ihm, dass Tris bereits hier ist und wartet.

9. Kapitel

»Großartig«, sagt Tilly zu Sir Alec Bancroft. »Morgen um elf. Zum Kaffee. Soll ich Sie abholen?«

»Oh.« Ihr Angebot scheint ihn zu verblüffen. »Das ist sehr freundlich, doch ich bin mir sicher, dass ich es finde. Und Sie kommen auch, nicht wahr?«

»Ja, selbstverständlich. Ich möchte sehen, wie sich Hercules und Bär begegnen. So, jetzt muss ich aber sausen, falls das okay ist.«

Bevor er antworten kann, klopft es an der Tür, und Sir Alec zuckt entschuldigend mit den Schultern und geht hin. Tilly hört ihn sprechen und eine Stimme, die ihm antwortet, und dann kommt er zurück.

»Es ist der Vikar«, erklärt er. »Ich glaube, ich habe Ihnen von Clem Pardoe erzählt, oder?« Und er tritt beiseite, um den Besucher ins Zimmer zu lassen.

Tilly ist nicht darauf vorbereitet, einen hochgewachsenen, schlanken jungen Mann mit kurzem goldblondem Haar und einem attraktiven Lächeln zu sehen. Sie fühlt sich verwirrt, beinahe empört. Er entspricht nicht ihrer Vorstellung von einem typischen Vikar – obwohl sie sich nicht sicher ist, worin die besteht – und ist lässig in Jeans und eine alte Barbour-Jacke gekleidet. Sir Alec stellt sie einander vor, und sie geben sich die Hand. Tilly argwöhnt, dass Clem sich über ihre Verwirrung amüsiert, und ist erleichtert darüber, dass Sir Alec das Gespräch an sich gerissen hat und über das Haus der Einkehr redet, sodass sie ihre Fassung wiederfinden kann.

»Ich bin gerade auf dem Weg nach Chi-Meur«, sagt Clem, »und da dachte ich, ich könnte unterwegs bei Ihnen vorbeischauen und sehen, wie es Ihnen geht.« Er schaut Tilly an, und Lachfältchen bilden sich um seine Augen. »Wie kommt er denn mit seiner Datenbank voran?«, fragt er. »Ist er schon über den Buchstaben A hinausgekommen?«

»Tatsächlich ist er ein totaler Technikfeind«, antwortet Tilly und geht zu ihrem eigenen Erstaunen auf seinen Ton ein. »Doch das wussten Sie schon, oder?«

Clem grinst Sir Alec zu. »Er schreibt seine Briefe immer noch mit dem Federkiel«, sagt er zu Tilly. »Hat er Ihnen das verraten? Rose war die Königin der Tastatur. Sie war großartig.«

Wieder ist Tilly erstaunt. Clem spricht mit großer Zuneigung und ohne Verlegenheit über Rose. Sie wirft Sir Alec einen Blick zu, um festzustellen, ob ihre Erwähnung ihn irgendwie bestürzt hat, doch er grinst ebenfalls.

»Frecher junger Teufel!«, meint er. »Aber es stimmt. Sie konnte einfach alles. E-Mail, Skype, SMS. Doch ich mache Fortschritte, oder, Tilly?«

»Sie können das Gerät einschalten und sich einloggen«, pflichtet sie ihm bei.

»Und wie viele Unterrichtsstunden haben Sie dazu gebraucht?«, erkundigt sich Clem. »Oder sollte ich lieber nicht fragen?«

Tilly lacht und fühlt sich dann plötzlich ein wenig schüchtern. »Ich muss los«, erklärt sie. »Sarah erwartet mich zum Mittagessen. Auf Wiedersehen«, sagt sie zu Clem. »Bis morgen«, verabschiedet sie sich von Sir Alec.

Erst als sie im Auto sitzt, fällt ihr ein, dass sie nach dem Mittagessen zum Kloster fahren wird, nach Chi-Meur. Sie fragt sich, ob Clem dann noch dort sein wird.

»Ich habe den Vikar getroffen«, sagt sie beiläufig zu Sarah. »Kennst du ihn?«

»Clem Pardoe? Ja, er ist mich kurz nach Georges Geburt besuchen gekommen und schaut jetzt noch von Zeit zu Zeit auf einen Kaffee vorbei. Attraktiv, was? Er erinnert mich an Inspektor Hathaway aus der Krimiserie *Lewis*.«

»Er scheint nett zu sein. Nicht ganz so, wie ich mir einen Vikar vorgestellt hatte.«

Sarah lacht. »Hattest du ihn dir sehr blass, jung und nervös vorgestellt? Ich glaube, so sind Vikare nicht mehr. Clem hat in London in der IT-Branche gearbeitet. Nach dem Tod seiner Frau ist er nach Cornwall gekommen.«

»Frau?« Tilly spürt einen merkwürdigen kleinen Schock. »Er ist verheiratet?«

»War. Sie ist bei der Geburt ihres Kindes gestorben, während Clem an einem College Theologie studiert hat. Er hat das Studium aufgegeben, damit er Geld verdienen und sich um das Kind kümmern konnte, und als Jakey ungefähr drei war, hat Clem im Kloster eine Stellung als Handwerker, Gärtner und Mädchen für alles angenommen, Unterkunft einbegriffen. Er ist erst vor Kurzem ordiniert worden und hilft im Haus der Einkehr aus, während er sein Vikariat ableistet. Clem ist derjenige, der auf eine richtig gute Webseite drängt.«

Tilly sortiert ihre Vorstellung von Clem neu. »Wie schrecklich!«, sagt sie. »Das mit seiner Frau, meine ich.«

»Furchtbar.« Sarah wirft Tilly einen listigen Blick zu. »Und abgesehen von allem anderen ist es eine grauenvolle Verschwendung. Er sollte wieder heiraten.«

»Also, schau nicht mich an!«, gibt Tilly sofort zurück. »Siehst du mich etwa als Frau eines Vikars und dann noch als Stiefmutter?«

Sarah schnaubt wegwerfend. »Um ehrlich zu ein, sehe ich dich als gar keine Art von Ehefrau oder Mutter.«

»Danke.« Tilly fühlt sich insgeheim verletzt, lässt sich aber nichts anmerken. »Ich muss zugeben, dass ich weder zu dem einen noch zu dem anderen Ambitionen habe.«

Sie fühlt sich versucht, eine unfreundliche Bemerkung darüber zu machen, dass Sarah auch nicht gerade ein Aushängeschild für Häuslichkeit ist, widersteht diesem Impuls jedoch. Und um fair zu sein, hat Sarah in einem Punkt recht. Trautes Heim, Zeitpläne, Regeln und Vorschriften sind noch nie Tillys Stärke gewesen.

»Egal«, sagt sie. »Wahrscheinlich hat er sowieso eine Freundin.«

Sarah schüttelt den Kopf. »Soweit ich weiß, nicht. Er kommt mir nicht vor wie jemand, der sein Herz leicht verschenkt, und er sorgt hingebungsvoll für Jakey.«

»Und das Leben in einem Kloster ist auch nicht besonders günstig für eine Beziehung.«

»Oh, er und Jakey sind aus dem Pförtnerhäuschen weggezogen, als Clem zum Diakon geweiht wurde. Sie wohnen jetzt im neuen Pfarrhaus, ein Stück die Straße hinunter. Hier sind mehrere Gemeinden zusammengelegt worden, daher haben wir keinen eigenen Vikar, und deswegen hat man das Haus Clem überlassen.«

»Du weißt ja eine Menge darüber«, meint Tilly. Sarahs beinahe besitzergreifende Haltung irritiert sie ein wenig.

»Hmm.« Sarah zieht eine selbstzufriedene kleine Grimasse. »Ich kann Clem ganz gut leiden.«

Tilly lacht. »Na, dann sag Dave lieber nichts davon!«

»Ach, Dave mag ihn auch. Hat einen tollen Sinn für Humor.«

»Genau.« Tilly gibt auf. »Na, ich setze mich besser in Bewegung, sonst komme ich zu spät. Und wenn ich Clem sehe, grüße ich ihn ganz lieb von dir.«

»Mach das!«, sagt Sarah.

Clem ist der Erste, den sie sieht, als sie an dem Haus vorbeifährt. Er steht vor der offenen Eingangstür mit einer kleinen Gruppe zusammen, einem älteren Geistlichen, zwei der Schwestern und einer jüngeren Frau mit goldbrauner Haarmähne, die ziemlich hippiehaft zurechtgemacht ist. Tilly parkt den Wagen in der Scheune, nimmt Doms Kamera und geht zur vorderen Auffahrt. Clem kommt ihr entgegen; sein Lächeln wirkt freundlich, fast vertraut, als teilten sie einen Scherz, den nur sie beide verstehen, oder ein gemeinsames Ziel.

Schwester Emily begrüßt sie wie eine alte Freundin. »Das ist Tilly«, erklärt sie der kleinen Gruppe. Sie klingt stolz und erfreut und bringt zum Ausdruck, dass Tilly etwas Besonderes ist. »Sie hilft uns bei der Webseite. Macht uns bekannt. Und das«, fügt sie an Tilly gewandt hinzu, »ist Mutter Magda. Und Vater Pascal, unser Kaplan. Und Janna, die sich auf wunderbare und fantasievolle Weise um uns kümmert.«

Sie alle lächeln über Schwester Emilys Beschreibung, und Tilly spürt unter ihnen ein tiefes, fast familiäres Gefühl der Einigkeit. Einen kurzen Moment lang sehnt sie sich heftig nach ihren Eltern im fernen Kanada. Doch rasch schüttelt sie diesen Anflug ab, antwortet auf die Vorstellungen und zeigt die Kamera vor.

»Ich habe die Erlaubnis, für die neue Website Fotos zu machen. Ein paar Ideen habe ich schon, aber wenn jemand noch Vorschläge hat...« Sie schaut auffordernd von einem zum anderen.

Mutter Magda wirft Schwester Emily und Vater Pascal einen

ziemlich nervösen Blick zu, als suchte sie nach Inspiration. Janna lächelt schüchtern, als wäre sie nicht sicher, ob sie qualifiziert ist, eine Meinung zu äußern.

»Der Obstgarten sieht wunderschön aus, wenn die Glockenblumen blühen«, erklärt sie schließlich zögernd.

»Und wenn die Bäume blühen«, pflichtet Schwester Emily ihr rasch bei. »Obwohl das noch dauern wird.«

»Wir brauchen ein Bild von der Kapelle«, schlägt Vater Pascal vor. »Wie viele dürfen wir denn?«

»So viele, wie Sie wollen«, sagt Tilly. »Die Website muss regelmäßig auf den neuesten Stand gebracht werden, damit die Leute immer etwas Neues zu sehen bekommen. Wir könnten auch auf Veranstaltungen und so etwas hinweisen. Vielleicht sogar einen Blog einrichten. Und ich habe über das nachgedacht, was Schwester Emily ›heilige Ferien‹ genannt hat, statt der richtigen Einkehr- und Schweigetage. Ich hatte die Idee, ein kleines Video zu drehen.«

»Ach?« Clem zieht die Augenbrauen hoch und sieht sie an; er ist interessiert. »Worüber denn?«

»Nun ja, als ich das letzte Mal hier war, bin ich zum Strand hinuntergegangen. Er ist so schön. Ich dachte, ich könnte in einem Videoclip zeigen, dass man einfach aus der Tür treten und auf die Klippen oder hinunter zum Meer spazieren kann.«

»Wie aufregend!«, ruft Schwester Emily aus. »Und das alles könnten Sie mit Ihrer Kamera?«

»Ich glaube schon«, antwortet Tilly vorsichtig. »Wir könnten den Spaziergang bei verschiedenen Jahreszeiten zeigen, mit einem kleinen Hintergrundkommentar.«

Voller Respekt sehen alle Tilly und ihre Kamera an.

»Klingt genauso gut wie Bilder«, meint Schwester Emily nachdenklich. »Nur wie im Fernsehen. Sie könnten die Blumen beschreiben ...«

»Und die Vögel«, fällt Janna unvermittelt ein. »Es ist wunderbar draußen auf den Klippen, wenn die Möwen ihre Jungen großziehen. Sie klingen wie weinende Babys.«

»Hm, ja, als Tierfilmer kann ich es sicher nicht ganz mit David Attenborough aufnehmen«, warnt Tilly sie, »doch ich könnte es versuchen.«

»Und unser kleiner Ahornhain im Herbst. Und der Azaleenweg.« Schwester Emily ist bei dem Gedanken an die Möglichkeiten ganz rosig angelaufen und presst erfreut die Hände zusammen. Mutter Magda sieht Tillys Besorgnis und schaltet sich ein.

»Ich finde, das ist Clems Gebiet«, erklärt sie bestimmt. »Das klingt alles sehr aufregend, und wir werden uns darauf freuen, die Ergebnisse zu sehen, doch unser Fachmann ist Clem. Wir werden die Diskussion darüber Tilly und ihm überlassen.«

Aufmunternd lächelt sie Tilly zu, geht davon und nimmt Schwester Emily und Janna mit. Vater Pascal schenkt Tilly ein Lächeln, winkt Clem zum Abschied zu und geht sein Auto holen.

»Na schön«, sagt Tilly. »Ich schätze, das ist der Punkt, an dem man von mir erwartet, Initiative zu zeigen, oder? Darf ich die Kapelle betreten?«

»Jetzt ist sogar eine gute Zeit dazu«, meint Clem. »Sie müsste leer sein. Ich finde Ihre Idee mit dem Video brillant.«

Vor Freude über sein Lob wird sie rot. »War nur so ein Gedanke«, meint sie beiläufig. »Könnten Sie mir die Kapelle zeigen? Oder müssen Sie eilig anderswohin?«

»Ich glaube, man hat mich abgestellt, um Ihnen bei dieser Sache zu helfen«, sagt er. »Kommen Sie herein!« Er stößt die schwere Eichentür auf und führt Tilly in die Vorhalle. Eine kleine Gruppe steht an einem Tisch, an dem Ansichtskarten zum Verkauf ausgelegt sind, und eine Tür steht offen und erlaubt einen Blick in die Bibliothek, doch Clem geht durch eine andere Tür voraus und einen Gang entlang. Behutsam und ehrfürchtig öffnet er die Kapellentür und späht hinein. Er dreht sich um, lächelt Tilly zu und schiebt die Tür weiter auf, damit sie eintreten kann. Knapp dahinter bleibt sie stehen und betrachtet die Dachbalken, den einfachen Steinaltar, das schlichte Holzkruzifix an der Wand dahinter und die durch Längsstreben geteilten Fenster, durch die der Sonnenschein flutet. Das ewige Licht schimmert in seiner steinernen Nische, und am Fuß der aus Holz geschnitzten Muttergottesstatue hat jemand Kerzen in einer Terrakottaschale angezündet. Hier herrscht Frieden.

Tilly wirft einen Seitenblick zu Clem, der schweigend, mit gefalteten Händen und leicht geneigtem Kopf dasteht. Sie fragt sich, ob er betet – und dann sieht er sie an, und sie spürt ein seltsames Gefühl von Verbundenheit. Er spricht sie leise, aber in ganz normalem Ton an.

»Womit möchten Sie anfangen? Mit dem Altar?«

Auch sie redet mit gedämpfter Stimme. »Könnte ich einfach ein wenig umhergehen? Um ein Gefühl dafür zu bekommen?«

Nur zu!, bedeutet er ihr mit einem Nicken und leichtem Schulterzucken, und sie tritt vor, staunt über die Einfachheit und schaut durch den Sucher, um auf Ideen zu kommen. Sie macht ein Foto von der Statue und den Kerzen und noch eins vom Altar, auf dem eine Vase mit Narzissen steht. Bald lächelt sie Clem zu, um ihm mitzuteilen, dass sie hier fertig ist, und sie gehen gemeinsam nach draußen.

»Ich versuche nur, mich in jemanden hineinzuversetzen, der sich von der Vorstellung eines ›heiligen Urlaubs‹ angezogen fühlt«, erklärt sie ihm, während sie durch das Haus zurück in die Eingangshalle gehen. »Ich muss gestehen, dass ich keine große Kirchgängerin bin ...« Sie findet, dass es das Beste ist, das klarzustellen. »Daher fällt mir das schwer. Doch ich kann mir vorstellen, dass die Idee verlockend erscheinen könnte, wenn man zum Beispiel einen Todesfall erlebt hat oder eine Weile allein sein muss. Sie haben bereits ein paar nette Fotos von einigen der Gästezimmer und der Bibliothek, aber ich finde, wir müssen einen Schritt weitergehen.«

»Ganz meiner Meinung«, sagt er. »Die Website ist ein wenig nüchtern, ein wenig zu plakativ. Deswegen fand ich ja auch, man sollte jemanden mit frischen Ideen hinzuziehen.«

»Nun, so viel Erfahrung haben wir damit nicht«, gesteht sie, »doch ich hoffe, wir können etwas bewirken. Was meinen Sie, ob jemand hier in der Lage wäre, einen Blog zu betreiben? Man muss eine Website aktuell halten, sie immer ein wenig verändern, damit Leute sie regelmäßig ansehen.«

Nachdenklich dreinblickend, öffnet er ihr die Haustür. »Ich bin mir nicht sicher. Wie viel würden Sie denn dafür berechnen?«

Tilly zieht eine kleine Grimasse. »Das hängt von Sarah ab.« Sie wirf ihm einen verschmitzen Blick zu. »Vielleicht sollten Sie mit ihr reden.«

»Vielleicht sollte ich das«, gibt er ausdruckslos zurück. »Würden Sie sich freuen, wenn sie einverstanden ist?«

Damit hat er Tilly überrumpelt. »Ja, ich denke schon. Aber sobald die Website eingerichtet ist, brauchen Sie jemanden, der sehr genau darüber Bescheid weiß, was hier passiert. Ernsthaft, es sollte wirklich jemand aus Ihrem Haus sein.«

»Ich glaube, im Pförtnerhaus ist ein Zimmer frei«, schlägt er vor.

Automatisch sieht sie an der Auffahrt entlang zu dem kleinen Steinhaus am Tor. Amüsiert beobachtet er sie, und sie platzt vor Lachen heraus.

»Danke, aber nein danke«, sagt sie. »Sarah hat mir erzählt, dass Sie früher mit Ihrem kleinen Sohn dort gewohnt haben.« Sie beschließt, ebenfalls offen zu sein. »Es sieht sehr hübsch aus.«

»Es war gut«, stimmt er zu. »Doch nachdem ich jetzt zum Vikar geweiht worden bin, muss ich Teil der Gemeinde sein. Wenn ich mein Vikariat abgeschlossen habe, möchte ich gern hierher zurückkommen und Kaplan werden. Oder Kirchenältester.«

»Würden Sie dann wieder im Pförtnerhaus leben?«

Er nickt. »Es ist besser für Jakey. Im Moment ist es an jemanden vermietet, der die gleiche Arbeit erledigt wie ich früher: Gartenarbeit, allgemeine Wartung und so weiter. Jakey und ich sind glücklich im Pfarrhaus im Dorf, aber es wird auch gut sein, hierher zurückzukehren.«

»Dann ist das also endgültig, oder? Dass Sie wiederkommen?«

»Vorausgesetzt, das Haus der Einkehr wirft genug Gewinn ab, um mir ein Gehalt zahlen zu können. Denn offensichtlich wird die Diözese mich an diesem Punkt nicht mehr bezahlen.« Er grinst sie an. »Deswegen habe ich ja vorgeschlagen, Sie zu rufen, um die Website einzurichten. Reiner Eigennutz.«

Sie muss lachen. »Aber Sie sagten doch, Vater ... Pascal, oder? Sie sagten, dass er der Kaplan ist.«

»Das ist er, jedoch nicht in Vollzeit. Mehrere Priester aus der Gegend teilen sich die Aufgabe. Doch ich möchte richtig aktiv sein, Neues ausprobieren, die Menschen erreichen.«

Seine Miene wirkt jetzt ernst und entschlossen, beinahe visionär, und für einen Moment fühlt sich Tilly von seinem klaren Gefühl für seine Berufung angerührt. Er sieht sie neugierig an, fragt sich, ob sie ihn verstanden hat; und sie nickt und schenkt ihm ein sachtes Lächeln.

»Also kein Druck«, sagt sie leichthin. »Ich werde mein Bestes tun müssen, oder? Und Sie müssen Sarah überreden, ihre Preise zu senken.« Sie zögert und beschließt, etwas zu wagen. »Haben Sie Zeit, mit mir zum Strand zu spazieren? Nur um uns davon zu überzeugen, ob es eine gute Idee für das Video ist und ob ein Hintergrundtext funktionieren würde.«

»Okay. Aber wir werden nicht hier anfangen. Die Besucher benutzen einen Seiteneingang, wo sie Stiefel und anderes aufbewahren können. Beginnen wir dort! Der Weg führt durch die Azaleen.«

»Der Weg, von dem Schwester Emily gesprochen hat? Sie ist so lustig. Ich finde sie furchtbar nett«, sagt Tilly.

»Dann sind wir ja schon zwei«, meint Clem.

10. Kapitel

Alec Bancroft wacht früh auf. Er liegt ganz still, vermisst Roses Wärme neben sich und wappnet sich für den Kampf gegen die Dämonen der Einsamkeit und Furcht, die in diesen ersten Momenten des Tages auf ihn lauern, wenn er angreifbar ist und die Erinnerungen und der herzzerreißende Schmerz seines Verlustes ihn schwächen. Der Winter, sein erster ohne sie, ist lang und dunkel gewesen, aber jetzt kommt langsam der Frühling.

Er steigt aus dem Bett, denn er weiß, dass Taten die beste Art sind, die Dämonen zu verunsichern. Kaffee muss gekocht und Hercules nach draußen gelassen werden, doch zuerst zieht Alec die Vorhänge zurück. Über den fernen, rauen Tors – hohen Felsformationen – werden kleine flauschige Wolken von der Sonne beschienen; im Westen hängt am indigoblauen Himmel noch der geisterhaft wirkende Mond.

»Nirgendwo ist es so schön wie in Cornwall«, hört er Roses Stimme, die ihm ins Ohr flüstert, und kurz krampfen sich seine Hände in den dicken Stoff der Vorhänge.

Für eine Diplomatenfrau war sie unkonventionell gewesen und hat ihn manchmal zur Verzweiflung gebracht, aber mit Rose hat das Leben Spaß gemacht. Sie hatte auch das Cottage gefunden, in der Nähe des Dorfes, in dem sie geboren und aufgewachsen war, und hatte darauf bestanden, dass sie es kauften, um dort ihre Heimaturlaube zu verbringen.

In Madrid, Hongkong oder Tansania, in einer Abfolge von Konsulaten und Botschaften, hatten sie grundsätzlich mit einem ganzen Zoo zusammengelebt, mit Welpen, Eseln, Ziegen, die Rose vor dem Ertrinken, Verhungern oder Einschläfern gerettet hatte. Sie hatte mit örtlichen Würdenträgern gestritten, die Motive von Missionaren hinterfragt und alles gefördert, was außergewöhnlich und künstlerisch war.

Schleppend zieht Alec sich den Morgenmantel über, sucht nach seinen Hausschuhen und geht nach unten und durch die Küche in den Wintergarten, wo Hercules schläft. Der Wintergarten ist Roses wahre Hinterlassenschaft. Auf dem mit Steinplatten belegten Boden liegen Teppiche, die sie aus Afrika mitgebracht haben; über die Liegestühle sind Alpakatücher gebreitet, Bambustische biegen sich unter schweren Büchern. Und überall stehen Pflanzen: in großen Keramikkübeln, in hölzernen Pflanzgefäßen oder in Terrakottatöpfen auf den langen, durchbrochenen Regalen unter den Fenstern. Hercules' Korb hat unter einem dieser Borde seinen Platz.

»Wir müssen uns einen Hund anschaffen«, hatte Rose erklärt, sobald sie für immer nach Hause zurückgekehrt waren, ausgepackt und sich eingelebt hatten. »Und ich weiß auch genau, wo wir einen finden.«

Rose kannte in der Umgegend von Peneglos jeden; sie wusste, wo man trockenes, abgelagertes Feuerholz herbekam, die besten regionalen Würste, die kräftigsten Ableger für ihren Garten am Meer – und den perfekten Labradorwelpen.

Hercules war ein reizender, gutmütiger kleiner Kerl gewesen, und heute ist er ein unter Arthritis leidender, harmloser alter Gentleman. Als Alec hereinkommt, hebt er den Kopf, und sein Schwanz schlägt zur Begrüßung auf den Rand des Hundekorbes.

»Guter Junge. Braver alter Knabe.« Alec bückt sich, um an einem Ohr zu zupfen und den breiten gelben Kopf zu tätscheln, und dann richtet er sich auf, geht in die Küche und schaltet den Wasserkocher ein. Er denkt an den Besuch bei den St. Enedocs, auf den er sich freut: Sie scheinen nett zu sein, und die alte Butterfabrik ist faszinierend.

»Du wirst eine neue Freundin kennenlernen«, sagt er zu Hercules, der auf der Suche nach seinem morgendlichen Hundekuchen nachgekommen ist. »Neufundländer. Doppelt so groß wie du, mein Junge.« Er kocht Kaffee, gibt Hercules ein Leckerli und öffnet die Tür in den Garten, wo er wartet, während der Labrador über den Rasen nach draußen läuft und am Stamm des Kirschbaumes an der Mauer sein Bein hebt.

»Nicht auf die Narzissen, du elendes Hundevieh!«, ruft Rose irgendwo hinter ihm, und Alec lächelt bei der Erinnerung.

Er hört einen Schwarm Saatkrähen, die in den Buchen am Rand des Kirchhofs einen Revierstreit austragen. Der Kaffee ist heiß und stark, und Alec trinkt ihn dankbar und denkt an Clem und Jakey unten im Pfarrhaus. Er erinnert sich daran, wie Clem beifällig die Augenbrauen hochgezogen hat, nachdem Tilly gegangen war, und an das kurze Schweigen.

»Hübsches Mädchen«, meinte Alec vorsichtig.

Clem nickte nur, doch die Haut um seine Augen zog sich auf eine inzwischen vertraute, aber irritierende Art zusammen, die darauf hinwies, dass er genau wusste, was Alec dachte.

Während er Weißbrot toastet und die Marmelade auf den Tisch stellt, denkt Alec über Clems Fähigkeit nach, sich in seine – Alecs – Gefühle seit Roses Tod hineinzuversetzen. Er war schockiert, als Clem ihm erklärte, dass seine eigene Frau im Kindbett gestorben war, und gerührt darüber, wie sich Clem mit Alecs Bedürfnis identifizieren kann, über Rose zu sprechen und sie in seinem Alltag lebendig zu halten, während er zugleich versucht, ihre Abwesenheit zu akzeptieren. Clem spricht nicht in leisem, ehrfürchtigen Ton, wenn er von ihr redet, und verhält sich nicht, als wäre Alec eine Art Invalide, der besondere Behandlung und mitfühlende Blicke braucht. Stattdessen spricht Clem offen über seine eigenen Empfindungen und die Leere in seinem und Jakeys Leben.

»Madeleine und ich waren nur so kurze Zeit zusammen«, erklärt er, »dass man meinen könnte, der Verlust wäre viel weniger schmerzlich gewesen – doch schließlich war Jakey da. Ich konnte es nicht ertragen, dass Madeleine nicht miterleben würde, wie er groß wird. All diese besonderen Gelegenheiten – sein erstes Lächeln, wie er laufen gelernt hat, wie er beim Krippenspiel den Herodes gespielt hat – und nicht in der Lage zu sein, sie mit ihr zu teilen. Jede neue Entwicklung hat die Wunde neu aufgerissen und den Schmerz wiederbelebt. Madeleine hat eine große Lücke in unserem Leben hinterlassen.«

Alec schnappt den Toast, den der temperamentvolle Toaster ausspuckt, stellt ihn in einen handbemalten Porzellanständer und trägt ihn zum Tisch. Er gewöhnt sich langsam daran, den Tisch für eine statt für zwei Personen zu decken und den Kaffee in der kleinen Kanne zu bereiten. Die Gespräche mit Clem sind ihm ein Trost – und jetzt kann Alec sich auf Tillys Besuche freuen, und er wird ein paar neue Freunde kennenlernen.

Später, als er Peneglos hinter sich lässt und landeinwärts auf die Moore zufährt, wird er sich einer fast vergessenen Abenteuerlust bewusst. Er redet mit Hercules, der mit aufgestellten Ohren dasitzt, als wäre er sich ebenfalls darüber klar, dass dies keine der üblichen Fahrten ist, um alte Freunde in Padstow zu besuchen oder in Wadbridge einzukaufen. Unterdessen geht Alec im Kopf noch einmal die wichtigen Informationen durch, die Tilly ihm über die St. Enedocs geliefert hat.

»Es ist nur fair, wenn Sie ein wenig über sie erfahren«, sagte sie. »Billas Mann ist vor längerer Zeit gestorben. Philip war um etliches älter als sie, und man hatte das Gefühl, dass es eine sehr distanzierte Ehe war. Sie hatten keine Kinder. Er war Wissenschaftler und schien in seinem Labor zu wohnen, und Billa hat sich dann in wohltätige Arbeit gestürzt. Als Philip krank wurde, hat sie ihn mehrere Jahre gepflegt, und nach seinem Tod ist sie zurück in die alte Butterfabrik gezogen. Ed war inzwischen im Ruhestand und beschäftigte sich nur noch mit seinen Büchern. Er hat im Verlagswesen gearbeitet. So haben die beiden einfach zusammen weitergelebt, als wäre nicht viel passiert, wenn Sie verstehen, was ich meine. Es ist, als hätten sie immer dort gewohnt. Ed ist früher fast jedes Wochenende aus London hergekommen, und Billa kam dann oft auch. Ed hat wie sie keine Kinder. Er hat eine geschiedene Frau geheiratet, die selbst schon zwei Kinder im Teenageralter mit einem sehr engagierten Vater hatte. Ed und Gillian haben es nicht besonders lange miteinander ausgehalten.«

»Vielleicht«, hatte Alec an diesem Punkt angemerkt, »war keiner von ihnen besonders gut für die Ehe geeignet. Nicht alle von uns sind das.«

»Billas und Eds Vater ist gestorben, als sie noch sehr jung waren, und dann hat ihre Mutter wieder geheiratet, und das ist zu einem absoluten Desaster für die Geschwister geworden. Jedenfalls sagt Dom das. Ed und Billa reden nie darüber.«

Sie erklärte ihm auch, wer Dom ist.

»Das ist jetzt kein Tratsch«, hatte sie nervös hinzugesetzt. »Das Ganze ist kein Geheimnis. Es ist nur so, dass Dom und Ed sich so ähnlich sehen, dass Sie vielleicht eine Bemerkung gemacht hätten, was ein wenig peinlich hätte werden können.«

Die Geschichte hatte Alec mehr und mehr fasziniert.

»Ich kann es nicht abwarten, die alte Butterfabrik zu sehen«, sagte er. »Und Ed, Billa und Dom kennenzulernen.«

»Und Bessie und Bär«, erinnerte sie ihn. »Vergessen Sie die alten Hundeviecher nicht!«

Als er jetzt von der A39 auf die kleinen Straßen am Rande des Moors abbiegt, konzentriert er sich auf Tillys Wegbeschreibung. Auf der anderen Seite des Tals kann er einen Weiler erkennen, von dem er meint, dass er vielleicht sein Ziel ist. Ein kleiner Wagen mit Fließheck ist ziemlich achtlos in einer Zufahrt abgestellt worden, und ein Mann steht mit dem Rücken zum Auto, hat ein Fernglas vor den Augen und sieht über das Tal hinweg in Richtung Weiler. Rasch dreht er sich um und lässt das Fernglas sinken, als Alec vorsichtig durch die schmale Lücke zwischen dem Wagen und der Dornenhecke auf der anderen Seite der Straße steuert. Er hebt die Hand, um dem Mann zu bedeuten, dass alles in Ordnung ist, lehnt sich zurück, um ihn anzusehen, und erhascht einen Blick auf rötlich graues, lockiges Haar und helle, kühle Augen. Dann ist Alec vorbei und fährt weiter, während der Mann erneut sein Fernglas hebt.

Als er die alte Dorfschänke, *The Chough*, erblickt, erinnert er sich an Tillys Wegbeschreibung. »Fahren Sie am *Chough* vorbei, den Hügel hinauf, und biegen Sie dann nach links ab! Danach geht es ein paar Meilen geradeaus weiter, bevor Sie sich nach rechts wenden.«

Fast zwanzig Minuten später passiert er Doms Cottage, das er nach Tillys Beschreibung wiedererkennt, fährt über die alte Steinbrücke und biegt ziemlich vorsichtig in die Einfahrt zur alten Butterfabrik ein. Er sieht sofort, dass sie einmal eine Mühle gewesen ist. Bevor er sich genauer umsehen kann, kommt Tilly nach draußen geeilt und läuft ihm mit einem riesigen, tabakbraunen Hund auf den Fersen entgegen.

»Meine Güte!«, murmelt Alec Hercules zu. »Da hast du aber deinen Meister gefunden, alter Junge.«

Er steigt aus und winkt Tilly zu, als eine Frau aus der Tür hinter ihr tritt. Sie ist nicht besonders groß, sehr schlank und trägt Jeans, ein Shirt und eine rote Steppweste. Ihr kurzes blondes Haar lockt sich attraktiv, und sie wirkt sehr entspannt, während Tilly sie vorstellt und dabei Bär im Auge behält. Alec lässt Hercules aus dem Wagen, und die beiden Hunde beginnen mit dem üblichen Schnüffelritual, um einander zu begrüßen.

»Machen Sie sich wegen Bär keine Sorgen!«, sagt Billa. »Er ist viel zu faul, um sich mit einem anderen Hund anzulegen.«

»Und Hercules ist viel zu alt dazu«, gibt Alec zurück. »Aber Bär ist ein prächtiger Bursche, was?«

»Er ist etwas ganz Besonderes«, pflichtet Billa ihm bei, »obwohl er nicht der landläufigen Vorstellung von einem Haustier entspricht.«

Alec lacht. »Das sehe ich. Er sieht eher wie ein Shetlandpony aus.«

»Ich wusste, dass die beiden einander mögen würden«, erklärt Tilly triumphierend. »Ihr seid gute Jungs, oder?« Sie streichelt die zwei Hunde zärtlich. »Dom kommt in einer Minute zum Kaffee und bringt Bessie mit.«

»Treten Sie ein und lernen Sie Ed kennen!«, meint Billa zu Alec.

Er wird in die Eingangshalle geführt, wo auf dem alten Mühlstein ein helles Holzfeuer brennt, und er kann an den offenen Treppenabsätzen vorbei bis zu den Dachbalken sehen und stößt einen erfreuten Ausruf aus.

»Ed kann Ihnen die Geschichte des Hauses erzählen«, sagt Billa. »Er hat jede Menge alte Fotos. Hinter dem Gebäude steigt das Gelände bis auf die Höhe des ersten Stocks an. Oben liegen große Doppeltüren, die von der Galerie abgehen. Früher fuhren dort die Laster heran, damit die Milch aus den Kannen in die Kübel gegossen werden konnte, die hier unten standen. Noch früher haben wohl Pferdekarren die Milch gebracht.«

»Wer das umgebaut hat, muss eine enorme Vorstellungskraft besessen haben.«

»Es war die Vision meines Vaters«, gibt sie lächelnd zurück.

Ihr Lächeln hat etwas Trauriges, und Alec erinnert sich, wie Tilly ihm erzählt hat, dass ihr Vater gestorben ist, als sie und Ed noch sehr jung waren.

»Da hat er sich ein wunderbares Denkmal gesetzt«, meint er – und ist erleichtert, als sie ihn offener, beinahe dankbar anlächelt.

»Es war gut, nach Philips Tod wieder nach Hause zu kommen«, gesteht sie. »Tilly hat uns erzählt …« Sie zögert. »Es tut mir so leid zu hören, dass Ihre Frau letztes Jahr gestorben ist!«

Es freut ihn, dass sie so direkt ist. »Wir waren sehr lange zusammen«, antwortet er, »und es kommt mir sehr merkwürdig vor, allein zu sein. Wir haben unser kleines Cottage vor mindestens dreißig Jahren gekauft, um in Cornwall einen Fuß in der Tür zu haben, während wir so viel umhergereist sind. Als wir in den Ruhestand gingen, wollten unsere Söhne, dass wir ein größeres Haus kaufen, aber jetzt bin ich froh, dass wir nicht auf sie gehört haben. Das Cottage birgt so viele Erinnerungen, und für einen alten Knaben, für mich allein, ist es mehr als groß genug.«

»Ich hatte Glück, dass ich wieder zu Ed ziehen konnte«, erklärt sie. »Und zu Dom, das ist unser Bruder, der ein Stück weiter an der Straße wohnt. Oh, da kommt ja Ed …«

Ein hochgewachsener Mann tritt aus einem Raum, der an dem offenen Treppenhaus liegt, und eilt hinunter, um Alec zu begrüßen, und als ein paar Minuten später Dom mit seinem Golden Retriever Bessie kommt, herrscht eine ungezwungene Stimmung, und Alec unterhält sich gut.

Am Kamin in der Halle nehmen sie Kaffee und Brownies zu sich und gehen dann hinaus, um den See anzuschauen. Die drei Hunde rennen um sie herum, und als Alec vorsichtig vorschlägt, sie könnten doch alle zum Mittagessen ins *Chough* gehen, stimmen die anderen begeistert zu.

»Wir sind seit Monaten nicht dort gewesen«, sagt Dom. »Für gewöhnlich gehen wir zu Fuß zu unserem Lokal, damit wir etwas trinken können. Wissen Sie, dass Tilly manchmal im *Chough* hinter der Theke steht? Sie sagt, das Lokal sei momentan sehr im Trend.«

Billa nimmt Ed und Dom im Auto mit, und Tilly fährt mit Alec. Die junge Frau ist ganz rosig vor Freude darüber, dass alles so gut gelaufen ist, und sie dreht sich auf ihrem Platz um und lobt Hercules, der inzwischen erschöpft ist. Alec wirft ihr einen Seitenblick voller Zuneigung zu. Er sieht ihre glatte, weiche Haut, ihr dichtes, blondes Haar und ihre strahlenden, lachenden Augen und wünscht sich plötzlich mit schmerzlicher, stechender Sehnsucht, wieder jung zu sein.

»Alter schützt vor Torheit nicht«, hört er Rose brummeln und grinst betreten in sich hinein.

Im Pub ist viel los, aber sie bekommen einen Tisch am Kamin, und Alec tritt an die Bar, um eine Runde Drinks zu bestellen. Während er wartet, öffnet sich die nach innen zum Wohnbereich führende Tür, und ein Mann sieht herein; es ist der Fremde von der Straße, der Mann mit dem Fernglas. Gleichgültig gleitet sein Blick über Alec hinweg, doch als er die St. Enedocs an ihrem Tisch sieht, huscht ein merkwürdiger, argwöhnischer Ausdruck über sein Gesicht, und er zieht sich rasch zurück und schließt die Tür wieder.

Alec denkt darüber nach, zuckt leicht mit den Schultern und hat ihn bald vollkommen vergessen.

Bär liegt auf den kühlen Schieferplatten in der Halle. Nach seinem Vormittag mit Hercules und Bessie ist er erschöpft. Im Haus ist es still; alle sind ausgegangen, und er ist ganz allein. Normalerweise fährt er gern mit, doch heute ist er zufrieden damit, sich auszuruhen, seinen gewaltigen Körper auf dem kalten Steinboden auszustrecken und zu schlafen. Er träumt, dass er rennt, jagt und selbst gejagt wird, seine großen Pfoten zucken, und er brummt. Mit einem Mal stört ihn das Geräusch der sich öffnenden Hintertür im Schlaf. Sein Traum verblasst, und er liegt wartend da. Er ist zu müde, um aufzustehen und in die Küche zu tappen, um seine Leute zu begrüßen, daher bleibt er entspannt liegen und lauscht. In der Küche hört er Schritte. Jemand geht herum, öffnet und schließt Schränke. Dazwischen ist es still. Die Schritte nähern sich der Eingangshalle, und die Tür wird weiter geöffnet. Bär schickt sich zum Aufstehen an, doch dann sieht er, dass der Mann, der in der Tür steht, ein Fremder ist. Er wittert alle möglichen Emotionen, die von diesem Eindringling ausgehen: Aufregung, Anspannung, Nervosität. Und da ist noch etwas anderes, das Bär nicht gefällt, dem er nicht traut, und er setzt sich plötzlich in Bewegung und hievt sich hoch. Sein tiefes Knurren ist Respekt einflößend. Der Fremde sieht ihn und weicht zurück.

»Mein Gott!«, sagt er ganz leise. »Okay, okay. Guter Junge. Sitz! Bleib!« Und er tritt erneut zurück und schließt die Tür, bevor Bär näher kommen kann. Wieder hört der Hund, wie der Fremde sich in der Küche bewegt, und dann fällt die Hintertür zu, und er vernimmt Schritte, die sich über die Auffahrt bewegen. Bär läuft zur Küchentür und versucht, sie aufzuschieben, aber sie ist fest geschlossen. In der Küche steht sein Wassernapf, und jetzt kann er ihn nicht erreichen. Bär setzt sich wieder und lehnt sich schwer an die Tür. Er rutscht hinunter und streckt sich aus. Bald ist er eingeschlafen.

»Du hast vergessen, die Hintertür abzuschließen, und du hast die Küchentür geschlossen«, sagt Billa vorwurfsvoll zu Ed. »Der arme Bär saß ohne Wasser in der Eingangshalle fest.«

»Vielleicht habe ich es ja versäumt, die Hintertür abzuschließen«, gibt Ed zurück, »aber die Küchentür habe ich ganz sicher nicht geschlossen. Das mache ich nie, wenn wir ihn zu Hause lassen.«

»Also, ich war es jedenfalls nicht«, entgegnet Billa. »Armer alter Knabe! Seit ich ihn in die Küche gelassen habe, trinkt er ständig. Vielleicht hat Tilly die Tür geschlossen. Oder Alec.«

»Ich mag ihn gut leiden. Du nicht auch?«, fragt Ed. »Bei ihm hatte ich das Gefühl, so wenig herumgekommen zu sein. Ein bisschen wie bei Dom. Weil die beiden schon überall auf der Welt gelebt haben.«

»Es gefällt mir, dass er trotzdem nicht damit angegeben hat. Keine Reisebeschreibungen oder eine endlose Abfolge von Anekdoten.« Sie holt tief und glücklich Luft. »Das hat solchen Spaß gemacht! Es ist, als wäre er einer von uns. Tilly hatte recht, als sie meinte, wir sollten einander kennenlernen. Hast du mein Handy gesehen? Ich bin mir sicher, dass ich es hier auf dem Tisch liegen gelassen habe.«

Ed schüttelt den Kopf. »Normalerweise steckst du es doch ein.«

»Ich weiß, aber ich erinnere mich, dass ich beschloss, mir die Mühe nicht zu machen. Wir sind in einem solchen Durcheinander aufgebrochen, dass ich es einfach auf dem Tisch liegen gelassen habe. Verdammt. Ich hasse es, wenn ich das Handy verlege!«

»Sieh in deinem Arbeitszimmer nach!«, sagt er. »Ich weiß, dass du glaubst, es hiergelassen zu haben, doch offensichtlich stimmt das nicht.«

Er nimmt die Briefe vom Küchentisch. Billa muss die Jahresabrechnung ihres Buchhalters geöffnet haben, bevor sie hinausgegangen sind. Allerdings steckt sie sie für gewöhnlich nicht in den Umschlag zurück. Er betrachtet die Zahlenspalte, die die Konten der Firma darstellt.

»Wenn du das hier angesehen hast, hefte ich es ab«, sagt er, als sie aus ihrem Arbeitszimmer zurückkommt. Sie wirkt irritiert, und ihr Glücksgefühl verflüchtigt sich.

»Ich habe die Post heute noch gar nicht geöffnet«, gibt sie verärgert zurück, »und mein Handy ist tatsächlich nicht da.«

»Ruf im Pub an!«, rät er ihr. »Nur, um sicherzugehen. Einen Versuch ist es wert.«

Sie seufzt ungeduldig, nimmt aber das Telefonbuch aus dem Regal und blättert. Während er in die Eingangshalle davongeht, kann er ihre Stimme hören. Billa erklärt, was passiert ist, und stellt ihre Frage.

»Glück gehabt?«, ruft er, und sie tritt mit verwirrter Miene in die Halle.

»Er sagt, ein Mann habe es gerade abgegeben. Es soll neben dem Stuhl gelegen haben, auf dem ich gesessen habe. Das ist wirklich komisch. Ich war mir absolut sicher, es hiergelassen zu haben.«

Ed zuckt mit den Schultern und zieht eine lustige Grimasse, die sie aus ihrem Ärger reißen soll.

»Ach, hör schon auf!«, sagt sie. »Ich verliere doch nicht den Verstand. Verdammt! Jetzt muss ich hinfahren und es holen. Nein, warte! Heute Abend arbeitet Tilly doch im Pub, oder? Dann kann sie es mir mitbringen.«

Ed seufzt erleichtert. Die Panik ist vorbei, und er möchte einen Teil ihrer guten Laune von eben wiederbeleben. »Ich zünde das Feuer an«, erklärt er. »Sieht aus, als hätten wir eine Karte vom jungen Harry bekommen. Oder hast du sie schon gelesen?«

»Ich habe dir doch gesagt, dass ich die Post noch nicht angesehen habe.« Aus einem seltsamen Grund fühlt sie sich aufgebracht, unruhig, und ihre ganze Fröhlichkeit entgleitet ihr.

»Na«, sagt Ed friedfertig, wirft einen Blick auf den aufgeschlitzten Umschlag und glaubt ihr eindeutig nicht, »dann liest du sie eben jetzt. Vielleicht kommt er ja nach Hause.«

Liebe Billa, lieber Ed,

wie sieht es bei euch aus? Ich war ein paar Wochen bei Freunden in Kanada, aber Dom wird euch erzählt haben, dass ich auf dem Heimweg bin, um euch alle zu besuchen. Ich musste diese Karte schicken, weil der Bursche auf der Vorderseite genau wie Bär aussieht. Ich weiß noch nicht genau, wann ich in Cornwall ankomme – wahrscheinlich nächste Woche oder so –, doch ich melde mich von unterwegs. Alles Liebe

Harry

Billas gute Laune kehrt zurück; die Karte macht sie wieder glücklich.

»Sieh dir das an!«, sagt sie zu Ed, der dem Feuer mit dem Blasebalg Leben einhaucht. »Harry schreibt, dass er vielleicht nächste Woche nach Hause kommt. Dom hat erzählt, dass er sich langsam hierher vorarbeitet. Es wird so schön sein, ihn zu sehen!« Sie hält Ed die Karte hin, damit er das Bild des großen Braunbären sehen kann. »Er sagt, der dicke Kerl hier erinnert ihn an Bär.«

»Aber diesen Burschen würde ich nicht umarmen wollen«, meint Ed. Er ist erleichtert darüber, dass Billa wieder glücklich klingt, und bei dem Gedanken, Harry zu sehen, empfindet er echtes, großes Vergnügen. Er mag Doms jüngsten Enkel besonders gern. »Hast du noch einmal darüber nachgedacht, ob wir Mellinpons nicht Harry hinterlassen sollen?«

Billa lässt die Karte in ihren Schoß fallen. »Ich denke ziemlich oft darüber nach«, gesteht sie. »Schließlich gibt es außer Dom niemanden sonst, der es erben könnte. Ich finde es ganz richtig, dass wir ihn in unseren Testamenten bedacht haben. Er ist ja der älteste Sohn unseres Vaters. Andererseits ist Dom älter als wir beide, und er braucht Mellinpons nicht. Ich fände es wirklich gut, wenn es an seinen Enkel Harry gehen würde. Doms Cottage werden seine beiden Töchter erben, und die werden es einfach verkaufen, da brauchen wir uns nichts vorzumachen. Harry ist das einzige von allen Mitgliedern der Familie, bei dem es überhaupt wahrscheinlich ist, dass er nach Cornwall zurückkehrt. Ich mache mir nur Gedanken darüber, ob das Familienprobleme verursachen wird. Dass Harry bevorzugt wird, meine ich.«

»Aber von den anderen hören wir kaum etwas, oder? Nur über Dom. Harry hat die Feiertage und Wochenenden hier verbracht, als er in Oxford war. Er skypt und schickt E-Mails. Er ist das einzige von Doms Enkelkindern, das wirklich Interesse an uns hat. Natürlich muss Dom seinen Besitz seinen Töchtern hinterlassen, wir jedoch können tun, was wir wollen.«

Billa nickt. Insgeheim ist sie ziemlich erstaunt darüber, dass Ed eine so entschiedene Meinung dazu vertritt; normalerweise ist er sich der Gefühle anderer und der Möglichkeit, sie zu verletzen, sehr bewusst. Aber in diesem Fall ist eindeutig seine Liebe zu Harry stärker als seine Hemmungen.

»Ich wünschte, Dom hätte den Namen St. Enedoc angenommen«, sagt sie. »Schließlich hat seine Mutter einfach einen Namen aus dem Hut gezogen, um ihn auf Doms Geburtsurkunde als seinen Vater einzutragen. James Blake hat nie existiert. Ich mache ihr keinen Vorwurf, denn für die damalige Zeit befand sie sich in einer schwierigen Lage. Doch nachdem die Wahrheit herausgekommen war, hätte Dom seinen Namen einfach ändern können.«

»Ich glaube, das liegt daran, dass unser Vater ihn nie offiziell anerkannt hat. Er hat sich geweigert, mit ihm zusammenzutreffen. Ich glaube, Dom fand das sehr schwer auszuhalten, und deswegen wollte er Vaters Namen nicht annehmen.«

»Vater hat durch sein Testament aber alles geklärt, oder?«, wendet Billa ein. »Er hat Dom die beiden Cottages und finanzielle Mittel hinterlassen, um sicherzustellen, dass er seine Ausbildung fortsetzen konnte. Natürlich konnte Mutter Doms Anblick nicht ertragen, was die Sache nicht besser gemacht hat. Und dann hat der abscheuliche Tris ihn einen Bastard und seine Mutter eine Hure genannt. Gott, war Dom wütend! Deswegen würde ich Mellinpons gern Harry hinterlassen. Um irgendwie Wiedergutmachung zu leisten. Ich weiß, dass es dumm ist, aber er sieht Dom so ähnlich. Nun ja, dir auch. Wenn ich Harry anschaue, ist es, als wäre die Zeit zurückgedreht, und wir wären alle wieder jung. Außerdem ist er unser Großneffe.«

»Und die Mädchen sind unsere Nichten«, ruft Ed ihr ins Gedächtnis. »Es ist ein wenig problematisch, aber letztlich ist es unsere Entscheidung.«

»Vielleicht bringt das Wiedersehen mit Harry uns ja dazu, den letzten Schritt zu tun«, meint Billa, und Ed nickt, lächelt ihr zu, geht nach oben und nimmt seine Briefe mit.

Sie stellt die Karte auf die Truhe und betrachtet das Bild des Braunbären. Seit sie aus dem Pub zurück sind, fühlt sie sich unruhig, wie eine Katze, die gegen den Strich gestreichelt wird – und das liegt nicht nur daran, dass sie ihr Handy verloren hat. Offensichtlich muss sie es auf dem Weg nach draußen genommen und in die Tasche gesteckt haben, während alle darüber diskutiert haben, wer mit wem fahren sollte, welche

Autos sie nehmen würden und wo Hercules und Bessie sitzen sollten. Trotzdem kann sie sich nicht daran erinnern und hat immer noch ein seltsames Gefühl; so, als würde sie beobachtet, ausspioniert.

Bär setzt sich neben sie und lehnt sich an ihre Beine, und sie streichelt ihm den Kopf und zieht an seinen weichen Ohren. Er hechelt ein wenig und sieht sie durchdringend an. Sie lächelt über seinen Gesichtsausdruck und schlingt den Arm um seinen Hals.

»Schau«, sagt sie und hebt die Karte hoch, »ein Verwandter von dir.« Aber Bär interessiert sich nicht für die Karte. Auch er scheint sich unbehaglich und ruhelos zu fühlen.

»Komm!«, meint sie schließlich. »Ich dachte, du wärst nach dem ganzen Herumgerenne von vorhin noch erschöpft, doch offenbar brauchst du Auslauf.« Durch das Treppenhaus ruft sie zu Ed hoch: »Bär und ich gehen zum See hinunter.« Zusammen treten sie durch die Hintertür in den Sonnenschein hinaus.

11. Kapitel

Das Wetter ändert sich langsam, gemächlich. Als der Ostwind nach Westen dreht, wird ein silbriger Regenvorhang über die Halbinsel gezogen, der dahintreibt, schwingt und die Hügel und das Meer verbirgt. Halb vom Nebel verdeckte Bäume wirken wie geisterhafte, verzerrte menschliche Silhouetten, alte Waldgötter mit unordentlichen Efeuzöpfen, die von ihren ausgestreckten Armen baumeln. Silberne Wassertropfen hängen in den Hecken, wo seit tausend Jahren Weißdorn, Eschen und Eichen wachsen.

Dom, der aus dem Gewächshaus zum Cottage hinübergeht, hört einen Specht im Wald klopfen und bleibt reglos stehen, um zuzuhören. Dieser Frühlingsbote lässt sein Herz vor Freude schneller schlagen. Er streift die Stiefel ab und hält inne, um Bessie mit dem alten Handtuch abzureiben, das er zu diesem Zweck gleich neben der Hintertür bereithält. Gehorsam steht sie da und springt dann von ihm weg, in die Küche, wobei sie den Kauknochen, den sie im Maul hält, schüttelt und Dom auffordert, danach zu greifen. Er tut es, nur um ihr Vergnügen zu bereiten, und prompt reißt sie den Kopf weg, damit er den Knochen nicht packen kann, lässt sich auf die Vorderbeine nieder und wedelt glücklich mit dem Schwanz. Doch plötzlich bekommt er den Kauknochen zu fassen und überrumpelt sie. Durch die offene Tür wirft er ihn in die Halle, wo er mitten unter der Post auf der Fußmatte landet.

Bessie springt hinterher und verstreut die Umschläge, und Dom geht die Postsendungen retten, hebt sie auf und kehrt damit zurück in die Küche. Er lässt sie auf den Tisch fallen und dreht sich dann um, um genauer hinzusehen, denn ein Bild, das von einem Umschlag halb verdeckt wird, zieht seine Aufmerksamkeit auf sich. Er nimmt die Ansichtskarte hoch und starrt sie ungläubig an. Sie ist eine Reproduktion von *Zwei halb nackte Frauen in dem Haus in der Rue de Moulins* von Toulouse-Lautrec. Das Modell im Bildvordergrund wendet dem Künstler den Rücken zu. Das Unterhemd der Frau ist hochgezogen und lässt die Hälfte ihrer rechten Pobacke erkennen, und ihre dunklen Strümpfe sind bis zu den Knien heruntergerollt. In seiner Hässlichkeit, seiner Menschlichkeit ist das Bild beinahe rührend, aber Dom sieht es an und hat das Gefühl, einen Stich ins Herz erhalten zu haben. Er weiß, was er sehen wird, wenn er die Karte umdreht.

Sie ist an Dominic Blake adressiert. Neben die Adresse hat Tris etwas gekritzelt.

Bin ein paar Tage bei Freunden in Roscoff. Bis bald. Tris.
PS.: Ich dachte, sie wäre genau dein Typ.

Dom dreht die Karte wieder um und starrt das Bild der Prostituierten an. Er ist so schockiert, so wütend, dass er das Gefühl hat, jeden Moment zu explodieren. Seine Hände beginnen zu zittern, und er beherrscht sich mit enormer Anstrengung. Er setzt sich an den Tisch, zwingt sich zur Ruhe und sagt sich finster, dass diese Reaktion Tris am meisten freuen würde. Wie erfreut Tris wäre, wenn er einen Hirnschlag oder Herzanfall bekäme – besonders wenn man ihn auffinden würde, wie er im Tod eine Postkarte mit einer Prostituierten darauf umklammert!

Bei dem Gedanken lacht Dom beinahe laut heraus. Es ist

verrückt, sich von dieser Dummheit an den Rand einer fast mörderischen Wut treiben zu lassen. Er sitzt am Tisch, sieht die Karte an und analysiert seinen Zorn. Tris hat ihn getroffen, wo es am stärksten schmerzt: an Doms tief verwurzelter Unsicherheit. Obwohl er geliebt worden ist, beruflich Erfolg hatte und seine Familie blüht, gibt es in ihm immer noch etwas, das ungelöst ist, eine ungeheilte Verletzung. Er wird nicht damit fertig, dass sein Vater sich weigerte, ihn zu sehen; nie hat er mit ihm gesprochen, ihn niemals berührt. Finanziell hat er ihn unterstützt und großzügig für seine Zukunft vorgesorgt, aber er hat Dom als Person, als seinen Sohn zurückgewiesen.

Schweigend setzt er das Familienpuzzle zusammen. Er weiß jetzt, warum er seine Großmutter in Cornwall erst nach dem Tod seines Vaters besuchen durfte. Damals nannte man ihm keinen besonderen Grund dafür, dass seine Mutter ihn nicht auf dieser ersten, bedeutsamen Reise begleiten wollte. Zu jener Zeit waren Kinder noch viel freier und unabhängiger, und so etwas wurde als Abenteuer betrachtet. Jedenfalls musste seine Mutter arbeiten, Cousine Sally passte auf ihn auf, und Dom, der gerade seinen zwölften Geburtstag gefeiert hatte, war jetzt alt genug, um Granny besuchen zu fahren. Er erinnerte sich daran, wie seine Mutter ihn auf dem Bahnsteig in Temple Meads umarmt und geküsst und ihm eingeschärft hatte, ein braver Junge zu sein. Rasch hatte er sich umgesehen, um festzustellen, ob auch keine Jungen aus seiner Schule in der Nähe waren, denn ihr Gefühlsausbruch war ihm peinlich. Und dann hatte er plötzlich ein heftiges Aufwallen von Liebe zu ihr empfunden und einen kurzen Schmerz bei der Aussicht, so weit weg von zu Hause zu sein, und er hatte ihre Umarmung erwidert. Da kam schon der Zug aus London hereingedonnert, und sie waren von dicken Qualmwolken, dem sauren Gestank von Ruß und dem Lärm kreischender Bremsen umgeben. Seine

Mutter rannte zum Schaffner, um ihn zu bitten, er möge sich vergewissern, dass Dom auch in Bodmin ausstieg.

Dom sitzt am Tisch und sieht über die Jahrzehnte hinweg den Knaben in grauen Flanellshorts und einem verwaschenen blauen Baumwollhemd an, der bereit für Abenteuer ist. Er weiß noch, dass er extra für die Zugfahrt ein Buch dabeihatte, einen Band von Arthur Ransome – *Der Kampf um die Insel?* Oder *Pigeon Post?* –, und außerdem eine Flasche Gingerale und einen Imbiss: Käsebrote, eine Orange und einen Schokoladenriegel.

»Iss die Schokolade nicht auf einmal!«, warnte ihn seine Mutter. »Und versuch, mit der Orange nicht herumzuschmieren! Hast du ein Taschentuch? Gut. Dann vergiss nicht, es zu benutzen!«

Er hatte am Fenster auf dem Gang gestanden und gewinkt, bis sie nicht mehr zu sehen war, und war dann in das Abteil getreten, das der Schaffner ihnen gezeigt hatte. Die anderen Passagiere hatten ihn ein wenig eingeschüchtert: zwei matronenhafte Damen mittleren Alters in schicken Tweedkostümen, die offenbar ein paar Tage in London verbracht hatten und jetzt auf dem Heimweg waren, ein junger Mann mit spitzem Gesicht, der wie ein Handlungsreisender wirkte, und ein älterer, militärisch aussehender Mann mit einem buschigen Schnurrbart, der halb hinter seiner *Times* versteckt saß. Vorsichtig suchte Dom sich einen Weg zwischen ihren Füßen hindurch – zwei Paar schicken Pumps, einem abgeschabten Paar schwarzer Schnürstiefel und einem Paar auf Hochglanz polierter Budapester – und hievte seine schäbige Tasche in das Gepäckfach über seinem Kopf. Die beiden Frauen unterbrachen ihr Gespräch, um ihn zu beobachten. Ihre Mienen waren freundlich und mütterlich.

»Bist du allein unterwegs?«, fragte eine von ihnen munter.

»Bestimmt möchtest du gern am Fenster sitzen. Rutsch ein Stück, Phyllis! Er kann meinen Platz haben.«

Sie rückten auf und ignorierten seinen Protest, während der junge Vertreter ihm zublinzelte und der ältere Mann leicht die Stirn runzelte und mit seiner Zeitung raschelte, als wollte er ihnen bedeuten, dass Dom zu alt für so viel mütterliches Wohlwollen sei. Der junge Mann grinste und wies mit einer Handbewegung auf den alten Soldaten, als wollte er Dom einladen, an dem Scherz teilzuhaben. Dom lächelte vorsichtig zurück. Er setzte sich und sah aus dem Fenster, denn er wollte sich in kein Gespräch verwickeln lassen und wünschte, er hätte daran gedacht, sein Buch aus der Tasche zu holen. Diese Reise veränderte sein Leben; sie war der erste Schritt in die Welt der Erwachsenen. Er hatte zu erkennen begonnen, dass es jenseits der kleinen Welt, die aus seinem Zuhause und der Schule bestand, noch andere Einflüsse gab. In der Schule schmückte er die Geschichte um seinen im Krieg gefallenen Vater aus, aber er fragte seine Mutter, warum er keine Verwandten väterlicherseits hatte, keine Onkel oder Tanten oder Großeltern und Cousins oder Cousinen. Sie drückte sich immer vage aus: Sein Vater stamme aus dem Norden, sei Waise gewesen. Natürlich gab es Granny, und er hatte ein paar entfernte Verwandte unten in Cornwall.

Granny kam gelegentlich in den Schulferien zu Besuch, niemals jedoch während des Schuljahrs. Nie kam sie, um ihn im Domchor singen zu hören oder ihn beim Sportfest anzufeuern, sodass er sich einsam fühlte, wenn er die Familienangehörigen seiner Schuldfreunde beobachtete, obwohl auch bei mehreren anderen Jungen die Väter im Krieg gestorben waren. Seine Mutter arbeitete meist, und Cousine Sally hielt man für zu alt, um Schulveranstaltungen zu besuchen; daher war Dom es gewohnt, allein dorthin zu gehen. Doch er hatte Freunde, gute

Freunde, die ihn nach Hause einluden – obwohl umgekehrt sehr wenige in das kleine Haus in St. Michael's Hill gebeten wurden –, aber dennoch hatte er sich einsam gefühlt, bis er in Grannys Cottage Billa und Ed kennengelernt hatte. Zum ersten Mal in seinem Leben hatte er das überwältigende Gefühl gehabt, nach Hause gekommen zu sein.

Dom steht auf, füllt den Wasserkessel und setzt sich wieder. Bessie lässt sich auf ihrem Teppich nieder und streckt sich seufzend aus. Jetzt erinnert er sich, dass das Buch *The Picts and The Martyrs* war – sein liebstes Buch unter allen von Arthur Ransome –, und als er jetzt so dasitzt und zurückdenkt, steht ihm die Szene erneut vor Augen.

Die in Tweed gekleideten Frauen waren zum Plaudern aufgelegt. Wohin er fahre und wer ihn abholen werde, wollten sie wissen. Er antwortete höflich, fragte sich aber, wie sie wohl reagieren würden, wenn er ihnen die gleichen Fragen stellte. Die ganze Zeit über war er sich der unausgesprochenen Parteinahme des jungen Mannes bewusst, der ihm gegenübersaß. Er las jetzt in einer Rennsport-Zeitung, doch Dom sah, wie seine Mundwinkel zuckten und er kurz verschwörerisch zwinkerte. Das Gefühl von Freundschaft wärmte Dom und gab ihm das Gefühl, erwachsen zu sein. Der militärisch wirkende Mann dagegen erinnerte ihn an Major Banks, der Geografie unterrichtete. Verstohlen strich sich Dom mit der Hand über sein frisch geschnittenes Haar und achtete darauf, dass seine Füße in den abgeschabten Ledersandalen unter dem Sitz blieben. Diese unterschiedlichen Schwingungen verwirrten ihn. Er wusste, wenn der junge Mann und er allein wären, würden sie ein Gespräch beginnen; sie würden zusammen scherzen und vielleicht ihre Sandwiches hervorholen. Wenn er nur mit dem älteren Herrn in diesem Abteil säße, würde er ihn mit »Sir« ansprechen.

Stattdessen lächelte er den beiden Frauen zu und stand auf, um sein Buch zu holen, *The Picts and the Martyrs: or Not Welcome at All*. Er starrte auf den Schutzumschlag aus Papier. Noch nie war ihm der zweite Teil des Titels aufgefallen. *Gar nicht willkommen*. Er dachte über seine Ankunft in Cornwall nach und überlegte, wie es wohl allein mit Granny werden würde. Die beiden waren noch nie nur zu zweit gewesen; wie würde sich das abspielen? Er war nervös und studierte den Buchumschlag, um sich abzulenken. Das Buch war vertraut und sehr geliebt, und er prüfte sich, indem er die kleinen Fotos studierte, die verstreut auf den rosa Papierumschlag gedruckt waren, und sie in Übereinstimmung mit den gleichen Bildern im Inneren des Buches brachte. Hier waren Dick und Dot in der Steinhütte in den Wäldern, und da war ihr kleines Boot *The Scarab* – der Skarabäus. Und das hier war die Piratenflagge über Dicks Bett. Dick war Doms Lieblingsfigur, besonders in diesem Buch, in dem es um Bergbau ging. Genau wie Dick war Dom gut in Chemie und Physik und fasziniert von Geologie. Dom schlug das Buch auf und fing zu lesen an. Das erste Kapitel begann mit Dick und Dot, die mit dem Zug unterwegs waren, und die Überschrift lautete *Visitors Expected – Besuch wird erwartet*. Erneut spürte Dom einen Hauch von Besorgnis. Er war der erwartete Besucher, und nur einen Moment lang wünschte er sich, er wäre auch unterwegs, um Nancy und Peggy zu besuchen, und dass Timothy ihn am Bahnhof Bodmin mit einem zerknüllten Hut und vielen Plänen für sein Schürfprojekt in den Hügeln erwarten würde.

Das Erstaunliche war, dass er in sein eigenes Land wie aus *Der Kampf um die Insel* katapultiert wurde, sobald er in Grannys Cottage ankam. Ed und Billa tauchten in der Küche auf, und Billa schaute, erstaunt über die Ähnlichkeit, zwischen Ed und ihm hin und her. »Sie wohnen gleich oben an der Straße«, erklärte Granny beiläufig. »Ich glaube, ihr seid irgendwie verwandt«, fügte sie hinzu. Dom wurde nie in die alte Butterfabrik eingeladen – »Mutter geht es nicht besonders gut, weil Daddy gestorben ist«, sagten die beiden –, und am Anfang kam es darauf auch nicht an, weil Billa und Ed ihn ins Herz schlossen und er endlich das Gefühl hatte, eine richtige Familie zu haben. Er war zu Hause. Er liebte Cornwall, die Moore und die Bergwerke, und er war glücklich darüber, dass er irgendwie mit einer Familie verwandt war, die seit Generationen mit dem Bergbau zu tun hatte. Die Freude war von Dauer. Sie begleitete ihn weiter, obwohl die vollständige Ablehnung durch Elinor St. Enedoc ihn verwirrte und verletzte. Wenn sie in ihrem Morris Minor Traveller an ihm vorbeifuhr, pflegte sie starr nach vorn zu sehen, und hob kurz eine Hand, falls Granny oder Mr. Potts zufällig vor ihren Cottages standen. Ed und Billa winkten ihm zwar vom Rücksitz aus wild zu, als versuchten sie, die Kühle der Mutter wiedergutzumachen, aber als ihre Mutter erneut heiratete, veränderte sich alles.

Jetzt erinnert sich Dom an die Szene in Grannys Küchengarten. Erneut erlebt er seine Verwirrung, als sich Billa, die bei der Aussicht, Tris zum Stiefbruder zu bekommen, verzweifelt in seine Arme warf. Er weiß noch, wie Granny sie wegführte und wie er später mit seiner Großmutter in der Sonne saß, während sie ihm die Wahrheit erzählte. Wie wütend er gewesen war, als er erkannte, dass man ihn all die Jahre angelogen hatte! Und dann war Ed die Straße heruntergerannt gekommen, gefolgt von Billa, die ihn besorgt beobachtete.

»Mutter konnte gar nicht zu weinen aufhören, als sie uns davon erzählt hat«, erklärte Billa später. »Sie sagte, deine Mutter ... hätte Daddy verführt, weil er reich war.«

Sie gingen im Wald spazieren, wo sie bisher in jeden Ferien ihre Sommerhütten gebaut hatten, und achteten sorgfältig darauf, einander nicht zu berühren. Dom hatte die Hände in die

Taschen gesteckt und Billa die Arme unter der Brust verschränkt. Er schwieg. Das musste schwer für Billa sein. Bestimmt wollte sie nicht denken, dass ihr Vater seine – Doms – Mutter geliebt hatte. Seine Mum musste in diesem Stück die Schurkin sein, die Hexe, die Hure.

»Aha, du bist also der Bastard ... Deine Mutter ist eine Hure.«

Dom nimmt die Postkarte und zerknüllt sie in der Hand; dann streicht er sie ebenso unvermittelt wieder glatt. Er denkt an seinen Zorn, seine Scham, die Zurückweisung durch seinen Vater, die wie ein Krebsgeschwür unter allem liegt, was er erreicht hat, und darauf wartet, es zu zerstören.

Was Tris wohl zugestoßen ist, dass er so geworden ist?, denkt er.

Er wendet den Kopf ab, als wiese er den Gedanken zurück. Hassen ist einfacher als Verstehen; man verurteilt leichter, als dem Mitgefühl eine Chance zu geben. Insgeheim schockiert ihn das Ausmaß seines Zorns. Schließlich sind seitdem fünfzig Jahre vergangen. Warum sollten diese Ansichtskarte oder die alberne Nachricht darauf eine so entsetzliche Wut hervorrufen? Natürlich hat so eine Reaktion auch etwas Unkompliziertes, etwas merkwürdig Reines, Tugendhaftes und beinahe Selbstgerechtes. Tris beleidigt seine, Doms, Mutter; er macht den einfachen, unschuldigen Liebesakt zu etwas Abscheulichem und Bösem. Und zugleich besudelt er Dom; er deutet an, dass Dom deswegen weniger ein Mann, weniger würdig und weniger liebenswert ist. Dom stellt sich diesem Urteil. Er glaubt, dass es daran liegt, wie sein Vater ihn gesehen hat: als nicht gut genug für seine Liebe oder eine öffentliche Anerkennung. Seine Mutter und er wurden ausgestoßen, weil sie nicht einmal seiner Verachtung wert waren.

»Aha, du bist also der Bastard ... Deine Mutter ist eine Hure.«

Wieder dreht Dom den Kopf und sieht die Karte an. Er fragt sich, was passiert ist, um in Tris den Wunsch zu wecken, andere zu verletzen, zu vernichten. Wo sind Andrew und Tris hergekommen, und wo sind sie hingegangen? Die offizielle Geschichte kennt er: Andrew hat Tris' Mutter in Frankreich kennengelernt; sie starb, als der Junge vier war, und dann haben Vater und Sohn noch weitere sechs Jahre in Frankreich gelebt. Andrew hatte gerade sein Geschäft verkauft, als er Elinor auf einer Party in London kennenlernte. Er hatte ein paar sehr gute Investitionen getätigt und war auf der Suche nach einem Ort, um sich niederzulassen, nachdem er beschlossen hatte, dass Tris in England weiter zur Schule gehen sollte. Die Tatsachen stützten seine Behauptung. Tris besuchte eine Privatschule in Berkshire, beide waren zweisprachig, und Andrew schien es nie an Geld zu fehlen.

Dom stützt den Kopf in die Hände. Er fragt sich, was genau Andrew und Tris während dieser sechs Jahre ohne die Frau und die Mutter in Frankreich getan haben; und er denkt darüber nach, wie einfach und ohne Weiteres Andrew sich aus seiner Ehe mit Elinor gelöst und unterwegs schnell Tris aus der Schule genommen hat. Dom denkt an die Ansichtskarten mit dem Fahrrad und Bitsers Zwilling. Was hat Tris gesehen, als er in die alte Butterfabrik kam, das ihm einen solchen Hass auf sie alle einflößte? Sicherheit? Eine Familie in ihrem angestammten Heim? Stabilität? Oder war es einfach nur eine Veränderung zu viel in seinem jungen, zerrissenen Leben gewesen?

Dom lehnt sich auf seinem Stuhl zurück, streckt die Beine aus und steckt die Hände in die Taschen seiner Steppweste. Dabei streifen seine Finger über eine kleine Karte, und er zieht sie hervor und sieht sie an. Darauf stehen ein Name, *Sir Alec Bancroft*, und eine Telefonnummer.

»Kommen Sie doch bei mir vorbei!«, hatte Alec gesagt. »Auf einen Kaffee. Hercules und ich haben gern Besuch.«

Plötzlich fühlt Dom sich sehr müde; sein Zorn ist verflogen, aber er fühlt sich alt und verwundbar. Er steht auf und greift nach dem Telefon.

»Bancroft.« Die Stimme klingt ruhig, fest und selbstsicher.

»Hier ist Dominic Blake«, sagt Dom. »Ich weiß, dass Billa und Ed Sie zum Essen eingeladen haben, um sich für die Einladung im Pub zu revanchieren, und dass ich Sie dann treffe. Doch ich habe mich gerade gefragt, ob ich Ihr Angebot auf einen Kaffee annehmen soll.«

»Ausgezeichnet«, antwortet Alec sofort. »Das wäre mir sehr recht. Wann passt es Ihnen denn?«

Sie sprechen einen Termin ab, und Dom legt auf. Er fühlt sich wieder stärker, als wäre eine Last von seinen Schultern genommen worden. Er sieht die Postkarte an und steckt sie in die Tasche. Jetzt hat sie nicht mehr die Macht, ihn zu erzürnen, doch er möchte nicht, dass Tilly sie sieht, und Billa und Ed sollen sie auch nicht zu Gesicht bekommen.

Bewusst gibt er seinen Gedanken eine positive Wendung; er denkt an Harrys Besuch und ist von Vorfreude erfüllt. Er muss sein Zimmer noch überprüfen, sein Bett beziehen. So wie er Harry kennt, könnte er einfach irgendwann auftauchen – und es wird so schön sein, ihn wiederzusehen! Der kleine Einbruch ist vorüber, aber die Frage stellt sich immer noch: Was will Tris?

12. Kapitel

Sarah legt den schlafenden George in sein Bettchen, sieht einen Moment auf ihn hinunter und geht dann hinaus und die steile, schmale Treppe hinunter. Sie mag das kleine Cottage, in das sie so überstürzt gezogen waren, als sich die Pläne für das Haus, das sie mieten wollten, zerschlagen hatten, und in dem sie als Kind so viele Urlaube verbracht hat.

Es ist vertraut, gemütlich, und einstweilen fühlt sie sich hier mit dem Baby und Ben, der im Kindergarten in Padstow sehr glücklich ist, wohl.

Am Fuß der Treppe, in dem behaglichen und leicht schäbigen Wohnzimmer, zögert Sarah. Gern würde sie sich aufs Sofa fallen lassen, ein Buch lesen, schlafen, aber ein Berg Bügelwäsche wartet auf sie. Entschlossen hievt sie das Bügelbrett aus der Kammer unter der Treppe, stellt es in der Küche auf, gießt Wasser in das Eisen und dreht den Regler auf *Dampf*. Sie holt den Wäschekorb aus der winzigen Waschküche und beginnt, alle möglichen miteinander verhedderten Kleidungsstücke zu sortieren. Auf einer Ebene fördert dieser Akt der Selbstdisziplin ihren Stolz; doch auf einer anderen Ebene hegt sie den Verdacht, dass es vernünftiger sein könnte, sich aufs Sofa zu legen und auszuruhen. Sie ist so müde, und George wird nicht besonders lange schlafen, und dann muss sie Ben abholen, der nach seinem Tag im Kindergarten müde und anspruchsvoll sein wird. Gerade in letzter Zeit macht er viel Theater, weil er eifersüchtig auf George ist, dem sie so viel Aufmerksamkeit schenkt, und neigt zum Quengeln.

»Wann kommt Daddy nach Hause? Ich will, dass Daddy mir vorliest, mich badet, mit mir mit der Eisenbahn spielt ...«

Müde schiebt sie das dampfende, zischende Bügeleisen über geknitterte und zerknüllte Baumwolle. Ihr Rücken schmerzt, weil sie George, der jedes Mal, wenn sie ihn hinlegt, schreit, viel herumträgt. Dabei würde sie dann am liebsten in Tränen ausbrechen und zurückschreien. Das Problem ist, dass jeder von ihr erwartet, dass sie stark ist, die Führung übernimmt, klarkommt; und in letzter Zeit hat sie das Gefühl, sie könnte plötzlich explodieren, Dinge zerschlagen, sich ins Auto setzen und fahren und fahren.

Als es an der Tür klopft, ist es der Tropfen, der das Fass zum Überlaufen bringt. Im Moment ist sie nicht einmal in der Lage, mit jemandem zu sprechen. Behutsam stellt sie das Bügeleisen auf die Ablage, tritt in die Diele und öffnet die Tür.

Da steht Clem. »Hi«, grüßt er. »Wenn es gerade nicht passt, sagen Sie es nur!«

Sarah ist von widerstreitenden Gefühlen erfüllt. Clem ist wahrscheinlich der einzige Mensch auf der Welt, mit dem sie in diesem Moment zurechtkommt. Er wird keine Ansprüche an sie stellen und seine eigene Art von Trost und Mut in ihre kleine Welt einbringen – aber Sarah ist erschöpft. Sie ist so müde, dass sie möglicherweise nicht in der Lage ist, ihren eigenen Standard an Tapferkeit aufrechtzuerhalten. Vor Clem ist sie immer stark gewesen – die belastbare Marine-Ehefrau und liebende Mutter –, doch heute bringt sie dieses Maß an Beherrschung vielleicht nicht auf. Sie mag und bewundert ihn, schwärmt sogar ein wenig für ihn, und es wäre ihr schrecklich unangenehm, wenn er seine gute Meinung von ihr verlieren würde.

»Sie sehen müde aus«, sagt er besorgt. »Machen Sie sich keine Gedanken, es ist nichts Besonderes! Ich dachte nur, ich könnte nachsehen, ob es Ihnen gut geht. Lange kann ich sowieso nicht bleiben, Jakey kommt bald aus der Schule.«

Er wendet sich zum Gehen, und jetzt ist sie enttäuscht.

»Nein, nein«, versetzt sie rasch. »Nun ja, müde bin ich schon, aber es wäre nett, zur Abwechslung einmal mit einem Erwachsenen zu reden. Ben und George setzen mir momentan ziemlich zu.«

Clem folgt ihr in die Küche. »Das Gefühl kenne ich«, meint er mitfühlend. »Es gab eine Zeit in meinem Leben, als Jakey noch klein war, da hatte ich den Eindruck, nur noch auf dem Niveau eines Dreijährigen kommunizieren zu können.«

Rasch dreht sie sich um und will ihm beipflichten, doch mit ihrer unüberlegten Bewegung stößt sie das Bügelbrett an, und das Eisen fällt von seiner Halterung. Sie schreit leise auf, aber Clem ergreift blitzschnell die Schnur, bevor das Eisen auf den Schieferboden trifft. Er zieht es hoch, stellt es auf die Ablage und schaltet es aus. Obwohl nichts passiert und alles gesichert ist, fühlt Sarah sich plötzlich von törichter Panik überwältigt und kommt sich schwach und zittrig vor.

»Hey«, sagt Clem besorgt. »Es ist okay. Kein Problem. Ist ja vorbei.«

Sie mobilisiert ein Lächeln. »Tut mir leid«, murmelt sie. »Es ist nur ...«

Fest umfasst er ihren Oberarm. »Setzen Sie sich!«, befiehlt er. »Sie sehen erschöpft aus. Kommen Sie schon, setzen Sie sich hierher!« Er drückt sie auf das Sofa. »Kann ich Ihnen etwas zurechtmachen? Tee?«

Sie schüttelt den Kopf; sein Griff verursacht ihr ein seltsames Gefühl – sie fühlt sich plötzlich feminin und ziemlich hilflos –, und sie bedauert es, als Clem ihren Arm loslässt. Wacklig lächelt sie zu ihm auf. Er ist sehr attraktiv; und ein Teil dieser Anziehung besteht darin, dass er sie, Sarah, wirklich versteht.

Er hat Jakey großgezogen, er musste versuchen, ihm Mutter und Vater zugleich zu sein, und er begreift auf eine Weise, zu der Dave nie in der Lage sein wird, wie aufreibend dieses einsame Unterfangen ist.

»Tut mir leid«, wiederholt sie und beschließt, dass ein wenig weibliche Schwäche genauso ansprechend ist wie Kraft und Mut. »Sie haben mich in einem schlechten Moment erwischt. Die Jungs sind im Augenblick ein wenig anstrengend.«

»Wann kommt Dave zurück?«

»Ach, das dauert noch ein paar Wochen.« Sie zuckt mit den Schultern und lässt einen Hauch von Gleichgültigkeit in ihrer Stimme mitschwingen, damit er versteht, dass sie nicht damit rechnet, dass Dave ihr eine große Hilfe sein wird. Sie lacht kurz und leise auf. »Wenn er gerade von See zurückkommt, kann er fast so anstrengend sein wie die Kinder.«

Amüsiert zieht Clem eine Augenbraue hoch. »Kann ich mir vorstellen.«

Sarah fühlt sich verwirrt und peinlich berührt. Sie fragt sich, ob Clem glaubt, dass sie auf Daves sexuelle Ansprüche anspielt, und spürt, wie ihr heiß wird und ihr Gesicht glüht. Aber sie kann nicht einfach lachend darüber hinweggehen wie vielleicht bei anderen Besuchen. Heute ist sie zu aufgedreht, zu angespannt, und seine Freundschaft – sein Respekt? Seine Zuneigung? – ist ihr zu wichtig. Dieser dumme Zwischenfall mit dem Bügeleisen hat sie über jedes vernünftige Maß hinaus mitgenommen.

»Zumindest«, sagt er gerade ziemlich gelassen, »haben Sie dann einen anderen Erwachsenen zum Reden. Das hat mir gefehlt. Oh, natürlich hatte ich im Büro meine Leute, doch wenn ich nach Hause kam und das Kindermädchen gegangen war, dann waren Jakey und ich nur zu zweit.«

»Genau das ist das Problem«, gibt sie schnell zurück. Sie

gewinnt ihre Fassung wieder. »Es ist diese lange Durststrecke zwischen dem Nachhausekommen vom Kindergarten und dem Baden am Abend. Manchmal kommen einem diese paar Stunden wie Wochen vor.«

»Und mit zwei Kindern muss es noch schwieriger sein.«

»Ja. Ja, so ist es.« Sie brennt darauf, das Thema auszuschmücken, Clems Einfühlungsvermögen anzusprechen, um Mitgefühl und Bewunderung zu werben. »Ben sieht, dass George Aufmerksamkeit bekommt, weil er ein Baby ist, und daher macht er sich unbewusst auch wieder klein, um mit ihm zu wetteifern.«

»Ja, ich verstehe, dass das ziemlich aufreibend ist«, pflichtet er ihr bei, und sie lächelt tapfer; er ist so freundlich, so nett, so attraktiv ...

»Wahrscheinlich ist Ihnen Tilly ein Trost, oder?«

Sarahs Lächeln gerät ein wenig ins Wanken. »Tilly?«

Er zuckt mit den Schultern und wendet den Blick ab, als wäre er leicht verlegen. »Sie scheinen sehr gute Freundinnen und gleichzeitig Kolleginnen zu sein. Sie hat mir davon erzählt. Sie wissen schon, dass sie zusammen zur Schule gegangen sind und dass sie Ben und George so gern mag.«

Sarahs Lächeln verfliegt. Jetzt versteht sie, dass er nur gekommen ist, um über Tilly zu reden; er ist eine weitere ihrer Eroberungen. Sarah versucht, den galligen Ansturm von Eifersucht zu beherrschen, aber die gehässigen Worte sprudeln aus ihr heraus, bevor sie sie unterdrücken kann.

»Tilly hat ja keine Ahnung«, sagt sie. »Sie ist sehr lieb, doch völlig unbedarft, was Kinder betrifft. Eigentlich ist sie bei allem, was häusliche Aufgaben angeht, ein ziemlich hoffnungsloser Fall.«

Als er dieses Mal die Augenbrauen hochzieht, wirkt das nicht amüsiert; er schaut nur verblüfft drein. Sarah ist überzeugt davon, dass er auch enttäuscht aussieht – nicht über Tillys Unzulänglichkeiten, sondern ihre, Sarahs, Treulosigkeit, weil sie schlecht über sie redet. Bevor sie sich verteidigen kann, beginnt George zu weinen, und sie selbst möchte am liebsten auch vor Frustration schreien.

Clem hebt die Hände und verzieht mitfühlend das Gesicht. »Ich breche dann mal auf«, erklärt er.

Sarah spürt seine Erleichterung, seinen Drang zu flüchten, und kann nur zustimmend nicken. Er geht allein hinaus, und sie steht auf, atmet ein paar Mal tief durch und läuft dann nach oben zu George.

Vor der Tür macht Clem ebenfalls ein paar tiefe Atemzüge. Ich war da drinnen ein wenig überfordert, sagt er sich. Die arme Sarah ist offensichtlich erschöpft. Es ist Zeit, dass Dave nach Hause kommt.

Er geht davon, ins Dorf und den Hügel zum Pfarrhaus hinunter. Seine seelsorgerische Beziehung zu Sarah und Dave hat sich langsam zu einer Freundschaft entwickelt; die beiden sind in seinem Alter, sie haben kleine Kinder, und es tut ihm gut, sich auf dieser unverbindlichen Ebene mit ihnen auszutauschen. Kürzlich hat Sarah nach der Schule eine oder zwei Stunden auf Jakey aufgepasst, als er so spät noch Sitzungen hatte.

Vielleicht, denkt er, war es unklug, Tilly zu erwähnen, obwohl er den Grund nicht ganz versteht. Schließlich sind die beiden jungen Frauen gut befreundet und arbeiten zusammen. Auf jeden Fall war Sarah für ein so praktisch veranlagtes, tüchtiges Mädchen ziemlich mit den Nerven runter. Aber es könnte mehrere Gründe geben. Sarahs bissige Reaktion hat ihn verblüfft; es war fast, als wäre sie eifersüchtig, weil er sich für Tilly interessiert. Bei einigen jüngeren Frauen ist er vorsichtig und achtet genau darauf, dass seine Besuche nur rein seelsorgerisch aufgefasst werden können, aber Sarah war nie auch nur entfernt verletzlich oder bedürftig – diese gefährlichen Eigenschaften, die sich sehr schnell in emotionale Minenfelder verwandeln können. Und außerdem ist sie sehr glücklich mit Dave, der ein prima Kerl ist. Die beiden verstehen sich wirklich gut, und er hat auch schon nette Stunden mit ihnen verbracht. Er muss sie einfach auf dem falschen Fuß erwischt haben; sie ist übermüdet, und Dave fehlt ihr.

Clem sieht auf die Armbanduhr und wirft einen Blick über die Schulter. Es ist fast Zeit für den Schulbus, und dann ist Jakey zu Hause. Sofort fallen ihm Sarahs Worte wieder ein.

»Tilly ist sehr lieb, doch völlig unbedarft, was Kinder betrifft. Eigentlich ist sie bei allem, was häusliche Aufgaben angeht, ein ziemlich hoffnungsloser Fall.«

Wenn er an Tilly denkt, fühlt er sich verwirrt. Sie ist hübsch und witzig, und es macht Spaß, mit ihr zusammen zu sein. Er fühlt sich stark zu ihr hingezogen, aber seine ganze instinktive Vorsicht hält ihn zurück. Er weiß noch, wie er nach Madeleines Tod und nachdem er mit Jakey wieder nach London gezogen war, erneut Kontakt mit alten Freundinnen aufnahm, jungen Frauen, die mit einer einfachen körperlichen Beziehung ganz zufrieden waren – jedenfalls zu Anfang. Doch bald erkannte er, dass ein junger Mann mit einem kleinen Sohn bei Frauen emotionale Reaktionen hervorruft, und diese Beziehungen komplizierter wurden. Was ihn anging, so waren emotionale Konfusionen und beiläufige Affären noch nie seine Art gewesen, und es war eine Erleichterung gewesen, in das Pförtnerhäuschen des Klosters zu ziehen, fast, als hätte er ein Keuschheitsgelübde abgelegt. Er konnte sich in die harte Arbeit auf dem Grundstück und im Haus stürzen und gleichzeitig für Jakey sorgen, und außer dem wachsenden Wunsch, seine ursprüngliche Berufung zu verfolgen, wurde weiter nichts von ihm verlangt.

Als er jetzt über Tilly nachdenkt, ist es, als erwache er aus einem Traum, in dem seine persönlichen Gefühle wie eingefroren waren; und dieser Vorgang des Auftauens ist sehr schmerzhaft. Clem ist verwirrt, nervös – doch er kann es kaum abwarten, Tilly wiederzusehen.

Gerade als er die Tür aufschließt, fährt der Schulbus vor. Das Pfarrhaus ist ein Bungalow aus den 1960er Jahren mit kleinem Grundstück. Er vermisst das aus Stein erbaute Pförtnerhäuschen mit seinem ausgeprägten Charakter, aber der Bungalow liegt nur ein paar Meter vom Strand entfernt und ist sehr leicht sauber zu halten. Einige von Jakeys Schulfreunden leben im Dorf, sodass Clem sich, wenn nötig, einige Möglichkeiten bieten, einen Babysitter zu finden, und der Kleine fährt gern unbeaufsichtigt mit seinem Rad am Strand entlang, während Clem in dem kleinen Garten arbeitet und ab und zu hinausschlendert, um Jakey im Auge zu behalten. Dabei achtet er darauf, ihm nicht das Gefühl zu nehmen, unabhängig zu sein.

Der Bus hat gewendet und tuckert wieder den Hügel hinauf, und jetzt kann Clem die Kinder hören, deren Stimmen so durchdringend sind wie die Schreie der Möwen über ihnen. Er öffnet die Haustür und wartet, bis Jakey sich von seinen Freunden verabschiedet hat und durch das schmiedeeiserne Tor tritt. Er sieht ihn hereinkommen; einen kleinen, blonden Jungen, der seinen Spiderman-Rucksack über einen Arm gehängt hat und noch über einen Scherz lacht, den er sich gerade mit einem seiner Freunde erzählt hat, und Clem wird das Herz weit vor Liebe, Stolz und Angst.

Er denkt darüber nach, Jakey Tilly vorzustellen, und überlegt, wie die Beziehung zwischen ihnen beginnen könnte, und er wird von so viel Entsetzen und Zweifel ergriffen, dass es seine neu entdeckte Zuversicht zerschmettert. Wie kann er ein solches Risiko eingehen? Warum sollte ein Mädchen wie Tilly sich für einen Vikar mit einem sehr niedrigen Gehalt und einem siebenjährigen Sohn interessieren?

»Daddy!«, schreit Jakey, als er ihn in der Tür stehen sieht. »Rate mal, was passiert ist! Ich habe einen goldenen Stern im Buchstabieren bekommen.«

Er lässt seine Tasche hinter der Tür fallen, wühlt darin herum und zieht eine kleine Urkunde hervor, auf der steht, dass Jakey Pardoe in seinem Buchstabier-Test zehn von zehn Punkten erreicht hat. Triumphierend und strahlend hält er sie in die Höhe. Einer seiner Vorderzähne fehlt. Clem sieht auf ihn hinunter und weiß nicht, ob er lachen oder weinen soll.

»Gut gemacht«, sagt er. »Ich wusste, dass all die harte Arbeit sich auszahlen würde. Das verlangt eindeutig nach einem Stück Kuchen. Komm! Mal sehen, was wir da haben.«

Jakey bewegt sich im Kickbox-Stil durch die Diele, ruft dabei seinem imaginären Gegner »Paff« und »Peng« zu und folgt Clem dann in die Küche.

13. Kapitel

Am Tor wendet der Taxifahrer seinen Wagen, grüßt Harry mit erhobener Hand und fährt über die Straße davon. Harry sieht ihm nach, dreht sich dann wieder um und betrachtet erleichtert und voller Zuneigung das alte Steinhaus. Als er jetzt hier in der Sonne steht, hat er das Gefühl, nach Hause zu kommen. Dieses Cottage, das einmal aus zwei, jetzt miteinander verbundenen kleinen Häusern bestanden hat, die Ruinen eines verfallenen Maschinenhauses, der ausgebleichte winterliche Wald am Bach – all das scheint tief in seinem Herzen verankert zu sein.

Obwohl Doms alter Volvo an den Außengebäuden parkt, spürt Harry, dass niemand zu Hause ist. Sicher würde Bessie inzwischen bellen, um sein Eintreffen anzukündigen, aber das macht ihm nichts aus. Er kommt gern unangekündigt an und überrascht sie alle. Wahrscheinlich liegt das daran, dass ihm immer so ein herzlicher Empfang bereitet wird und er die Freudenbekundungen und vergnügten Ausrufe gründlich genießt.

»Sie verwöhnen dich«, pflegen seine Schwestern ziemlich säuerlich zu sagen – doch auch daraus macht er sich nichts. Zu Hause in Jo'burg ist er der Jüngste und nur einer unter seinen Geschwistern und den vielen Cousins und Cousinen und zahlreichen Onkeln und Tanten. Er weiß, dass er Glück hat, eine so große und erfolgreiche Familie zu haben – schlaue Anwälte und reiche Banker –, hier jedoch fühlt er sich wirklich zu Hause und am meisten geschätzt.

»Du bist eben in Cornwall daheim«, hatte seine Mutter vor ein paar Jahren, als er kurz davorstand, nach Oxford zu gehen und Geologie zu studieren, zögernd, aber resigniert zu ihm gesagt. »Du bist ein kleiner St. Enedoc.« Und dann hatte sie ihm die ganze Geschichte von seinem Großvater und Billa und Ed erzählt. Das war, als hätte sie ihm ein Geschenk gemacht; seine ganze Welt hatte sich gedreht und war sanft an den richtigen Platz geglitten. Jetzt verstand er, warum dieses kleine Steinhaus, die alte Butterfabrik und die wilde Küste von Nordcornwall ihm so viel bedeuteten; jetzt fühlte er sich nicht mehr einsam und nirgendwo zugehörig. Und er war auch nicht mehr neidisch auf seine blonden Schwestern und ihre Cousins und Cousinen; er sah wie Dom aus, wie Ed. Er war ein Mann aus Cornwall, ein St. Enedoc.

Harry hatte alles, was er finden konnte, über die Familie, Cornwall und die Geschichte des Bergbaus dort gelesen, und als die richtige Zeit gekommen war, hatte er erklärt, er werde Bergbauingenieur werden und an der Camborne School of Mines studieren wie sein Großvater vor ihm. Niemand erhob Einwände oder versuchte, ihn davon abzubringen; sie hatten es alle kommen sehen.

»Er wird zurückkommen«, hatten sie sich gegenseitig versichert. »Sobald er in Cornwall fertig ist und es sich aus dem Kopf geschlagen hat, gibt es hier in Südafrika jede Menge gute Jobs im Bergbau.«

Jetzt trägt Harry seine Taschen an die Hintertür, drückt versuchsweise die Klinke hinunter und lässt sein Gepäck dann auf der Veranda stehen. Er schlendert den Fahrweg zur alten Butterfabrik entlang und lauscht dem Rauschen und Plätschern des Wassers und einem Rotkehlchen, das in der Hecke singt. Die blasse, kühle englische Sonne scheint, und er genießt die Frische der Luft und das Gefühl der sanften, kühlen Brise auf seiner warmen Haut. Er fühlt sich belebt, aufgeregt und lebendig; er ist daheim.

Als er die Steinbrücke, die von der Straße ausgeht, überquert, sieht er jemanden an der Küchentür und ruft ihn an, weil er denkt, dass es Ed sein könnte. Sofort dreht der Mann sich um und nimmt die Hand vom Türgriff. Harry kennt ihn nicht, lächelt ihm aber trotzdem zu. Der Fremde erwidert sein Lächeln. Er könnte jedes Alter zwischen fünfzig und sechzig haben, ist schlank, besitzt rötlich graues, lockiges Haar und wirkt zäh. Er trägt eine Umhängetasche aus Leder bei sich, und Harry nimmt an, dass er Prospekte austrägt. Als er näher kommt, bemerkt er, dass der Mann ihn seltsam ansieht und beinahe amüsiert eine Augenbraue hochgezogen hat, als erkenne er ihn. Seine Augen sind von einem sehr hellen, kühlen Grau, und seine Haut ist gebräunt und tief gefurcht.

»Hi«, sagt Harry. »Niemand da?«

Der Mann zuckt mit den Schultern. »Keine Ahnung. Ich wollte nur etwas ausliefern.«

Er beobachtet, wie Harry die Tür öffnet, hineingeht und ruft, doch niemand antwortet. Auch Bär kommt nicht herausgelaufen, um ihn zu begrüßen, und als Harry wieder zu dem Mann sieht, ist er verschwunden. Kurz steht er in der Küche, schlendert dann weiter in die Halle und sieht vorbei an der Galerie des ersten Stocks bis zu den Deckenbalken hinauf. Er liebt diesen Raum, dieses Gefühl von Luftigkeit und Licht. Die Asche auf dem alten Mühlstein, der als Basis des Kamins dient, ist noch warm, und auf der Truhe, die Billa und Ed als Tisch benutzen, stehen zwei leere Kaffeebecher.

Harry geht durch die Küche zurück und steht dann draußen und lauscht. Er hört das Jaulen einer Kettensäge und läuft am Bach entlang in den Wald. Bald erblickt er sie. Die beiden Brüder arbeiten zusammen und entfernen ein paar abgestorbene Äste von einem Baum, und zwei Hunde – einer golden, der andere braun – spielen in der Nähe zusammen. Bessie sieht ihn als Erste. Kläffend und schwanzwedelnd rennt sie auf ihn zu, um ihn zu begrüßen, und er setzt ein Knie auf den Boden und umarmt sie, während sie ihm heftig durchs Gesicht leckt und vor Aufregung zappelt und jault. Bär kommt langsamer heran, um sich die Sache erst einmal anzusehen, und registriert mit majestätischer Miene sein liebstes Familienmitglied. Als Harry ihm den Kopf streichelt, nimmt er diese Ehre, die ihm gebührt, freudig entgegen.

Ed und Dom haben die Arbeit unterbrochen, um nach den Hunden zu sehen, und nun dringen ihre Rufe zu Harry, und er winkt. Die Hunde laufen neben ihm her, als er jetzt zu seinem Großvater und seinem Onkel rennt.

»Hi«, schreit er ihnen zu. »Ich bin wieder da! Der verlorene Sohn ist zu Hause!«

Tris geht an Doms Cottage vorbei und an der Straße entlang zu seinem Wagen, den er tief im Schatten einer Esche abgestellt hat. Nicht einmal jetzt beeilt er sich, obwohl sein Herz schneller schlägt, als er sich eingestehen mag, und sein Atem unregelmäßig geht. Er steht immer noch unter dem Schock, den der Anblick des Jungen ihm versetzt hat, denn er sieht ganz wie Dom aus, als er, Tris, ihm vor fünfzig Jahren zum ersten Mal begegnet ist.

Wieder hört er Elinor St. Enedocs Stimme. »Es ist so demütigend, Andrew, dass der Junge so nahe bei uns wohnt! Natürlich hat Harry nie über ihn gesprochen, doch er hat ihn – die beiden – finanziell unterstützt. Du kannst dir vorstellen, wie ich mich gefühlt habe, als ich ihn zum ersten Mal gesehen habe.«

»Armer Liebling.« Die Stimme seines Vaters klang zärtlich, begütigend. Dann trat eine kurze Pause ein, und er sprach in einem anderen Ton weiter, neugierig, lüstern. »Und wie war sie, seine Mutter?«

Es raschelte ein wenig, als hätte sich Elinor aus der Umarmung seines Vaters zurückgezogen, und ihre Stimme wurde schärfer.

»Ach, nur ein Flittchen wie alle, denke ich mir. Natürlich war sie hinter seinem Geld her. Na ja, sie hat ja auch genug davon bekommen. Als Harry starb, hat er ihm in treuhänderischer Verwaltung beide Cottages hinterlassen und außerdem Geld, um seine Ausbildung abzuschließen. Billa und Ed beten ihn natürlich an.« Und dann wiederholte sie es noch einmal. »Es ist einfach so demütigend, dass Harrys Bastard gleich nebenan lebt!«

Tris, der durch den Türspalt spähte, sah Elinor in den Armen seines Vaters, wo sie sich trösten ließ. Er marschierte geradewegs in den Raum und genoss die leichte Verlegenheit der beiden, ihr hastiges Auseinanderweichen. Es war wie ein Spiel, bei dem er testete, wie weit er sein Glück herausfordern konnte. Tris hasste dieses vorgespiegelte Leben, das sein Vater und er führten, aber ihnen blieb nichts anderes übrig.

»Die Polizei würde dich mir wegnehmen«, hatte sein Vater ihm vor langer Zeit erklärt. »Niemand darf je davon erfahren. Hast du das verstanden? Es war ein schrecklicher Unfall, doch jetzt ist es zu spät, um etwas zu unternehmen. Du musst es versprechen, Tris.«

Und er versprach es, nickte sehr schnell und zitterte dabei ein wenig vor Furcht, sein Vater könne wütend werden und ihn ebenfalls schlagen. Er hörte immer noch die dumpfen Schläge und das Geschrei. Und dann war es plötzlich still gewesen. Von der Stelle aus, an der er auf der Treppe kauerte, konnte er sehen, wie sein Vater aus dem hübschen Salon trat und sich umschaute. Er stand da, rieb sich mit den Händen durchs Gesicht, und sein Schatten fiel in die Diele. Und dann ging er leise in den dunklen Garten hinaus. Blitzschnell glitt Tris die Treppe hinunter und lief in den Salon. Da lag seine Mutter zusammengesunken und mit halb geöffneten Augen, doch als er sie berührte, sie drängend anrief und sie küsste, regte sie sich nicht. In ihrem blonden Haar befand sich ein dunkler, klebriger Fleck, und Tris streckte vorsichtig einen Finger danach aus. Er hörte seinen Vater kommen und huschte schnell, ganz schnell hinter einen der langen Damastvorhänge und wischte sich die Finger an dem seidigen Futter ab. Stöhnend und vor sich hin fluchend schob sein Vater den Körper auf ein großes Stück Sackleinen, schlug es zusammen und wickelte ihn ein. Dann hob er ihn auf die Arme und trug ihn weg. Tris war nach oben gerannt, in sein Bett geklettert und hatte sich die Decken über den Kopf gezogen. So wartete er auf die Schritte vor seiner Zimmertür.

»Ein schrecklicher Unfall ist geschehen«, erklärte sein Vater und setzte sich auf sein Bett. Seine Stimme klang verzerrt, sein Atem ging schwer, und Tris versuchte, nicht vor der schweren Hand, die auf seiner kleinen Schulter lag, zurückzuzucken. »*Maman* ist gefallen und hat sich den Kopf angeschlagen. Sie ist tot, Tris. Jetzt hör zu! Wenn das jemand herausfindet, wird die Polizei dich mir wegnehmen, deswegen gehen wir fort. Sofort, noch heute Nacht, in ein Land, wo niemand je davon erfahren wird, und wir werden sagen, sie sei an einer Krankheit gestorben. Verstehst du mich, Tris? Du musst es versprechen.«

Und er versprach es, nickte sehr schnell, denn er hörte noch die dumpfen Schläge und fürchtete sich vor dem Ausdruck in den Augen seines Vaters. Da war er erst vier Jahre alt gewesen.

Tris steht am Wagen, lauscht auf das Kreischen der Kettensäge und hört, wie es verstummt. Ein Hund bellt, und er kann laute, zur Begrüßung erhobene Stimmen hören. Er fragt sich, wer der Junge ist: ein Neffe, ein Enkel, ein entfernterer Verwandter? Er hat Tris überrumpelt. Von seinem Aussichtspunkt auf der anderen Seite des Tales hatte er Billa davonfahren sehen, beobachtet, wie Ed, Dom und die Hunde sich für einen Gang in den Wald bereitmachten, und dann beschlossen, die Chance zu nutzen, in die alte Butterfabrik einzudringen und sich noch einmal umzusehen.

Er steigt in den Wagen, stellt die Umhängetasche auf den Beifahrersitz und steckt den Schlüssel ins Zündschloss. Noch nie hat er gewusst, warum es ihm so wichtig ist, sich in Gefahr zu begeben. Einmal hat jemand, der ihm sehr nahestand – einer der wenigen Menschen, denen er je getraut hat – gesagt, das sei eben seine Art, sein Leben unter Kontrolle zu bringen. Man hatte ihn manipuliert, angelogen und von Pontius zu Pilatus geschleppt, und hier hatte er das Gefühl, das Sagen zu haben. Rasch entdeckte er, wie einfach es war, selbst andere zu manipulieren, sie zu ängstigen und zu beeinflussen. Es begann als Spiel, doch dieses Spiel ist inzwischen zur Sucht geworden: Er braucht dieses Hochgefühl, das ihn erfüllt, wenn er sein Glück auf die Probe stellt.

Sogar jetzt spürt er noch die elektrische Entladung, die er empfunden hat, als er sich von der Hintertür abwandte und den Jungen auf sich zukommen sah. Tris' Herzschlag ist immer noch außer Kontrolle, und er bekommt kaum Luft, aber trotzdem lacht er. Das alles ist es wert. Er fährt langsam und späht durch den Baumbestand am Bach. Jetzt kann er sie sehen, die glückliche Gruppe, die dort zusammensteht. Der Junge gestikuliert, die älteren Männer sehen ihn an, und die Hunde laufen um alle herum. Ihre Körpersprache verrät alles. Tris lässt den

Motor weiterlaufen, während er sie beobachtet, und das Lachen verschwindet aus seinen Augen. Wie hat er sich in seiner Jugend nach genau so einer Szene gesehnt! Nach jemandem, der einen Freudenschrei ausstößt, wenn er sich nähert. Nach Gesichtern, die vor Freude aufleuchten, nach zur Begrüßung ausgebreiteten Armen. Die Last des Geheimnisses, die Angst vor Entdeckung, hat eine echte Vertrautheit zwischen ihm und seinem Vater verhindert, und für die anderen Frauen, die sein Vater sich aussuchte, war Tris das fünfte Rad am Wagen. Diese Beziehungen zerbrachen bald, oder es taten sich Umstände auf, die es nötig machten, dass sie weiterzogen: Die Gespenster der Vergangenheit oder die Männer, die seinen Vater bezahlten, tauchten auf und bedrohten jede Hoffnung auf Sicherheit oder Frieden.

Dennoch sieht er zu. Exakt unter diesem Baum ist er vor all den Jahren hervorgetreten, um Dom zu stellen. Die älteren Jungen an seiner Schule hatten ihm nur zu gern die Bedeutung der Wörter »Bastard« und »Flittchen«, erklärt, und mit diesem Wissen bewaffnet, hatte er bei der ersten Gelegenheit das Feuer eröffnet. »Immer einen Schritt voraus sein, sonst hat man schon verloren.« Das war sein Motto, sein Mantra. Wie leicht es seinem Vater gefallen war, einen kleinen Jungen so zu ängstigen, dass er mit allem einverstanden war, ihm mit der Aussicht auf Waisenhaus oder Pflegefamilie zu drohen! Es war eine Erleichterung gewesen, mit acht aufs Internat zu kommen, anonym zu sein und die raue, bedingungslose Kameradschaft anderer Knaben zu haben, die – weil sein Vater immer genug Geld hatte – keine unangenehmen Fragen über die Vergangenheit stellten und deren Mütter nett zu ihm waren, weil seine eigene Mutter gestorben war, als er noch klein war. Sie luden ihn an freien Tagen oder für einen Teil der Ferien ein. Sein Vater arbeitete im Ausland und wurde oft weggerufen, aber sein Alltag war leichter geworden ... und dann waren die St. Enedocs in sein Leben getreten.

Als Tris jetzt die Gruppe unter den Bäumen beobachtet, fragt er sich, ob sein Vater sich wirklich in Elinor verliebt hatte oder ob sie einfach eine gute Tarnung für ihn gewesen war. So oder so war es eine Katastrophe für Tris gewesen. Er hatte es gehasst, in den Ferien und an den freien Tagen den langen Weg von seinem Internat in Berkshire zurückzulegen; er hatte es gehasst, seinen Freunden seine neuen Lebensumstände erklären zu müssen. Wieder einmal wurde alles zerstört, und es war deutlich, dass Billa und Ed nicht geneigt waren, ihn mit offenen Armen aufzunehmen. Er konnte es ihnen eigentlich nicht übel nehmen; er konnte nachvollziehen, dass sie sich diesen Bruch in ihrem Leben ebenso wenig wünschten wie er. Sofort hatte er ihre Feindseligkeit wahrgenommen und, wie es seine Art war, als Erster das Feuer eröffnet. »Immer einen Schritt voraus sein, sonst hat man schon verloren.«

Die erste Runde, der Vorfall mit dem Fahrrad, ging an ihn; doch gegen Ed konnte er nie wirklich gewinnen, denn Ed spielte nach anderen Regeln. Weder beklagte er sich, noch griff er ihn an, sondern zog sich nur in sein kleines Arbeitszimmer zurück, in seine Festung, und klappte die Zugbrücke hoch. Gelegentlich zeigte er Tris seine Schätze – diese schönen Miniaturen, oh, wie stolz Ed auf diese Miniaturen war, die winzigen Netsuke, die Gemälde –, aber dann fiel die Tür wieder zu und wurde abgeschlossen. Nicht ein einziges Mal gelang es ihm, diesen Raum allein zu betreten; doch selbst wenn, hätte er diese Gegenstände nicht beschädigt. Sogar damals rührte ihre zarte Schönheit etwas in ihm an, und er mochte sich nicht behandeln lassen, als wäre er ein Vandale.

Tris legt den Gang ein und setzt zurück. Als er an Doms Cottage vorbeifährt, lacht er laut bei dem Gedanken, wie Dom die sorgfältig ausgewählte Ansichtskarte erhalten hat. Über diese hat er lange und eingehend nachgedacht, denn er wusste genau, womit er den wunden Punkt treffen würde. »Deine Mutter ist eine Hure.« Warum war es an diesem so lange zurückliegenden Tag im winterlichen Wald so befriedigend gewesen, den Zorn auf Doms Gesicht zu sehen? Lag es daran, dass seine eigene Mutter ausgelöscht und geleugnet worden war? Tris hatte nicht trauern dürfen. Keine Trauer, keine Gespräche, keine Möglichkeit, sich anzupassen, nur Unglück und Verlust, die auf sein Herz drückten wie ein Stein. Was für eine wilde, ungezähmte Lust war es da, Dom zu verletzen! Doch Dom übte auf seine eigene Art die Kontrolle aus. Genau wie Ed weigerte er sich zurückzuschlagen, und Tris wurde um jede echte Befriedigung gebracht. Nur bei Billa hatte er überhaupt Erfolg. Sie schnappte nach jeder Provokation wie eine verhungernde Forelle nach einer Fliege. Wie hatte sie diesen Köter geliebt! Liebe, körperliche Zuneigung, Privilegien – dieser schlecht gelaunte Terrier wurde mit allem überschüttet, was Tris verwehrt war.

Eines Tages war er mit Bitser am Bach entlang spazieren gegangen, durch den Wald und auf die Hügel des Moores. Es war ein stürmischer Tag im Mai gewesen, an dem der Wind von Westen geweht hatte, und als er so mit Bitser an seiner Seite durch den Wind gerannt war, hatte er ein neues Gefühl empfunden. Er hatte sich leicht und frei gefühlt, hatte geglaubt, dass sich alles ändern könnte und er vielleicht wieder ein Zuhause haben und glücklich sein würde. Dann waren die Wolken vor die Sonne gezogen, dicke Regentropfen waren gefallen, und er drehte um und wollte nach Hause laufen. Aber Bitser hatte eine Fährte aufgenommen und grub und buddelte, und er wollte nicht kommen, als Tris ihn rief. Daher packte er Bitser, zog und zerrte an dem harten, robusten kleinen Körper, worauf Bitser sich umdrehte und fest zubiss. Tris war schockiert über den Schmerz und das Blut, das aus der Wunde quoll, und fühlte sich plötzlich zutiefst niedergeschmettert. Der Umschwung von Freude zu Verzweiflung war schrecklich. Als er im Regen nach Hause stolperte und sich die blutende Hand hielt, suchte er nach einer Möglichkeit, sich zu rächen, und fand sie. Billa sollte ihm nie verzeihen.

Tris denkt über Billa nach. Er weiß selbst nicht genau, warum er ihr Handy genommen hat, als er in die alte Butterfabrik eingedrungen ist. Einfach, weil er es konnte und wusste, dass es sie irritieren würde? Wie amüsant es gewesen war, es auf den Stuhl fallen zu lassen, auf dem sie kurz zuvor gesessen hatte! Und was für ein Schock es gewesen war, die kleine Gruppe zusammen an dem Tisch am Kamin sitzen zu sehen! Jedenfalls hat er sich ein paar Nummern aus dem Telefon notiert, nur für alle Fälle.

Als er jetzt an der Abzweigung zum Dorf anhält und dann nach rechts, hügelaufwärts, abbiegt, denkt er erneut über die Gruppe im Wald nach. Schließlich hat sich nichts geändert. Die St. Enedocs haben immer noch, was sie immer gehabt haben: Familie, Liebe, ein Zuhause, ihre Hunde.

»Das ist Ihre letzte Reise, Tris«, hatte sein Arzt ihn gewarnt. »Das wissen Sie doch, oder? Viel Zeit haben Sie nicht mehr.«

Zeit für ein letztes Spiel, um noch einmal die Würfel rollen zu lassen. Tris fährt zum *Chough*. Er geht mit seiner Umhängetasche hinauf zu dem kleinen Apartment und schließt auf. Er schenkt sich ein Glas Wasser ein, nimmt das Röhrchen mit den Kapseln aus der Tasche und sackt auf dem Bett zusammen.

14. Kapitel

»Wenn ich das geahnt hätte, dann hätte ich das gemästete Kalb auf Lager gehabt«, erklärt Billa. »So, wie es ist, gibt es Lammkarree.«

Es ist Tradition, dass sie an Harrys erstem Abend alle in der alten Butterfabrik essen. Die warme, behagliche Küche mit dem großen Schiefertisch eignet sich perfekt für eine Familienzusammenkunft. Ed ist dabei, alle Kerzen anzuzünden und den Wein einzuschenken. Bär liegt auf seinem Sofa, Harry sitzt neben ihm, und der Hund hat seinen schweren Kopf auf Harrys Schoß gelegt. Bessie hat sich zu seinen Füßen auf dem Boden zusammengerollt. Tilly lacht über sie und macht mit ihrem Handy ein Foto.

»Das schicken wir deiner Mom«, sagt sie zu Harry, und der grinst ihr zu, denn es freut ihn, dass sie auch hier ist und an seiner Willkommensfeier teilnimmt.

Er mag Tilly gut leiden, findet es großartig, dass sie so schön ist, und spürt den leisen Wunsch, er wäre älter. Gleichzeitig kennt er sie so gut, und ihre Kameradschaft ist so ungezwungen und angenehm, dass er sich damit zufrieden gibt, sie einfach als Zuwachs seiner Familie in Cornwall zu betrachten. Sie ist wie eine große Schwester, nur ohne die Spannungen und die Rivalität zwischen Geschwistern, und er lässt sich gern mit ihr im Pub oder am Strand sehen.

Ed hat die Gläser gefüllt. »Lasst uns auf Harry anstoßen!«, sagt er jetzt. »Schön, dich zu sehen!« Und alle heben die Gläser, um ihm zuzutrinken, und Tilly macht noch ein Foto.

Harry hebt ebenfalls sein Glas. »Also, fangt schon an!«, sagt er. »Ein paar Neuigkeiten habe ich schon gehört. Was ist sonst noch passiert?«

»Tilly und der Vikar haben sich verliebt«, wirft Dom scherzhaft ein, und Tilly stößt einen empörten Aufschrei aus.

»Haben wir nicht«, gibt sie zurück und läuft rosig an. »Das ist absolut nicht wahr. Und mach das nicht!«, setzt sie hinzu, als Dom Harry zuzwinkert. »Lass es einfach bleiben!«

»Aber wenn, dann haben Sie ziemliches Glück gehabt«, meint Billa, stellt Teller zum Aufwärmen in den unteren Teil des Ofens und nippt schnell an ihrem Glas. »Clem sieht sehr gut aus. Er ist die neue Geheimwaffe der anglikanischen Kirche. Wie Alec Bancroft mir erzählt, drängen sich in seinen Gottesdiensten die Frauen. Tilly ist ein Glückspilz, das ist alles.«

Tilly wirkt leicht besänftigt, und Harry platzt vor Lachen heraus.

»Und wer ist Alec Bancroft?«, fragt er, zieht Bär an den Ohren und pustet auf seine Nase, sodass er sich im Schlaf bewegt und brummt.

»*Sir* Alec Bancroft, bitte«, sagt Dom. »Und er ist Billas neuer bester Freund. Da hat sie den Vikar auch kennengelernt. Gluckt drüben in Peneglos mit Sir Alec zusammen.«

Diese Enthüllungen fechten Billa gar nicht an. Sie trinkt noch einen Schluck Wein, und Harry erkennt, dass Dom dummes Zeug erzählt, weil er glücklich ist. Sie sind alle glücklich, weil er nach Hause gekommen ist. Er seufzt vor Vergnügen.

»Na, dann los!«, sagt er. »Erzählt mir alles! Denkt daran, dass ich alles nachholen muss, was in sechs Monaten passiert ist! Fangen wir mit Tillys Vikar an!«

Als er später in seinem Zimmer in Doms Cottage auspackt, hat er erneut das Gefühl, nach Hause gekommen zu sein. Während der Ferien seiner Kindheit teilten sich seine Schwestern eines der Zimmer in Mr. Potts' Hälfte des Hauses; aber als einziger Junge unter so vielen Mädchen hat er dieses Zimmer immer für sich gehabt. Er betrachtet die vertrauten Bücher in dem weiß angestrichenen Regal: Arthur Ransome, Rudyard Kipling, John Buchan. Es sind Doms Bücher, doch Harry hat das Gefühl, dass sie auch ihm gehören. Ein in die Jahre gekommener Teddy – ebenfalls von Dom – teilt sich einen kleinen Weidensessel mit einem moderneren Bären – Harrys Teddy –, und auf einem Tisch im Erker ist auf einem alten Tablett eine ganze Reihe kleiner Modellautos aufgestellt. Während Tilly in der offenen Tür lehnt und ihn beobachtet, betrachtet Harry diese Schätze.

»Wahrscheinlich erscheint das alles ein bisschen kindisch«, erklärt er abwehrend, »doch mir gefällt es.«

»Mein Zimmer zu Hause sieht genauso aus«, sagt Tilly. »Es ist dieses Gefühl von Kontinuität, nicht wahr? Das war Doms Zimmer, als er ein Junge war, jetzt ist es deines, und eines Tages wird es deinem Sohn gehören.«

Bei dieser Vorstellung blinzelt Harry ein wenig und schüttelt dann den Kopf. »Sie werden das Cottage verkaufen«, sagt er. Die Worte »wenn Dom stirbt« bringt er nicht über die Lippen, doch es ist klar, was er meint.

Tilly sieht ihn mitfühlend an, beißt sich auf die Lippen und fragt sich, was sie erwidern soll. »Aber du kannst doch all diese Sachen trotzdem behalten«, meint sie. »Wo immer du dann lebst.«

»Natürlich mache ich das«, pflichtet er ihr sofort bei, doch ihn beunruhigt die Aussicht, diesen Raum, diese besondere Ecke der Welt nicht mehr zu haben, um immer zurückzukehren, wenn er das Bedürfnis danach spürt.

Tilly, die bezüglich Mr. Potts' Schlafzimmer ähnliche Gefühle hegt, wechselt hastig das Thema.

»Und ich bin nicht verliebt in den Vikar«, erklärt sie nachdrücklich.

Das lenkt ihn ab, wie sie es sich erhofft hat. »Mich dünkt, dass die Lady ein wenig zu heftig protestiert«, meint er und öffnet eine seiner Taschen. »Außerdem, warum auch nicht?«

»Ich weiß, aber komm schon! Ich habe ihn gerade erst kennengelernt.«

»Doch du magst ihn?«

»Klar mag ich ihn. Clem hat einen kleinen Sohn von sieben Jahren«, erzählt sie beiläufig und weicht Harrys Blick aus. Mit dem Arm voller Hemden dreht er sich um und sieht sie an.

»Einen kleinen Sohn? Ist er ... geschieden?«

»Nein, nein.« Sie schüttelt den Kopf. »Seine Frau ist bei Jakeys Geburt gestorben.«

»Gott, wie furchtbar!« Harry wirkt schockiert.

»Hmm. Jedenfalls – siehst du jetzt die Probleme, falls sich da eine Beziehung entwickelt? Ein Vikar, ein Witwer und Vater. Und das ist nur Clem. Dann ist da noch Jakey. Ich mag Clem aber sehr gern.«

Er steht da mit den Hemden und weiß nicht recht, was er sagen soll. Das scheint wirklich ein ziemlich schwieriges Unterfangen zu sein. Mit seinen einundzwanzig Jahren hat er nicht die Erfahrung, um ihr dabei zu helfen. Er wendet den Blick von ihr ab und räumt die Hemden in die Kommode.

»Das Problem ist«, sagt sie, »dass Clem und ich rein gar nichts tun können, ohne dass seine ganze Gemeinde zusieht. Es ist einfach nicht das übliche Szenario. Er lebt im Pfarrhaus eines sehr kleinen Dorfes. Ehrlich gesagt habe ich keine Vorstellung, wie wir überhaupt anfangen sollen. Was ist zum Beispiel mit Jakey? Wie soll man den ersten Schritt tun, wenn immer ein kleiner Junge um einen herum ist?«

Darüber denkt Harry nach und blickt dann zu ihr auf. »Ich habe eine Idee. Warum planen wir nicht ein Treffen mit beiden? Du und ich, Clem und Jakey. Nur ein lockeres Treffen irgendwo. Im *Chough*? Kann man Kinder dorthin mitbringen?«

Tilly zieht eine Grimasse. »Man kann, aber denk daran, dass ich dort arbeite! Genau das meine ich. Jeder würde Bescheid wissen. Dazu bin ich noch nicht bereit. Ich habe ihn ja erst ein paar Mal getroffen.«

»Nein, okay. Wie wäre es, wenn wir sie bei Rick Stein zu Fisch und Pommes frites einladen? Kennst du das? Du sagst so etwas wie: ›Harry und ich fahren nach Padstow, um Fisch und Pommes frites zu essen. Wollt ihr euch nicht anschließen, Jakey und du?‹ Alles ganz ungezwungen. Und wir fahren auf jeden Fall und sehen, was passiert.«

Sie starrt ihn an. »Ich weiß nicht«, meint sie unsicher.

»Ach, komm schon, Tills!«, gibt er ungeduldig zurück. »Wer nicht fragt, bekommt auch keine Antwort. Einen Versuch ist es doch wert, oder? Wenn wir alle zusammen sind, wird es nicht so beängstigend.«

Immer noch skeptisch, nickt sie. »Schön, okay.«

»Klasse.« Er grinst ihr zu. »Ruf ihn an! Verabrede dich mit ihm!«

»Es müsste ein Samstag sein. Kein Wochentag wegen der Schule ... und natürlich kein Sonntag. Das Problem ist nur, dass im Pub am Samstag Zimmerübergabe ist und ich erst um halb eins Feierabend habe.«

»Dann begleite ich dich ins *Chough*, trinke Kaffee an der Bar und lese Zeitung, bis du fertig bist, und dann düsen wir weiter nach Padstow. Um eins können wir da sein. Triff die Verabredung, Tills! Mach es!«

»Okay, ich mache es.« Sie strahlt ihn an. Mit einem Mal fühlt sie sich zuversichtlich. »Danke, Hal.«

»Cool«, gibt er lässig zurück.

Die Wohnzimmertür öffnet sich, und Dom kommt die Treppe hinauf. Tilly winkt Harry zu und huscht durch die Verbindungstür, die zum Treppenabsatz vor Mr. Potts' Schlafzimmer führt, davon. Harry steht auf und packt weiter aus. Dom bleibt an der offenen Tür stehen.

»Hast du alles, was du brauchst?«

»Ja, danke.«

»Dann schlaf gut!«

Dom verschwindet zu seinem eigenen Zimmer, und Harry schließt die Tür. Er setzt sich ans Fußende des Bettes, beugt sich vor und nimmt aufs Geratewohl ein Buch aus dem Regal. The *Picts and the Martyrs*. Er schlägt es beim ersten Kapitel – *Besuch wird erwartet* – auf und beginnt zu lesen.

Billa und Ed räumen auf. Das Lammkarree war ein großer Erfolg: innen zart und rosa und außen dunkel gebräunt und karamellisiert. Die Kerzen sind gelöscht, die Spülmaschine rumpelt, und Billa und Ed nehmen ihren Kaffee mit in die Halle, um sich an das heruntergebrannte Feuer zu setzen.

»Das hat Spaß gemacht«, meint Ed zufrieden. »Er sieht gut aus, nicht wahr?«

»Sehr gut«, sagt Billa. Plötzlich ist ihr ganz melancholisch zumute. Der Abend mit Harry und Tilly, der von Lachen, Spaß und albernen Scherzen erfüllt war, hat die Schatten ihrer Babys heraufbeschworen, dieser potenziellen Wesen, die sie nie kennenlernen wird. Das scharfe, vertraute Verlustgefühl krampft ihr Herz zusammen, und sie legt Bär, der sich freundschaftlich an ihre Knie lehnt, einen Arm um den Hals. Ob sie hübsche

Mädchen wie Tilly geworden wären? Gut aussehende junge Männer wie Harry? Ob sie ihnen inzwischen ihre eigenen Kinder zu Besuch bringen würden? Wohlmeinende Freunde erzählen ihr manchmal, dass sie gut weggekommen ist und Kinder einem nur Kummer und Enttäuschungen bereiten. Billa hat sich angewöhnt, dann zu nicken und ihnen beizupflichten; gleichzeitig kämpft sie in solchen Momenten gegen den Drang an, sie anzuschreien, ihnen klarzumachen, wie es sich anfühlt, ihre Kinder für kurze Zeit in sich getragen zu haben, nur damit sie dann für immer verschwanden.

Ed sieht sie voller Mitgefühl an; er erkennt diese schwarzen Momente, wenn sie eintreten, und sie bringt ein Lächeln zustande.

»Was für ein Glück, dass er einen Studienplatz am Camborne bekommen hat!«, meint sie und gibt sich Mühe, die Stimmung von eben wieder einzufangen. »Da werden wir ihn oft zu sehen bekommen, genau wie damals, als er in Oxford war, und für Dom ist es großartig. Wir brauchen junge Leute, um uns aufzumuntern.« Mit einem Mal gähnt sie ausgiebig. »Herrje, bin ich müde! Kümmerst du dich um Bär, Ed? Ich gehe ins Bett.«

15. Kapitel

Am nächsten Morgen sitzt Ed in seinem Auto am Ufer des Colliford-Sees und hofft auf Inspiration für das nächste Kapitel seines Buches. Er hebt sein Fernglas, um über dem bewegten Wasser Ausschau nach einem Vogel zu halten, und sieht auf der Suche nach einer Bewegung, nach einem Lebenszeichen, zum anderen Ufer. Oberhalb des morastigen Ufers, wo verkümmerte Weiden und Stechginster im kalten Nordwestwind zittern, erblickt er auf einem kleinen Feld ein einzelnes weißes Pferd. Reglos wie eine Statue steht es mit wehender Mähne im Sonnenschein und sieht zu Ed hinüber.

Er überlegt, ob er aussteigen und ein Foto von dem See und dem Pferd machen soll – er macht gern so viele Aufnahmen wie möglich, wenn er an einem Buch arbeitet –, aber er weiß, dass der starke Wind womöglich das Stativ umwehen wird, und schließlich sind keine Vögel da. Doch das Pferd zieht ihn an. Er weiß, dass es theoretisch ein Grauschimmel ist, obwohl sein Fell weiß wie Milch ist, und er fragt sich, warum es ganz allein auf dem stoppeligen kleinen Feld steht.

Noch während er hinsieht, taucht aus den scharfen schwarzen Schatten der Dornenhecke ein kleiner Junge auf. Er trägt ein Halfter über dem Arm und hat eine Hand in die Tasche gesteckt. Selbstbewusst nähert er sich dem Pferd, das zur Begrüßung den Kopf hebt und auf ihn zutrottet. Ed sieht, wie es an der Schulter des Jungen schnüffelt – er kann sich den warmen Atemhauch vorstellen –, und der Kleine zieht die Hand aus der Tasche und bietet dem Pferd einen Leckerbissen an. Als es den schweren Kopf in die Handfläche des Jungen steckt, zieht er ihm rasch das Halfter über. Dann wendet er sich ab und führt das Tier über das Feld. Am Gatter bleiben die beiden stehen; Junge und Pferd drehen sich um, als sähen sie ihn ebenfalls an. Ed, der sie durch sein starkes Fernglas beobachtet, stockt der Atem. Sie scheinen ihn direkt und herausfordernd anzustarren. Das Gesicht des Jungen wirkt freundlich, offen, als wollte er Ed zu einer Unternehmung ermuntern; der Blick des Pferdes ist intelligent, und es hat die gespitzten Ohren nach vorn gestellt. Dann wenden sie sich ab, der Junge löst das Gatter, stößt es auf, und sie gehen hindurch und sind hinter der Hecke nicht mehr zu erkennen.

Ed sieht ihnen noch einen Moment nach und lässt dann sein Fernglas sinken. Er denkt über das Pferd und den Jungen nach, und eine Geschichte über die beiden beginnt sich in ihm zu formen, eine magische Geschichte, die Kinder vielleicht lieben würden. Doch fast sofort schreckt er davor zurück. Was versteht er schon von Kindern? So oft hat er diese seltsame Sehnsucht empfunden, ein Buch für Kinder zu schreiben und zu illustrieren, doch jedes Mal hat er sich davon abgewandt. Eigene Kinder hat er nicht; Gillians zwei waren schon Teenager, als er sie kennenlernte, und er hat keine Erfahrung damit, was Kinder gern mögen.

»Aber Sie sind selbst einmal ein Kind gewesen«, hat eine Kollegin vor Jahren zu ihm gesagt, als er ihr seine Gedanken anvertraute. »Sie haben Bücher gelesen und sie geliebt. Warum sollte Ihre eigene Erfahrung nicht ausreichen?«

Jetzt denkt er darüber nach, während er dort am See sitzt und auf das Feld starrt, auf dem das Pferd und der Junge gewesen sind.

»Ich bin noch nie jemand gewesen, der Risiken eingeht«, hat er gestern Abend zu Billa gesagt. Vielleicht ist ja die Zeit gekommen, etwas zu wagen und das Buch zu schreiben, von dem er geträumt hat, und es zu illustrieren. Und die Demütigung zu riskieren, falls es ein vollkommener Reinfall wird.

Plötzlich sieht er das Pferd am Horizont entlanggaloppieren. Der Junge sitzt auf seinem Rücken, und Ed hebt erneut das Fernglas. Obwohl die beiden ein ganzes Stück von ihm entfernt sind, erkennt er die freien Bewegungen des Tieres, das Wogen seiner Muskeln, das rhythmische Donnern seiner Hufe. Seine Mähne flattert, und der Junge hält sich lachend an seinem Hals fest. Er hebt einen Arm wie zum Gruß, und Ed nimmt eine Hand vom Fernglas und winkt und lächelt zurück, obwohl er weiß, dass der Junge ihn nicht sehen kann. Ed schaut ihnen nach, bis sie nicht mehr zu erkennen sind, und legt dann das Fernglas neben sich auf den Sitz. Er lächelt immer noch und kommt sich wie ein Narr vor.

Jetzt wünscht er, er hätte das Foto von dem Pferd und dem Jungen gemacht, doch er weiß, dass er sich an die beiden erinnern wird. Ihm ist eine andere Art von Inspiration zuteilgeworden, von der er das Gefühl hat, sich ihr verpflichten zu müssen, und er ist von Jubel und Panik zugleich erfüllt. Es ist, als hätte er – mit einem Lächeln und einem Winken – ein Versprechen gegeben.

Er lässt den Motor an und fährt langsam zurück, vorbei an den dunklen Wassern des Dozmary Pool nach Bolventor und nach Hause.

In Peneglos fährt ein einsamer Surfer Achterbahn auf den kraftvollen, glasgrünen Wogen, die sich auftürmen, niederbrechen und am Strand entlanglaufen. Die kreischenden Möwen fliegen vor der Flut her, wobei sie manchmal knöcheltief in dem strudelnden Wasser hängen, und heben dann ab, um sich in der wild bewegten Salzluft treiben zu lassen. Früher hätte Hercules sie aufgeregt kläffend gejagt und wäre immer wieder ins Meer gelaufen; doch jetzt ist er es zufrieden, hinter Alec herzutappen. Aber manchmal zucken seine Ohren, sein Schritt beschleunigt sich, und er erinnert sich an die lange vergangenen Zeiten, als er jung war.

Alec schreitet kräftig aus und zieht die Schultern hoch, um sich vor dem Wind zu schützen. Er geht zurück zur Seemauer und zum Dorf. Er versucht, sich daran zu erinnern, was er aus dem Laden braucht, und streift seinen Handschuh aus, um in seiner Jackentasche nach dem Einkaufszettel zu tasten. Kein Zettel. Er hat ihn auf dem Tisch oder auf seinem Schreibtisch liegen gelassen, aber egal. Er hat nicht vor, sich deswegen Vorwürfe zu machen, obwohl er sich Roses Reaktion vorstellen kann und ihre Stimme in seinem Ohr hört. »Dummer alter Kauz«, sagt sie, doch ein Windstoß weht ihre Worte davon. Er bindet Hercules an dem Haken an, der dazu in die Wand eingelassen ist, und tritt dankbar in den windgeschützten kleinen Laden.

Die alte Mrs. Sawle begrüßt ihn. Der Laden wird inzwischen von ihrem Sohn und seiner Frau geführt, aber Mrs. Sawle hat ältere Rechte, was sie die beiden jungen Leute nie vergessen lässt. Sie verachtet moderne Trends und macht sich über wählerische Urlaubsgäste lustig, die nach Biomilch oder Wasser in Flaschen verlangen und die gute Butter aus Cornwall verschmähen und geschmacklose Aufstriche vorziehen.

»Das is doch nich natürlich«, murrt sie und verzieht verächtlich die faltigen Lippen.

Dann versetzt Billy Sawle ihr einen Rippenstoß. »Die Zeiten haben sich geändert, Mutter«, sagt er. »Sei nicht so unhöflich!«

Rose hat Mrs. Sawle geliebt. »Sie ist so richtig vom alten Schlag«, hatte sie nach einem langen Besuch im Laden gemeint.

»›Das is nich richtich, das is nich fair, das is nich menschlich, das is nich natürlich.‹ Was für eine liebenswerte alte Dame!«

Jetzt sieht Mrs. Sawle auf, als die Glocke bimmelt, und nickt ihm aus ihrer Ecke hinter der Theke zu, wo sie, zusammengekauert und in Wollsachen gehüllt, hockt wie eine viel zu dick angezogene Kröte.

»Morgen, Sir Alec. Scheußlicher Tag, nich?«

Er pflichtet ihr bei, sie diskutieren über die Gesundheit von Hercules, der draußen angebunden ist – Mrs. Sawle liebt Hunde –, und dann streift er vor den Regalen herum und versucht, seinem Gedächtnis auf die Sprünge zu helfen.

»Zeitung«, murmelt er in sich hinein. »Butter. Kaffee. Bloß den Kaffee nicht vergessen!«

Er kann sich eines amüsierten Schnaubens nicht erwehren, als er sich daran erinnert, wie Dom vor ein paar Tagen darauf reagiert hat, dass ihm der Kaffee ausgegangen war.

»Es tut mir so leid«, sagte Alec. »Aber für Notfälle habe ich das hier. Ich bin inzwischen sogar ziemlich süchtig danach.« Er zeigte Dom das Tütchen mit der Mischung aus Instantkaffee, Milchpulver und diversen anderen Zutaten. »Ich nenne es meine Chemie in der Tasse.«

Er reichte Dom den Becher mit dem schaumigen Cappuccino und sah zu, wie er einen Schluck trank. Dom schluckte die Mixtur, zog die Augenbrauen hoch und nickte.

»Verstehe ich«, meinte er trocken. »Der ist ziemlich stark, was?«

Als er jetzt die nötigen Waren zusammensucht, Mrs. Sawle dafür bezahlt und alles in die alte Tragetasche steckt, die er immer in der Manteltasche hat, denkt Alec über Dom nach. Während ihres ungefähr einstündigen Zusammenseins hatte er das Gefühl, dass Dom leicht abgelenkt war. Er erzählte Alec von seinem Enkel, der bald ein Studium an der Camborne

School of Mines aufnehmen würde, von seinen Töchtern und deren Familien in Südafrika, und dann hatten die beiden über die Länder gesprochen, in denen sie schon gelebt hatten, ihre Völker und Bräuche.

Zwei weit gereiste alte Knaben, beide Witwer und beide mit Kindern, die weit von ihnen entfernt lebten. Sie hatten jede Menge Gesprächsstoff, aber am Ende hatte Alec den Eindruck, dass Dom noch etwas auf dem Herzen hatte. Das machte ihn stutzig. Er vermutete, dass Dom kein Mann war, der seine Geheimnisse so einfach verriet – und schließlich hatte er Billa und Ed zum Reden –, und doch war Alec sich sicher, dass ihn etwas bedrückte.

Als er jetzt den Hügel hinaufsteigt und Hercules hinter ihm herkeucht, kommt er am Pfarrhaus vorbei und schaut sich nach Clem um. Der Garten ist ordentlich und gepflegt; auf dem kleinen Rasenstück steht ein Trampolin, und an der Mauer liegt ein Fußball, aber von Clem ist nichts zu sehen. Alec mag Clem sehr gern. Er wünscht sich, der gute Kerl würde irgendwie den ersten Schritt auf Tilly zutun; er wartet sehnsüchtig darauf, dass die beiden zusammenkommen, obwohl er versteht, warum sie zögern.

»Das Leben ist zu kurz«, murmelt er und atmet schnell, während er nach seinem Schlüssel kramt und ihn ins Schloss steckt. »Man sollte es nicht vergeuden, indem man lange fackelt.«

Er schließt die Tür hinter sich und hält kurz inne, lauscht in die Stille und wartet aus Gewohnheit auf Roses Begrüßungsruf. Eine furchtbare Einsamkeit umfängt ihn, die Endgültigkeit seiner Trennung von ihr und der Verlust der Gemeinsamkeit. Er spürt, wie sich die Tränen sammeln und hinter seinen Augen brennen, und versucht, seinen Mut zusammenzunehmen und sich zu wappnen.

»Um Gottes willen, fang gar nicht erst an!«, ruft Rose mit scharfer Stimme aus dem Arbeitszimmer. »Bist schon immer ein sentimentaler alter Trottel gewesen. Fängst bei der kleinsten Gelegenheit zu heulen an.«

Es ist wahr; Liebe, Güte, Unglück, all das kann ihn zu Tränen rühren. Er denkt an die Not, die er schon gesehen hat, die Fellachen in Kairo, die Bettelarmut der Slums von Kalkutta. Wie hilflos hatte er sich angesichts all dieser Verwundbarkeit und Schwäche gefühlt! Er hatte sich bemüht, in seinem eigenen kleinen Umfeld Verbesserungen durchzuführen, aber seine Anstrengungen waren kümmerlich und sinnlos gewesen. Alte, vertraute Gefühle von Verzweiflung und Zorn ergreifen Besitz von ihm, und er kämpft dagegen an.

»Setz den Wasserkessel auf!«, rät Rose, die sich inzwischen in der Küche zu befinden scheint. »Mach dir einen anständigen Kaffee! Reiß dich am Riemen! Und gib dem armen Hund etwas zu trinken und einen Hundekuchen!«

Alec sieht auf Hercules hinunter, der hechelnd neben ihm auf der Fußmatte liegt. Wie üblich hat Rose recht.

»Komm, alter Junge!«, sagt er. »Setz dich in Bewegung! Packen wir's an!«

16. Kapitel

Als sie am Samstagmorgen zum *Chough* aufbrechen, spürt Harry, dass Tilly angespannt ist; sie strahlt eine Mischung aus Nervosität und Aufregung aus. Clems SMS war sehr positiv, sehr munter gewesen:

Tolle Idee! Wir kommen sehr gern.

»Cool«, meinte Harry, als sie ihm davon erzählt hat. »Das wird großartig.«

Jetzt sitzt er neben ihr und sieht zu, wie sie ihr kleines Auto über die kurvenreichen Straßen steuert. Sie ist eine gute, sichere Fahrerin, und er fühlt sich ganz entspannt neben ihr. Doch er ist auch ein bisschen neidisch, weil sie ein Auto hat.

»Schaffst du dir jetzt selbst ein Auto an, Hal?«, fragt sie. Sie hat seine Gedanken gelesen. »Wenn du ab September am Camborne studierst? Es ist ein Jammer, dass du nicht bleiben kannst, nachdem du schon einmal hier bist.«

»Mum wollte, dass ich nach Oxford ein Jahr aussetze«, erklärt er. »Ich glaube, sie und Dad haben gehofft, ich könnte es mir anderes überlegen und nicht weiter in England studieren. Ich hätte am liebsten einfach weitergemacht, doch ich habe mich bereit erklärt, weil diese ganze Angelegenheit mit dem Bergbau für sie eine große Sache ist. Ihnen wäre lieber, ich würde in Jo'burg bleiben und in den Clan eintreten. Ich möchte ihnen begreiflich machen, dass meine Pläne nicht einfach einer Laune entspringen, daher habe ich zugestimmt, mir ein Jahr freizunehmen und darüber nachzudenken.«

»Und, hast du das getan?«

»Nö. Brauche ich nicht. Ich habe für eine große internationale Wohltätigkeitsorganisation gearbeitet, die Mum leitet, und einige Verwandte besucht, die darauf eingeschworen worden sind, mir Jura oder Banking als tolle Karriereaussichten dazustellen. Deswegen fahre ich auch nächstes Wochenende über Ostern nach Genf zu ein paar Cousins. Wir gehen Ski fahren.«

Tilly zieht eine Augenbraue hoch. »Noch mehr Banker?«

Er nickt. »Aber ich habe nicht vor, meine Meinung zu ändern«, erklärt er gelassen. »Ich bin im September wieder zurück.«

»Besorgst du dir dann ein Auto?«

Er zuckt mit den Schultern. »Mein Dad hält nichts davon, alles geschenkt zu bekommen. Er glaubt, dass man Geld verdienen muss, damit man es zu schätzen weiß. Natürlich hätte ich gern eins. Wer nicht? Wenn ich kann, nehme ich einen Ferienjob an. Spare. Ich habe auch noch etwas Geld zur Seite gelegt, das ich zum Geburtstag bekommen habe.«

»Dom würde dir helfen, irgendeine alte Klapperkiste zu kaufen. Weil du dann nämlich öfter aus Camborne kommen könntest, um ihn zu besuchen.«

»Wahrscheinlich, doch ich möchte nicht, dass Mum und Dad den Eindruck haben, er zieht mich vor. Er hat noch mehr Enkelkinder. Verstehst du, es ist schwierig, wenn man etwas macht, mit dem die Familie nicht einverstanden ist. Wir sind ein ziemlich eng verbundener Clan und haben die Finger in vielen Geschäften, Hunderte von Verbindungen, und wir halten alle zusammen. Ich tanze aus der Reihe, und ich möchte beweisen, dass ich das aus eigener Kraft fertigbringe.«

»Ich bin beeindruckt«, meint Tilly. »Na, ich kann jedenfalls immer schnell nach Camborne sausen, um dich zu holen. Du kannst ja das Benzin bezahlen.«

»Du bist dann immer noch da?«

Sie wirft ihm einen verdutzten Blick zu. »Warum nicht?«

»Oh«, meint er schulterzuckend. »Ich hatte nur überlegt. Du hast erzählt, dass Sarah bald wegzieht, und ich wusste nicht, was du dann vorhast.«

Interessiert bemerkt er, wie ihre Wangen rot anlaufen, und fragt sich, ob sie an Clem denkt.

»Ich kann weitermachen, auch wenn sie wegzieht«, sagt sie. »Obwohl ich mir nicht sicher bin, ob ich das will.«

»Das Geschäft von Mr. Potts' altem Schlafzimmer aus führen?«

Sie lacht. »Wieso nicht? Solange Dom mich nicht an die Luft setzt.«

»Das macht er nicht. Er hat dich sehr gern da. Das weißt du doch.«

Tilly biegt auf den Parkplatz des *Chough* ein, und sie steigen aus.

»Du wirst schrecklich lange herumsitzen müssen, Hal«, meint sie nervös. »Ich hoffe, das ist okay.«

»Ich komme klar«, versichert er ihr. »Ich habe ein Buch dabei, und ich muss noch ein paar SMS nachsehen. Tolle Gelegenheit zum Entspannen.«

Sie nickt. »Okay. Bis später dann!«

Tilly verschwindet durch eine Hintertür, und Harry geht ums Haus und in die Bar. Zu seiner Überraschung und Freude knistert bereits ein Feuer im Holzofen, und ein Mann sitzt an einem Tisch und liest Zeitung. Aus dem Raum hinter der Theke taucht der Wirt auf und lächelt ihm zu.

»Tilly sagt, Sie möchten Kaffee«, sagt er. »Besondere Wünsche? Filterkaffee? Aus der Maschine?«

»Aus der Maschine, bitte«, sagt Harry. »Danke.«

»Zeitungen auf dem Gestell hinter Ihnen«, gibt der Wirt zurück und verschwindet.

Harry sieht sich um, fängt den Blick des am Feuer sitzenden Mannes auf und schaut noch einmal hin.

»Hi«, sagt er. »Sind wir uns nicht schon einmal begegnet? Hatten Sie nicht in Mellinpons, drüben bei St. Tudy, etwas ausgeliefert?«

Der Mann starrt ihn mit einer seltsamen Miene an, in der sich Belustigung und Unglaube mischen.

»Ja«, antwortet er. »Ja, wir sind uns begegnet. Meine Firma führt Marktforschungen in der Gegend durch. Solarkraft, Windparks, Energie, so etwas. Ich habe mich für eine Weile hier niedergelassen. Wollen Sie sich zu mir setzen, oder sind Sie jemand, der lieber mit seiner Zeitung und seinem Kaffee allein ist?«

Harry lacht. »Ich bin eigentlich kein großer Schweiger. Aber ich möchte Sie nicht stören.«

»Christian Marr.« Der andere legt die Zeitung beiseite und streckt die Hand aus. »Die meisten Leute nennen mich Chris.«

Harry ergreift seine Hand. »Harry de Klerk.«

Chris zieht die Augenbrauen hoch. »Südafrikaner? So sehen Sie gar nicht aus.«

»Ich weiß. Ich lebe in Jo'burg, doch ein Teil meiner Familie kommt aus Cornwall, aus dieser Gegend«, erklärt Harry und setzt sich an den Tisch. »Ich wohne bei meinem Großvater, Dominic Blake. Wahrscheinlich kennen Sie ihn nicht, oder? Oder die St. Enedocs?«

Chris schüttelt den Kopf. »Sagt mir gar nichts. Dann machen Sie hier Urlaub?«

So sitzen sie freundschaftlich zusammen. Harry ist froh, jemanden zum Reden zu haben, mit dem er die nächsten zwei

Stunden herumbringen kann. Er mag Chris' Äußeres; seine gebräunte Haut, sein schwarzer Kaschmir-Rollkragenpullover und die schmal geschnittenen Jeans strahlen etwas Kultiviertes aus, wie aus dem alten Europa. Die teuer aussehende lederne Umhängetasche hängt an der Lehne seines Stuhls und hat irgendetwas Kosmopolitisches. Er wirkt weniger wie ein Marktforscher und mehr wie ein Musiker oder Künstler.

Harrys Kaffee wird gebracht, und dazu ein Teller mit Schokoladenbrównies.

»Geht aufs Haus«, erklärt der Wirt augenzwinkernd. »Guten Appetit!«

Als Tilly den Kopf durch die Tür steckt und Harry zulächelt, grüßt Tris sie mit erhobener Hand. Sie tritt weiter in den Gastraum hinein.

»Guten Morgen, Mr. Marr«, sagt sie. »Ihr Apartment ist fertig. Komm, Hal! Wir müssen uns beeilen.«

Tris und Harry stehen auf und schütteln einander die Hand, und Tilly und Harry gehen zusammen hinaus.

Tris setzt sich wieder und lacht leise vor sich hin. Er kann einfach nicht dagegen an. Der Zufall hat ihm die Gelegenheit geschenkt, hier zu sitzen und mit Doms Enkel, Billas und Eds Großneffen, zu reden und dabei in zwei Stunden mehr über sie herauszufinden als zuvor in fast zwei Wochen. Tris ist in Pubs und Frühstückspensionen in einem Radius von zehn Meilen um die alte Butterfabrik abgestiegen und hat bis vor einigen Tagen der Versuchung widerstanden, in das Apartment im *Chough* zu ziehen, weil er fürchtete, es könne zu gefährlich sein, ihnen tatsächlich so nahe zu kommen. Und nun ist ihm alles wie auf einem Silbertablett serviert worden. Der Junge war so offen, so naiv und vertrauensvoll. Es war ganz einfach, ihm die Informationen zu entlocken. Jetzt weiß er, dass Billa verwitwet und kinderlos ist, und Ed ist geschieden und hat ebenfalls keine Kinder. Dom ist Witwer, und seine Kinder und Enkelkinder leben in Südafrika. Tilly ist die Tochter eines ehemaligen Kollegen von Dom, und der Junge, Harry, wird bald wieder abreisen. Kurz gesagt, es existieren keine kämpferischen jüngeren Familienmitglieder, die herbeieilen könnten, um ihm Fragen zu stellen oder ihm zu trotzen, wenn er schließlich mit dem Testament, das Elinor vor so vielen Jahren aufgesetzt hat, in der alten Butterfabrik auftaucht.

Tris beginnt erneut zu lachen. Er ist das Risiko eingegangen, und es hat sich ausgezahlt.

»Guter Witz?«, fragt der Wirt, als er das Kaffeegeschirr abräumt.

Tris nickt, vertieft das Thema aber nicht. Er bestellt einen Gin Tonic und bittet um die Mittagskarte. Während er sie studiert, grübelt er. Harry ist der Dorn in seinem Fleisch, das Haar in der Suppe. Tris weiß, dass er sich bis zum nächsten Wochenende unauffällig verhalten muss, und nachdem er jetzt ins *Chough* gezogen ist, könnte das schwierig werden. Doch abgesehen davon ist die Luft rein. Er muss nur noch auf Harrys Abreise warten.

Später, viel später, sitzt Tilly an der Frisierkommode in Mr. Potts' Schlafzimmer und denkt über das Treffen mit Clem und Jakey nach. Unten spielen Dom und Harry Scrabble. Sie streiten über jedes Wort und machen sich jeden doppelten oder dreifachen Buchstabenwert streitig, so wie immer, seit Harry sechs war.

Langsam beginnt Tilly, ihr Haar mit langen Bürstenstrichen zu bearbeiten. Sie betrachtet sich im Spiegel und denkt an Clem. Es war verwirrend, ihn in Jeans und mit Jakey im

Schlepptau zu sehen, so wie jeden jungen Vater, der einen Ausflug mit seinem Sohn unternimmt. Jakey sieht genau wie er aus und ist sehr wohlerzogen und witzig; er fühlte sich mit drei Erwachsenen wohl. Er und Harry haben sich sofort gut verstanden, und nach Backfisch und Pommes frites waren sie zusammen davongegangen und im Hafen umherspaziert, sodass Tilly mit Clem allein blieb.

Tilly legt die Bürste weg und denkt darüber nach. Jakeys Anwesenheit hat alles verändert. Oben im Kloster waren Clem und sie auf gleicher Ebene aufeinander zugegangen: zwei junge Menschen, die sich zueinander hingezogen fühlen. Heute war Clem ein junger Vater, ein Witwer mit einer bedeutenden Beziehung in der Vergangenheit. Vielleicht könnten sie sich auf einer ähnlicheren Basis begegnen, wenn sie ebenfalls geschieden wäre, gerade eine lange Beziehung beendet oder ein eigenes Kind hätte, aber so ist es nicht. Sie hat Freunde gehabt und eine etwas ernstere Beziehung; doch sie ist immer noch auf der Suche nach dem einzig Wahren: dem richtigen Mann, Romantik, ganz besonderen Urlaubsreisen. Wie soll das mit einem Witwer funktionieren, der schon ein Kind hat?

Clem und sie sind gemeinsam umhergeschlendert und waren sich des jeweils anderen sehr bewusst – die Chemie zwischen ihnen stimmt –, doch als sie zusah, wie Jakey vor ihnen neben Harry herhüpfte, stieg Angst in ihr auf. Sie erinnerte sich an Sarahs herabsetzende Worte und fürchtete, sie könnten sich bewahrheiten. Langsam verließ sie die Zuversicht, und es war eine Erleichterung, Jakey und Harry einzuholen, die über den Zoo von Newquay redeten. Clem hat Jakey versprochen, ihn zur Madagascar-Show dort mitzunehmen, und er will sie unbedingt sehen.

»Klingt toll«, sagte Tilly und lächelte über seinen Eifer. »Also, den Film liebe ich.«

»Warum fahren wir dann nicht alle?«, schlug Harry vor. »Wie wäre es mit heute Nachmittag?«

Jakey, dem diese erstaunliche Gelegenheit die Sprache verschlug, sah flehentlich zu Clem auf.

»Ja, wieso eigentlich nicht?«, gab dieser zurück, obwohl der plötzliche Vorschlag ihn verblüffte. »Schließlich ist heute mein freier Tag. Wenn Sie mögen, können wir einfach fahren.«

Er warf Tilly einen Blick zu. Harrys Vorschlag hatte sie genauso verblüfft wie Clem, doch sie war auch dankbar dafür. Der Ausflug verlängerte den Nachmittag und gab ihr eine Chance, sich über ihre Gefühle klar zu werden. Jakey sprang herum, boxte in die Luft und war vollkommen aus dem Häuschen bei der Aussicht auf ein solches Vergnügen. Sie ließen Tillys Wagen auf dem Parkplatz stehen und fuhren alle mit Clems Auto. Jakey und Harry, die inzwischen dicke Freunde waren, saßen hinten und scherzten und lachten miteinander. Clem und Tilly saßen zusammen und redeten sehr viel weniger ungezwungen. Sie waren rechtzeitig angekommen, um bei der Fütterung der Pinguine zuzusehen, und Harry und Jakey waren sich darüber einig, dass die Pinguine ihre Lieblingsfiguren aus dem Film waren. »Alle Mann lächeln, reißt euch zusammen!«, rief auf dem Rückweg nach Padstow immer wieder einer der beiden aus. »Alle Mann lächeln, reißt euch zusammen!«, und dann schütteten sie sich vor Lachen aus und klatschten einander ab.

»Das war wirklich komisch«, meinte Tilly später zu Harry, als die beiden zusammen nach Hause fuhren. »Überhaupt nicht so, als ginge man mit seinem Freund aus. Ich finde, dass Jakey ein vollkommener Schatz ist, aber er wird an uns hängen wie ein Anstandswauwau, egal, was wir machen, oder? Clem hat einen Tag in der Woche frei. Den Samstag, damit er Zeit für Jakey hat, was absolut richtig ist. Aber wann hätten Clem und ich Zeit für uns? Wie sollte das funktionieren? Und selbst wenn, dann neigen die Leute dazu, Vorurteile gegen die zweite Frau zu haben, wenn die erste so jung gestorben ist. Die Verstorbene wird zum Beispiel immer perfekt und von glücklichen Erinnerungen verklärt erscheinen, weil sie gar keine Chance hatte, einem so vertraut zu werden, dass es langweilig wurde, oder sie reizbar, überkritisch oder eifersüchtig.«

Harry schwieg, was sie irgendwie noch stärker in die Defensive trieb.

»Du verstehst doch, was ich meine, oder, Hal?«

»Ja«, räumte er nach kurzem Zögern ein. »Doch. Aber du magst Clem wirklich gern, oder?«

»Ja«, sagte sie beinahe ärgerlich. »Ja, ich mag Clem wirklich gern.«

»Und es ist offensichtlich, dass er dich wirklich gern mag. Es ist nur so, dass das Ganze eine schreckliche Vergeudung ist.«

»Aber verstehst du, was ich meine?«, beharrte sie. »Okay. Ich gebe zu, dass ich mich leicht in Clem verlieben könnte, doch ich würde mir wünschen, mit ihm zusammen romantisch, glücklich und albern zu sein. Wie sollte man das anstellen, wenn ein Siebenjähriger einen beobachtet? Ich möchte in keine vernünftige, mütterliche Rolle schlüpfen. Dazu bin ich noch nicht bereit, Hal. Ich möchte schon Kinder, aber zuerst möchte ich Spaß haben. Ich bin noch nicht so weit, dass ich die vollkommene Freiheit, die man als Single hat, gegen ein Dasein als Stiefmutter eintauschen möchte.«

»Dann kommt wahrscheinlich alles darauf an, ob du dich tatsächlich in Clem verliebst«, meinte Harry nachdenklich. »Du müsstest ihn so sehr lieben, dass du den Wunsch hast, irgendeinen Kompromiss zu finden, der funktioniert. Clem weiß das, und das macht die Sache schwierig für ihn.«

»Was meinst du damit?« Sie warf Harry einen raschen Seitenblick zu.

Er zuckte mit den Schultern. »Ich kann Clem gut leiden. Er ist reserviert, doch er hat einen großartigen Humor, und es ist klar, dass er wirklich für dich schwärmt. Wenn er nicht so viel ›Gepäck‹ mitbrächte, würde er bestimmt eher die Initiative ergreifen. Für ihn muss das ebenfalls schwierig sein. Wäre es dir lieber, wir hätten nicht zugesagt, morgen Tee bei ihnen zu trinken?«

Sie schüttelt den Kopf. »Nein. Und außerdem möchte Jakey dir wirklich sein Spielzeug oder was auch immer zeigen. Du hast jedenfalls bei ihm einen Stein im Brett, und es ist leichter, wenn du dabei bist, Hal.«

»Lange bin ich aber nicht mehr hier, also nutze die Zeit, Tills!«, sagte er.

Jetzt fragt sie sich, wie es sein wird, morgen im Pfarrhaus mit Clem zusammenzutreffen und ihn in seinem Zuhause zu erleben. Es wird ihr schwerfallen, sich zwanglos zu benehmen. Da öffnet sich die Tür am Fuß der Treppe, und Harry ruft zu ihr herauf.

»Abendessen ist fertig, komm runter!«, und Tilly verlässt ihr Zimmer und gesellt sich unten zu den beiden.

17. Kapitel

Doch als sie zur Teezeit im Pfarrhaus eintreffen, ist Clem gar nicht da. Jakey hüpft auf dem Trampolin, bewacht von einer Frau mit diesem schon vertrauten silberblonden Haar und diesen schmalen dunkelblauen Augen, die manchmal braun wirken. Rasch dreht sie sich um, als Tilly und Harry durch das Gartentor treten. Jakey stößt einen Begrüßungsruf aus und springt noch höher. Die Frau winkt und kommt ihnen entgegen.

»Clem ist ein wenig spät dran«, erklärt sie. »Ich habe Jakey gerade abgeholt, und jetzt warten wir auf ihn.« Sie streckt die Hand aus. »Ich bin Dossie, Clems Mum.«

Tilly und Harry stellen sich vor, während Jakey beim Anblick seines Freundes lauter kreischt und ausgeklügelte Überschläge vorführt. Er gibt an.

»Sie haben ihn schwer beeindruckt«, meint Dossie zu Harry. »Er hat mir erzählt, dass Sie in Südafrika leben und schon Elefanten, Tiger und Löwen in freier Wildbahn gesehen haben.«

»Nun ja, im Krüger-Nationalpark«, klärt Harry sie grinsend auf. »Hi, Kumpel!«, ruft er Jakey zu und geht zu ihm, um seine akrobatischen Künste zu bewundern. Tilly lässt er mit Dossie allein.

Tilly fühlt sich lächerlich gehemmt, und ausnahmsweise fällt ihr nicht viel zu sagen ein, aber Dossie verhält sich ganz natürlich.

»Ein ziemlich trostloses kleines Haus, was?«, murmelt sie und weist auf den Bungalow. »Die 1960er waren eine so schreckliche Zeit in der Architektur. Man versteht, warum Clem es kaum abwarten kann, wieder in das Pförtnerhäuschen zu ziehen. Letzten Winter sind er und Jakey fast erfroren. Fürchterliche Fensterrahmen aus Metall, die nicht richtig schließen, und warten Sie nur, bis Sie das Linoleum in der Küche sehen!«

Tilly ist verblüfft und amüsiert. »Besonders hübsch ist es nicht«, pflichtet sie der anderen vorsichtig bei.

Dossie schnaubt vielsagend. »Macht nichts, es ist ja nicht für lange. Möchten Sie eine Tasse Tee, oder sollen wir auf Clem warten? Er hatte eine Taufe, und ich vermute, jemand redet auf ihn ein und lässt ihn nicht weg. Einer der Nachteile dieses Berufs. Jeder will ein Stück von einem.«

Wenn Dossie lächelt, sieht sie Clem ähnlich, und Tilly erwidert ihr Lächeln.

»Warten wir doch auf Clem! Oder glauben Sie, er hat schon genug Tee getrunken?«

»Er wird überlaufen«, meint Dossie fröhlich. »Setzen wir den Wasserkessel auf! Oder ich könnte Jakey bei Ihnen lassen und nach Hause fahren.«

Tilly zögert, denn sie ist verwirrt. Sie hat keine Ahnung, ob Dossie lieber fahren würde oder ob Jakey einen Aufstand machen wird, wenn sie sie verlässt. Wie lange mochte Clem noch ausbleiben?

»Na ja, dann lassen Sie sich einmal zeigen, wo alles steht«, sagt Dossie, die ihr Zögern bemerkt. »Und dann sehen wir weiter. Ich warne Sie, die Küche ist grässlich.«

»Wo wohnen Sie denn?«, fragt Tilly und folgt ihr in den Bungalow.

»In St. Endellion. Meine Eltern und ich führen eine Frühstückspension. Unsere Familie lebt seit Jahrhunderten dort, aber es ist ein schönes altes Anwesen. Es liegt nur zwanzig

Minuten von hier entfernt, daher nehmen wir Jakey in den Ferien zu uns und wenn Clem etwas Freiraum braucht.«

Darüber denkt Tilly nach, während sie sich in der kleinen Küche umsieht. Clem hat also mehrere Personen in der Nähe, die ihn unterstützen, und Jakey hat eine Großmutter und Urgroßeltern.

»In dieser Blechbüchse ist ein Kuchen«, erklärt Dossie gerade und füllt dabei den Wasserkessel. »Ich habe ein paar Scheiben für Mo und Pa abgeschnitten, doch es müsste reichen. Clem hat mir erzählt, dass Sie in der IT-Branche tätig sind und tüchtig für Chi-Meur arbeiten.«

»Noch nicht ganz, aber ich habe damit begonnen. Material habe ich jedenfalls inzwischen genug gesammelt. Ein fantastischer Ort, nicht wahr?«

Tilly sieht sich nach Tassen oder Trinkbechern um, und Dossie öffnet die Tür eines Resopalschranks über der Arbeitsfläche und weist auf die Geschirrstapel.

»Chi-Meur ist großartig. Alle wollen, dass es ein Erfolg wird, und wir haben so viele Unterstützer.« Dossie findet Teebeutel und holt Milch aus dem Kühlschrank. »Haben Sie die Schwestern schon kennengelernt? Oh, das klingt nach Clem!«

Aus dem Garten sind Stimmen zu hören, und Jakey ruft und begrüßt jemanden. Fast ängstlich dreht sich Tilly um und fragt sich, ob es Clem etwas ausmachen wird, wenn er sieht, wie sie in seinem Küchenschrank herumwühlt. Da sieht sie, dass er in der Tür steht und sie und Dossie beobachtet. Seine misstrauische Miene drückt so exakt die Gefühle eines jungen Mannes aus, der sich fragt, ob seine Mutter bei jemandem, der ihm wichtig ist, ins Fettnäpfchen getreten ist, dass Tilly fast vor Lachen herausplatzt. Für sie ist offensichtlich, dass Dossie gerade genau das Gleiche denkt, denn sie sieht ihren Sohn amüsiert an.

»Hi«, sagt er. »Tut mir leid, dass ich zu spät komme.«

»Wir hatten schon überlegt, ohne dich anzufangen«, meint Dossie. »Aber nachdem du jetzt hier bist, kann ich ja nach Hause zu Mo und Pa fahren. Ich habe dann den Mittwoch für Jakey reserviert. Es war doch Mittwoch, oder?«

»Ja, danke«, sagt Clem. »Morgen ist er zum Tee bei einem Freund, und für Dienstag hat Sarah angeboten, ihn gleich nach der Schule zu nehmen. Es wäre großartig, wenn du den Mittwoch abdecken könntest. Donnerstag und Freitag komme ich zurecht.«

Sie nickt. »Schön. Ich verabschiede mich auf dem Weg nach draußen von ihm.« Sie lächelt Tilly zu, und als sie an der Tür an Clem vorbeikommt, reckt sie sich und gibt ihm einen raschen Kuss auf die Wange. »Bis dann, Tilly. Lassen Sie sich den Kuchen schmecken!«

»Oh, das werde ich«, versichert Tilly ihr. Plötzlich wünscht sie, Dossie würde nicht gehen.

Nach ihrer anfänglichen Reaktion – ihrer Belustigung über seine argwöhnische Miene – verblüfft sie jetzt der Unterschied zwischen dem Clem, der Jeans trägt und Fisch und Pommes frites isst, und diesem hochgewachsenen jungen Mann mit dem weißen Kragen eines Geistlichen. Er wirkt asketisch und distanziert, und erneut überfällt sie ihre Schüchternheit.

»Es ist bestimmt schwierig«, meint sie aufs Geratewohl, »Ihre Arbeit und Jakey zu vereinbaren.«

Er nickt, tritt richtig in die Küche hinein und stellt seinen kleinen Aktenkoffer auf einen Stuhl. Tilly wendet sich ab, um Tee zu kochen, weil sie beschlossen hat, die Initiative zu ergreifen, und ist extrem verblüfft über sich selbst, weil sie hier mit Tassen, Löffeln und Teebeuteln in Clems Küche steht, als wäre das alles ganz normal.

»Ich kann von Glück reden, dass Dossie und Mo und Pa so

nahe wohnen«, sagt er. »Ohne sie käme ich nicht zurecht. Sarah springt manchmal nach der Schule ein und ein paar andere Mütter auch. Aber Ferien und Sonntage wären sonst unmöglich zu organisieren.«

Er lehnt sich mit dem Rücken ans Spülbecken und beobachtet sie.

»Dossie hat einen Kuchen gebacken«, erklärt sie, »doch wir hatten uns gefragt, ob Sie vielleicht schon eine Überdosis Tee intus haben.«

Er grinst – und sofort ist der asketische, distanzierte Clem verschwunden, und sie strahlt ihn an und fühlt sich ganz ungezwungen.

»Ich bin auf einem permanenten Kaffee-High«, gesteht er, »aber eine Tasse Tee nehme ich gern. Und Kuchen. Danke.«

Keiner von beiden sagt etwas dazu, dass sie sich häuslich einrichtet, und Clem zieht eine Schublade auf und nimmt eine Kuchenschaufel und ein paar Gabeln heraus.

»Trinkt Jakey eigentlich auch Tee?«, fragt sie.

»Ich versuche, dafür zu sorgen, dass er nur Milch trinkt«, sagt er, »aber ich fürchte, bei den Schwestern hat er sich schlechte Angewohnheiten zugelegt.«

Sie lacht. »Schwester Emily?«

»Genau die«, pflichtet er ihr zerknirscht bei. »Sie hat nur begrenzte Erfahrungen mit kleinen Jungen, und daher hat er ziemlich früh Geschmack an Tee und Kaffee gefunden. Wenn wir Glück haben, denkt er nicht daran und trinkt einfach seine Milch. Doch er neigt dazu, sich in Gesellschaft aufzuspielen, und er schwärmt sehr für Harry.«

»Wo trinken wir den Tee?«

Er öffnet eine Tür. Sie führt in einen großen Raum, der sowohl als Wohn- als auch als Esszimmer dient. An einer der frisch gestrichenen Wände steht eine sehr schöne alte Kommode mit vielen Fächern, und durch eine Schiebetür gelangt man in den Garten. Tilly stellt den Kuchen und ein paar Teller auf den hübschen Tisch mit den herunterklappbaren Platten, und Clem folgt ihr mit einem Tablett, auf dem die Tassen mit dem Tee und Jakeys Milch stehen.

»Ich rufe die beiden dann herein«, erklärt er. Er wirkt ein wenig verlegen, als würde er sich plötzlich seiner Gastgeberrolle bewusst, und Tilly wird klar, wie gern sie ihn mag.

»Gehen Sie ruhig«, sagt sie, »und ich schneide den Kuchen auf. Harry wird halb verhungert sein. Das ist er immer.«

Als Tilly allein ist, sieht sie sich im Zimmer um. Sie fragt sich, ob Dossie diejenige ist, die versucht hat, die weiblichen Akzente zu setzen: einen indischen Baumwollüberwurf, der über das Sofa drapiert ist, oder die Schale mit Zwergnarzissen auf dem Bücherregal. Ein gestreifter Plüschhase mit langen Ohren und Beinen lehnt in einer Sesselecke an einem Kissen, und ein paar Spielzeug-Rennautos stehen auf dem niedrigen Glastisch daneben. Tilly hat das Gefühl, als spioniere sie, als verschaffe sie sich einen unfairen Vorteil, und dann treten die anderen in die Diele und sie wendet sich rasch ab, um den Kuchen aufzuschneiden.

Als Tilly und Harry gehen, fühlt sich Clem merkwürdig leer.

»Ich mag Harry gern«, sagt Jakey.

Er klettert in den Sessel, nimmt den Streifenhasen und rekelt sich ins Kissen. Plötzlich wirkt er erschöpft. Nach dem Tee sind die vier hinunter zum Strand gegangen, wo sich Jakey und Harry ein langes, schwungvolles Fußballspiel geliefert haben.

»Ich muss schon sagen«, meinte Clem leise zu Tilly, während sie den beiden zusahen, »wenn ich mir leisten könnte, jemanden für ihn einzustellen, dann würde ich dieses Mal einen

Mann nehmen. Es ist anstrengend, mit einem Siebenjährigen mitzuhalten.«

Er hatte kurz von den ersten Jahren in London nach Madeleines Tod erzählt und davon, wie er seine Priesterausbildung abgebrochen und seine alte Stelle in der IT-Branche wieder angenommen hatte, um genug Geld für ein Kindermädchen für Jakey zu verdienen und sich etwas zurückzulegen. Denn er hatte vor, die Wohnung zu verkaufen und seine Chance zu ergreifen, sich zu verändern, wenn sich die Gelegenheit ergab.

»Es sieht aus, als hätte es sich ausgezahlt«, bemerkte Tilly. Sie sah ihn nicht an, sondern beobachtete Jakey und Harry, die zusammen am Strand entlangrannten.

Am liebsten hätte er ihr gesagt, dass er verstehen konnte, dass eine Beziehung zu einem Priester schwierig sein konnte – dass das Bild noch einmal ein ganz anderes wäre, wenn er als Kaplan im Einkehrhaus arbeitete –, doch er wusste nicht, wo er anfangen sollte.

»Ich hoffe es«, meinte er schließlich. »Im Juni werde ich zum Priester geweiht, und dann ziehe ich wieder nach Chi-Meur, in das Pförtnerhäuschen. Ich werde mein Glück versuchen und sehen, wie es funktioniert, als ihr Kaplan tätig zu sein.«

»Es klingt, als könnte es ... nun ja, sehr anspruchsvoll werden. Auf eine gute Art«, setzte sie schnell hinzu.

»Und ich hätte mehr Privatsphäre«, betonte er. Er wollte, dass sie das verstand; es war wichtig, ihr klarzumachen, dass er nicht immer so auf dem Präsentierteller leben würde wie augenblicklich.

Jetzt sieht er Jakey an. »Bettzeit«, erklärt er mit dem unangenehmen Gefühl, dass ihm ein Kampf bevorsteht.

Jakey fasst den Streifenhasen fester. »Ich will *Kung Fu Panda* sehen«, sagt er. »Nein, lieber *Madagascar*. Harry hat schon wilde Löwen *und* Giraffen *und* Nilpferde gesehen.«

Er lässt den Streifenhasen fallen und kramt nach der DVD, und Clem sieht hilflos zu und fragt sich, wie Tilly in diese Szene passen würde. Er weiß, dass dazu eine lange Eingewöhnungszeit nötig wäre – angenommen, sie ist bereit, es zu versuchen. Aber warum sollte sie? Sie ist so ein hinreißendes Mädchen; wahrscheinlich wird sie von allen Seiten von jungen, alleinstehenden Männern belagert. Jakey schwenkt die DVD.

»Bitte, Daddy! Nur ein Stückchen. Biiitte!«

Was hältst du von Tilly? Magst du sie?, würde er am liebsten fragen, aber ihm ist klar, dass Jakey sie noch nicht wirklich registriert hat.

»Okay.« Er ist zu müde, zu niedergeschlagen, um Einwände zu erheben. »Eine Viertelstunde, doch dann ist Schluss, und ich will keine Widerrede hören, Jakes. Okay? Versprochen?«

Jakey nickt feierlich. Er spürt, dass Daddy ein klein wenig gereizt ist und es keine gute Idee wäre, sein Glück überzustrapazieren. Er legt die DVD ein, drückt Knöpfe und holt den Streifenhasen, und dann setzen sie sich auf das Sofa und sehen zusammen gemütlich *Madagascar*.

»Harry hat einen Onkel, dessen Hund Bär heißt«, erzählt er Clem. Er lehnt sich bei ihm an und widersteht der Versuchung, den Daumen in den Mund zu stecken; schließlich ist er jetzt ein großer Junge. »Er sagt, dass wir ihn besuchen können. Bär ist riiieeesig. Fast so groß wie ein Braunbär. Sein Großvater hat auch einen Hund, der heißt Bessie. Ich will ihn besuchen.«

Clem denkt darüber nach. Vielleicht wäre es eine gute Idee, Tilly in ihrem eigenen Revier zu begegnen; möglich, dass sie dort selbstbewusster ist. Vielleicht hat er dann eher eine Chance bei ihr ... Seine Stimmung bessert sich ein wenig.

»Okay«, meint er und legt den Arm um Jakey. »Das machen wir.«

»Cool«, sagt Jakey zufrieden.

»Bitte reise nicht ab, Hal!«, fleht Tilly ihn an, während die beiden nach Hause fahren. »Wenn du bleibst, habe ich vielleicht den Hauch einer Chance. Jakey schwärmt total für dich.«

»Er ist ein toller Junge«, sagt Harry. »Sei nicht so ein Feigling, Tills!«

»Aber ich *bin* feige!«, ruft sie aus. »Das ist eine enorme Sache. Die beiden haben sieben Jahre zusammen gehabt, nur die beiden. Wie in aller Welt kann ich mich da dazwischendrängen?«

»Indem du dich eben nicht dazwischendrängst. Du gehst alles ganz langsam an, damit sich Jakey nach und nach an dich gewöhnt und dann zu der Erkenntnis kommt, dass er dich gern um sich hat. Wie es klingt, ist er auch ziemlich oft bei Clems Familie, sodass du jede Menge Möglichkeiten hast, allein mit Clem zu sein. Nun schieb mal keine Panik! Du magst ihn doch wirklich, oder? Clem, meine ich. Es ist sicher einen Versuch wert.«

»Ich mag ihn schon«, antwortet sie. »Wirklich, aber diese ganze Situation macht mich wahnsinnig.«

»Der nächste Schritt ist jedenfalls, sie hierher einzuladen. Jakey will Bär und Bessie kennenlernen. Wir schmieden zusammen mit Billa und Ed einen Plan.«

Tilly wirft ihm einen Seitenblick zu und staunt darüber, dass ein so junger Mensch so beruhigend wirken kann. Sie fragt sich, ob Dom mit einundzwanzig auch so war.

»Okay«, sagt sie, »aber die beiden werden mich schrecklich damit aufziehen. Das ist dir doch klar, oder?«

»Stell dich nicht so an! Mit ein paar Scherzen wirst du schon fertig. Sollen wir auch Sir Alec einladen? Sieh zu, dass es so eine Art Party wird, damit es nicht so aussieht, als würdest du Clem einladen, damit er deine Familie kennenlernt und so. Sir Alec kann Hercules mitbringen, dann ist Jakey ganz glücklich. Drei Hunde auf einmal.«

»Du bist absolut genial, Hal«, erklärt Tilly inbrünstig. »Das ist eine fantastische Idee. Und wann soll das sein?«

»Bald«, antwortet Harry zuversichtlich. »Ich habe ja praktisch schon alles geplant. Schick Clem eine SMS und schlag es vor!«

»Ja«, sagt sie, und ihre Stimmung hebt sich. »Okay, Hal. Das mache ich.«

18. Kapitel

Im *Chough* packt Tris eine Reisetasche. Ihm sind die Kokainkapseln ausgegangen, und er hat vor, einige Tage fortzubleiben, um bei seinem Kontaktmann in Bristol – dem »Grashund« – welche zu besorgen. Er ist ganz froh darüber, dieses Kaff für ein paar Tage hinter sich zu lassen, denn er ist inzwischen zuversichtlich, dass in seiner Abwesenheit nichts passieren kann, das etwas an seinem Schlachtplan ändert. Die Karten sind abgeschickt; Dom, Billa und Ed werden grübeln und warten. Natürlich hatte er gehofft, inzwischen seinen Schachzug ausgeführt zu haben, aber er wird warten müssen, bis der Junge – Harry – abgereist ist, und das wird erst am Wochenende der Fall sein. Das Problem ist, dass er eines nicht hat, nämlich Zeit – und jetzt braucht er neue Drogen.

Es ist ärgerlich, dass seine beiden Versuche, das Terrain auszukundschaften, vereitelt worden sind; der erste von dem großen Hund und der zweite von Harry. Dabei hat er an beiden Tagen alles so sorgfältig überprüft; er hat zugeschaut, wie sie alle die alte Butterfabrik verließen, und hat dann gesehen, wie sie sich glücklich zum Lunch im *Chough* niederließen. Das hätte perfekt sein müssen. Beim nächsten Versuch war er ein größeres Risiko eingegangen. Von seinem Aussichtspunkt aus hatte er Billa davonfahren gesehen und beobachtet, wie Dom und Ed mit den Hunden hinunter in den Wald gegangen waren. Dann war er um das Tal herumgefahren und hatte unter der Esche geparkt. Er hatte vermutet, dass irgendeine Tür unverschlossen sein würde, denn so lebte man in diesem entlegenen Gebiet.

Aber er wusste ohnehin, wie man ein Schloss aufbricht. Das wäre kein Problem gewesen. Und dann war Harry aufgetaucht, und die Gelegenheit war vorbei gewesen.

Tris schüttelt den Kopf und erinnert sich an den Schock, den Harry ihm versetzt hat, denn er sah aus wie der Geist des jungen Dom. Das Problem ist, dass er Harry mag. Der Umstand, dass der Junge Dom so ähnlich sieht, verleiht diesem Gefühl zusätzlichen Reiz. Wäre vor langer Zeit die Situation eine andere gewesen, hätte Tris vielleicht auch Dom gemocht – doch er erkannte sofort, wie es sein würde. »Immer einen Schritt voraus sein, sonst hat man schon verloren.« Damals konnte er das Risiko nicht eingehen, aber irgendwie ist das bei Harry etwas anderes. Und er kennt auch den Grund. Es liegt daran, dass Harry ihn an Leon erinnert. Nicht äußerlich natürlich. Harry ist ein St. Enedoc, ein schwarzhaariger Mann aus Cornwall, und Leon sieht mit seinem dichten blonden Haarschopf und den blauen Augen wie Tante Berthe aus. Dennoch haben die beiden jungen Männer die lässige Eleganz der Jugend gemeinsam, den Optimismus und den Mut.

Während Tris seine Tasche fertig packt, fragt er sich, wie Leon und Harry sich verstehen würden, falls sie sich treffen würden. Trotz ihrer Abstammung sprechen weder Leon noch sein Vater, Jean-Paul, auch nur ein Wort Englisch. Das war Regel Nummer eins, nachdem Tris und Andrew nach Frankreich zurückgekehrt waren.

Nun sitzt Tris auf der Bettkante und denkt an die Pension in Toulon, in die Andrew ihn nach ihrer Flucht aus England brachte. Er erinnert sich, wie Andrew in der Schule auftauchte, nachdem er zuvor den Direktor angerufen und erklärt hatte, Tris müsse sich fertigmachen, um ihn ins Ausland zu begleiten. Niemand erzählte ihm viel; aber sein Vater hatte es offensichtlich als dringende Angelegenheit dargestellt. Sogar die strenge

Hausmutter war freundlich zu ihm, was ihm wirklich Sorgen bereitete. Doch er war an Flucht gewöhnt, an Veränderungen oder daran, dass man kostbare Besitztümer plötzlich zurücklassen musste, und fügte sich. Er hatte gelernt, keine Freundschaften zu schließen – das war zu schmerzhaft.

Mit Tante Berthe war das allerdings etwas anderes. Ihm war sofort klar, dass es wehtun würde, wenn es Zeit war, Tante Berthe zu verlassen. Sie war natürlich nicht seine Tante, aber die erfundene Geschichte war eine Zeit lang nützlich – so lange, bis sie mit Tris' Halbbruder schwanger wurde. Dem stetigen Strom von Gästen, die in der ziemlich schäbigen Pension in der Rue Felix Pyat kamen und gingen, war es gleich. Das hohe, schmale Haus mit seinen roten Dachpfannen und den blau gestrichenen Fensterläden war eine erstklassige Tarnung. Obwohl Tris die geflüsterten Worte »Auslieferung« oder »Interpol« nicht ganz verstand, begann er zu ahnen, warum sein Vater neuerdings das Haar kurz geschoren trug und unten am Hafen arbeitete und warum er selbst Befehl hatte, niemals Englisch zu sprechen.

Auch das Baby, Jean-Paul, war eine gute Tarnung, bis etwas passierte und es wieder eine Veränderung gab, noch eine Flucht ins Ausland. Aber dieses Mal weigerte sich Tris und wollte nicht mitkommen. Zum ersten Mal seit vielen Jahren hatte er wieder eine Familie, und er konnte die Aussicht nicht ertragen, ihr erneut entrissen zu werden.

»Lass ihn!«, sagte Tante Berthe zu Andrew. »Lass ihn zurück und fliehe, solange du noch kannst! Er ist jetzt fast ein Mann. Er wird sich um mich und den kleinen Jean-Paul kümmern.«

Und genau das versuchte Tris. Er gab sich wirklich Mühe, und ein paar Jahre lang hatte es auch funktioniert. Das Problem war, dass der Drang, Risiken einzugehen, sich ihm tief eingeprägt hatte und er nicht widerstehen konnte. Er begann, zu gefährlich zu leben, bis etwas schiefging und er ebenfalls fliehen musste. Aber er blieb immer in Kontakt mit seinem Halbbruder. Jean-Paul ist inzwischen tot – ein Unfall auf den Docks –, und auch Tante Berthe ist schon lange nicht mehr da. Andrew ist schlicht und einfach verschwunden; wahrscheinlich in einem fernen Land im Gefängnis umgekommen. Doch Jean-Pauls Sohn Leon gibt es noch; er lebt weiterhin mit seiner Mutter in vier kleinen Zimmern im oberen Stockwerk des schmalen, schäbigen Hauses in der Rue Felix Pyat. Leon hat eine Stelle in dem neuen, schicken Jachthafen, der die alten Docks ersetzt hat, und versucht, sich um seine Mutter zu kümmern, die unter Depressionen leidet und zu viel trinkt.

Tris denkt an Harry mit seiner reichen Familie in Südafrika und an sein Erbe hier in Cornwall. Er steht auf und nimmt seine Reisetasche und seine Umhängetasche. Bei Tante Berthe hat er versagt, und als Jean-Pauls Halbbruder hat er sich auch nicht besonders gut geschlagen, doch er hat verdammt noch einmal vor, vor seinem Tod noch etwas für Leon zu tun.

Ed sitzt an seinem Schreibtisch und denkt über den Jungen und das weiße Pferd nach. Seit dem Morgen am Colliford-See hat er diese Szene immer wieder im Kopf gedreht und gewendet und versucht, daraus eine Geschichte zu weben. Bilder sind vor seinem inneren Auge aufgestiegen: das Pferd auf den Hinterbeinen, wie es mit den Vorderbeinen eine gewaltige Schlange mit einem schnabelförmigen Kopf abwehrt; der Junge auf dem Pferderücken, der manchmal wie ein junger Adliger gekleidet ist und ein Kurzschwert führt.

In der Hoffnung, dass sie ihn zu der Geschichte führen werden, beschließt Ed endlich, seine Gedanken in einigen Zeichnungen festzuhalten. Er weiß, dass er an seinem Buch arbeiten sollte, aber er ist zerstreut, und so legt er eine CD von Dinah

Washington in den Player und holt sein Skizzenbuch hervor. Er zeichnet schnell und fängt die magische Ausstrahlung des Schimmels und die sprudelnde Energie des Knaben ein. Er zeichnet Morgawr, die monströse, bucklige Schlange mit dem schnabelförmigen Kopf, die sich aus dem Meer aufbäumt und von einer Gruppe boshafter Spriggans beobachtet wird – verhutzelten, winzigen alten Männern mit Riesenköpfen –, die die Gipfel der Klippen und die Cairns, die uralten künstlichen Steinhügel, bewachen, wo Schätze vergraben sein können. Ed zeichnet Wrath von Porthreath, den Riesen, der in einer Höhle namens Ralph's Cupboard lebte und Angst und Schrecken unter den Seeleuten verbreitete. Das ist der Stoff, aus dem die Mythen und Legenden von Cornwall sind, und Ed fürchtet, dass er einfach nur die lange vergessenen Märchen seiner Kindheit abkupfert, doch er zeichnet weiter. Ein angeberisches Wiesel, eine Gans, die einen Korb auf den Rücken geschnallt trägt; eine riesige Kröte mit einem juwelenbesetzten Halsband. Mit einem Mal fällt ihm wieder ein, wie sein Vater ihm die Geschichte der Knockers erzählt hat, diesen unter der Erde lebenden Geistern, die die Bergwerke bewohnen und die Bergleute zu reichen Erzadern führen konnten. Sie sind hässliche Wesen mit dicken Nasen und Mündern wie Schlitze, die sich diebisch daran freuen, Furcht einflößende Grimassen zu schneiden. Wenn ein Bergmann ihnen nicht ein paar Bröckchen von seiner Pastete übrig ließ, konnten sie bösartig werden und ihn in gefährliche Teile der Mine locken. Ed beginnt, ein Grüppchen von ihnen zu zeichnen, die sich verächtlich an die Nase schnippen, die Augen verdrehen und sich tief bücken, um zwischen ihren spindeldürren Beinen her Grimassen zu ziehen. Doch er sieht immer noch keine Verbindung zwischen diesen mythischen Wesen und dem Knaben und dem Pferd.

Dinah Washington singt gerade *Mad about the Boy*, als Billa die Tür öffnet und fragt, ob er Kaffee möchte. Sofort steht Ed auf, denn er ist froh über die Ablenkung, und geht nach unten, wo Bär ihn begrüßt, mit dem Schwanz wedelt und den schweren Kopf gegen das Knie seines Herrchens schiebt. Ed überlegt, ob er Bär zusammen mit dem Jungen und dem Schimmel in das Buch aufnehmen soll, und gibt dann verzweifelt auf.

»Tilly hat eine Bitte«, sagt Billa und stellt seinen Kaffee auf die geschnitzte Truhe. »Sie würde gern Clem und seinen kleinen Sohn einladen, damit sie uns kennenlernen. Nun ja, eigentlich will sie die beiden Bär und Bessie vorstellen. Ich glaube, wir zwei stehen ziemlich unten auf der Liste der interessanten Persönlichkeiten.«

»Clem ist der Vikar?« Ed bemüht sich, wieder Fuß in der Wirklichkeit zu fassen.

»Ja. Und sein kleiner Sohn heißt Jakey. Sie möchte sie zum Tee einladen. Ich sehe da kein Problem, du?«

Ed zuckt mit den Schultern und schüttelt den Kopf. »Warum sollte ich? Ist es ihr denn wirklich ernst mit ihm?«

»Ich glaube, sie würde gern Ernst machen, wenn sie darüber hinwegkommen könnte, dass er ein Geistlicher mit einem siebenjährigen Sohn ist.«

»Das ist ein ziemliches Unterfangen. Ein Mann mit Kind.«

»Du hast eine Frau mit zwei Kindern geheiratet«, ruft Billa ihm ins Gedächtnis. »Das hat dich auch nicht abgeschreckt.«

»Die Mädchen waren schon Teenager und haben ihr eigenes Leben geführt. Und Gillian hatte keine geistlichen Weihen empfangen. Du bist Clem schon begegnet. Was meinst du?«

»Ich mag ihn. Er ist sehr unkompliziert. Sehr gute Umgangsformen und einen schlagfertigen Sinn für Humor. Alec schätzt ihn, und er kennt ihn schon eine ganze Weile.«

»Nun ja, ich kann mir vorstellen, dass Alec ein guter Menschenkenner ist. Vielleicht braucht Tilly nur Zeit, um sich an den Gedanken zu gewöhnen.«

»Es wird gut für sie sein, Clem in ihrer eigenen Familie zu erleben, gewissermaßen jedenfalls. Für mich ist sie immer ein Familienmitglied gewesen, und sie scheint genauso zu empfinden. Sie möchte auch Alec dazu einladen. Und Hercules.«

»Das ist eine ziemlich gute Idee«, meint Ed. »Das nimmt ein wenig den Druck weg, oder?«

Er steht auf und legt ein paar Scheite auf das Feuer. Draußen schleudert der Wind händeweise kalten Regen gegen die Fenster und den Kamin hinunter, sodass die Tropfen auf der heißen Asche zischen und knistern. Auf den mit Schieferplatten belegten Wegen bilden sich Pfützen, in denen der Regen plitscht und platscht und sich im Steppschritt zum Bach hinunterbewegt.

»Schön«, sagt Billa. »Dann wäre das provisorisch für Donnerstagnachmittag abgemacht.«

»Ich schätze, dass ich hier sein werde«, sagt Ed und setzt sich wieder. Er hat gerade eine Idee gehabt, bei der die drei Hunde, der Junge und das Pferd eine Rolle spielen. »Aber wenn nicht, macht es wahrscheinlich auch nicht viel aus, oder?«

»Mir macht es etwas aus«, entgegnet Billa ihm bestimmt. »Ich möchte, dass du Clem kennenlernst und mir dann erzählst, was du von ihm hältst. Tilly ist uns schließlich wichtig.«

Ed ist immer verblüfft und erfreut zu hören, dass man Wert auf seine Meinung legt. »Okay«, sagt er freundlich. »Ich werde da sein.«

Billa sieht ihn mit einer Mischung aus Verärgerung und Zuneigung an. »Sieh zu, dass du das wirklich bist!«, meint sie. »Diese Sache ist wichtig für Tilly. Du kannst Jakey die Froscheier zeigen. Er kann dir helfen, welche aus dem See zu fischen. Das gefällt ihm bestimmt.«

Ed stürzt sich dankbar auf diese Ablenkung vom Schreiben. Er muss sich vergewissern, dass die Plastikgefäße sauber sind, und er muss auf den Regalen im Sommerhaus Platz schaffen und das Fischernetz suchen. Erleichterung steigt in ihm auf; er kann den Knaben und das Pferd für eine Weile verbannen.

19. Kapitel

Als Tilly kommt, um sich zur Arbeit zu melden und sich nach neuen Klienten zu erkundigen, saugt Sarah gerade Staub. Sie schiebt den Staubsauger in die Kammer unter der Treppe, bedeutet ihr, dass George oben schläft, und die beiden gehen in die Küche.

»Dave hat eine ziemliche Bombe platzen lassen«, sagt sie und lässt den Wasserkessel volllaufen. »Jemand hat ihm ein Haus zur Miete in Yelverton angeboten. Wir könnten es für zwei Jahre haben. Klingt nach einem Angebot, das wir nicht ablehnen können.«

»Oh nein!« Tilly ist wie vor den Kopf geschlagen. »Ich meine, ich weiß, dass es das Richtige ist und ihr euch das gewünscht habt, doch es kommt trotzdem ziemlich plötzlich, oder?«

»Ja«, gesteht Sarah. »Es ist wie etwas, mit dem man immer gerechnet hat, nur eben jetzt noch nicht.«

Ihre eigene Reaktion hat sie überrascht; sie möchte nicht fort aus diesem kleinen Cottage oder aus Peneglos. Sie hat sich eingelebt, Ben ist in der Schule glücklich, und nachdem sie so oft die Ferien hier verbracht hat, kennt sie so viele Menschen. Und abgesehen davon beginnt ihre Firma gerade zu florieren.

»Ich dachte, du würdest dich freuen«, meinte Dave, der enttäuscht über ihren Mangel an Begeisterung war. »Wir waren uns doch einig, dass wir näher beim Hafen wohnen müssen. So haben wir es immer geplant. Es ist verrückt, täglich pendeln zu müssen, obwohl das Schiff im Hafen liegt.«

»Ich weiß«, versetzte sie rasch. »Das weiß ich doch. Wahrscheinlich liegt es nur daran, dass ich mich hier wirklich gut eingelebt habe. Schließlich ist es ja gewissermaßen mein Zuhause, oder?«

»Na ja, das liegt bei dir«, gab er ziemlich kühl zurück. »Aber so ein Angebot kommt nur einmal unter tausend, daher musst du dich rasch entscheiden.«

Und dann hatte George zu schreien begonnen, und sie hatte gesagt, dass sie jetzt nicht reden könne, doch versprochen, ihn später zurückzurufen.

»Ich weiß nicht, was ich machen soll, Tilly«, gesteht sie jetzt. »Na ja, ich weiß es schon. Realistisch gesehen gibt es keine Alternative. Es ist sehr schwierig, am Rand des Moors etwas zur Miete zu finden. Ich wollte dorthin, es wird toll für die Jungs, und Dave kann leicht zum Hafen pendeln. Aber mir war nicht klar, dass es mir so schwerfallen würde, Peneglos zu verlassen.«

»Das war doch zu erwarten«, wendet Tilly ein. »Nicht nur, dass Ben hier zur Schule geht und U-Connect wirklich gut läuft. Das hier ist seit Jahren der Schlupfwinkel deiner Familie gewesen. Es ist so eine Art Zuhause in der Fremde für dich, was wirklich wichtig ist, weil Dave so viel unterwegs ist.«

Sarah ist dankbar für Tillys Verständnis, aber sie spürt den Drang, sich ihrem Mitgefühl zu widersetzen, damit es sie nicht schwächt. Sie fühlt sich immer noch emotional aufgeladen und gestresst. Hauptsächlich hat das mit dem Schlafmangel zu tun, was ein weiterer Grund ist, aus dem sie weiß, dass es vernünftiger ist, dort zu wohnen, wo Dave schneller zu Hause sein und mehr Zeit mit ihnen verbringen kann. Bald wird das Schiff einen Monat lang vor Anker gehen, und das weite Pendeln wird ihnen wirklich zusetzen. Ihre Mutter hat sich zu dem Thema sehr deutlich ausgedrückt, wodurch sich Sarah keinen

Deut besser fühlt. »Natürlich müsst ihr die Gelegenheit beim Schopf ergreifen, Liebes. Ihr könnt das Cottage ja immer noch im Urlaub benutzen, wenn ihr wollt. Es sollte doch sowieso nur für den Übergang sein, oder?«

»Wie ist das Haus denn so?«, erkundigt sich Tilly. »Hat Dave dir davon erzählt?«

»Es ist ein viktorianisches Reihenhaus am Rand des Dorfes. Die Häuser sind hübsch, und es wäre verrückt, sich so etwas entgehen zu lassen.«

»Wirst du U-Connect weiterführen?«, fragt Tilly.

Sarah nickt. »Wir waren uns immer darüber einig, dass es nicht wirklich darauf ankommt, wo wir wohnen. Was ist mit dir? Machst du hier weiter?«

Tilly zögert. »Ich werde ganz bestimmt noch alle Projekte abwickeln, mit denen wir begonnen haben, aber ich bin mir nicht sicher, ob ich allein weiterarbeiten möchte.«

Sarah empfindet einen Anflug von Enttäuschung, beinahe ein Verlustgefühl. U-Connect ist ihr Baby, ihre Erfindung. Sie kann den Gedanken nicht ertragen, es aufzugeben. »Du könntest dir einen Mitarbeiter suchen«, sagt sie.

»Das ist es nicht. Du weißt, dass ich mir nie sicher war, ob ich mich so vollkommen engagieren will. Es war dein Projekt, und es war toll, es auf die Beine zu stellen, doch ich arbeite gern in einem Team. Vielleicht bewerbe ich mich um eine Stelle im Haus der Einkehr, zur Aushilfe, nur bis ich einen anderen Job finde. Es ist ein Glücksfall, dass U-Connect ständig neue Kunden anzieht, aber ich betreue die alten weiter, bis sie allein zurechtkommen. Keine Sorge. Ich lasse niemanden im Stich.«

Sarah nickt. »Ist schon in Ordnung. Ich weiß, dass es nicht hundertprozentig dein Ding war. Überhaupt, was gibt's Neues bei dir?«

»Oh«, antwortet Tilly beiläufig, »nicht viel. Harry und ich

haben uns am Samstag in Padstow mit Clem und Jakey getroffen, um Backfisch und Pommes frites zu essen, und dann sind wir alle nach Newquay in den Zoo gefahren. Das war wirklich schön. Alles, meine ich, nicht nur der Zoo.«

Sarah starrt sie fast empört an. Wie hat Tilly das alles nur so unerwartet auf die Beine gestellt?

»Und dann«, fährt Tilly hastig fort, als könnte sie sonst der Mut verlassen, »hat Clem uns am Sonntag zum Tee eingeladen. Eigentlich, weil Jakey Harry so sympathisch fand und ihm sein Spielzeug und so zeigen wollte.«

Sie lässt es klingen, als müsste sie sich für etwas entschuldigen, als wüsste sie, dass Sarah eine Art Besitzanspruch auf Clem erhebt. Das bestürzt Sarah noch mehr. Es ist, als lebten alle Menschen um sie herum ohne sie glücklich weiter und vermissten sie nicht einmal.

Tilly scheint ihre Gedanken zu erraten. »Du wirst mir wirklich fehlen«, sagt sie. »Aber ich bin mir sicher, dass du dich ganz schnell einleben und U-Connect in Gang bringen wirst. Und du kannst in den Ferien immer herkommen, oder?«

»Jetzt klingst du schon wie meine Mutter«, faucht Sarah und hat dann ein schlechtes Gewissen. Es ist nicht Tillys Schuld. »Hör gar nicht auf mich!«, sagt sie angestrengt. »Sehen wir uns die Liste der Kunden an! Wir haben eine Reihe neuer Klienten, die wir ziemlich schnell bedienen können. Glücklicherweise haben wir die Anzeige nur für eine Woche geschaltet, sonst könnte es ein wenig peinlich werden. Ich verlängere sie dann nicht weiter. Wir gehen die Liste durch und schauen, was du übernehmen kannst. Wie du schon sagtest, werden ein paar noch eine Weile Hilfe brauchen, doch damit werden wir fertig.«

»Wann zieht ihr denn um?«

»Oh, ich vermute, Ende des Monats, wenn Daves Urlaub

beginnt. Ich habe ihn nicht gefragt. So weit sind wir gar nicht gekommen.«

»Das wird sicher lustig«, meint Tilly. »Wenn ihr zusammen umzieht, du und Dave, und euch einrichtet. Das ist doch nicht weit von dem anderen Haus entfernt, oder? Bei dem der Mietvertrag nicht zustande gekommen ist. Da wolltet ihr doch hin. Jede Menge andere Marine-Angehörige in der Nähe – und nur einen Katzensprung bis nach Dartmoor.«

»Ja«, sagt Sarah höflich und niedergeschlagen. »Das wird lustig. Sollen wir uns jetzt die Kundenliste vornehmen?«

Tilly steigt in ihr Auto und sitzt einen Moment da, die Lippen zu einem lautlosen Pfiff gespitzt.

»Puh«, murmelt sie. »Das war knifflig.«

Arme Sarah! Ihr Gesicht hat blass und durchscheinend ausgesehen, als könnte es jeden Moment zerspringen, und sie war so angespannt. Tilly empfindet sowohl Traurigkeit, weil Sarah geht, und Gewissensbisse, weil dieser Teil der Firma schließen wird, obwohl sie gerade in Schwung kam. Natürlich hat es Spaß gemacht, in der ganzen Grafschaft herumzufahren, bei Sarah vorbeizusehen, um Termine zu verabreden, und ihr nach einem Treffen mit einem Kunden Bericht zu erstatten. Aber das lag nur daran, dass Sarah eine sehr alte Freundin ist. Schwer vorstellbar, auf diese Weise mit jemand anderem zusammenzuarbeiten, die Verantwortung dafür zu tragen, dass die Firma sich finanziell rentiert, obwohl man nicht wirklich mit dem Herzen dabei ist. Besser ist es, Teil eines Teams zu sein und an seinem eigenen, speziellen Teil des Projekts zu arbeiten, während man sich mit anderen Gruppenmitgliedern austauscht, damit das Ganze ineinandergreift wie ein Uhrwerk. Das Haus der Einkehr ist sogar ein gutes Beispiel für genau so ein Projekt, obwohl Tilly sich nicht vorstellen kann, woher die Idee stammt, sich dort um einen Job zu bewerben. Sie ist ihr einfach so über die Lippen gekommen.

Während sie ihren Sicherheitsgurt anlegt, denkt sie an Clem und fragt sich, wie er darauf reagieren würde, und fürchtet, er könne denken, sie stelle ihm nach. Sie überlegt, warum sie nicht einfach hinunter zum Pfarrhaus fährt und an die Tür klopft, um festzustellen, ob er zu Hause ist. Warum auch nicht? Sie versucht, sich die Szene vorzustellen – aber sie schüttelt den Kopf. Sie würde sich zu verlegen fühlen, zu peinlich berührt. Vielleicht ist er ja gerade dabei, seine Predigt für den nächsten Sonntag zu schreiben; oder er hat Besuch von einem Gemeindemitglied. Bei dem Gedanken schüttelt es Tilly vor Entsetzen. Doch plötzlich weiß sie genau, wohin sie will. Sie lässt das Cottage hinter sich, fährt den steilen, schmalen Hügel hinunter und hält auf der befestigten Fläche hinter Sir Alecs Wagen. Sie schaltet den Motor ab und steigt aus.

Echte Freude hellt sein Gesicht auf, als er die Tür öffnet, und sie ist so dankbar dafür, dass sie das Gefühl hat, ihn umarmen zu können. Das tut sie auch – und er erwidert die Umarmung mit der Begeisterung eines Mannes, der alles über richtige Umarmungen weiß. Sie folgt ihm ins Haus, bückt sich, um Hercules zu begrüßen. Als sie sich wieder aufrichtet, findet sie sich Schwester Emily gegenüber, die an Sir Alecs Küchentisch sitzt.

Sie hat sich ein grünes Baumwolltuch auf Zigeunerart über ihr feines weißes Haar gebunden und trägt einen dunkelblauen Pullover über einer engen Cordjeans. Tilly, die sie bisher nur in ihrem grauen Habit gesehen hat, ist bestürzt.

»Oh!«, ruft sie verwirrt aus. »Es tut mir so leid! Ich wollte Sie nicht stören.«

»Aber Sie stören doch nicht!«, gibt Schwester Emily zurück.

»Das ist entzückend. Ich habe den ganzen Tag frei, daher bin ich gekommen, um meinen guten Freund zu besuchen. Die Nonne habe ich nur für diesen einen Tag in den Schrank gesteckt.«

Sir Alec lächelt über Tillys Gesichtsausdruck. »Ich vermute, Sie waren bei Sarah«, sagt er. »Könnten Sie trotzdem noch eine Tasse Kaffee hinunterkriegen?«

Tilly setzt sich an den Tisch. Mit einem Mal fühlt sie sich unbeschwert und glücklich. »Nur wenn er aus fairem Handel ist«, sagt sie schelmisch. »Heute nicht Ihre Chemie in der Tasse, Sir Alec.«

Schwester Emily lacht laut über den Scherz. »Und es gibt *Kuchen*«, berichtet sie vergnügt.

»Nur aus dem Laden im Dorf«, räumt Sir Alec ein, »aber er ist in der Gegend produziert, und es ist guter Kuchen.« Er brüht weiteren Kaffee auf und schneidet Tilly ein Stück Kuchen ab, und sie streichelt Hercules, der sich neben ihr ans Kopfende des Tisches gesetzt hat.

»Hercules führt den Vorsitz«, bemerkt Schwester Emily. »Wir glauben, dass *wir* hier zu sagen haben, in Wirklichkeit jedoch ist es Hercules.«

»Kuchen darf er aber keinen haben«, erklärt Sir Alec warnend.

Er holt einen Hundekuchen aus der Speisekammer und gibt ihn Hercules, der dankbar kaut, während sie ihm zusehen.

»Wir geben am Donnerstag eine Hunde-Teegesellschaft«, erzählt Tilly Schwester Emily. »Die Leute, bei denen ich wohne, haben zwei Hunde, einen Neufundländer namens Bär und einen Golden Retriever, der Bessie heißt. Hercules kommt zur Party, und Clem und Jakey auch. Eigentlich ist die Party für Jakey. Er möchte Bär kennenlernen.«

Sie bringt es fertig, die Namen Clem und Jakey ganz beiläufig auszusprechen, doch Schwester Emily hat einen scharfen Blick und gute Ohren, und Tilly spürt, wie ihr verräterisch das Blut in die Wangen steigt.

»Ich freue mich darauf«, sagt Sir Alec und setzt sich. »Ich glaube, Jakey wird sehr beeindruckt von Bär sein.«

»Ein Neufundländer«, überlegt Schwester Emily laut. »Ich denke nicht, dass ich diese Rasse kenne.«

»Sie sind riesig«, erklärt Tilly. »Doppelt so groß wie Hercules und mit einem richtig dicken Fell.« Sie betrachtet Schwester Emily, sortiert diese neue Information ein, dass auch Nonnen freie Tage haben, und sieht zu, wie sie sich mit offenkundigem Genuss ihrem Kuchenstück widmet. »Sie könnten ja auch kommen«, schlägt sie vorsichtig vor.

»Also, das ist einmal ein Angebot, das Sie nicht ablehnen können, Em!«, meint Sir Alec – und Tilly ist erneut leicht schockiert, als sie hört, wie er Schwester Emily so zwanglos anspricht. »Ich hole Sie ab.«

»Furchtbar gern«, antwortet sie ziemlich wehmütig, »doch ich glaube, so bald habe ich keinen weiteren freien Tag verdient. Jakey wird uns alles erzählen, wenn wir ihn das nächste Mal sehen, da bin ich mir sicher.«

»Sehen Sie ihn denn oft?«, fragt Tilly

»Oh, ja! Er kommt Janna besuchen, die uns versorgt. Die Gemeinschaft lebt getrennt vom Haus der Einkehr, verstehen Sie? Wir bewohnen das Kutschenhaus, und Janna behält uns im Auge. Sie passt auch manchmal auf Jakey auf, wenn Clem drüben im Haus seinen Pflichten nachgeht. Wir freuen uns immer, den Kleinen zu sehen. Er hält uns jung.« Sie sieht Tilly an, und ihr Blick geht weit in die Ferne und wirkt beinahe fragend.

Tilly lässt sich von der durchdringenden Musterung nicht

aus dem Konzept bringen. »Ich sagte eben zu Sarah, dass ich mich vielleicht um eine Stelle im Haus der Einkehr bewerben will.«

Schweigen tritt ein; die beiden starren sie an.

»Aber ich dachte, dass Ihre Arbeit für Sarah gut läuft«, erwidert Sir Alec.

»Schon, doch Sarah zieht bald weg. Sie wissen ja, dass sie immer vorhatte, näher an den Hafen zu ziehen. Und jetzt hat man Dave ein Haus angeboten, von dem die beiden glauben, es nicht ablehnen zu können. Sarah ist natürlich hin- und hergerissen, aber es ist das Richtige für sie alle. Und ich möchte U-Connect nicht allein weiterführen, während ich versuche, eine Arbeit zu finden, die ich wirklich liebe. Erstens muss ich für U-Connect viel herumfahren. Und außerdem arbeite ich lieber in einem Team. Die Firma war Sarahs Baby, und es hat Spaß gemacht, sie zusammen mit ihr aufzubauen. Doch jetzt muss ich mir etwas anderes einfallen lassen.«

»Ich hoffe, dass Sie mich noch nicht im Stich lassen«, meint Sir Alec alarmiert. »Wir sind mit der Datenbank erst bis zum Buchstaben M gekommen.«

Tilly lacht ihn an. »Natürlich nicht. Ich werde mit unseren aktuellen Kunden weiterarbeiten, aber wir nehmen einfach in dieser Gegend keine neuen mehr an.«

»Und ist es Ihnen ernst damit«, fragt Schwester Emily und beugt sich ein wenig vor, »dass Sie sich um eine Stelle im Haus der Einkehr bewerben wollen?«

Tilly empfindet einen ganzen Wirrwarr von Gefühlen: Nervosität, Verlegenheit ... und Ärger, weil sie damit herausgeplatzt ist, ohne nachzudenken. Und doch gibt ihr dieses frohe Gefühl, das sie beim Betreten der Küche empfunden hat, Auftrieb und trägt sie voran. »Ja. Das Problem ist nur, dass ich überhaupt keine Ahnung davon habe, was Sie tun. Und ich bräuchte irgendeine Art Gehalt, und wahrscheinlich können Sie sich das nicht leisten.«

Schwester Emily holt tief Luft und lehnt sich wieder zurück. »Was für eine große Freude!«, sagt sie unbeschwert.

Tilly sieht sie nervös an, und Sir Alec lächelt in sich hinein.

»Und was genau könnte Tilly machen?«, fragt er, da Tilly anscheinend kein Wort herausbringt.

»Alles«, gibt Schwester Emily großzügig zurück. »Alles Mögliche. Tilly ist in der Lage, uns alle zusammenzubringen. Die Puzzlestücke zusammenzufügen, damit wir alle als Ganzes zusammenarbeiten.«

Das ist so exakt das, was Tilly vorschwebt, dass es ihr weiter die Sprache verschlägt. Schwester Emily lächelt ihr zu.

»Das ist Ihre besondere *Gabe*«, sagt sie mit ihrer hellen, klaren Stimme, die so sicher klingt. »Ihr *Talent*. Was für ein Privileg es wäre, wenn Sie es für uns arbeiten ließen!«

Tilly starrt sie an. Sie ist alarmiert und doch beeindruckt. Noch nie hat jemand zum Ausdruck gebracht, sie besäße ein Talent, ganz zu schweigen von einem, das andere als Privileg betrachten könnten.

»Da haben Sie es, Tilly«, sagt Sir Alec, der ihre Verwirrung bemerkt hat. »Sieht aus, als hätten Sie einen Job.«

»Aber gibt es so eine Stelle überhaupt?«, fragt Tilly. »Ich meine, wie bewerbe ich mich darum? Und ich dachte, Ihre finanziellen Mittel wären noch ... Sie wissen schon.«

»Wir stehen inzwischen sehr gut da«, erklärt Schwester Emily selbstbewusst. »Wir haben in letzter Zeit einige sehr großzügige Spenden und einen ansehnlichen Nachlass erhalten. Ich bin mir sicher, man könnte etwas organisieren. Sie hätten natürlich freie Kost«, setzt sie eifrig hinzu, »und Sie bekämen ein *Zimmer*.«

»Ein Zimmer?«

»Die Priesterwohnung!«, ruft Schwester Emily aus, und ihre Augen blitzen vor Aufregung. »Vor Jahren lebte ständig ein Priester bei uns, doch die Zeiten haben sich geändert, und wir benutzen sie als Gästewohnung. Eigentlich ist es nur ein großes Wohn- und Schlafzimmer, *aber* es hat ein eigenes Bad.« Bei dieser Aussicht seufzt sie vor Vergnügen. Sie hat sichtlich das Gefühl, dass die junge Frau da unmöglich widerstehen kann.

Tilly denkt an Mr. Potts' Schlafzimmer. Ihr Kopf dreht sich von diesen Vorschlägen und Ideen, und sie hat den Eindruck, unentrinnbar von Schwester Emilys Begeisterung mitgerissen zu werden.

»Ich weiß nicht«, meint sie unsicher. »Ich muss noch ein wenig mehr darüber herausfinden.«

Schwester Emily strahlt sie an. »Kommen Sie uns besuchen! Sobald ich zurück bin, rede ich mit den anderen. Sie kommen doch, oder?«

Tilly nickt. »Ich bin sowieso morgen Vormittag bei Ihnen. Wegen der Website.«

»Ausgezeichnet!«, ruft Schwester Emily. »Dann wird Ihnen jemand die Wohnung zeigen.«

»Ja«, sagt Tilly. »Danke. Herrje, ist es wirklich schon so spät? Ich muss weiter. Danke für den Kaffee, Sir Alec. Ich komme dann Freitagnachmittag zu unserer Stunde. Auf Wiedersehen, Schwester Emily.«

An der Tür hält Sir Alec Tilly am Ellbogen fest. »Ich nenne es den S.E.E.«, flüstert er ihr ins Ohr.

Verständnislos starrt sie ihn an. »Wie bitte?«

»Den Schwester-Emily-Effekt«, wispert er. »Starkes Zeug. Aber für gewöhnlich trifft sie den Nagel auf den Kopf. Viel Glück morgen Vormittag! Wir treffen uns ja bei der Teeparty am Donnerstag, und dann können Sie mir alles erzählen.«

20. Kapitel

Dom geht durch den Küchengarten. Er überprüft die Einfassungen aus Weidenzweigen, die die Beete umgeben, und plant, was er für den nächsten Sommer säen und pflanzen will. Vor seinem inneren Auge sieht er, wie in den leeren Beeten Muster und Formen Gestalt annehmen, eine überströmende Farbenfülle, die sich über die kalte, kahle Erde breitet. Eigentlich braucht er den Küchengarten jetzt nicht mehr. Nachdem auch Mr. Potts' Garten hinzugekommen ist, hat er genug Platz, um Gemüse und Blumen getrennt anzupflanzen – und außerdem hat Ed ihm Land angeboten, das er benutzen kann. Aber er liebt Grannys Küchengarten und bewahrt ihn, getreu seinen Erinnerungen an sie und an seine Kindheit, in dem Geist, in dem sie ihn angelegt hat. Sonnenblumen werden zwischen den Stangenbohnen hervorlugen, die an ihren Wigwams aus Haselnusszweigen emporklettern, und roter und grüner Salat, roter Amaranth, Zuckermais, Mohnblumen, große und kleine Kürbisse und Mangold mit roten und gelben Stängeln werden sprießen. Wicken werden sich durch die Zuckererbsen schlängeln, und am Fuß der Ummauerung, die einen Miniatursteingarten aus Phlox, Glockenblumen und Chinesischen Nelken trägt, werden vielfältig duftende Kräuter wachsen.

Seine Töchter haben den Küchengarten geliebt, obwohl Griet nie begriff, was für einen Sinn es haben sollte, in der Erde zu wühlen, wenn sie doch im Supermarkt das ganze Jahr über Gemüse und Obst kaufen konnte. Während er so dort kniet und die Sonne angenehm auf dem Rücken spürt, denkt er an die Jahre zurück, die sie hier als Familie gelebt haben. Er arbeitete als Dozent an der Camborne School of Mines, und die Mädchen gingen hier zur Schule. Hier begann er auch zu verstehen, dass es Griet schwerfiel, sich fern ihrer Heimat einzuleben. Ohne die Unterstützung durch das Netzwerk ihrer großen Familie und ihrer sozialen Verpflichtungen wurde sie nervös. Die Mädchen wurden ihre ganze Welt – aber sogar sie waren ihr nicht genug.

Dom pendelte jeden Tag nach Camborne. Er kaufte sich einen Jaguar, einen Benzinfresser, der aber dafür traumhafte Fahreigenschaften hatte, und hoffte, dass Griet beginnen würde, ihr neues Zuhause zu lieben. Es war offensichtlich, dass sie Projekte brauchte, Ziele. Ihr erstes Projekt war das Haus selbst. Ein paar kleinere Veränderungen waren vorgenommen worden, als die beiden Cottages zu einem einzigen Haus zusammengelegt wurden, aber jetzt nahm Griet die Sache in die Hand. Sie ging behutsam und umsichtig heran, und mithilfe eines hiesigen Bauunternehmers, der Zimmermann und Handwerker zugleich war, nahmen die Cottages langsam andere Formen an und öffneten sich. Dom gefiel das. Der Grundcharakter der ursprünglichen Gebäude blieb erhalten, während Komfort, Licht und die Annehmlichkeiten des modernen Lebens Einzug hielten.

Das waren glückliche Zeiten. Jeden Tag stand Griet auf, brachte die Mädchen zur Schule, und dann begann sie zusammen mit Andy mit der Arbeit. Das Abschmirgeln, Anstreichen, Polieren und Wachsen der Bodendielen waren ihre Aufgabe, doch sie liebte die Arbeit. Aber sobald der Umbau abgeschlossen war, musste sich Griet anderweitig nach einem Ventil für ihre beträchtliche Energie umsehen. Als ihre Töchter älter wurden, war ihr Talent, Partys und Ausflüge zu planen, nicht mehr gefragt; das konnten die Mädchen jetzt selbst. Die Einheimischen achteten sie wegen ihres Organisationstalents und ihrer Begabung, Spenden zu sammeln, fanden sie jedoch ziemlich herrisch und überheblich, und ihre Unzufriedenheit wuchs. Die Heimatbesuche in Südafrika wurden häufiger und dauerten jedes Mal ein wenig länger, und als ihre Eltern gebrechlich wurden, begann sie, ihre Rückkehr nach Johannesburg zu betreiben.

Dom steht auf und schlendert die Wege entlang, die sich durch den Küchengarten schlängeln und in den kleinen Obstgarten führen. Hier wachsen nur Apfelsorten aus dem Westcountry: Malus Cornish Gillyflower, Tom Putt, Cornish Aromatic oder Devonshire Quarrenden. Leicht berührt er die Bäume und begrüßt sie als alte Freunde. Eine Amsel hüpft über die Hecke in den Obstgarten, fliegt tief zwischen den spröden, grauen Baumstämmen einher und verschwindet über die gegenüberliegende Hecke. In der Esche an der Straße singt eine Kohlmeise beharrlich ihre zwei Töne und verlangt energisch Gehör. Dom steht da, lauscht und versucht, sich daran zu erinnern, wann er zum ersten Mal den Unterschied zwischen Alleinsein und Einsamkeit entdeckt hat. Als junger Mann hat er gelernt, in der Stille auf das Chaos in seinem Inneren zu lauschen, und begonnen, sich seinen Schwächen zu stellen, bis er sich langsam, ganz langsam mit einigen davon arrangierte. Nach und nach entdeckte er, dass er dadurch ein wenig nachsichtiger mit Unzulänglichkeiten anderer wurde. Doch Griet war diese Einsamkeit des Herzens unbekannt, die Zufriedenheit, die man nur in der Stille findet. Ohne Freunde, Telefon, Radio oder Bücher war sie schrecklich allein. Sie brauchte sofortige Erlösung aus ihrem Alleinsein, und daher suchte sie Gesellschaft und brauchte Lärm und Geschäftigkeit, um diesen Drang zu befriedigen.

Nachdem die beiden Mädchen studierten – eine in Bristol

und die andere in Exeter –, fühlte sie sich zunehmend überflüssig, und als man Dom die Möglichkeit bot, seinen Vertrag zu verlängern, lehnte er ab. Er entschied sich für die Frühpensionierung, fand einen Mieter für das Cottage und zog mit Griet wieder nach Johannesburg, denn er wusste, dass das der einzige Weg war, seine Ehe zu retten.

»Du wirst zurückkehren«, sagte Ed. »Du bist ein St. Enedoc wie wir. Eines Tages wirst du nach Hause kommen.«

Billa enthielt sich eines Kommentars, doch ihre Miene rührte Doms Herz an. Im Lauf der letzten zehn Jahre waren die drei einander noch näher gekommen. Er hatte die seltenen Gelegenheiten miterlebt, bei denen Billas Gleichmut, mit dem sie offenbar den Verlust ihrer Babys hinnahm, Risse bekommen hatte, und die Leere in ihrer Ehe mit Philip wahrgenommen. Aber er vermutete, dass Ed und Billa – immerhin seine Geschwister – die gleichen inneren Reserven besaßen, die er in sich selbst entdeckt hatte. Ihre Erkenntnis der Einsamkeit und des echten Friedens, den sie bot, half ihnen über ihre schlechten Zeiten hinweg.

Doch Dom spürte immer noch dieses aus ihrer gemeinsamen Kindheit stammende Verantwortungsgefühl für die beiden; er besaß eine Kraft, aus der sie Mut schöpften. Er rief sich ins Gedächtnis, dass er genetisch gesehen von einer starken Linie mutiger Menschen abstammte. Schließlich war sein Großvater ein Zinnbergmann aus Cornwall gewesen, seine Großmutter zäh und belastbar, und die Tochter der beiden – seine Mutter – tapfer und liebevoll. Und alles, was Billa und Ed ihm über seinen Vater erzählt hatten, deutete darauf hin, dass es Spaß gemacht hatte, mit ihm zusammen zu sein. Er war ein so glücklicher, positiv eingestellter Mensch gewesen, dass sein Tod die beiden beinahe zerstört hätte.

Dom vermutete, dass Billa und Ed ihn, als er so kurz nach

dem Tod ihres Vaters auftauchte, unbewusst teils als älteren Bruder und teils als Vaterersatz adoptiert hatten, und an dieser Beziehung, die während der Monate der Trauer und der Jahre darauf so wichtig gewesen war, hatte sich nie etwas geändert. Dom hatte die Fotos gesehen, er wusste, wie ähnlich er ihrem Vater sah, und konnte sich vorstellen, um wie viel älter und selbstbewusster er dem siebenjährigen Ed und der neunjährigen Billa erschienen sein musste. Er übernahm die Rolle, die sie ihm überstülpten, gern, und im Gegenzug war ihre Zuneigung Balsam für seine eigenen Wunden: Der Umstand, dass sie ihn sofort akzeptierten und ihn brauchten, trug viel zu seiner inneren Genesung bei. Und doch hasste er auf einer tiefen, ungeklärten Ebene immer noch den Mann, der ihn gezeugt und dann verleugnet hatte – »Ach, du bist also der Bastard!« –, und als Ed ihn flehentlich gebeten hatte, seinen Namen zu ändern und ein St. Enedoc zu werden, hatte er kurzerhand abgelehnt.

»Du bist genauso ein St. Enedoc wie wir!«, hatte Ed stürmisch ausgerufen. »Sei doch nicht so stur, Dom!«

Aber er weigerte sich, lachte über Eds Enttäuschung und tat, als wäre er vollkommen zufrieden mit dem bestehenden Zustand. Später, als er selbst Kinder hatte, begann Dom zu verstehen, warum sein Vater sich so verhalten hatte. Vielleicht aus Loyalität gegenüber Elinor, Ed und Billa? Aus Scham? Oder Entsetzen angesichts der Verwirrung und Schande, die die Wahrheit hervorrufen würde?

Langsam löste sein Hass sich auf. Es war Dom ein Trost, dass sein Vater die Wahrheit erst erfahren hatte, als er schon verheiratet war, eine Tochter hatte und ein weiteres Kind unterwegs war. Er hatte Doms Mutter nicht absichtlich im Stich gelassen. Jetzt konnte er einen Hauch Mitleid für den jungen Mann empfinden, der sich durch einen Akt der Leidenschaft in Schwierigkeiten gebracht, sieben Jahre im Krieg verbracht hatte und mit fünfunddreißig gestorben war. Doch der Schmerz blieb.

Dom nahm auch wahr, wie sich Eds natürliche Distanziertheit, sein Widerstreben, sich vollständig zu engagieren, auf seine Ehe auswirkte.

»Er hätte nicht heiraten sollen«, meinte er bedrückt zu Billa. »Er hat nicht das richtige Temperament dazu.«

»Hat das überhaupt jemand?«, gab sie zurück.

»Wir sind alle geschädigt«, antwortete er traurig. »Jeder hat sein Päckchen zu tragen, seine Unzulänglichkeiten und persönlichen Träume, die nur darauf warten, zerschmettert zu werden. Es ist ein Wunder, dass wir überhaupt leben.«

Sie nickte, und er wusste, dass sie sich am liebsten nach ihm und Griet erkundigt hätte. Wie ist es bei dir?, wollte sie fragen. Wie kommst *du* damit zurecht? Aber sie schwieg. Bei ihren gemeinsamen Wochenenden in der alten Butterfabrik trafen Billa und Ed häufig mit Griet zusammen, doch Dom wusste, dass sie nie wirklich Freunde geworden waren. Griet war zu genau festgelegt, um ein Teil ihrer kleinen Gruppe zu werden; genau wie er sich nie ganz in ihre weitläufige Familie einfügen konnte.

In Jo'burg hatte er sich nach dem frischen, kalten, salzigen Wind verzehrt, der über die Küste von Nordcornwall wehte, oder der weichen Berührung warmen Nieselregens; er sehnte sich nach dem Anblick früher Schlüsselblumen, die in einer nassen Hecke schimmerten, oder dem Mondaufgang kurz nach Neumond, wenn sich die schmale Sichel über den kantigen Tors aus Granit erhob. Und so hatte er nach Griets Tod und nachdem seine Töchter verheiratet waren und sich glücklich in ihrer neuen Sippe eingelebt hatten, seinem Mieter gekündigt und war nach Hause zurückgekehrt.

Als er jetzt durch den Garten geht, denkt er an seine Kinder und sehnt sich danach, sie zu sehen und in die Arme zu schließen. Und gerade als ihm dieser Gedanke durch den Kopf geht, erblickt er Harry. Er hockt bei Bessie, die sich an der Hintertür im Sonnenschein ausgestreckt hat. Unerwartet schießen Dom die Tränen in die Augen, und er bückt sich, um seine Stiefel auszuziehen, damit Harry seinen Gefühlsausbruch nicht bemerkt.

»Da bist du ja«, sagt der Junge und steht auf. »Ich hatte mich schon gefragt, wo du steckst. Hoffentlich hast du daran gedacht, dass wir alle zu einer Teeparty eingeladen sind und Bessie zu den Ehrengästen gehört!«

»Wie könnte ich das vergessen?«, fragt Dom. »Endlich lerne ich Tillys Vikar kennen!«

»Bloß keine witzigen Bemerkungen!«, schärft Harry ihm ein. »Unsere Tills ist vor Aufregung ganz aus dem Häuschen. Sie ist schon einmal vorgegangen.« Er schweigt einen Moment. »Du willst doch nicht in diesen schmutzigen Jeans gehen, oder?«

Dom zieht eine Grimasse, die ausdrückt, dass er jetzt ausreichend belehrt worden ist. »Natürlich nicht«, sagt er. »Ich gehe mich umziehen, während du Bessie bürstest. Wenn sie einer der Ehrengäste ist, dann solltest du zusehen, dass du ein paar dieser verfilzten Stellen löst. Wie lange habe ich Zeit?«

Harry sieht auf die Uhr. »Höchstens zwanzig Minuten. Ich habe gesagt, wir wären da, bevor die anderen kommen.«

»Armer Clem!«, meint Dom. »Wahrscheinlich fühlt er sich wie Daniel in der Löwengrube.«

»Aber du bist doch kein Löwe, oder, Bessie?«, fragt Harry und lockt die Hündin aufzustehen. »Tilly sagt, sie lässt die Hunde entscheiden. Wenn sie Clem akzeptieren, wird sie ihn vielleicht ernsthafter in Betracht ziehen. Jetzt liegt alles bei Bessie und Bär.«

»Vernünftiger Gedanke!«, meint Dom. »Sie könnte es viel schlimmer treffen. Ich bin in zehn Minuten bei dir.«

21. Kapitel

Clem sitzt schweigend neben Alec. Er nimmt die Schönheit des sich langsam entfaltenden Frühlings vor dem Autofenster gar nicht wahr, denn er denkt an die Geduldsprobe, die vor ihm liegt. Als Alec anbot, Jakey und ihn im Wagen mitzunehmen, hat er gern angenommen.

»Nicht besonders sinnvoll, mit zwei Autos zu fahren«, meinte Alec. »In Ihren kleinen Käfer bekommen wir Hercules nicht hinein. Wie wär's also, wenn Sie mit mir fahren?«

Clem vermutet, dass der Ältere weiß, wie nervös er ist, und versucht, ihm einen Teil der Anspannung zu nehmen. Es wird viel einfacher sein, wenn er zusammen mit Alec und Hercules eintrifft; Hunde vertreiben stets die Nervosität und fördern einen freundlichen Umgang. Trotzdem ist er immer noch sehr aufgeregt.

»Ganz bezaubernde Leute, diese St. Enedocs«, sagt Alec gerade. »Dieser Dom ist ein interessanter Bursche. Hat überall auf der Welt gearbeitet ...«

Gemächlich redet er weiter über Dom, sodass Clem schweigen kann. Auf dem Rücksitz hockt Jakey auf einem Kissen und ist angespannt vor Aufregung und großen Erwartungen. Wenn er sich in seinem Sicherheitsgurt windet, kann er gerade eben Hercules' Kopf berühren, der hinter ihm auf der Sitzlehne liegt. Jakey spielt an dem seidig weichen, gelben Ohr herum, versucht, sich vorzustellen, wie groß Bär ist, und fragt sich, ob er Angst vor einem so riesenhaften Tier haben wird.

222

»Er ist gewaltig, Kumpel«, hat Harry gesagt. »Echt riesig. Und seine Pfoten sind sooo groß.«

Mit weit ausgestreckten Händen zeigte er, wie groß genau Bärs Pfoten sind, und Jakeys Augen weiteten sich ehrfürchtig. Er liebt es, dass Harry ihn »Kumpel« nennt, und hat es ganz beiläufig ein, zwei Mal an seinen Schulfreunden ausprobiert.

»Warte nur, bis du ihn siehst, Kumpel!«, flüstert er dem Streifenhasen zu.

Der Streifenhase kommt nicht mit zur Teeparty, nur für den Fall, dass Bär ihn für einen richtigen Hasen hält und auffrisst, doch er darf im Auto mitfahren und Bär durch das Fenster ansehen. Jakey hält den Streifenhasen hoch, damit er Hercules anschauen kann, der an ihm schnüffelt, aber nicht besonders interessiert ist.

Clem sieht nach hinten zu Jakey und zwinkert ihm zu. Das Wichtige ist, Jakey auf keinen Fall zu beunruhigen. Erneut zieht sich Clems Magen vor Angst zusammen. Jakey und er bilden jetzt schon so lange eine kleine Familie, dass Clem sich fragt, wie eine weitere Person da hineinpassen soll. Er stößt einen tiefen, verzweifelten Seufzer aus, und Alec wirft ihm einen Seitenblick zu.

»Meist kommt alles von selbst in Ordnung«, meint er aufmunternd. »Die meisten Probleme sind lösbar, wenn man ihnen nur genug Zeit lässt.«

Clem tut gar nicht so, als verstünde er ihn nicht. Sie haben das Thema bereits ein oder zwei Mal gestreift, und Clem weiß, dass Alec mit Tilly einverstanden ist, während er gleichzeitig die Schwierigkeiten sieht. Doch jetzt, vor Jakey, will er nicht darüber reden; daher nickt er nur lächelnd und nimmt Alecs Aufmunterung an.

»Das ist Doms Cottage«, erklärt Alec, als sie ein Haus aus

Stein und Schiefer passieren, das offensichtlich einmal aus zwei kleineren bestanden hat, »und jetzt sind wir da.«

Er fährt über die kleine Brücke, und Clem betrachtet anerkennend die alte Mühle, während sich Jakey gerade hinsetzt und aus dem Fenster späht. Harry taucht zuerst auf, und Jakey strahlt ihn an. Hinter ihm läuft der größte Hund her, den Jakey je gesehen hat. Er sieht wirklich wie ein Braunbär aus. Sein Lächeln verblasst und weicht einem Blick voll Faszination und Ehrfurcht, und ausnahmsweise kämpft er sich nicht aus dem Sicherheitsgurt, um als Erster aus dem Auto zu springen. Er sitzt da und starrt, während sein Vater aussteigt, Harry die Hand schüttelt und sich dann bückt – allzu tief muss er nicht hinuntergehen –, um Bär zu streicheln.

Der Neufundländer wedelt mit dem Schwanz und lässt die Zunge baumeln, aber trotzdem sitzt Jakey da und sieht zu, bis sein Vater die Wagentür öffnet. »Komm schon, Jakes!«, meint er. »Komm und sag Hallo!« Da klettert er hinaus und tritt misstrauisch näher. Bär ist fast so groß wie er. Vorsichtig streckt er eine Hand aus, und der Hund leckt Jakey plötzlich einmal über das Gesicht, sodass er sich duckt und lacht. Und plötzlich ist alles gut.

»Hi, Kumpel«, sagt Harry.

»Hi, Kumpel«, antwortet Jakey, und es ist cool. Wieder berührt er Bär, weniger vorsichtig jetzt, und streichelt das weiche Fell und fühlt sich tapfer und richtig froh.

Billa und Tilly, die von der Tür aus zusehen, lächeln über die Szene.

»Er ist ein ganz Lieber, nicht wahr?«, fragt Tilly, die unbedingt möchte, dass Billa Jakey mag. Manchmal verhält sich die Ältere Kindern gegenüber ein wenig eigenartig, ziemlich vorsichtig und scheu, und Tilly möchte, dass dies ein glückliches Zusammentreffen wird.

Doch Billa hat Jakey schon ins Herz geschlossen. Sie hat seine anfängliche Furcht gesehen, das plötzliche Zurückschrecken, als Bär ihm über die Wange geleckt hat, und dann seine Erleichterung und Freude, die seine Furcht vollständig vertreiben und ihn in Hochstimmung versetzen. Auch seine Reaktion auf Harry nimmt sie wahr, den Versuch, erwachsen und großspurig zu wirken, während er instinktiv und auf kindliche Art nach Harrys Hand greift und ernst mit ihm zu sprechen beginnt.

»Das ist er«, gibt sie zurück. »Und offensichtlich betet er Harry an. Ah, da kommt ja Clem!«

Clem tritt auf sie zu, und genau in diesem Moment kommen Ed und Dom aus der Küche. Eine weitere Vorstellungsrunde findet statt. Jetzt hat Bessie ihren Auftritt, und bald drängen sich die drei Hunde um Jakey, der hüpft, den Clown spielt und angibt, um Harry zu imponieren.

»Eine Teeparty für Hunde«, sagt Dom und schüttelt Clem die Hand. Sein erster Eindruck von ihm ist gut. »Ich hoffe, Sie mögen Hundekuchen.«

»Solange ich sie nicht in der Hundehütte essen muss«, antwortet Clem beherzt und versucht, nicht überfordert zu wirken. Alle lachen beifällig über seinen kleinen Scherz.

Tilly lächelt ihn strahlend an und ist zufrieden mit ihm. Sie hat sich gefragt, ob sie sich vor den anderen verlegen fühlen und dann feststellen wird, dass sie deswegen kurz angebunden auf Clem reagiert. Glücklicherweise scheint dem nicht so zu sein. Es ist, als gäbe es hier keinen Mittelpunkt; es geht nicht um sie und Clem. Alle sind ganz entspannt, reden und laufen in der Küche herum. Die Hunde kommen herein, und Jakey darf jedem von ihnen einen Hundekuchen geben. Als Bär sich seinen holt, zieht Jakey die Hand ziemlich schnell weg, und dann lacht er wieder vor Erleichterung.

Ed fragt, ob der Junge vielleicht das Kaulquappenbecken sehen möchte, während der Tee gekocht wird, und die beiden verschwinden zusammen mit Harry und den Hunden nach draußen.

»Also, ich weiß nicht, von wegen Hunde-Teeparty«, meint Billa. »Mir kommt das mehr wie ein Zirkus vor.«

Dom erzählt Clem die Geschichte der Butterfabrik und führt ihn in die erste Etage des offenen Treppenhauses, um ihm zu zeigen, wo früher die großen Milchkannen durch den hinteren Teil des Hauses hereingebracht wurden, um dann in die Bottiche darunter geleert zu werden. Alec setzt sich an den Tisch mit der Schieferplatte. Billa hat Sandwiches mit Eiern und Kresse und Würstchen im Teigmantel zubereitet und zwei Sorten Kuchen gebacken.

Anerkennend betrachtet er die Speisen. Tilly grinst ihn an.

»Ganz etwas anderes als Ihr fertig gekaufter Kuchen und Ihre Chemie in der Tasse«, sagt sie.

Alec erwidert ihr Grinsen und brennt darauf, sie zu fragen, wie es gestern im Haus der Einkehr für sie gelaufen ist, doch er widersteht der Versuchung. Er fragt sich, ob Clem etwas darüber weiß, aber er hat ihm gegenüber nichts erwähnt. Nicht umsonst ist er Diplomat gewesen – doch seine Neugier überwältigt ihn beinahe.

»Wir werden zu acht sein«, erklärt Billa. »Ich finde, wenn Jakey sich zum Tee anständig an den Tisch setzen soll, dann ist es nur fair, wenn wir es ihm alle nachtun, oder? Wir brauchen noch zwei Stühle, Tilly. In meinem Arbeitszimmer steht einer und in der Halle noch einer. Nein, bleiben Sie sitzen, Alec! Tilly kommt schon zurecht.«

Tilly ist beinahe erleichtert darüber, ein paar Minuten allein zu sein. Sie fühlt sich nervös bei dem Gedanken, mit Clem allein zu bleiben und ihm von gestern zu erzählen, als sie nach

Chi-Meur gefahren ist. Als Mutter Magda zu ihr ins Büro kam und erklärte, wie begeistert sie davon sei, dass Tilly vielleicht zu ihrem Team stoßen wird.

»Wir brauchen jemanden, der uns managt. Um aus den einzelnen Aufgaben, die wir übernehmen, ein zusammenhängendes Ganzes zu schaffen. Für diese Stelle ist eine Summe von fünfzehntausend Pfund jährlich vorgesehen, und Schwester Emily hat mir berichtet, dass Sie möglicherweise Unterbringung und volle Verpflegung wünschen werden, was das Angebot noch attraktiver machen würde. Das wäre fantastisch. Vielleicht kann ich Ihnen, wenn Sie fertig sind, die Priesterwohnung zeigen?«

Später war sie fast wie im Traum hinter Mutter Magda die wunderschöne Holztreppe hochgestiegen und in einen Gang abgebogen. Durch eine Tür war sie ihr in eine Art Halle oder Durchgang gefolgt, von wo aus eine Treppe nach unten führte. An ihrem Fuß befand sich eine weitere Tür, durch die man in einen kleinen Vorraum gelangte. Von hier aus führte ein eigener Eingang nach draußen.

»Wie Sie sehen, sind Sie hier ganz für sich«, sagte Mutter Magda, öffnete die nach links führende Tür und bedeutete Tilly, sie möge hindurchtreten.

Der Raum war groß; ein Eckzimmer mit zwei nach Süden gehenden Fenstern und einem weiteren, das nach Westen ausgerichtet war. An einem der Fenster standen neben einem Bücherregal ein Lehnstuhl und ein Beistelltischchen und unter einem anderen ein quadratischer Tisch mit zwei Stühlen. Das Bett befand sich in einer Ecke an der Wand und daneben ein Nachtschränkchen. Außerdem gab es noch einen altmodischen Kleiderschrank, eine weiß gestrichene Kommode und ein kleines Waschbecken. Das Ganze war mindestens drei Mal so groß wie Mr. Potts' Schlafzimmer und hatte mit seinen durch Streben geteilten Fenstern und seinem unebenen Boden eine bezaubernde Ausstrahlung.

Ich liebe es, dachte sie.

»Und hier«, verkündete Mutter Magda stolz, »ist Ihr eigenes Bad.«

Tilly folgte ihr durch die enge Diele in einen weiteren großen Raum. Darin befanden sich eine riesige Badewanne mit einem Duschkopf darüber, eine Toilette und ein Waschbecken. Ein eingebauter Wäscheschrank nahm eine Wand ein, und durch das Schiebefenster sah man auf die unebene Dachlandschaft des alten Gutshauses hinaus. Mutter Magda beobachtete sie mit hoffnungsvollem Blick.

Tilly lächelte ihr zu. »Die Sache ist die«, erklärte sie, »dass ich immer noch die genaue Stellenbeschreibung nicht kenne und nicht weiß, ob ich die Aufgabe bewältigen kann.«

»Ach, meine Liebe, das weiß doch auch keiner von uns«, sagte Mutter Magda betreten. »Das ist es ja gerade, oder? Wir werden geleitet und hoffen und beten, dass wir in die richtige Richtung unterwegs sind.«

»Ja«, pflichtete Tilly ihr ziemlich zweifelnd bei. »Ich verstehe, dass das für Sie so aussieht. Kann mir vorstellen, dass das an Ihrem Beruf liegt. Vertrauen und Glaube gehören sozusagen zum Job.«

»Genau. Und zu Ihrem, falls Sie zu uns stoßen.«

Mutter Magda wirkte nervös, und Tilly sah, dass sie ein Mensch war, der sich immer Sorgen machte. Sie runzelte die Stirn, und ihre schmale Gestalt verspannte sich, als wappnete sie sich gegen eine Katastrophe, aber ihre dunkelblauen Augen waren wunderschön.

»Schwester Emily wollte Ihnen die Wohnung zeigen«, erklärte sie. »Doch ich habe mir Sorgen gemacht, sie wäre übereifrig, und Sie könnten das Gefühl haben, dass wir Sie unter

Druck setzen. Sie ist ganz fest davon überzeugt, dass Sie genau die Richtige für uns sind. Sie ist ein sehr ... begeisterungsfähiger Mensch.«

»Ich weiß. Ich finde sie genial«, sagte Tilly.

»Ja«, stimmte Mutter Magda ihr zu. »Ja, in der Tat. Sie ist ein ganz besonderer Mensch ...«

Sie zögerte. Ihr Ton war sehr liebevoll gewesen, doch mit einem gewissen argwöhnischen Unterton, so wie ein Elternteil vielleicht von einem ungeratenen, eigensinnigen, aber geliebten Kind reden würde. Tilly konnte sich das Ende des Satzes vorstellen, das unausgesprochen geblieben war. »... doch manchmal möchte ich sie am liebsten schütteln.« Plötzlich grinste sie so voller Mitgefühl und Verständnis, dass Mutter Magda ihr Lächeln erwiderte. Alle Sorgenfalten und alle Anspannung lösten sich in diesem breiten, freudigen Lächeln, die blauen Augen strahlten, und einen Moment lang herrschte vollkommene Übereinstimmung zwischen den beiden.

»Wenn Sie damit zufrieden sind, hätte ich gern Ihre Erlaubnis, das Thema am Freitagmorgen vor die Kapitelversammlung zu bringen«, sagte sie hoffnungsvoll.

»Das würde mich sehr freuen«, erklärte Tilly. »Und dann können wir vielleicht noch einmal reden.«

Jetzt denkt Tilly daran zurück, nimmt den Stuhl und fragt sich, ob sie vollständig verrückt geworden ist. Sie hat noch mit niemandem über das Gespräch geredet, aber sie überlegt, ob Clem es bereits wissen könnte. Aber wenn er etwas wüsste, hätte er ihr doch sicher einen Hinweis gegeben, oder? Sie fragt sich, wie sie das Gespräch beginnen soll und wie er reagieren wird. In diesem Moment stürmen Jakey, Harry und die Hunde, gefolgt von Ed, zurück in die Küche. Clem und Dom tauchen wieder auf und reden immer noch über die Geschichte des Hauses, und Harry wird losgeschickt, um den Stuhl aus der Halle zu holen.

Als sie sich an den Tisch setzen, beobachtet Jakey staunend, wie zuerst Bär und dann Bessie auf das alte, durchgesessene Sofa klettern und sich dort niederlassen. Hercules steht daneben, beschnüffelt sie und legt sich dann neben dem Sofa auf den Boden. Jakey hockt sich hin und streichelt Bär den Kopf, aber der Neufundländer ist nach den Aktivitäten des Nachmittags zu erschöpft, um Notiz von ihm zu nehmen. Er streckt sich behaglich aus und beginnt leise zu schnarchen. Jakey tätschelt Bessie den Rücken, die ihn kurz ableckt, während Hercules mit dem Schwanz auf den Boden schlägt.

Jakey bleibt neben ihnen hocken. »Ich wünschte, *wir* hätten einen Hund«, sagt er in dem betrübten Tonfall eines Menschen, dessen Bitte schon oft abgelehnt worden ist.

»Ich wünsche mir auch einen«, meint Tilly in ziemlich dem gleichen Ton, und Jakey wirft ihr einen raschen Blick zu. Zum ersten Mal nimmt er sie richtig als Person und nicht einfach als weiteren Erwachsenen wahr, und sein Interesse ist geweckt.

»Darfst du auch keinen haben?«, fragt er mitfühlend wie ein Märtyrer den anderen.

Tilly schüttelt den Kopf und zieht eine kleine, anteilnehmende Grimasse.

»Ganz bestimmt nicht, solange du in Mr. Potts' Schlafzimmer wohnst«, erklärt Dom bestimmt, und Tilly nickt Jakey zu. Siehst du, was ich meine?, scheint sie ihm zu bedeuten.

»Wenn du eine eigene Wohnung hast«, fährt Dom fort und wählt ein Sandwich aus, »dann kannst du dir einen Hund anschaffen.«

»Nun ja,«, versetzt Tilly empört, »zufällig habe ich vielleicht eine. Ich habe mich gestern um einen Job im Haus der Einkehr beworben, und da ist die Unterbringung inbegriffen.«

Das Schweigen, das jetzt eintritt, ist tief, und Tilly läuft knallrosa an. Sie kommt sich wie eine komplette Idiotin vor und kann sich nicht vorstellen, was sie dazu getrieben hat, das vor allen auszusprechen. Clem anzusehen wagt sie nicht. Aber Jakey, der sie beobachtet, empfindet eine instinktive Sympathie für sie. Es ist, als wäre Tilly ein anderes Kind, das vor den Erwachsenen etwas Dummes gesagt hat, und er möchte sie trösten und Solidarität zeigen. Er steht auf und stellt sich neben sie.

»Wirst du wirklich in Chi-Meur wohnen?«, fragt er. »Wir ziehen bald wieder ins Pförtnerhäuschen. Könntest du dort nicht einen Hund halten? Daddy sagt, wir könnten uns einen Hund anschaffen, wenn wir jemanden hätten, der auf ihn aufpasst, wenn ich in der Schule bin und er arbeitet. Oh.« Seine Augen weiten sich und beginnen zu strahlen. »Wenn du da wärst, könntest du auf unseren Hund aufpassen.« Dann fesselt eine noch bessere Idee seine Fantasie. »Wir könnten ihn uns teilen.« Er wendet sich an Clem. »Das könnten wir doch, oder, Daddy?«

Clem starrt ihn an. Das könnte die Verbindung sein, denkt er. Das könnte uns drei zusammenbringen. Hundespaziergänge über die Klippen, hinunter zum Strand ...

»Nun ja«, sagt er, »das ist jedenfalls eine Idee. Vergiss nur nicht, dass wir erst im Sommer wieder ins Pförtnerhäuschen ziehen können. Aber wenn Tilly meint, sie könnte uns unter die Arme greifen ...«

»Ich müsste wegen meiner Stelle im Haupthaus wohnen«, versetzt Tilly schnell. »Doch ich bin mir sicher, dass wir uns zusammen um einen Hund kümmern könnten.«

Nervös sieht sie Clem an, der sie mit diesem insgeheim amüsierten Blick beobachtet, und errötet erneut.

»Aber vielleicht bekomme ich den Job ja gar nicht«, setzt sie hinzu und hält seinem Blick stand. »Meine Bewerbung muss vor die Kapitelversammlung gebracht werden.«

»Oh, ich glaube schon, dass Sie ihn bekommen«, sagt er. »Ich bin zur Kapitelversammlung eingeladen. Schwester Emily und ich werden uns für Sie einsetzen.«

Alec beugt sich vor. »Und denken Sie an das, was ich Ihnen über den S.E.E. gesagt habe«, flüstert er ihr ins Ohr.

»Wir kriegen einen Hund«, jubelt Jakey an Harry gerichtet.

»Und vergiss nicht, Kumpel«, sagt Harry, »dass ich im Sommer wieder da bin, um zum College zu gehen. Dann komme ich euch mit Bessie besuchen, wenn ich über das Wochenende nach Hause fahre.«

Bei diesen letzten Worten schaut Dom Billa an, und die beiden lächeln einander zu. Alec sieht den glücklichen Blick, den sie tauschen. Ed trinkt zufrieden seinen Tee. Obwohl seine Augen auf Jakey gerichtet sind, steht darin ein distanzierter Ausdruck, als befände er sich in seiner eigenen Welt und denke sich seine eigene Geschichte aus, vielleicht über einen anderen Jungen. Tilly lacht, und Clem prostet ihr mit der Teetasse zu. Jakey diskutiert bereits mit Harry über die Vorzüge bestimmter Hunderassen.

Alec lehnt sich auf seinem Stuhl zurück. Er fühlt sich ganz wie zu Hause, als hätte er so spät in seinem Leben noch eine neue Familie gefunden, die so ganz anders als seine eigene ist; alle sind grundverschieden und ungewöhnlich, aber durch die Bande der vielen verschiedenen Arten von Liebe vereint. Jetzt erklärt Tilly, was es mit ihrem Job auf sich hat, über den Clem mehr zu wissen scheint als sie selbst, und allgemein herrscht ein Gefühl von Optimismus und Wohlbehagen. Billa erkundigt sich nach der Unterbringung, und Clem erklärt, warum das Gehalt trotz der verantwortungsvollen Stelle nicht sehr hoch ist.

»Aber wenn alles inbegriffen ist«, meint Dom, »wenn Kost und Logis frei sind, dann muss man noch einiges dazurechnen.«

»Das Wichtige ist doch«, wirft Ed ein, der aus seinen Gedanken gerissen worden ist, »dass Tilly glücklich ist und mit Menschen zusammenarbeitet, die sie mag.«

»Hört, hört!«, sagt Alec.

»Und sie kann sich davonschleichen«, meint Harry neidisch, »und surfen gehen.«

»Und wir kriegen einen Hund!«, erklärt Jakey bestimmt, damit diese bedeutsame Tatsache bei der ganzen Aufregung nicht in Vergessenheit gerät.

»Was für einen Hund sollen wir uns denn anschaffen, Jakey?«, fragt Tilly leichtsinnig und überlegt, wie genau ein Hund mit ihren neuen Pflichten vereinbar sein wird. Sie hofft, dass die Nonnen tierlieb sind. »Einen Neufundländer wie Bär? Einen Golden Retriever wie Bessie? Oder einen Labrador wie Hercules?«

Jakey isst ein zweites Würstchen im Teigmantel und denkt über das Thema nach.

»*Keinen* Neufundländer«, erklärt Clem energisch. »Viel zu groß.«

Sofort wirft Jakey Tilly einen Blick zu, denn er spürt, dass sie seine Verbündete sein wird. Sie zwinkert ihm zu und zuckt mit den Schultern.

»Ein bisschen groß sind Neufundländer schon«, sagt sie. »Und sehr ungestüm, solange sie jung sind. Wenn er zieht, könnte er dich umwerfen.«

Jakey nickt bedächtig, sodass jeder sieht, dass es seine Entscheidung ist. »Okay«, meint er.

»Über so etwas muss man gründlich nachdenken«, erklärt Dom. »Vielleicht findest du ja im Tierheim einen sehr netten Hund. Versuch es bei Cinnamon Trust. Dort habe ich Bessie her.«

»Ich habe ein Buch über Hunderassen in meinem Arbeitszimmer«, sagt Ed zu Jakey. »Möchtest du es sehen?«

Augenblicklich ist Jakey von seinem Stuhl gesprungen, rennt um den Tisch herum und ergreift Tillys Hand.

»Komm!«, sagt er, und die beiden und Ed gehen zusammen hinaus.

»Darf ich bitte aufstehen?«, murmelt Clem halblaut. Er ist verlegen, weil Jakey nicht um Erlaubnis gebeten hat, beschließt jedoch, keine große Sache daraus zu machen.

»Typisch Ed!«, meint Billa und schneidet Kuchen auf. »Bücher kommen bei ihm zuerst und danach das Essen. Tut mir leid, Clem. Kein gutes Beispiel für Jakey.«

»Ab und zu macht das ja nichts«, sagt Clem. Er sieht, dass Dom ihn mit zweifelnder Miene ansieht, und fragt sich, was Tillys Pate wohl von ihm hält. »Ich bin mir sicher, dass Tilly in Chi-Meur glücklich sein wird«, meint er beruhigend. »Die Schwestern sind sehr flexibel, und normalerweise ergibt sich alles von selbst. Ich glaube, ihr wird es gefallen.«

»Ich hatte mir keine Sorgen um Tilly gemacht«, erwidert Dom. »Ich hatte mich gerade nur gefragt, ob die Schwestern wissen, worauf sie sich einlassen. Ich warne Sie: Tilly geht ihre Arbeit mit sehr viel Elan an.«

»Genau das, was wir brauchen«, gibt Clem munter zurück. »Das werde ich in der Kapitelversammlung morgen sagen.«

»Machen Sie das«, entgegnet Dom freundlich, »und ich freue mich darauf zu sehen, wie sich das Experiment entwickeln wird. Aber vielleicht vermiete ich Mr. Potts' Schlafzimmer doch noch nicht weiter. Noch nicht.«

22. Kapitel

Auf dem kleinen gepflasterten Hof hinter dem Cottage hängt Sarah die Wäsche auf. Von dieser Stelle aus kann sie ins Tal hinunterschauen und sieht die Dorfgärten, in denen Sternmagnolien und Kamelien blühen und wolkenförmige Umrisse in Cremeweiß und Rosa bilden. Die Häuschen drängen sich zusammen wie alte Freunde, die im Schutz der kleinen, steilen Felder plaudern, auf denen Schafe grasen, und sie hört das hohe, dünne Blöken der Lämmer, die sich um die Flanken ihrer Mütter drängen und stoßen und nach Milch suchen.

Kurz steht sie mit dem Wäschekorb zu ihren Füßen da, genießt die Sonne und fühlt sich ruhiger. Nachdem Dave und sie sich jetzt darauf geeinigt haben, das Haus in Yelverton zu nehmen, und die Umzugsvorbereitungen vorankommen, hat sich bei ihr ein Gefühl des Friedens eingestellt. Dave freut sich darüber, dass sie und die Jungs so viel näher am Hafen leben und seine Heimfahrten so viel kürzer und einfacher werden. Er hat davon gesprochen, was sie alles zusammen unternehmen werden und wie viel Spaß es machen wird, zu den Partys und gesellschaftlichen Anlässen der Marine zu gehen, was bisher einfach unmöglich war.

Sarah erklärt sich mit allem einverstanden und sagt, dass sie es kaum abwarten kann, das Haus zu sehen. Merkwürdig, dass jetzt alles anders ist, nachdem sie weiß, dass Tilly die Stelle in Chi-Meur bekommen hat und Clem und Jakey in ein paar Monaten wieder ins Pförtnerhäuschen ziehen werden! Ohne alles, was bisher ihre Gedanken beschäftigt hat – die Werbung für U-Connect, die Aussicht auf Tillys regelmäßige Besuche, ganz zu schweigen von Clems Stippvisiten –, fühlt es sich richtig an, jetzt weiterzuziehen. Schließlich kann sie mit U-Connect von überall aus arbeiten; das ist ja gerade das Schöne daran. Aber irgendwie kann sie sich nicht ganz vorstellen, die Firma allein weiterzuführen. Wenn sie mit Tilly zusammen ist, gelingt es ihr, sich ganz optimistisch zu geben und ihre neuen Aussichten im Haus der Einkehr positiver zu sehen. Alles andere würde auch kleinlich wirken, denn Tilly ist so aufgeregt über alles.

»Ich habe ein paar wirklich gute Marketing-Ideen«, erklärte sie Sarah, als sie vorbeigekommen war, um über die letzten Kunden zu diskutieren, die sie annehmen wollten. »Ich sehe schon, wie wir zwei unterschiedliche Zielgruppen ansprechen können. Die Paare oder Singles, die bei uns ›heilige Ferien‹ verbringen möchten, wie Schwester Emily es nennt, und die anderen, die in einer Gruppe zu geführten Besinnungstagen kommen. Wir können für jede davon eine unterschiedliche Herangehensweise entwickeln. Viel genauer auf sie eingehen, uns ihre Websites und ihre Tätigkeiten ansehen. Zum Beispiel produziert das Epiphany House in Cornwall ein wunderschönes Programm für die Veranstaltungen des Jahres. Solche Dinge machen so viel aus!«

Es wird klar, dass Clem eng in diese neuen Pläne einbezogen sein wird, und Sarah hat es fertiggebracht, sich jeder spitzen Bemerkung darüber zu enthalten, wie nahe sich die beiden sein werden, sobald Tilly in die Priesterwohnung gezogen ist und Clem wieder im Pförtnerhäuschen wohnt. Tatsächlich hat Tilly über keine persönlichen Aspekte dieser Beziehung gesprochen, abgesehen davon, dass sie beiläufig eine Hunde-Teeparty mit den St. Enedocs und Sir Alec Bancroft erwähnt hat, zu der auch Clem und Jakey eingeladen waren. Mehr Sorgen scheint ihr der Umstand zu bereiten, dass Harry sehr bald abreist und wie sehr sie ihn vermissen wird.

Eine Blaumeise zieht Sarahs Aufmerksamkeit auf sich. Sie untersucht den Nistkasten, den Sarahs Mutter vor Jahren an einer Stechpalme an der Umfriedungshecke angebracht hat. Kurz pickt sie an dem rauen hölzernen Rand des Lochs herum und verschwindet dann ins Innere des Häuschens. Bald sieht man ihr ärgerliches kleines Gesicht herausspähen, und sie fliegt davon. Sarah fragt sich, ob dem Vogel der Nistkasten gefällt oder ob er ihm zu schäbig und winzig vorkommt. Vielleicht wird er mit seinem Partner zurückkehren, und sie werden über die Vorzüge diskutieren, die es bedeuten würde, ihre Familie darin großzuziehen.

Ganz ähnlich wie Dave und ich und unser Umzug nach Yelverton, denkt sie.

Der Gedanke amüsiert sie, und sie hebt den Wäschekorb hoch und geht wieder ins Haus. Drinnen ist es nach dem grellen Licht im Garten dunkel, und sie beschließt, dass es nett sein wird, in großen, hellen Räumen mit riesigen Fenstern und hohen Decken zu leben. Sie setzt sich an den Küchentisch und nimmt die Beschreibung des viktorianischen Reihenhauses in Yelverton zur Hand, die die Besitzer ihr geschickt haben. Wieder betrachtet sie die Raumabmessungen und überlegt, welches Zimmer das richtige für Ben sein wird. Sie sieht sich das kleine Arbeitszimmer an, in dem sie ihr nächstes Experiment mit U-Connect starten kann. Diese Planungen verbessern ihre Stimmung; und sie wünscht sich, Dave wäre bei ihr und würde seine natürliche Begeisterung für jedes neue Projekt mit ihr teilen.

Die Besitzer sind auch ein Paar, bei dem der Mann bei der Marine ist. Er fährt auf einem U-Boot, und die beiden ziehen für zwei Jahre nach Faslane und lassen das Haus möbliert zurück. Sarah ist froh darüber, dass Dave und ihr die Ausgaben für neue Möbel erspart bleiben; zugleich jedoch enttäuscht es sie ein wenig, dass sie wieder in einer Umgebung leben müssen, die andere ausgesucht haben.

»Viel besser, als wenn wir warten, bis wir es uns leisten können, unser eigenes Haus zu kaufen«, meint Dave.

Und er hat natürlich recht, zumindest der Umzug wird ganz unkompliziert werden. Es wird nicht lange dauern, ihre persönlichen Besitztümer zusammenzupacken, und Dave hat bereits entschieden, dass sie einen kleinen Laster mieten und das Ganze mit einer einzigen Fuhre transportieren werden.

Sarah zieht ihren Laptop zu sich heran und schaltet ihn ein. Zeit, noch etwas zu arbeiten, bevor George aufwacht und sein Fläschchen will.

Auch Harry plant seine Abreise. Allzu schmerzlich wird das nicht, denn er weiß, dass er bald zurück sein wird, und außerdem haben sie das alle schon erlebt. Als er in Oxford Geologie studierte, waren alle daran gewöhnt, dass er kurzfristig auftauchte und dann wieder davonfuhr. Das wirklich Gute an Dom, Billa und Ed ist, dass sie nicht viel Aufhebens um ihn machen; sie versuchen nicht, ihn anzubinden. Sie heißen ihn und alle Freunde, die er gern mitbringt, willkommen, und deshalb besucht er sie umso lieber. Seine Freunde lieben das ganze Drumherum und finden, dass Harry sich sehr glücklich schätzen kann, einen solchen Zufluchtsort zu haben. Einige seiner Freunde von der Universität besuchen Dom sogar immer noch gelegentlich, übernachten in Mr. Potts' Schlafzimmer, verbringen ein Wochenende mit Surfen oder Wandern oder gehen in den Pub.

Während Harry seine Habseligkeiten zusammensucht und seine Taschen holt, ist er ziemlich zufrieden mit sich selbst. Es sieht aus, als würden Tillys Probleme doch noch gelöst. Die

Hunde-Teeparty war eine großartige Idee, und seitdem hat sich alles recht schnell entwickelt. Sie hat die Stelle im Haus der Einkehr bekommen und wirkt Clem gegenüber viel entspannter. Es scheint, als wären die beiden bereit, sich zusammenzuraufen.

»Danke, Hal«, sagte sie, bevor sie zur Arbeit fuhr, und umarmte ihn. »Du warst toll. Brich dir bloß auf den Skihängen kein Bein und komm bald nach Hause! Warte, bis du meine neue Wohnung siehst! Bis du zurückkommst, habe ich mich eingerichtet. Melde dich!«

»Ich schreibe SMS«, versprach er. »Und wir skypen. Ich will ja wissen, wie es bei dir und Clem läuft. Und wie es Jakey geht.«

Was den Kleinen angeht ... Harry lächelt in sich hinein. Er findet Jakeys Heldenverehrung rührend.

Am Samstagnachmittag hat Tilly ihn gefahren, damit er sich von Jakey verabschieden konnte. Eine kleine Party war vorbereitet. Sie wollten Tee trinken, *Madagascar* anschauen und Pizza zu Abend essen. Jakey war so stolz gewesen, Gastgeber zu sein und alles zu organisieren. Beim Tee versuchten Harry und er, sich mit Filmzitaten zu übertreffen, und Jakey entdeckte zu seiner Freude bald, dass Harry den Film wirklich genauso gut kannte wie er. Immer wieder sagte einer von beiden: »Alle Mann lächeln, reißt euch zusammen!«, und sie schlugen die Hände zusammen und lachten gemeinsam.

»Ich wünschte, du würdest nicht wegfahren«, sagte Jakey am Ende und sah plötzlich sehr traurig aus.

»Aber ich bin zurück, ehe du dich's versiehst, Kumpel«, versicherte Harry. »Vergiss nicht, dass ich dir diesen Sommer das Surfen beibringe!«

Das munterte Jakey ein wenig auf. »Und du hast gesagt, du würdest mir Ansichtskarten schicken«, rief er Harry ins Gedächtnis.

»Klar mache ich das. Aus Genf, und wenn ich wieder in Jo'burg bin.«

»Du könntest mit *Hi, Kumpel* anfangen«, schlug Jakey sehnsüchtig vor. Er dachte daran, sie seinen Schulfreunden zu zeigen und mit seiner Freundschaft zu diesem strahlenden jungen Mann anzugeben.

»Ich würde gar nicht auf die Idee kommen, anders anzufangen«, versicherte Harry ihm. »Ach, und ich habe noch das hier für dich.«

Er zog ein Foto hervor, das Billa bei der Hunde-Teeparty aufgenommen und an ihrem Computer ausgedruckt hatte. Sie hatte es laminiert, damit es nicht schmutzig werden, zerknittern oder einreißen konnte, und Jakey griff eifrig danach und betrachtete es. In der Mitte der Aufnahme war er neben Harry zu sehen, und beide waren von den drei Hunden umgeben. Bär saß neben Jakey, sodass ihre Köpfe fast auf gleicher Höhe waren, und Jakey hatte den Arm um Bärs gewaltigen, pelzigen Hals geschlungen. Bessie stand neben Harry, und vor der Gruppe lag Hercules.

Jakeys Gesicht strahlte vor Freude. Etwas Schöneres hätte er sich nicht wünschen können. Hier war er mit dem gottgleichen Harry, dem riesigen Bär und zwei anderen Hunden abgebildet. Er konnte es kaum abwarten, das Foto allen seinen Freunden zu zeigen.

»Kann ich das behalten und mit ihn die Schule nehmen?«, fragte er eifrig.

»Klar«, antwortete Harry. »Es gehört dir. Ich habe mein eigenes, um es meiner Familie zu Hause zu zeigen.«

Jakey holte tief und zufrieden Luft. Als es so weit war, gingen Clem und er mit Tilly und Harry zum Auto und sahen zu, wie sie einstiegen. Harry fuhr das Fenster herunter und zwinkerte Jakey zu, dessen Mundwinkel sich nach unten zu ziehen begannen.

»Nicht weinen, Kumpel!«, sagte er. »Denk an unser Geheimnis! Alle Mann lächeln, reißt euch zusammen! Alle Mann lächeln, reißt euch zusammen!«

Jetzt geht Harry mit seinem Gepäck nach unten und lässt es in der Diele fallen. Dom hört *You and Yours* auf Radio 4, während er ein frühes Mittagessen kocht, nach dem er Harry zum Bahnhof fahren wird. Sie essen in geselliger Stimmung und unterhalten sich über die Verwandten, die Harry in Genf besuchen wird, das Skifahren und die Heimreise nach Südafrika. Harry ist froh darüber, dass Dom keine Aufregung veranstaltet. Der Ältere ist so pragmatisch und gelassen, als ob Harry nur mal eben einen Tagesausflug nach Penzance unternehmen würde.

Später, als sie über die Landstraßen in Richtung A39 fahren, fährt Dom links heran, um einem anderen Wagen, der aus der Gegenrichtung auf sie zukommt, Platz zu machen. Die Straße ist schmal, und Dom hat zu viel mit dem Manövrieren zu tun, um auf den Fahrer zu achten. Harry jedoch erkennt ihn und hebt die Hand.

»Ein Freund von dir?«, fragt Dom im Wegfahren.

»Es ist der Kerl, der im *Chough* abgestiegen ist«, erklärt Harry. »Christian Marr. Er ist Energieberater. Führt in der Gegend Marktforschungen durch.«

Dom runzelt die Stirn, als erinnere ihn der Name an etwas, aber Harry beginnt, über Tilly und Clem zu reden, und der Augenblick ist vorüber.

Durch das Rückfenster sieht Tris den Wagen wegfahren und lacht leise; es ist wie ein Omen. Er kehrt zurück, und der Junge fährt fort. Das Timing ist perfekt. Er ist sich ganz sicher, dass Dom ihn nicht gesehen hat – selbst wenn er ihn nach all diesen

Jahren noch erkennen würde –, doch das macht ohnehin nicht allzu viel, denn Tris wird sich endlich zeigen. Zuerst hat er vor, Billa und Ed allein zu erwischen. Er vermutet, dass sie ohne Dom wehrloser sein werden, offener gegenüber seinen Erklärungen bezüglich der Vergangenheit. Aber früher oder später wird er sich allen dreien stellen müssen. Tris ist aufgeregt. »Grashund« hat ganz besondere Kokainkapseln aufgetrieben, und momentan blockieren sie alle Symptome der Tuberkulose, die seine Lunge auffrisst. Er ist high und bereit zum Handeln.

Er checkt wieder im *Chough* ein und wird vom Wirt begrüßt. Sein kleines Apartment ist sauber und frisch, und er packt aus und lacht dabei immer noch vor sich hin. Plötzlich beschließt er, in die Offensive zu gehen. Natürlich könnte er sich irren, und der Junge und Dom unternehmen bloß eine kleine Ausfahrt, aber das glaubt er nicht. Er hat im Vorbeifahren das Gepäck auf dem Rücksitz gesehen. Etwas sagt ihm mit Gewissheit, dass Harry abreist, und wenn Dom ihn zum Bahnhof fährt, wird er ein paar Stunden fort sein. Perfekt.

Tris setzt sich ans Fußende des Bettes und zieht das Handy aus der Tasche. Er scrollt hinunter bis zu Billas Nummer, die er aus ihrem Handy hat, und wählt. Sie meldet sich ziemlich schnell.

»Hi«, sagt er. »Hi, Billa. Wie geht's dir nach all dieser Zeit? Ich bin's, Tris. Hoffe, ihr habt meine Postkarten bekommen. Ich bin gerade angekommen und dachte, ich schaue bei dir und Ed vorbei. Ich bin nicht weit entfernt. Bis gleich. Bye.«

Er drückt das Gespräch weg und lacht wieder. Sie war so schockiert, dass sie abgesehen von »Hallo« kein Wort herausgebracht hat. Tris nimmt seine Umhängetasche, sieht nach, ob er die Autoschlüssel hat, und geht hinaus.

23. Kapitel

Billa sitzt schweigend da und hält immer noch ihr Handy in der Hand.

»Wer war dran?«, erkundigt sich Ed.

Sie haben gerade erst zu Mittag gegessen und sitzen noch am Tisch, der wie üblich mit Büchern und Papieren übersät ist. Dazwischen steht eine dunkelrote Vase mit Narzissen, und eine kleine Kamera liegt da.

»Tris«, erklärt Billa. »Er ist hier. Er ist unterwegs.«

Ed starrt sie fassungslos an. »Was?«

Durch die Hunde-Teeparty, die guten Nachrichten über Tillys Stelle und durch Harrys bevorstehende Abreise war gar keine Zeit, an Tris zu denken. Jetzt sind sie plötzlich zurück in der albtraumhaften Welt voller Angst und Spekulationen. Was will er?

»Wir könnten verschwinden«, schlägt Ed vor. »Einfach ins Auto steigen und wegfahren. Von wo hat er angerufen?«

Billa quittiert beides mit einem Kopfschütteln. Davonlaufen ist sinnlos, und sie hat keine Ahnung, wo er sich befindet. »Er darf nicht auf die Idee kommen, dass er uns Angst eingejagt hat«, entgegnet sie. »Und er hat nur gesagt, er sei nicht weit entfernt und werde uns ›gleich‹ sehen. Verdammt! Und Dom wird inzwischen unterwegs sein und Harry nach Bodmin Parkway fahren. Wir müssen Tris einfach mit Fassung gegenübertreten. Hilf mir, das hier wegzuräumen, Ed!«

Sie stehen auf und beginnen, den Tisch aufzuräumen. Die beiden stehen sich gegenseitig im Weg, und in ihren Köpfen überschlagen sich die Befürchtungen. Ed räumt die Spülmaschine ein und klappert und klirrt dabei in seiner Nervosität mit den Tellern, und Billa lässt eine Handvoll Messer auf den Boden fallen. Sie flucht halblaut, und Bär klettert vom Sofa und läuft herbei, um festzustellen, was ihr heruntergefallen ist. Mit seiner riesigen Gestalt wirkt er beruhigend auf sie, und sie setzt ein Knie auf den Boden, um einen Arm um seinen Hals zu legen und ihn zu umarmen, während sie die Messer aufsammelt.

»Wir müssen versuchen, vorbereitet zu sein«, meint Ed gerade. »Auf keinen Fall dürfen wir uns überrumpeln lassen, was immer er sagt oder tut. Wir wissen, dass er versuchen wird, uns auf dem falschen Fuß zu erwischen, uns vielleicht zu bedrohen, und wir dürfen das einfach nicht zulassen.«

Billa sieht zu ihm auf. Sie spürt die vertrauten Gefühle: Zuneigung zu ihm und das Bedürfnis, ihn zu beschützen. Doch er wirkt jetzt ziemlich stark, ziemlich hart, nun, da der Moment gekommen ist. Billa erinnert sich daran, wie Ed mit zwölf das Arbeitszimmer ihres Vaters verteidigt hat und für sein Gedenken eingetreten ist, und sie nickt und versucht, ihm zuzulächeln.

»Du hast vollkommen recht. Wir lassen uns nicht beunruhigen, ganz gleich, was er sagt. Und wenn, dann lassen wir uns wenigstens nichts anmerken. Wir tun einfach so, als glaubten wir, dass er wegen der alten Zeiten nach uns sieht. Schlagen ihn mit seinen eigenen Waffen. Schließlich hast du beim Arbeitszimmer gewonnen. Vergiss das nie!«

Ed nickt zurück. Nun, da es passiert, spürt er den alten Zorn wieder aufsteigen. Doch als Tris wenig später kurz an die Küchentür klopft und sie öffnet, als gehörte er zur Familie, dreht sich ihm erneut der Magen um. Und der eigentliche Schock für beide ist, dass er Andrew so ähnlich sieht. Sie starren ihn an, als wäre er ein Geist aus der Vergangenheit, der gekommen ist, um sich über sie lustig zu machen.

Tris grinst ihnen zu, sein altes, verschlagenes Grinsen, das eine Herausforderung und eine Provokation ist. Er hängt seine lederne Umhängetasche über einen Stuhl.

»So, so«, sagt er. »Ganz wie in alten Zeiten. Also, was gibt's Neues?«

Bär, der an seinem Napf getrunken hat, läuft heran, um den Besucher zu inspizieren, und Tris weicht ein wenig zurück, zieht eine komische Grimasse und hebt ironisch beide Hände zu seiner Verteidigung.

»Oha«, meint er. »Also, dieser Bursche ist neu. Was in aller Welt ist er? Ein Bär?«

»Genau das«, gibt Ed zurück. »Bär, das ist Tris. Du hast meine Erlaubnis, ihn umzubringen, falls er irgendetwas Merkwürdiges versucht.«

»Hey«, meint Tris und protestiert lachend. »Na, das ist ja eine schöne Begrüßung! Ich freue mich auch, dich zu sehen, Ed. Und dich, Billa.«

Sie ist vollkommen perplex. Der Umstand, dass Tris Andrew so ähnlich sieht, hat sie vollständig aus dem Gleichgewicht gebracht, sodass sie einfach nicht weiß, wie sie reagieren soll. Sie erinnert sich an die Postkarte mit Bitser und möchte ihn am liebsten anschreien und aus dem Haus werfen. Gleichzeitig sorgt eine tief verwurzelte Tradition der Gastfreundschaft dafür, dass sie versucht, sein Lächeln zu erwidern.

»Wir haben gerade zu Mittag gegessen und wollten Kaffee trinken«, sagt sie. »Möchtest du auch?«

»Danke. Ja, gern. Es ist wirklich merkwürdig, wieder hier zu sein, wisst ihr. Nichts hat sich verändert. Es ist, als wäre man in eine Zeitblase spaziert. Natürlich hatte ich nie Gelegenheit, mich von euch zu verabschieden, stimmt's?«

Billa schiebt den Kessel auf die Herdplatte, und Ed setzt sich wieder. Er ist entschlossen, ruhig zu bleiben, sich von diesem plötzlichen Zeitsprung nicht berühren zu lassen, doch alles ist irgendwie so irreal. Er sieht in diese hellen, kalten Augen, und sein Rückgrat spannt sich in Erwartung des Angriffs an.

»Du bist jedenfalls sehr plötzlich verschwunden«, pflichtet er ihm bei. »Wir haben nie erfahren, was genau passiert ist.«

Tris grinst ihn an. »Aber wahrscheinlich war euch das auch nicht so wichtig, was? Ihr wart viel zu froh, mich los zu sein. Immer fort mit Schaden. Hat man das damals nicht so gesagt?«

Ein kurzes Schweigen tritt ein, und er lacht laut auf, als hätte er einen Punkt gemacht. Billa stellt die Kaffeekanne zusammen mit ein paar Tassen auf den Tisch.

»Milch?«, fragt sie ihn. »Zucker?«

Er schüttelt den Kopf. »Schwarz ist prima, danke.«

Billa schenkt drei Becher Kaffee ein und setzt sich. »Ja, wir waren froh, dich los zu sein«, erklärt sie kühl. »Doch euer Verschwinden hat uns immer Rätsel aufgegeben. Was ist passiert?«

Tris lehnt sich auf seinem Stuhl zurück; er entspannt sich sichtlich, und das Lächeln weicht aus seinen Augen.

»Das ist eine ziemlich lange Geschichte«, antwortet er finster. »Wie viel Zeit habt ihr?«

Billa und Ed sehen ihn argwöhnisch an; einmal mehr werden sie von widerstreitenden Emotionen verwirrt. Sie wollen ihm nicht trauen, aber seine Miene zeigt jetzt einen aufrichtigen Ausdruck, der sie verstört.

»Lange genug für eine Geschichte«, sagt Ed und greift nach seiner Tasse.

Tris zuckt mit den Schultern. »In Ordnung. Ich fasse mich auch kurz. Ich bin in Frankreich geboren. Meine Mutter war

Französin. Als ich vier war, hat mein Vater sie umgebracht. Ich weiß nicht, ob es ein Unfall war. Er hat sie geschlagen, und vielleicht ist sie gefallen und hat sich den Schädel gebrochen, oder er hat sie totgeschlagen. Die Wahrheit werde ich nie erfahren. Eines Abends hörte ich Geschrei und bin aufgestanden und nach unten gelaufen. Mein Vater ging durch die Haustür nach draußen, also bin ich in den Salon gegangen und habe gesehen, dass *Maman* auf dem Boden lag. Ihr Haar war blutig, sie hat sich nicht bewegt und mir nicht geantwortet, und dann kam mein Vater zurück und brachte ein großes Stück Sackleinen mit. Ich habe mich hinter dem Vorhang versteckt, während er die Leiche verpackte und mit ihr auf das Grundstück ging.«

Er unterbricht sich, um von seinem Kaffee zu trinken. Ed und Billa sitzen entsetzt und schweigend da. Instinktiv wissen sie, dass Tris die Wahrheit sagt.

»Ich bin dann schnell wieder ins Bett gelaufen«, fährt er fort, »und dann kam er nach oben und erzählte, es hätte einen Unfall gegeben; *Maman* sei tot, und wir müssten sofort weggehen. Er sagte, wenn wir blieben, würde man mich ihm wegnehmen, und vielleicht müsste er ins Gefängnis. Ich dürfe das von *Maman* nie, niemals jemandem erzählen. Natürlich wusste er nicht, dass ich sie gesehen hatte. Danach sind wir von Ort zu Ort gezogen, doch jedes Mal, wenn ich dachte, wir könnten uns vielleicht niederlassen und wieder ein Zuhause haben, mussten wir erneut alles stehen und liegen lassen. Genau das ist auch hier passiert. Mein Vater wurde gewarnt, Interpol habe ihn aufgespürt, und er werde nach Frankreich ausgeliefert, um dort vor Gericht gestellt zu werden. Ich glaube, er wurde nicht nur wegen Mordes, sondern auch wegen anderer Vergehen gesucht, aber er konnte schließlich nicht abwarten, um es herauszufinden.«

Er sieht die beiden an und zieht die Augenbrauen hoch. »Beantwortet das eure Frage?«

Keinem von ihnen fällt etwas zu sagen ein, das nicht lahm oder dumm klingen würde. Doch beide sind sich sicher, dass er vollkommen ehrlich ist. Tris betrachtet sie beinahe mitfühlend, als wüsste er, was sie empfinden.

»Bedaure«, meint er. »Aber ihr habt gefragt, und alles weitere Lügen hat keinen Sinn mehr. Ich bin des Lügens so überdrüssig!«

»Du warst doch erst vier«, sagt Billa. »Wie hast du es geschafft, das zu verschweigen, was du gesehen hattest?«

Tris wirkt amüsiert. »Angst«, gibt er knapp zurück. »Ein mächtiger Anreiz. Mein Vater war alles, was ich hatte. Ich konnte die Aussicht nicht ertragen, ihn auch noch zu verlieren. Er hat allen erzählt, *Maman* sei bei einem Autounfall ums Leben gekommen, und gehofft, dass niemand auf mich hören würde, falls ich redete, weil ich noch so klein war. Natürlich hätten die Leute wahrscheinlich nur gedacht, ich wäre verwirrt, durcheinander. Doch ich habe nicht geredet. Ich habe mich nur daran erinnert, wie sie da mit blutverklebtem Haar gelegen hat.«

»Es tut mir leid«, sagt Billa leise. »Das ist tragisch. Furchtbar. Was ist passiert, nachdem ihr von hier fortgegangen seid? Wohin seid ihr dann gegangen?«

»Wir sind nach Toulon gezogen, zu jemandem, den mein Vater sehr gut kannte, wo er sich gut verstecken konnte. Ich war glücklich bei Tante Berthe, glücklicher als jemals seit *Mamans* Tod.«

»Und dein Vater wurde nie gefasst?«

»Noch längere Zeit nicht. Er ging wieder auf die Flucht, als ich fast erwachsen war, aber dieses Mal allein. Ich bin bei Tante Berthe und meinem kleinen Halbbruder geblieben.«

»Ein kleiner Halbbruder?«

Tris zuckt mit den Schultern und zieht ein amüsiertes Gesicht. »Ich schätze, sie war doch nicht meine richtige Tante.

Aber ich habe sie und meinen kleinen Bruder geliebt, und von ihm sollte mich nichts trennen. Vater ging allein. Dann, als ich ungefähr zwanzig war, hörten wir Gerüchte, er sei in eine andere Sache verwickelt, und wir haben nie wieder etwas von ihm gehört.«

Nach kurzem Innehalten schüttelt Ed den Kopf. »Es gibt nichts zu sagen, oder? Was können wir sagen, was nicht trivial klingen würde? Ich will jetzt nicht grob sein, aber warum bist du zurückgekommen? Du kannst hier nicht glücklich gewesen sein.«

»Nein, nicht besonders. Als es mich hierher verschlug, war mir schon klar, dass es nur wieder ein Ort sein würde, an dem ich mich ein wenig einleben und mich an die Menschen anschließen würde, nur um erneut alles weggenommen zu bekommen. Wahrscheinlich war ich zu sehr geschädigt und wollte das Spiel nicht mehr mitmachen. Ich wollte zurückschlagen. So, wie ich angefangen hatte, wollte ich weitermachen. Eure Mutter war jedoch sehr nett zu mir. Das habe ich nie vergessen.«

»Aber warum hast du die Karten geschickt?«, fragt Billa verwirrt. »Warum wolltest du uns an das erinnern, was du getan hattest?«

Tris holt tief Luft. »Ich fand das nur fair«, erklärt er schließlich. »Es bestand die entfernte Möglichkeit, dass ihr es vergessen haben könntet, und ich wollte, dass alles offen und fair war. Ihr hattet die Möglichkeit, mich einfach von eurem Grundstück zu werfen, oder wir könnten zu einer Art Abschluss kommen. Ich wollte euch Zeit geben, darüber nachzudenken.«

»Ja, doch warum ausgerechnet jetzt?«, fragt Billa, die von widerstreitenden Emotionen verwirrt ist, einem Rest Wut, Mitgefühl und sogar Mitleid.

Tris seufzt und trinkt Kaffee. »Nun ja, das ist der peinliche Teil an der Sache. Das Problem ist, dass der da oben mich angezählt hat. Ich habe nicht mehr lange zu leben. Ich habe fortgeschrittene Tuberkulose, dazu mein jahrelanger Drogenmissbrauch, und ich versuche in letzter Zeit, ein paar Dinge in Ordnung zu bringen und mir einiges vom Gewissen zu schaffen. Aber ich wollte niemanden erpressen, um einen Sympathiebonus zu kassieren. Also habe ich euch die Karten geschickt, um euch daran zu erinnern, wie ich wirklich war, und habe dann gehofft, wir könnten einfach um den Tisch sitzen, so wie jetzt, und es aus der Welt schaffen.«

»Ich dachte, Tuberkulose sei heutzutage heilbar«, wendet Billa ein.

»Ja, schon, wenn man die Medikamente der Dreifachtherapie in der richtigen Kombination einnimmt. Wenn nicht, und das habe ich nicht getan, werden die Bakterien resistent gegen die Behandlung. Und die ist sehr kompliziert. Eine Tablette vergessen, und das war's. Man kann das sehr leicht verkehrt machen, besonders, wenn man sich regelmäßig mit Drogen zudröhnt.«

Einmal mehr spüren Billa und Ed, dass Tris die Wahrheit sagt. Sie sind wie vor den Kopf geschlagen.

Tris schiebt seinen Becher weg und steht auf. »Hört mal, ich gehe jetzt. Ich bin im *Chough* abgestiegen und habe für eine Woche reserviert. Falls ihr mich wiedersehen wollt, lasse ich euch meine Karte da.«

»Moment mal«, beginnt Ed unbehaglich. »Warte mal eine Minute! Du brauchst nicht so davonzustürzen.«

»Doch«, gibt Tris entschieden zurück. »Ihr braucht beide Zeit, um darüber nachzudenken. Ich würde sehr gern wiederkommen, mich in dem alten Haus umsehen und eine Tasse Tee trinken. Aber wenn ihr das nicht hinbekommt, verstehe ich das schon. Da ist meine Karte. Danke für den Kaffee.«

Er lächelt sie beide an und nickt verhalten, als wollte er

sagen: Das war's. Ganz sachlich. Dann nimmt er seinen Mantel und seine Umhängetasche, geht schnell hinaus und zieht die Tür leise hinter sich zu.

Schweigen. Billa und Ed sehen einander an.

»Wie deutest du das jetzt?«, fragt Ed kurz darauf.

Billa schüttelt den Kopf. »Es ist ... bizarr. Doch ich hatte das Gefühl, dass alles wahr ist. Und du?«

»Ja, ich auch.«

Billa holt Luft. »Und was nun?«

»Nun ja, das war eine Art Friedensangebot, oder? Und was kann es schon schaden, wenn wir ihn noch einmal einladen und eine Tasse Tee zusammen trinken?«

»Armer Tris!«, meint Billa unvermittelt. »Wie absolut furchtbar! Kein Wunder, dass er eine so abscheuliche kleine Zecke war. Was für ein schreckliches Leben er geführt hat! Ich fand es ziemlich rührend, dass er von seiner Mutter immer noch als *Maman* spricht. Wie wird man nur mit so etwas fertig?«

»Wahrscheinlich gar nicht«, sagt Ed. »Aber es erklärt, warum Andrew sich so plötzlich abgesetzt hat.«

»Ich kann es kaum erwarten, Dom davon zu erzählen«, erklärt Billa. »Herrje! Ich habe das Gefühl, einen Schlag auf den Kopf bekommen zu haben.« Sie schenkt ihnen beiden noch Kaffee nach. »Aber wir laden ihn noch einmal ein, oder? So wie er sagt: als Abschluss. Vielleicht brauchen wir das alle.«

Tris steigt in seinen Wagen, fährt ein Stück, biegt dann in die Auffahrt eines Gutes ein und hält an. Er lacht so heftig, dass er sich gar nicht beruhigen kann. Hilflos keucht und pfeift er, die Hand an die Brust gepresst, und lässt die Szene noch einmal schadenfroh vor sich ablaufen. Und das Schöne daran ist, dass alles wahr ist. Alles, was er ihnen erzählt hat, war die Wahrheit.

Während er da an diesem großen alten Schiefertisch saß, ihre Feindseligkeit spürte und abklopfte, wie tief ihr Argwohn reichte, hatte er plötzlich erkannt, dass die einzige Möglichkeit, ihnen vollkommen den Wind aus den Segeln zu nehmen, darin bestand, die Wahrheit zu sagen. Tris lacht, bis ihm die Tränen kommen. Er ist zuversichtlich, dass sie ihn noch einmal einladen werden. Die St. Enedocs sind so lächerlich anständige Leute, dass gute Manieren und das Gefühl, das Richtige zu tun, ihren natürlichen Argwohn und ihre instinktive Abneigung überwinden und ihm garantiert Einlass verschaffen werden – und dann ...

Tris zieht sein Taschentuch hervor und tupft sich die Augen ab. Er weiß, dass er in Gefahr schwebt, es zu übertreiben, und dass er ein wenig zu großzügig mit dem magischen Zeug umgeht, das sein Kontaktmann in Bristol ihm verschafft hat, doch er kann nicht dagegen an. Er fühlt sich so gut, so stark. Nichts auf der Welt bringt das Adrenalin so in Wallung wie diese Art von Risiko. Er hat ihnen sogar einen Hinweis gegeben, indem er Billas Handynummer benutzt hat. Was haben sie denn gedacht, wie er darangekommen ist?

Tris startet den Motor und fährt davon. Er wettet mit sich selbst, dass er innerhalb der nächsten vierundzwanzig Stunden einen Anruf bekommen wird, der ihn wieder in die alte Butterfabrik einlädt. Er streckt einen Arm zur Seite und tätschelt die Umhängetasche.

»Und dann sind wir beide allein, Baby«, murmelt er.

24. Kapitel

»Bist du in Ordnung?«, fragt Tilly Dom beim Frühstück.

Als sie gestern Abend nach Hause kam, war er nicht da, und ihr fällt auf, dass er heute Morgen ziemlich zerstreut war, obwohl auch sie mit ihren eigenen Gedanken beschäftigt war. Gestern hatte sie nach einem kurzen Besuch bei Sarah ihren ganzen Mut zusammengenommen und war zum Pfarrhaus gefahren. Clem war nicht da gewesen, aber Dossie und Jakey. Die beiden haben sie so herzlich aufgenommen, dass ihr bei der Erinnerung daran immer noch ganz warm ist.

Jakey hatte einen Schulfreund zu Gast, und nachdem sie Tee getrunken und die beiden Jungen sich mit verschiedenen Spielen und Spielzeugen in Jakeys Zimmer zurückgezogen hatten, konnten Dossie und Tilly ein wenig in Ruhe zusammensitzen. Die beiden saßen auf dem Sofa, und Dossie wandte sich Tilly zu und hatte ein Bein unter den Körper gezogen. In Jeans und einem Riesenpullover wirkte sie jung, und sie war Clem so ähnlich, dass Tilly sich einer großen Zuneigung zu ihr bewusst war.

»Glückwunsch zu Ihrem Job!«, sagte Dossie. »Es wird Ihnen gut gefallen. Ich kann Ihnen jetzt schon versprechen, dass Sie so etwas noch nie erlebt haben.«

»Das glaube ich gern«, meinte Tilly und dachte an ihr Vorstellungsgespräch bei den Schwestern und Vater Pascal. »Aber ich bin sehr aufgeregt. Ich bin mir sicher, dass wir in Sachen Marketing und Organisation noch viel mehr erreichen können. Und ich liebe die Priesterwohnung.«

»Janna wird sich sehr freuen«, sagte Dossie zufrieden. »Haben Sie ihre Wohnung im Kutschenhaus gesehen?«

Tilly nickte. »Nach meinem Gespräch mit allen hat sie mich eingeladen, mir anzuschauen, wo sie wohnt. Sie scheint dort sehr glücklich zu sein.«

»Früher hat sie in einem Wohnwagen im Obstgarten gelebt, wo es ihr sehr gut gefallen hat, aber die Schwestern haben sie überredet, zu ihnen zu ziehen, als sie ins Kutschenhaus übergesiedelt sind und das Haus der Einkehr eröffnet wurde. Sie können sich sehr glücklich schätzen, sie zu haben.«

»Mir kam es vor, als beruhte das auf Gegenseitigkeit. Sie ist auch sehr froh, die Schwestern zu haben.«

»Das stimmt absolut«, pflichtete Dossie ihr bei. »Als Janna nach Chi-Meur kam, war sie auf der Suche nach einer Familie, und sie hat eine gefunden. Aber es wird auch nett für sie sein, wenn Sie nicht so weit entfernt sind. Dann können Sie beide sich zusammen eine ruhige Minute nehmen, wenn Sie das Gemeinschaftsleben satthaben.«

Tilly lachte. »Ich kann mir schon vorstellen, dass wir vielleicht ab und zu Dampf ablassen müssen.«

»Und was habe ich da gehört?«, fragte Dossie und wirkte schelmisch. »Sie und Jakey wollen sich einen Hund teilen?«

Tilly spürte, wie ihre Wangen heiß anliefen. »Das war ein bisschen verrückt«, gestand sie. »Wir haben beide davon gesprochen, wie gern wir einen Hund hätten, und Jakey dachte, wenn Clem und er im Pförtnerhäuschen und ich im Haus wohnen würden, könnten wir gemeinsam damit fertigwerden. Ich habe deswegen ein wenig ein schlechtes Gewissen, weil ich ehrlich keine Ahnung habe, wie das funktionieren soll. Obwohl ... Clem meinte auch, es müsste zu machen sein.«

»Also, ich habe ebenfalls darüber nachgedacht«, erklärte Dossie. »Wenn wir uns alle beteiligen, wäre das eine Möglichkeit. Der alte Labrador von Mo und Pa ist letztes Jahr gestorben und fehlt ihnen schrecklich. Ich überlege schon, ob wir einspringen könnten, wenn es wirklich schwierig wird. Dann müsste es jedoch ein sehr anpassungsfähiger Hund sein ... und auf keinen Fall ein Welpe.«

Tilly schüttelte den Kopf. »Nein, bestimmt kein Welpe. Vielleicht ein Hund aus dem Tierheim. Wenigstens haben wir noch Zeit, darüber nachzudenken. Bevor Clem nicht geweiht ist und wieder ins Pförtnerhäuschen zieht, passiert gar nichts. Das weiß Jakey doch, oder?«

»Hmm«, sagte Dossie. »Aber er wird es nicht vergessen. Wir brauchen einen Schlachtplan.«

»Das klingt gut, doch wo fangen wir an?«

»Ich habe eine Idee«, meinte Dossie. »Lassen Sie mir Zeit, einen Anruf zu tätigen! Ich wollte mir nur wirklich sicher sein, dass Sie bereit dazu sind und dass es nicht nur Jakeys Idee war.«

»Ich glaube, das wäre toll«, sagte Tilly. »Aber es muss auch möglich sein.«

»Genau.« Dossie reckte sich und stand auf. »Kommen Sie! Die Sonne ist herausgekommen. Gehen wir mit den Jungs noch eine halbe Stunde an den Strand, bevor es dunkel wird!«

»Mir geht es gut, Tilly«, antwortet Dom jetzt auf ihre Frage. »Wirklich. Ein alter Freund aus der Vergangenheit ist wieder aufgetaucht, und gestern Abend haben Ed, Billa und ich über ihn gesprochen.«

»Oh, das ist nett!«, meint Tilly. Sie steht vom Tisch auf und bringt ihre Porridge-Schale und ihre Kaffeetasse in die Küche. »Ich fahre heute Morgen nach Bodmin und dann nach Wadebridge. Bis später!«

Sie kehrt in den Salon zurück, bückt sich, um ihn auf die Wange zu küssen, und nimmt ihre Tasche. Kurz hält sie inne, um Bessie zu streicheln, und eilt dann hinaus. Dom sieht ihr nach. Nach dem, was Billa und Ed ihm erzählt haben, und nach ihrer Reaktion auf Tris' Geschichte steht er immer noch unter Schock. Er möchte ihnen gern glauben, dass Tris die Wahrheit gesagt hat und dass es sogar für die Postkarten eine plausible Erklärung gibt. Dom erinnert sich an seine eigene Reaktion, als er seine Karte bekam und wie er sich gefragt hatte, wodurch Tris zu einem so destruktiven Kind geworden war. Trotzdem bleibt Dom vorsichtig. Er ist nicht so leicht bereit, an Tris' Läuterung zu glauben.

Sie waren sich alle einig darüber, Tilly unbedingt aus der Sache herauszuhalten. Sie geht vollständig in der Aussicht auf ihre neue Stelle und alles, was dazugehört, auf; und nachdem Harry jetzt abgereist ist, könnte sie ebenso gut gleich in die Priesterwohnung ziehen und ihre neue Stellung antreten. Abgesehen von ihrem schlechten Gewissen, weil sie Dom allein lässt, gibt es nichts, was sie davon abhalten könnte. Sie weiß, dass Harry ihm fehlen wird, und sie möchte nicht, dass er sich einsam fühlt. Außerdem findet sie, sie sollte Sarahs Umzug Ende des Monats abwarten, damit sie U-Connect noch richtig abwickeln können.

Doch nun, da feststeht, dass Tris in der Nähe ist, wünscht sich Dom beinahe, Tilly wäre in Chi-Meur. Er kann nicht ganz akzeptieren, dass Tris einfach die Gelegenheit zur Versöhnung sucht, und das hat er Ed und Billa auch gesagt.

»Aber er stirbt«, hat Ed ihm erklärt. »Man hat ihm eröffnet, dass er nicht mehr lange zu leben hat. Furchtbar. Ich vermute, dass die Auseinandersetzung mit seiner eigenen Sterblichkeit ihn vieles in einem anderen Licht sehen lässt.«

»Und dann die Art, wie er über seinen Bruder gesprochen

hat. Seinen Halbbruder Jean-Paul«, sagte Billa. »Das war ziemlich rührend. Und dass er seine Mutter immer noch *Maman* nennt. Was für ein schreckliches Erlebnis für einen Vierjährigen! Kein Wunder, dass er so geschädigt war.«

»Können wir denn glauben, dass Andrew die Art Mensch war, der in der Lage wäre, seine Frau umzubringen?«, fragte Dom, dachte zurück und versuchte, sich zu erinnern.

»Er hatte immer eine gewisse Härte«, sagte Billa. »Vielleicht fühlte Mutter sich deswegen zu ihm hingezogen. Und außerdem erklärt das sehr viel. Zum Beispiel, warum er so plötzlich verschwunden ist und wir nie wieder etwas von ihm gehört haben. Natürlich hätte es auch ein Unfall sein können.«

»Ich finde, wir sollten Tris noch einmal einladen«, meinte Ed. »Es wirkte sehr echt, dass er sich nicht aufdrängen und uns Zeit lassen wollte, über alles nachzudenken.«

»Hat er etwas über mich gesagt?«, fragte Dom.

Billa schüttelte den Kopf. »Er war nicht besonders lange hier. Aber wir möchten gern, dass du dabei bist, wenn wir ihn einladen. Ich will es lieber schnell hinter mich bringen, als dass wir alle herumsitzen und grübeln. Wie wär's mit morgen? Vormittags ist Ed unterwegs, und bei mir kommt jemand vorbei, um über eine Wohltätigkeitsveranstaltung zu reden. Wie wäre es zum Tee? Tris sagte, er hätte das Zimmer bis zum Wochenende, doch ich möchte lieber mit dieser Sache voranmachen. Er tut mir schon leid, aber mir gefällt es nicht besonders, dass er hier herumlungert.«

Sie sahen zu, wie sie die Karte nahm und die Handynummer wählte. Das Gespräch wurde nicht angenommen, aber sie hinterließ eine Nachricht. »Hi, Tris. Billa hier. Wenn du morgen zum Tee kommen möchtest, sind wir alle da. Gegen vier? Bis dann.«

»Und es gab gar nichts, was euch irgendwie misstrauisch

gemacht hat?«, hakte Dom nach, als sie das Handy weglegte. Billa runzelte die Stirn. Dom zog die Augenbrauen hoch, doch sie schüttelte den Kopf.

»Gerade hatte ich ganz kurz einen Gedanken«, sagte sie. »Aber ich kann mich nicht mehr darauf besinnen. Nein, ich glaube, dass er ehrlich war, wirklich.«

Jetzt steht Dom vom Tisch auf und beginnt, die restlichen Frühstücksutensilien wegzuräumen. Er öffnet die Hintertür, lässt Bessie in den Garten und schaltet das Radio ein. An der Haustür klopft es, und dann läutet es kurz und schrill. Dom tritt in die Diele und öffnet die Tür.

»Hi, Dom«, sagt Tris. »Tut mir leid, dass ich nicht vorher angerufen habe, doch ich konnte deine Nummer nicht finden.«

Trotz Billas Vorwarnung ist Dom vollkommen überrumpelt, als er einen Doppelgänger von Andrew vor seiner Tür stehen sieht. Die ganze alte Abneigung schlägt über ihm zusammen und lässt das Adrenalin durch seinen Körper rasen, und er unternimmt keinen Versuch zurückzutreten, um den unerwarteten Besucher einzulassen.

»Tris«, gibt er ernst zurück. »Es ist lange her. Danke für die Karte.«

Tris lacht. Er wirkt leicht beschämt.

»Heute komme ich vielleicht mit einem Olivenzweig«, sagt er, »aber ich wollte dich nicht vergessen lassen, dass ich nicht immer eine Taube war.«

Dom schüttelt den Kopf. »Unmöglich.«

»Na schön.« Tris zieht die Mundwinkel herunter. »Die Wahrheit ist, dass ich hier ein Dokument habe, von dem ich möchte, dass du es liest. Ich habe beschlossen, es Billa und Ed nicht zu zeigen, bis ich deine Meinung darüber gehört habe.« Er zieht die Tasche nach vorn, die er sich über die Schulter gehängt hat, und hält sie hoch. »Hast du einen Moment Zeit?«

Dom steht wie erstarrt da. Jeder Instinkt sagt ihm, dass dieses Dokument im Mittelpunkt des Ganzen steht. Seine Wissbegier ist geweckt. Er tritt zurück und bedeutet Tris hereinzukommen. Der tut es und sieht sich neugierig um.

»Hier bin ich nie gewesen«, erklärt er. »Wo geht's lang? Hier hinein. Oh, und noch ein Hund! Nicht so riesig wie dieses Monster in Mellinpons, Gott sei Dank! Ich habe nicht wirklich etwas für Hunde übrig, aber der sieht nett aus. Hallo, alter Junge! Lass dich mal streicheln! So. Jetzt sind wir Freunde.«

»Er ist eine Sie. Bessie.« Dom schaltet das Radio aus. »Also, was willst du mir zeigen?«

Tris lächelt, eine offene, freundliche Miene, die ganz leichten Spott über Doms kurz angebundene Art ausdrückt – und Dom schämt sich ein wenig für seine Schroffheit und bittet ihn mit einer Handbewegung ins Wohnzimmer. Sie setzen sich, und Tris öffnet die Tasche. Dabei geht er mit entwaffnender Offenheit vor, als wollte er Dom zeigen, dass sich darin nichts befindet außer einem großen braunen Umschlag, einer flachen Lederbrieftasche und mehreren Tablettenröhrchen, die auf den Tisch rutschen.

»Meine Medikamente«, erklärt Tris und steckt sie wieder weg. »Nur falls ich einen Anfall bekomme. Ich habe da ein kleines Problem.«

»Billa hat mir davon erzählt«, gibt Dom knapp zurück und weigert sich, sich durch Mitgefühl ablenken zu lassen. »Und Drogenabhängigkeit auch, sagte sie. Woher sollen wir wissen, welches Röhrchen wir im Notfall nehmen sollen? Oder setzt du dir Spritzen?«

Tris platzt vor Lachen heraus. »Sei bloß nicht zu nett zu mir!«, meint er. »Sonst kommen mir noch die Tränen. Also, hier ist es.«

Er öffnet den Umschlag, lässt das Dokument herausgleiten

und schiebt es Dom über den Tisch zu. Sogar aus der Entfernung kann Dom erkennen, dass es sich um ein offizielles Testament handelt – obwohl es nicht von ihrem Familienanwalt aufgesetzt ist –, und ihm wird bang ums Herz. Er nimmt das Papier und studiert es aufmerksam. Kurz gefasst sagt es aus, dass Elinor Caroline St. Enedoc ihr gesamtes Vermögen, ihre Aktien und Besitztümer ihren Kindern Edward Henry und Wilhelmina Jane vermacht. Andrew Richard Carr erhält die Summe von zehntausend Pfund, die wieder an ihre Kinder zurückfällt, sollte er vor ihr sterben. Es ist unterzeichnet, datiert und von Zeugen beglaubigt.

Tris beobachtet ihn von der anderen Seite des Tisches aus. »Aber er ist nicht vor ihr gestorben«, sagt er. »Das habe ich überprüft.«

Dom liest das Testament noch einmal und schiebt es dann Tris wieder zu. »Das fällt dir aber spät ein, oder?«, fragt er. »Warum ausgerechnet jetzt? Wenn ich danach gehe, was Ed und Billa erzählt haben, hast du nicht mehr viel Zeit, das Geld auszugeben. Immer angenommen, dass das Testament nach so langer Zeit noch gerichtsfest ist.«

Diese kühlen, frostigen Augen betrachten Dom eingehend; dann wird ihr Blick weicher, und Tris sieht weg. »Es ist für Leon«, erklärt er.

Dom runzelt die Stirn. »Leon? Ist das dein Halbbruder?«

Tris schüttelt den Kopf. »Mein Bruder heißt Jean-Paul. Leon ist sein Sohn. Mein Neffe. Er ist gerade zwanzig.«

Dom starrt Tris an. Wie Billa und Ed ist er sich der vollkommenen Aufrichtigkeit in Tris' Erklärung bewusst. Er hegt nicht den geringsten Zweifel daran, dass er die Wahrheit sagt. Der Ausdruck in seinen Augen verrät Dom, dass Tris Leon sehr liebt.

»Ich bin mir sicher, dass Billa und Ed dir die Geschichte

schon erzählt haben«, sagt Tris. »Als mein Vater und ich von hier fortgingen, sind wir nach Toulon gezogen. Tante Berthe hat uns aufgenommen, und dann hat sie ein Kind von meinem Vater bekommen. Jean-Paul. Ich habe ihn so sehr geliebt! Das war meine erste Chance, wieder eine Familie zu haben, und als mein Vater weiterziehen musste, bin ich bei ihnen geblieben. Bei Tante Berthe und Jean-Paul. Ich hatte vor, für die beiden zu sorgen, sobald ich erwachsen war, doch ich habe es nicht gut gemacht. Schließlich musste ich fortgehen, und Jean-Paul hat eine Arbeit am Hafen angenommen. Mit Anfang zwanzig ist er umgekommen. Ein Unfall mit einer Maschine. Da war Leon noch ein Kleinkind. Tante Berthe ist kurz darauf gestorben, aber Leon lebt immer noch mit seiner Mutter in dem alten Haus in der Rue Felix Pyat. Sie bewohnen vier Zimmer im obersten Stockwerk. Er versucht, sich um sie zu kümmern – sie kränkelt sehr –, und er hat eine ganz gute Stelle im Jachthafen, doch sie haben es ziemlich schwer. Zehntausend Pfund sind im großen Weltgeschehen nicht viel, aber für Leon würden sie verdammt viel ausmachen.«

»Und du selbst besitzt nichts, was du ihm hinterlassen könntest?«

»Das Geld gehört mir. Es wurde mir vererbt, so wie dein Vater dir dieses Cottage und Ed und Billa Mellinpons hinterlassen hat. Das ist keine Schande. Elinor hat meinem Vater zehntausend Pfund hinterlassen, und er hat mir alles vermacht. Es gehört rechtmäßig mir.«

»Warum hast du das Testament nicht Billa und Ed gezeigt?«

»Es war nicht der einzige Grund, aus dem ich zurückgekommen bin, und ich wollte nicht beim ersten Besuch davon anfangen. Außerdem wollte ich, dass du es dir zuerst ansiehst. Ich weiß, dass das Dokument rechtsgültig ist. Ich habe das überprüfen lassen, obwohl sich sein Alter als ungünstig erweisen könnte. Doch ich wollte, dass du mir sagst, wie meine Chancen stehen, an das Geld zu kommen.« Er lacht. »Komm schon, Dom! Jetzt wach mal auf! Falls sich mir jemand in den Weg stellen wird, dann bist das du. Wir können es ebenso gut gleich hinter uns bringen. Billa und Ed würden sich wahrscheinlich anständig verhalten und zahlen, aber ich vermute, dass du immer noch großen Einfluss auf die beiden hast, und du wirst nicht ganz so leicht bereit sein, das Vergangene ruhen zu lassen.«

»Nein«, antwortet Dom ehrlich. »Das werde ich nicht. Meiner Erfahrung nach verändern Menschen sich nicht so stark.«

Tris schüttelt betrübt den Kopf. »Ich war ein kleines Kind, Dom. Mit vier habe ich meine Mutter tot auf dem Boden liegen gesehen, und seitdem habe ich mich keine Minute mehr sicher gefühlt. Was glaubst du, wie es sich angefühlt hat, plötzlich unter selbstbewussten Menschen mit Häusern, Familien, Hunden und all dem Zeug zu sein, das mir weggenommen worden war? Bevor ich herkam, hatte ich schon bei zwei anderen Familien gelebt, und ich kann dir sagen, dass ich ein paar ziemlich harte Lektionen gelernt habe. ›Immer einen Schritt voraus sein, sonst hat man schon verloren‹, wurde zu meinem Mantra. Der Erste sein, bevor irgendein anderer Bastard dir zuvorkommt.« Bei dem Wort »Bastard« hält er inne und schmunzelt. »Tut mir leid«, meint er. »Das war jetzt nicht besonders taktvoll.«

Dom lacht. Merkwürdigerweise sorgt der Umstand, dass Tris das Wort gebraucht hat, dafür, dass er sich ihm gegenüber offener fühlt; es trägt zu seiner Glaubwürdigkeit bei. »Nicht besonders«, pflichtet er ihm bei.

»Wahrscheinlich«, überlegt Tris nach kurzem Schweigen, »habe ich dich da angegriffen, wo mein eigener Schwachpunkt lag. Ich hatte meine Mutter verloren, also habe ich deine angegriffen. Ich bin kein Psychologe, doch hier könnte eine Verbindung liegen. Ich war zehn, und ich habe euch alle gehasst.«

Seine Ehrlichkeit ist erfrischend. Dom erlaubt sich, sich zu entspannen, nur ein klein wenig. Er zeigt auf das Testament. »Was hast du jetzt vor?«

Tris zuckt mit den Schultern. »Ich kann damit zu einem Anwalt gehen. Wie gesagt, ich wollte wissen, wie du reagierst. Würde ich denn das Geld überhaupt bekommen?«

Dom zögert. Wenn sie alle zusammenlegen, könnten sie die Summe wahrscheinlich aufbringen – aber warum sollten sie? Elinor hat das Testament aufgesetzt, weil sie Andrew liebte, doch zwei Jahre später hat er sie verlassen. Und er war nie der Mensch gewesen, den sie in ihm gesehen hatte. Dom zweifelt nicht daran, dass kein Geld fließen würde, wenn man all diese Fakten vor Gericht ausbreitete. Auf der anderen Seite war es Elinors Absicht, ihr Wunsch ... Und da ist noch Leon in Toulon, der versucht, seine kranke Mutter zu unterstützen und zu überleben. Unerwartet muss Dom an Harry denken, der ungefähr so alt wie Leon ist, aber viel besser dafür gerüstet, das Leben zu meistern.

Tris beobachtet ihn. Er nimmt das Dokument und steckt es wieder in seine Umhängetasche. »Vorher war es nicht so wichtig«, erklärt er. »Um ehrlich zu sein, habe ich nie geglaubt, dass es rechtskräftig wäre. Doch jetzt habe ich mein Todesurteil bekommen – und da ist noch Leon. Egal. Denk darüber nach! Ich bin noch bis zum Wochenende hier. Das Testament hat so viele Jahre gewartet, da kommt es auf ein paar Tage länger nicht an. Wie gesagt, war es nicht der einzige Grund, aus dem ich zurückgekommen bin.«

Er steht auf, und Dom tut es ihm nach.

»Soll ich Billa und Ed davon erzählen?«

Wieder zuckt Tris mit den Schultern. »Das überlasse ich dir.

Ich werde sie bestimmt nicht darauf ansprechen, ehe wir nicht noch einmal darüber geredet haben. Kommst du auch heute Nachmittag zum Tee?«

Dom denkt darüber nach und schüttelt den Kopf. »Ich glaube nicht. Wir treffen uns wieder, wenn ich die Möglichkeit gehabt habe, über alles nachzudenken. Vielleicht in vierundzwanzig Stunden.«

»Gut«, sagt Tris. Er zieht eine Karte aus der hinteren Hosentasche und legt sie auf den Tisch. »Da ist meine Handynummer.«

Er geht hinaus, und Dom schließt die Tür hinter ihm. Das Gespräch hat ihn bestürzt, verwirrt. Er braucht Zeit zum Nachdenken. Dom geht zur Hintertür, zieht seine Stiefel an und bricht zusammen mit Bessie, die vor ihm herläuft, in die Wälder auf.

Tris steigt in seinen Wagen und sitzt regungslos da. Dieses Mal spürte er keinerlei Drang zu lachen. Dom ist ein ganz anderes Kaliber als Ed und Billa, aber er glaubt, den richtigen Ton getroffen zu haben. Tris holt tief Luft und schließt die Augen. Die Unterhaltung hat ihn erschöpft. Er dankt allen Göttern auf einmal für Harry. Die Stunden, die er im Pub mit ihm verbracht hat, waren wirklich eine Gabe der Götter. Während dieser Zeit konnte Tris die schwächsten Punkte der St. Enedocs feststellen: Billas Kinderlosigkeit, Eds kreative und emotionale Fähigkeiten, Doms Liebe zu Harry. Ganz ungekünstelt hat der Junge all diese Fakten vor dem aufmerksamen, faszinierten Tris ausgebreitet.

Tris öffnet seine Tasche, zieht ein Röhrchen hervor und nimmt eine Tablette. Er fragt sich, ob Dom seine Liebe zu Leon bemerkt hat. Oh, das Gefühl ist schon echt – für Leon würde er alles tun –, aber hat Dom die Verbindung hergestellt, so stark mitempfunden, dass er Ed und Billa überzeugen wird, das Geld auszuspucken? Er wird abwarten müssen. Unterdessen ist er zum Tee nach Mellinpons eingeladen, und er kann den nächsten Schachzug des Spiels, das er wirklich spielt, einleiten. Das Gespräch mit Dom war einfach ein Nebenschauplatz, genau wie das Testament. Er hat nicht gelogen, als er sagte, es sei nicht der einzige Grund für seine Rückkehr.

Tris startet den Motor, wendet den Wagen und fährt über die Straße davon.

25. Kapitel

Clem tritt gerade aus der Haustür, als Sir Alec am Tor des Pfarrhauses vorbeigeht. Er geht langsam und trägt eine Tasche mit Einkäufen. Hercules zockelt hinter ihm her. Clem ruft ihn und geht ihm entgegen. Der Ältere wirkt müde und hinkt ein wenig, und Clem ist besorgt.

»Geht es Ihnen gut?«, fragt er. »Sie sehen ein wenig ›angeschlagen‹ aus, wie Pa sagen würde.«

Sir Alec verzieht das Gesicht. »Hab mir den Knöchel verstaucht. Bin einfach auf der untersten Treppenstufe ausgerutscht und umgeknickt. Nichts Ernstes. Wir haben es geschafft, zusammen am Strand entlangzuhumpeln, und Mrs. Sawle hat angeboten, die Einkäufe später zu liefern, wenn der Laden über Mittag schließt. Doch ich brauchte ein paar Sachen.« Hoffnungsvoll sieht er den Jüngeren an. »Haben Sie Zeit für einen Kaffee?«

Bedauernd schüttelt Clem den Kopf. »Gute Idee, aber ich habe einen Termin beim Pfarrer. Zeit genug, um Ihnen das nach Hause zu tragen, habe ich jedenfalls.«

Er nimmt Sir Alec, der sich nicht dagegen wehrt, die Tasche aus der Hand, und gemeinsam gehen sie den steilen Hügel hinauf.

»So langsam scheint alles in Ordnung zu kommen«, bemerkt Sir Alec, als er einen Moment stehen bleibt und eine Verschnaufpause einlegt. »Ich habe gehört, dass Tilly die Stelle bekommen hat. Das ist wirklich ein guter Anfang, nicht wahr?«

Clem steht wartend neben ihm und dreht sich um, um über das Meer hinauszusehen. So langsam wagt er zu glauben, dass wirklich alles in Ordnung kommt. »Das ist eine gute Nachricht, oder?« Er zögert, denn er will nicht zu optimistisch sein. »Die Schwestern sind sehr angetan.«

Sir Alec lacht leise und setzt sich wieder in Bewegung. »Schwester Emily führt sicher Freudentänze auf.«

»Genau«, pflichtet Clem ihm bei und denkt an die Begeisterung der Nonne. »Sie war sehr gut in Form, als ich sie gestern gesehen habe. Sie hat mir erzählt, dass sie anlässlich der Fastenzeit auf Selbstmitleid verzichtet, das aber schwieriger findet als gedacht.«

»Das Letzte, was ich mit Schwester Emily in Verbindung bringen würde, ist Selbstmitleid«, meint Sir Alec. »Doch ich vermute, wir haben alle auf die eine oder andere Art damit zu tun. Man wühlt in den Ungerechtigkeiten und dem Groll der Vergangenheit und klammert sich an ein Gefühl der Kränkung. Warum ist es nur so schwierig, alles loszulassen und weiterzumachen?«

Clem denkt darüber nach. »Vielleicht trägt es ja zu unserer Selbstgerechtigkeit bei, wenn wir uns verletzt und ungerecht behandelt fühlen. Wir brauchen große Gesten der Entschuldigung und der Demütigung, um unser Ego zu besänftigen.«

»Trotzdem«, sagt Sir Alec, als sie vor seiner Haustür stehen, »scheint das nicht zu Schwester Emilys Charakter zu passen. Wenn sie das Glas Wein aufgegeben hätte, das sie an Festtagen so genießt, dann wäre das meiner Meinung nach ein viel größeres Opfer gewesen.«

Clem lacht und sieht zu, wie Sir Alec nach dem Schlüssel kramt. »Ich glaube nicht, dass die Schwestern Festtage während der Fastenzeit genauso begehen wie sonst. Ich muss mich bei ihr danach erkundigen.«

Er hilft, die Einkäufe nach drinnen zu tragen. Dann eilt er wieder den Hügel hinunter, steigt ins Auto und denkt daran, wie er nach Madeleines Tod in den Ungerechtigkeiten der Vergangenheit gewühlt hat. Sein Zorn und Groll hatten dazu geführt, dass er seiner Berufung den Rücken gekehrt und sie drei Jahre lang geleugnet hatte. Bis zu dem Tag, an dem er die Anzeige gesehen hatte, in der ein Gärtner und Mädchen für alles in Chi-Meur gesucht wurde, und beschlossen hatte, sein Glück zu versuchen und den ersten Schritt auf dem Weg nach Hause zu tun. Es war ein Zeichen gewesen.

Vater Pascal hatte dasselbe Wort gebraucht, als Clem, der immer noch voller Groll und Zorn war, damals seine Zukunft infrage gestellt hatte, die trotz des heilenden Einflusses der Schwestern, Jannas und Vater Pascals immer noch dunkel aussah.

»Die Großzügigkeit von Fremden und die Liebe von Freunden sind Wegzeichen auf der Straße zu Gott«, hatte der alte Priester gesagt. »Die Verheißungen Gottes, der vor Ihnen auf dieser Straße wandelt.«

»Ich dachte, ich hätte diesen Weg schon eingeschlagen«, hatte er argwöhnisch geantwortet, »doch dann hat er sich vor meinen Augen in Luft aufgelöst.«

»Sie haben doch Chi-Meur gefunden«, erklärte ihm Vater Pascal. »Sie befinden sich wieder auf der Straße, und vielleicht sind Sie sogar ein Stück weitergekommen. Aber die Initiative liegt bei Gott.«

Als Clem jetzt aus dem Dorf hinausfährt, fühlt er sich vollständig auf den Frühling eingestimmt, der sich überall um ihn herum entfaltet. Die kalte, versiegelte Erde rührt sich, bricht auf und bringt neues Leben hervor, und Clem ist von Hoffnung und Energie erfüllt. Seine so lange erstarrten Gefühle beginnen, sich zu entfalten wie die Blätter, und es ist ein sehr schmerzhafter Vorgang. Dank Jakey kann er noch lieben und zärtlich sein; und dank Dossie und Mo und Pa weiß er immer noch, wie man Zuneigung und Fürsorge zeigt. Doch der

268

Gedanke, sich in einer langfristigen emotionalen und körperlichen Beziehung zu verpflichten, erfüllt ihn mit Entsetzen.

Wir werden genug Zeit haben, einander kennenzulernen, versichert er sich selbst. Jakey wird die Zeit brauchen. Wir alle.

Bei Tillys Vorstellungsgespräch war er sehr beeindruckt von ihr: Sie war konzentriert, eifrig und sich sehr bewusst, was das Haus der Einkehr brauchen würde, um weiter voranzukommen. Offensichtlich hatte sie ihre Hausaufgaben gemacht, über andere Einkehrhäuser recherchiert und Chi-Meurs Stärken und Schwächen abgewogen. Alle waren entzückt von ihr, und er war geradezu närrisch stolz und musste sich davon abhalten, die ganze Zeit dümmlich zu grinsen. Nur einmal hatten sich seine und Schwester Emilys Blicke getroffen, und er wusste, dass sie insgeheim einander abklatschten, obwohl beide nicht einmal lächelten.

Anschließend hatte Schwester Emily Tilly davongeschleppt, um sich die Priesterwohnung noch einmal anzusehen und Janna kennenzulernen, und erst sehr viel später hatte Clem Gelegenheit gehabt, ihr zu ihrer Präsentation zu gratulieren und ihr zu sagen, wie gut sie sich geschlagen hatte. Er gewöhnte sich inzwischen daran, wie ihre Wangen dann leicht rosig anliefen und sie die Lippen zusammenpresste, damit sie nicht strahlte.

»Ich kann es kaum erwarten, mit der Arbeit anzufangen«, sagte sie. »Ich muss natürlich im Pub kündigen, aber das ist kein Problem, und ich muss die Kunden von U-Connect weiter betreuen, bis ich bei den letzten fertig bin.«

»Vielleicht könnten Sie ja beides miteinander vereinbaren. Wäre das möglich?«

»Beinahe«, gab sie vorsichtig zurück. »Ich habe ein paar neue Leute, die Skype brauchen, und da ist natürlich noch Sir Alecs Datenbank. Die kostet sicher noch viel Zeit.«

»Nun, im Stich lassen können Sie ihn selbstverständlich nicht.

Ich bin mir sicher, dass die Sache zu bewältigen ist. Geben Sie mir Bescheid, wenn Sie irgendwie Hilfe brauchen!«

Da strahlte sie ihn doch an, voller Aufregung über die Aussichten, die sich ihr eröffneten, und er hätte sie am liebsten in die Arme gezogen und geküsst.

»Das werde ich«, versprach sie. »Elizabeth ist großartig. Man hat sie zu meiner Assistentin ernannt, und unsere erste Aufgabe ist, das Büro aufzuräumen. Sie hat tolle Arbeit geleistet, aber ich glaube, sie ist sehr erleichtert darüber, dass ich sie übernehme. Alle sind wirklich nett.«

»Gut«, meinte er leichthin und steckte die Hände in die Taschen, damit er sie nicht womöglich nach Tilly ausstreckte. »Ich dachte, Schwester Emily würde einen Freudentanz aufführen.«

»Ich liebe sie total«, versetzte Tilly inbrünstig, und dann sahen die beiden einander einen langen, vielsagenden Augenblick lang an, bis sie erneut errötete und erklärte, sie solle mit Schwester Emily und Janna Kaffee trinken und müsse gehen.

Bei der Erinnerung lächelt Clem. Dann denkt er an den Pfarrer und tritt aufs Gaspedal.

Alec trägt seine Einkäufe in die Küche und beginnt, sie auszupacken. Nach dem Gang zum Strand und zurück hämmert es in seinem Knöchel. Dankbar setzt er sich, bückt sich und berührt ihn vorsichtig. Er spürt es unter der elastischen Bandage pochen.

»Du solltest eben nicht in Hausschuhen herumschlurfen«, hört er Rose sagen. »Dummer alter Narr! So schafft man es, ins Krankenhaus gekarrt zu werden, und was dann?«

Er seufzt, ein Eingeständnis, dass Letzteres sein schlimmster

Albtraum ist, und steht wieder auf, um die Lebensmittel wegzuräumen.

»Wir trinken einen Kaffee, alter Junge«, murmelt er Hercules zu, »und essen einen Schokoladenkeks. Nun ja, ich. Für
dich ist so etwas leider nicht gut. Wir müssen dafür sorgen, dass
du nicht zunimmst. Du bist ja heute kaum den Hügel hinaufge-
kommen, armer Kerl!«

Alecs zweitschlimmster Albtraum ist, dass Hercules etwas
zustößt. Er könnte sich ein Leben ohne den Hund nicht vorstellen.

Bei dem Wort »Keks« schlägt Hercules' Schwanz hin und
her und prallt gegen die Schranktüren, und der Labrador
hechelt hoffnungsvoll.

»Warte mal!«, sagt sein Herrchen. »Lass mich doch erst mal
machen! Muss dieses Zeug in den Kühlschrank legen.«

Er räumt die Tüte aus, faltet sie zusammen und steckt sie
wieder in die Tasche.

»Was würde ich nur tun, wenn ich keinen Hund zum Reden
hätte?«, fragt er Hercules. »Sag mir das! Wahrscheinlich würde
ich Selbstgespräche führen. Aber das ist ganz und gar nicht
dasselbe.«

Alec nimmt eine Schachtel mit Hundekuchen herunter, gibt
Hercules einen, füllt den Wasserkocher und setzt sich dann
wieder. Er wünscht sich sehnsüchtig, Rose würde hereinkommen, herumwerkeln, alles in Ordnung bringen und den Kaffee
kochen. Oder Tilly würde auf der anderen Seite der Diele in seinem Arbeitszimmer sitzen und an seiner Datenbank arbeiten.
Das Wasser kocht, und der Kocher schaltet sich ab; doch Alec
rührt sich nicht. Aber als das Telefon klingelt, steht er rasch auf,
verflucht den stechenden Schmerz in seinem Knöchel und humpelt zum Telefon.

»Bancroft.«

Es ist Dom, der sich nach seinem Befinden erkundigt und ein Treffen vorschlägt.

»Sehr gern«, sagt Alec. »Das Problem ist, dass ich momentan ein wenig angeschlagen bin. Mein Knöchel will nicht richtig. Ich bin mir nicht sicher, ob Autofahren da eine gute Idee ist.«

Aber das macht Dom nichts aus. Er wird gern nach Peneglos hinüberfahren, wann immer es passt.

»Kommen Sie doch zum Mittagessen!«, meint Alec eifrig. »Ich habe im Laden gerade frische Brötchen gekauft und habe schönen Käse. Kein großes Festmahl, doch ich werfe schon etwas zusammen. Ist das für Sie in Ordnung?«

Dom gefällt diese Idee sehr gut, und er erklärt, er werde selbst gekochte Suppe mitbringen. Alec legt mit einem erleichterten, vergnügten Seufzer auf. Jetzt hat er etwas, auf das er sich freuen kann, und seine Stimmung hebt sich.

In der alten Butterfabrik geht wenig später Billa in der Küche auf und ab und lässt die Uhr nicht aus den Augen. Sie hat Tris für halb vier eingeladen, und es ist schon fast Viertel nach drei. Sie und Ed haben sehr einfach zu Mittag gegessen; keiner von ihnen hatte großen Hunger.

»Komisch, oder?«, meint Ed. »Ich empfinde ihm gegenüber nicht mehr ganz wie vorher. Das Problem ist, ich habe ihn so lange nicht leiden können, dass es sich merkwürdig anfühlt.«

»Um ehrlich zu sein, hatte ich seit Jahren nicht mehr an ihn gedacht«, sagt Billa. »Und dann, als wir die erste Karte bekamen, stand mir alles wieder so lebendig wie immer vor Augen. Eigentlich furchtbar, dass man so lange an einem so destruktiven Gefühl festhalten kann. Es ist herzzerreißend, daran zu denken, wie er seine tote Mutter gefunden hat. Kein Wunder, dass er sich so abscheulich benommen hat.«

»Und es muss schrecklich sein, wenn man erfährt, dass man nicht mehr lange zu leben hat«, setzt Ed hinzu. »Armer Kerl!«

Jetzt geht Billa wieder auf und ab. Sie ist enttäuscht, dass Dom nicht zum Tee kommt, doch er hat ihnen seine Gründe erklärt.

»Es hat mir einen Schock versetzt, ihn einfach so an der Tür stehen zu sehen«, hat er vorhin am Telefon gesagt. »Ich weiß, du hast mich gewarnt, aber wenn es dann wirklich passiert, ist es immer etwas ganz anderes, oder? Ich wünsche mir einfach Zeit zum Nachdenken. Bestimmt sehe ich ihn noch einmal, bevor er abreist.«

Billa kann verstehen, dass Dom Zeit braucht, um Bilanz zu ziehen. Sie alle haben unter Tris gelitten, und es ist nicht so einfach, wie es scheint, den verlorenen Sohn zu Hause willkommen zu heißen. Bär schlummert vollkommen gelassen und der Länge nach ausgestreckt auf dem Sofa, und Billa beneidet ihn um seine entspannte Abgeklärtheit. Sie bleibt neben ihm stehen und streichelt sein weiches Fell. Eines seiner Augen öffnet sich halb, er wedelt schwach mit dem Schwanz und schläft weiter.

Aber jetzt hört sie einen Motor, eilt zum Fenster und sieht, wie Tris' Wagen über die kleine Brücke gefahren kommt und neben der Garage parkt. Tris steigt aus und wirkt ebenso entspannt und gelassen wie Bär, und Billa mustert ihn, weil sie sich sicher fühlt, dass er sie nicht sehen kann. Als er sich ins Wageninnere beugt, um die Tasche zu nehmen, die er schon beim letzten Mal bei sich hatte, sieht sie in seinen schnellen Bewegungen und seiner schlanken, Energie ausstrahlenden Gestalt, was ihre Mutter an Andrew angezogen haben muss. Blitzkurz erinnert sie sich an Andrew, der sich im Bett ihrer Mutter rekelt, die starke Hand um ihr zartes Gelenk gelegt hat wie eine Handschelle und mit halb geschlossenen Augen Billa zulächelt, die steif und angespannt in der Tür steht. Sie erinnert sich an die

Vernarrtheit ihrer Mutter, und als Tris jetzt die Tasche über die Schulter schwingt und sich umdreht, um das Haus anzusehen, fühlt sie sich von seiner geradezu magnetischen Ausstrahlung angezogen, der gleichen Mischung aus Erotik und nervöser Energie, für die sich einst Elinor St. Enedoc zur Närrin gemacht hat.

Schnell tritt Billa an die Tür und öffnet sie. »Hi«, sagt sie. »Komm doch herein!« Und dann wendet sie sich ab, eilt in die Halle und ruft nach Ed. »Kommst du, Ed? Tris ist da.«

Aus irgendeinem Grund will sie nicht allein mit ihm sein, und ihre Reaktion schockiert und verwirrt sie. Sie geht zurück in die Küche. Tris steht an der Tür. Er wirkt ein wenig perplex darüber, dass die Küche leer ist.

»Tut mir leid«, sagt sie. »Ich habe nur schnell Ed gerufen. Er ist in seinem Arbeitszimmer.«

Tris lächelt nostalgisch. »Ah«, meint er. »Das Arbeitszimmer. Das Allerheiligste. Das durfte ich nicht allein betreten, stimmt's?«

»Nun ja, es war das Zimmer unseres Vaters gewesen«, sagt sie beinahe entschuldigend und ist immer noch aus dem Gleichgewicht gebracht, weil sie sich von ihm angezogen fühlt. »Ed lag sehr viel daran. Daran hat sich nichts geändert.«

»Dann bekomme ich es bestimmt auch heute nicht zu sehen«, meint Tris spöttisch. »Na schön. Ich schätze, damit kann ich leben.«

»Natürlich kannst du es sehen«, gibt Billa fast empört zurück, als hätte Ed ihm die Bitte bereits abgeschlagen. »Damals war die Situation auch eine andere. Nach dem Tod unseres Vaters waren Ed und ich am Boden zerstört.«

Selbst für ihre eigenen Ohren klingt sie, als suchte sie nach einer Erklärung für ihr Verhalten, und um ihre Feindseligkeit wieder anzufachen, muss sie sich ins Gedächtnis rufen, dass

Tris mit alldem angefangen hat. Doch sofort stellt sie sich den hilflosen Vierjährigen vor, der neben der Leiche seiner Mutter kauert, und Mitleid für ihn überwältigt sie. Sie wirft ihm einen Blick zu und sieht diese kühlen, klaren grauen Augen, die auf sie gerichtet sind, als könnte Tris direkt in ihren Kopf hineinsehen. Als er lächelt, fühlt sie sich sehr unbehaglich und merkwürdig zittrig.

»Tee!«, ruft sie aus und schiebt den Kessel auf die Herdplatte. Ihre Stimme klingt falsch, darin liegt eine entschlossene Fröhlichkeit wie bei der Karikatur einer Lehrerin aus einem Film aus den 1930er Jahren.

»Sehr gern«, sagt er in ganz natürlichem Tonfall. »Danke, ich weiß das zu schätzen, Billa. Ich freue mich, dass ich noch einmal kommen konnte.«

»Würdest du dich gern umsehen?«, fragt sie. Jetzt klingt sie wieder normal. »Nur, um festzustellen, ob du dich noch an etwas erinnerst?«

»Das wäre mir ein großes Vergnügen«, sagt er. »Ich erinnere mich sehr gut an diese Küche. Dieser große Tisch mit der Schieferplatte ist erstaunlich. Und ich weiß noch, dass es in der Halle einen eigenartigen Kamin gab und die Decke sehr hoch reichte. Stimmt das?«

»Absolut richtig. Komm und sieh es dir an!«

Sie geht voran und tritt in die Halle. Dabei kommt sie an Bär vorbei, der komatös liegen bleibt und keinen Versuch macht, Tris zu begrüßen

»Hi, alter Junge«, sagt Tris zu ihm, berührt ihn jedoch nicht. Er folgt Billa in die Halle, sieht sich um und schaut zu der hohen Kuppeldecke auf. »Wow«, meint er leise. »Das ist wirklich beeindruckend, was?«

In diesem Moment tritt Ed aus seinem Arbeitszimmer, steht auf der Galerie und schaut zu ihnen herunter.

»Tris sagte gerade, dass er dein Arbeitszimmer nie allein betreten durfte«, spricht Billa ihn an. »Könntest du ihn im Haus herumführen, während ich den Tee koche?«

»Sicher«, sagt Ed sehr ungezwungen und ganz gelassen. »Komm herauf, Tris! An wie viel hiervon erinnerst du dich?«

Das ist wirklich komisch, denkt Billa, als sie zurück in die Küche geht. Über Nacht ist er vom Ungeheuer zu einem willkommenen Gast geworden. Wie geht das bloß?

Beim Teekochen summt sie vor sich hin und legt ein paar kleine Kuchenstücke auf einen Teller. Billa summt nie, und sie weiß, dass sie es nur tut, um sich davon abzulenken, dass sie Tris attraktiv findet und sie ihre Mutter dadurch in einem anderen Licht sieht. Sie hat das Gefühl, als wiederholte sich irgendwie die Vergangenheit, und sie sieht ihre Mutter und Andrew zusammen und fühlt sich von diesen Bildern zugleich angezogen und abgestoßen.

Ed und Tris kommen angeregt plaudernd herein, und sie dreht sich um. Sie ist entschlossen, sich gelassen zu geben.

»Diese Herrentasche ist hübsch«, erklärt sie leichthin. »Sehr hübsch sogar. So etwas könnte mir auch gefallen.«

»Ach, die.« Tris lächelt, lässt sie von der Schulter gleiten und hängt sie über die Stuhllehne. »Darin transportiere ich meine Medikamente. Ich trage selten ein Sakko, und in der Hosentasche lassen sich die Röhrchen nur unbequem tragen. Ich habe auch meine Verordnung darin, in einer Brieftasche, und Anweisungen für den Fall, dass es mir plötzlich schlecht geht. Kürzlich hatte ich einen Zusammenbruch, und da habe ich gelernt, dass es sehr vernünftig ist, alles zur Hand zu haben. Alles, was ich brauche, ist da, nur für den Fall der Fälle.«

Seine Antwort erwischt Billa auf dem falschen Fuß, und sie schämt sich für ihre Oberflächlichkeit, aber Tris streckt rasch die Hand aus und berührt ihr Handgelenk. Er greift herum, sodass seine Finger eine Handschelle bilden, und lässt es dann ebenso rasch wieder los. Ed bekommt überhaupt nichts davon mit.

Aber Bär, der aus seinem Schlummer geweckt worden ist, bemerkt es und klettert leise knurrend von seinem Sofa, trottet durch die Küche und bezieht neben Billa Stellung. Geistesabwesend streichelt sie ihm den Kopf, während das Wasser im Kessel kocht, und wendet den beiden Männern, die jetzt über Eds Arbeiten im Wald am Fluss diskutieren, den Rücken zu.

»Da unten sieht man eine ganz schöne Veränderung«, meint Ed gerade. »Wir spazieren nach dem Tee hinunter.«

»Großartig«, sagt Tris. »Darüber würde ich mich freuen. Dort in dem Wald, gleich am Rand des Moores, war ich früher sehr glücklich. Manchmal, wenn ich Ausgang hatte und ihr beide im Internat wart, bin ich mit Bitser dort hinaufgegangen. Ich habe mich frei gefühlt, versteht ihr? Hatte das Gefühl, dass es doch funktionieren könnte. Einmal bin ich dort oben in ein Unwetter geraten, und Bitser wollte nicht mit zurückkommen. Ich glaube, er hat nach einem Kaninchen gegraben; ich habe nach ihm gegriffen, und da hat er mich gebissen. In die Hand, ziemlich tief.« Er sieht Billa an, die sich zu ihm herumgedreht hat. »Heute kann ich wenigstens sagen, dass es mir leidtut.«

Schockiert starrt sie ihn an, und er zuckt auf sehr französische Art mit den Schultern, eine Bewegung, an der Schultern und Hände beteiligt sind.

»Viel zu spät, ich weiß. Aber ich wollte, dass du es erfährst.«

Dann kocht das Wasser, Billa gießt den Tee auf, und sie setzen sich gemeinsam an den Tisch.

26. Kapitel

Um sieben Uhr morgens, wenn gerade die Sonne aufgeht, ist das Waldstück am Fluss ein geheimnisvoller Ort. Dom, der im ersten Tageslicht mit Bessie spazieren geht, wird durch das laute Vogelzwitschern von seinen Gedanken an Tris abgelenkt, dem Schmettern ihrer Stimmen, das zwischen den kahlen, leeren Ästen widerhallt, dem Flattern und Schlagen ihrer Flügel und dem unablässig rauschenden Wasser. Auf dem Weg vor ihnen hüpft ein helles Hasenschwänzchen auf und ab, und Bessie jagt ihm nach. Im Rennen wirbelt sie hinter sich Wolken aus totem Laub und Erdklumpen auf. Unter den Bäumen, wo das Terrain zum Moor hin ansteigt, leuchten zwischen Felsbrocken Narzissen. Später kommen die Glockenblumen, und im April blühen die Azaleen lila, weiß und rot, und auch die gelbe Passionsblume mit ihrem himmlischen Duft.

Zufrieden begutachtet Dom die Arbeit, die Ed und er im Lauf der Jahre hier hineingesteckt haben. Sie müssen Tausende von Blumenzwiebeln gesetzt haben. Die Schneeglöckchen verblühen jetzt, aber neben dem Weg wachsen Nieswurz und winzige Alpenveilchen. Er geht weiter und konzentriert sich erneut auf sein gestriges Gespräch mit Sir Alec. Endlich hat er ihm von Andrew und Elinor erzählt, von Tris' Rückkehr mit dem Testament und Eds und Billas Reaktionen.

Alec hatte ein paar informative Fragen gestellt und dann eine Zeit lang geschwiegen.

»Würden Sie sich an unserer Stelle von dem Geld trennen?«, fragte Dom schließlich. »Verstehen Sie, ich weiß, dass Billa und

Ed sich von Tris' Geschichte beeinflussen lassen werden. Er tut ihnen jetzt schon leid, und sie bedauern, wie sie vor vielen Jahren auf ihn reagiert haben. Ed rührt es, dass Tris bald sterben wird, und Billa bewegt der Umstand, dass er mit vier Jahren seine Mutter tot aufgefunden hat. Und ich habe ihm geglaubt, als er mir von seinem Halbbruder und seinem Neffen erzählt hat. Wenn Billa und Ed von dem Testament erfahren, werden sie – ob zu Recht oder Unrecht – das Gefühl haben, dass irgendeine Wiedergutmachung erforderlich ist.«

»Und das sind wirklich alles Tatsachen?«

Dom zögerte. »Es ist merkwürdig«, sagte er langsam, »doch ich glaube ihm, und die beiden anderen auch. Er ist ein Glücksritter, er ist drogensüchtig, und normalerweise würde ich sagen, dass er absolut nicht vertrauenswürdig ist, aber ja, ich glaube ihm. Ist das nicht verrückt?«

»Nein, ganz und gar nicht«, antwortete Alec sofort. »Es ist genauso möglich zu entdecken, ob jemand die Wahrheit sagt, wie es möglich ist, ohne jeden Zweifel zu erkennen, dass jemand lügt.«

»Aber würden Sie das Geld zahlen? Billa und Ed haben mich immer als älteren Bruder betrachtet, und sogar jetzt, da wir alle so alt sind, könnte ich sie beeinflussen.«

»Was ist denn Ihre eigentliche Angst?«

»Tris behauptet, er werde bald sterben, und das Geld sei für seinen Neffen Leon. Wahrscheinlich könnte man sagen, dass wir kein Recht haben, darüber zu entscheiden, was Tris mit dem Geld anfängt, wenn wir das Gefühl haben, das Testament sei gültig. Doch ein Teil von mir möchte auf keinen Fall, dass zehntausend Pfund in die Tasche eines Drogendealers fließen. Ich würde gern wissen, ob jemand namens Leon existiert, der mit seiner Mutter in der Rue Felix Pyat in Toulon lebt.«

»Aber Sie sagten doch, Sie glauben, der Junge existiert?«

»Ja, und ich frage mich, ob Leon das Geld nicht direkt bekommen sollte.«

Alec zog die Augenbrauen hoch und stieß einen leisen Pfiff aus. »Indem Sie Tris übergehen? Ihn heraushalten?«

»Er sagt, dass er das Geld für Leon will. Dass er bald sterben wird und es nicht mehr gebrauchen kann. Stellen wir ihn also auf die Probe.«

»Und wie?«

»Das ist jetzt der Punkt, an dem Sie ins Spiel kommen. Ist es möglich, dass Sie noch Verbindungen haben, über die man ein paar Nachforschungen anstellen könnte?«

»Oha, jetzt begreife ich, wie Sie denken! Ich soll den Jungen – Leon – überprüfen, und wenn er wirklich dieser hart arbeitende Bursche ist, der für seine Mutter sorgt, dann können Sie Tris sagen, dass Sie das Geld direkt an Leon weiterleiten.«

»So hatte ich mir das vorgestellt. Und wenn Tris sich sträubt, können wir alle noch einmal überlegen. Das Testament würde von keinem ordentlichen Gericht anerkannt. Offensichtlich hat Andrew Elinor überredet, es von seinem eigenen Anwalt aufsetzen zu lassen und nicht durch den Familienanwalt. Deswegen wussten Billa und Ed auch nichts davon. Das alles ist so lange her, und ich kann mir vorstellen, dass man beweisen könnte, dass Andrew ein Abenteurer war. Ich möchte auch ganz genau wissen, wann er gestorben ist. Wir haben nur Tris' Wort darauf, dass es nach Elinors Tod war. Ich finde, man sollte die Wünsche der Verstorbenen achten, aber möglicherweise hätte Elinor dieses Testament geändert, nachdem ihr klar geworden war, dass Andrew nie zurückkommen würde. Doch damals hatte sie ja angefangen, unter diesen furchtbaren Depressionen zu leiden. Vielleicht dachte sie auch, auf zehntausend Pfund komme es nicht an; oder sie hat es einfach vergessen. Die Sache ist die: Wir könnten vielleicht darüber nachdenken, ob wir das Geld aufbringen können, falls es schlussendlich einer guten Sache dient. Dann wäre der Ehre Genüge getan.«

»Das klingt sehr fair«, meinte Alec, »und sehr großzügig. Ich kann immer noch einige Beziehungen spielen lassen. Geben Sie mir vierundzwanzig Stunden Zeit!«

Dom geht weiter und fragt sich, was Sir Alecs Informanten wohl herausfinden. Hinter den Bäumen geht die Sonne auf und wirft scharfe, schwarze Schatten über den Weg, die wie Gitterstäbe wirken. Mit einem blauen Aufblitzen huscht über Doms Kopf ein Häher durch die kahlen Äste, und sein rauer Schrei klingt spöttisch, höhnisch. Dom beobachtet ihn und fühlt sich mit einem Mal beunruhigt. Er fragt sich, ob ihm etwas entgangen ist und ob er Billa und Ed wegen des Testaments warnen soll. Aber er möchte es ihnen lieber persönlich erklären, und momentan will er noch auf Sir Alec warten, damit er alle Fakten beisammen hat. Vierundzwanzig Stunden hat er gesagt. In vierundzwanzig Stunden kann nichts passieren. Offenbar hat Tris Wort gehalten und Billa und Ed nichts von dem Testament erzählt, aber Dom fühlt sich trotzdem unwohl. Vielleicht war es doch eine Dummheit, sich Zeit zum Nachdenken darüber zu nehmen. Er wird Billa anrufen und vorschlagen, dass er heute Abend auf einen Drink vorbeikommt. Vielleicht hat er bis dahin ja schon etwas von Sir Alec gehört. Bessie läuft schwanzwedelnd auf ihn zu. Sie ist zufrieden mit sich selbst und will jetzt ihr Frühstück. Gemeinsam gehen sie weiter.

Ed beendet sein Frühstück und schiebt seinen Teller beiseite. Er weiß, dass Billa über Tris reden und den gestrigen Besuch noch einmal durchsprechen will, aber er kann sich einfach nicht darauf konzentrieren. Sein Kopf ist voller Bilder, voller Szenen, die vor seinem inneren Auge aufflammen. Sie handeln von den Legenden über die kornischen »Knockers«, die tief in den Zinnminen wohnen, und den Riesen, der ins aufgewühlte Meer hinauswatet, um vorbeisegelnde Schiffe zu packen und hilflose Seeleute in den Tod zu zerren. Er sieht den Jungen und das weiße Pferd, den jungen Adligen mit seinem blitzenden Schwert und einen weiteren Knaben, der kleiner und verwundbarer ist und mit drei großen Hunden reist, die ihn beschützen. Die Geschichte beginnt, sich in seinem Kopf zusammenzufügen und zu fließen, und ab und zu kritzelt er Pfeile auf den Block, der neben ihm auf dem Tisch liegt.

»Dom schlägt vor, dass wir Tris morgen zum Kaffee einladen«, sagt Billa zu ihm. »Er hat versprochen, auch zu kommen. Ich halte das für eine gute Idee. Was meinst du? Wir alle zusammen. Aber Dom würde auch gern heute Abend auf einen Drink vorbeikommen. Ich habe gesagt, das ist in Ordnung. Ich bin gegen sechs aus Wadebridge zurück.«

Ed nickt unverbindlich. Er wäre mit allem einverstanden, solange er in sein Arbeitszimmer hinaufgehen und arbeiten kann. Billa erkennt die Zeichen und zuckt resigniert mit den Schultern. Ed sieht es und bekommt sofort ein schlechtes Gewissen.

»Das ist schön«, sagt er. »Dom zu sehen, meine ich. Und Tris. Es ist gut, wenn wir alle so etwas wie einen Abschluss finden.«

Billa nickt. »Ich fühle mich immer noch ein wenig schuldig. Wir waren nicht besonders nett zu Mutter, oder? Haben gar nicht berücksichtigt, dass sie nach Daddys Tod einsam war.«

»Wir waren nicht alt genug, um das zu verstehen«, argumentiert Ed realistisch. »Wir konnten uns nicht vorstellen, dass sie einen Ersatz für ihn brauchte, und dachten, sie solle mit uns zufrieden sein. Schließlich sind wir auch nie auf die Idee gekommen, wir bräuchten einen neuen Vater.«

»Die Sache war aber die, dass wir Dom hatten«, meint Billa. »Er tauchte exakt zu dem Zeitpunkt auf, als wir ihn brauchten. Mutter hatte niemanden. Ich bin wegen Andrew ziemlich gemein zu ihr gewesen.«

Ed beobachtet sie. Tris' Auftauchen hat sie verändert, lässt sie weicher erscheinen, und das bereitet ihm leise Sorgen. »Wir waren Kinder«, sagt er tröstend. »Kinder sind von Natur aus egoistisch. Wir hatten jede Menge Gründe für unser Verhalten. Es ist nicht gut, Fehler aus der Vergangenheit isoliert zu betrachten. Wir müssen uns an den Gesamtzusammenhang erinnern, sonst bekommen wir ein ganz einseitiges Bild davon. Geh mit dir nicht so hart ins Gericht!«

Sie lächelt ihm dankbar zu. »Das werde ich nicht«, sagt sie. »Ich wünschte nur, ich wäre ein wenig netter zu ihr gewesen, bevor sie gestorben ist. Diese furchtbare Depression war ihr Verderben. Sie hat ja nur noch im Morgenmantel herumgesessen und diese schrecklichen Tränenausbrüche bekommen. Ich glaube wirklich, sie war der Meinung, Andrew hätte sie wegen einer anderen verlassen, weißt du. Sie hat ihn ehrlich geliebt, aber ich denke, auf eine sehr körperliche Art, die sie in den Wahnsinn getrieben hat.«

Ed weiß nicht recht, wie er darauf reagieren soll; solche Gespräche führt er normalerweise nicht.

»Hmm«, meint er vage. »Da könntest du recht haben.«

Billa steht vom Tisch auf. »Geh ruhig arbeiten!«, sagt sie. »Ich rufe Tris wegen morgen an und bringe dir später Kaffee hoch. Vergiss nicht, dass wir früh zu Mittag essen!«

»Okay«, antwortet er erleichtert. »Großartig.«

Er sucht seine Papiere zusammen, eilt nach oben in sein Arbeitszimmer und schließt die Tür hinter sich. Einen Moment lang steht er reglos da, und der Raum scheint an ihn heranzurücken und wieder still zu werden. Er heißt ihn willkommen. Ed holt tief und glücklich Luft und setzt sich an seinen Schreibtisch.

»Ich glaube, jetzt haben wir alle im Terminkalender«, sagt Sarah. »Bist du dir sicher, dass du mit den paar, die mehr Zeit brauchen, zurechtkommst?«

»Ziemlich sicher«, gibt Tilly zuversichtlich zurück. »In Chi-Meur werden sie sehr flexibel sein, und weil ich auf dem Gelände wohne, kann ich immer sehr früh oder sehr spät am Tag arbeiten. Während der nächsten zwei Wochen mache ich Überstunden im Pub, und dann ist dort Schluss. Sorge dich nicht! Ich lasse schon niemanden im Stich. Sir Alec braucht noch um einiges länger. Wenn wir hier fertig sind, fahre ich für eine Stunde zu ihm.«

George beginnt zu quengeln, und Tilly hebt ihn aus seinem Stühlchen, tanzt mit ihm und prustet ihm Küsse auf den Hals, bis er kichert. Sie sieht, dass Sarah am liebsten eine Bemerkung darüber machen will, dass sie ihn verwöhnt, aber gerade noch schafft, sich zu bremsen, und Tilly spürt eine große Zuneigung zu ihr. In letzter Zeit erlebt sie solche Momente ziemlich oft, bei Dom, bei Billa und Ed, bei Sir Alec. Sie ist so glücklich, dass sie beinahe übersprudelt – doch sie weiß, dass sie Sarah mit einer solch überschäumenden Freude leicht in Verlegenheit bringen wird. Daher widersteht sie dem Drang, Sarah zu umarmen, und beschränkt sich darauf, Georges weiche, samtige Wange zu küssen.

»Wann ziehst du um?«, fragt Sarah sie gerade. Sie überprüft immer noch die Datenbank und macht sich Notizen.

»Montag in einer Woche. Bis dahin habe ich ganz viel von unserer Arbeit erledigt, und im Pub bin ich fertig. Du musst einmal heraufkommen und dir die Priesterwohnung ansehen.

Direkt unter den Fenstern wächst eine große Gruppe Flieder-
büsche. Schwester Emily sagt, wenn sie blühen, duftet es paradiesisch.«

»*Paradiesisch*«, schnaubt Sarah. »Typisch Nonne! Und du
wirst das Apartment doch nicht weiter ›Priesterwohnung‹ nennen, oder? Die Leute werden das ein wenig komisch finden.«

Tilly zuckt mit den Schultern. »Ist mir doch egal. Jeder benutzt diesen Namen. Ich kann nicht einfach einziehen und ihn
ändern. Schließlich ist es nicht meine Wohnung. Außerdem
gefällt er mir ganz gut.«

»Als Nächstes legst du noch die Ordensgelübde ab«, meint
Sarah schnippisch. »Was wird denn aus deinem Ruf, wenn du deinen Freunden erzählst, dass du demnächst im Kloster wohnst?«

»Sie finden das sogar ziemlich cool, und Mum und Dad
freuen sich, nachdem sie über den Schock hinweg sind. Ihrer
Meinung nach bin ich jetzt wirklich in Sicherheit. Das ist sogar
noch besser als Mr. Potts' Schlafzimmer.«

Tilly setzt sich und hält George auf dem Schoß. Sie ist traurig
darüber, dass ihre Freundin fortgeht, und sie wird sie vermissen, doch sie wünscht sich, Sarah wäre optimistischer, was
ihren eigenen Umzug angeht.

»Lass uns noch einmal den Prospekt über das Haus ansehen!«, sagt Tilly. »Es sieht wirklich nett aus. Ich wette, du
kannst es kaum abwarten, dass Dave nach Hause kommt und
es losgeht. Es wird bestimmt richtig toll, mit Dave und den
Jungs in dieses Haus zu ziehen.«

Sarah steht vom Computer auf und holt die Mappe mit den
Unterlagen über das viktorianische Reihenhaus. Sie setzt sich
wieder, sodass die Mappe zwischen ihnen liegt. Tilly rückt
George auf die Seite, und zusammen lesen sie die Beschreibung
noch einmal.

Kurz darauf fühlt sie sich ziemlich erleichtert, Sarahs Cottage verlassen und zu Sir Alec fahren zu können. Er begrüßt sie herzlich, aber sie sieht, dass er humpelt und ziemlich abgespannt und müde wirkt.

»Heute Morgen bin ich nicht vor die Tür gekommen«, gesteht er. »War ja klar, dass ich mir ausgerechnet den rechten Knöchel verstauchen muss, oder? Das Autofahren fällt mir also schwer, und ich konnte mir den langen Weg zum Strand nicht antun. Der arme Herkules ist im Haus eingesperrt.«

»Ich gehe mit ihm nach draußen«, erbietet sich Tilly sofort. »Das würde mir Spaß machen. Sobald wir mit dem Unterricht fertig sind, nehme ich ihn mit auf einen Spaziergang.« Und eine Stunde später brechen Hercules und sie hügelabwärts zum Strand auf. Auf halbem Weg nach unten hört sie hinter sich einen Motor, ein großes Fahrzeug, das sich nähert, und als sie sich umdreht, sieht sie den Schulbus auf sich zukommen. Sie zieht Hercules an die Seite, bis der Bus vorbei ist, und dann erblickt sie im Rückfenster ein aufgeregtes Kindergesicht und eine winkende Hand. Jakey. Als Hercules und sie das Pfarrhaus erreichen, wartet er schon auf sie.

»Soll ich mitkommen?«, will er wissen. »Geht ihr zum Strand runter?«

»Ja«, sagt sie. »Der arme Sir Alec hat sich den Knöchel verstaucht. Aber du musst fragen, ob du uns begleiten darfst. Wartet Dossie auf dich? Oder Daddy?«

»Daddy«, antwortet er, rennt zur Haustür, reißt sie auf und ruft eine Begrüßung

Tillys Herz macht einen kleinen Satz, als Clem an der Tür erscheint, und sie winkt lässig, wie sie hofft. Jakey erklärt die Situation und überschlägt sich dabei in seinem Eifer fast.

»Warte einen Moment!«, sagt Clem, verschwindet und kommt dann wieder heraus. Im Gehen zieht er eine Jacke über und steckt die Schlüssel in seine Jeanstasche. Er trägt seinen Priesterkragen, aber er schlägt den Kragen seiner Jacke hoch, damit es nicht so offensichtlich ist, und außerdem macht es Tilly nichts aus. Ihr gefällt es ganz gut, dass Clem zu seiner Berufung steht. »Aber nicht so lange«, warnt er Jakey und lächelt Tilly zu, und dann gehen sie alle zusammen die Dorfstraße hinunter und zum Strand.

Das Meer ist aufgewühlt, der Wind heult. Er reißt ihnen die Worte von den Lippen und wirft sie herum wie die Möwen am hohen, wolkigen Himmel über ihnen.

»Dossie hat angerufen«, berichtet Clem, als sie hinter Jakey und Hercules her schlendern. »Sie hat doch diese Freundin, die schwarze Labradors züchtet. Wegen der Wirtschaftskrise hat die Züchterin vor, ein neues Heim für ihre älteste Zuchthündin zu suchen. Sie ist ungefähr fünf, sehr sanft und lieb, und Dossie findet, wenn wir uns einen Hund anschaffen wollen, wäre diese Hündin vielleicht eine gute Wahl.«

Bei seinen Worten wird es Tilly warm ums Herz. *Wenn wir uns einen Hund anschaffen ...* Das klingt so wunderbar dauerhaft.

»Hört sich gut an«, meint sie. »Ich würde mir den Hund gern einmal ansehen.«

»Das dachte Dossie auch. Sie sagt, sie könnte mit Ihnen zu den Leuten fahren, um sie kennenzulernen, bevor wir Jakey davon erzählen.«

Sie nickt. »Großartig! Rufen Sie Dossie an? Oder geben Sie ihr meine Nummer?«

»Beides«, antwortet Clem entschieden.

Jakey erschreckt die Möwen, die im seichten Wasser waten. Er rennt, weicht der einlaufenden Brandung nur knapp aus und hat die Arme ausgestreckt wie Flugzeugtragflächen. Hercules läuft kläffend neben ihm her.

Tilly und Clem lachen.

»Das wird gut«, erklärt Clem plötzlich zuversichtlich, und Tilly ist von Glück überwältigt. Sie kann nicht widerstehen und schiebt eine Hand unter seinen Arm. Er drückt sie an seine Seite, und dann schreiten sie, die Köpfe gegen den Wind gebeugt, zusammen aus.

Tris fährt vorsichtig die Landstraßen zwischen dem *Chough* und der alten Butterfabrik entlang und hält argwöhnisch Ausschau nach Dom oder Billa. Er geht ein Risiko ein, ein großes Risiko, aber jeder Instinkt, den er besitzt, drängt ihn, jetzt zuzuschlagen. Als Billa ihn für den nächsten Morgen zum Kaffee eingeladen hat, da hat sie ihm erzählt, dass sie heute Nachmittag unterwegs sein würde, und er vermutet, dass Dom dann nicht zu Besuch kommen würde. Vielleicht arbeiten Ed und er ja im Wald, doch das würde seinem, Tris', Zweck genauso dienen. Außerdem hat er sich für den Fall, dass er erwischt wird, eine glaubhafte Geschichte zurechtgelegt. Der prickelnde Adrenalinstoß, der seinen Körper durchläuft, erfüllt ihn mit Energie und Aufregung. Er bekommt kaum Luft.

Tris fährt über die Brücke auf das Grundstück, nimmt die Tasche und steigt aus. So leise er kann, schließt er die Autotür. Billas Wagen ist fort, und von Ed ist nichts zu sehen. Ganz, ganz vorsichtig drückt Tris die Klinke der Küchentür nach unten und geht hinein. Bär ist nicht zu entdecken, und Tris schleicht leise auf die offene Tür zu, die in die Halle führt. Jetzt kann er Bär sehen, der sich auf den Schieferplatten neben der Haustür ausgestreckt hat, und Tris greift in seine Tasche, um die Leckerbissen hervorzuholen, die er speziell für diesen Fall eingesteckt hat. Als Bär den Kopf hebt, bückt sich Tris und legt den leckeren Hundekuchen neben ihn. Bär zögert. Er bleibt immer noch liegen, knurrt halbherzig und beginnt zu schnüffeln. Dann schiebt er sich ein wenig hoch und frisst den ersten Hundekuchen.

Rasch, ganz rasch läuft Tris die Treppe hinauf und bleibt vor der Tür des Arbeitszimmers stehen. Einen Moment lang lauscht er, wartet kurz und öffnet die Tür. Ed sitzt an seinem Schreibtisch, den Laptop offen vor sich, und sieht ihm erstaunt entgegen. Innerlich fluchend schließt Tris die Tür hinter sich und tritt in den Raum. Entschuldigend hebt er die Hände.

»Es tut mir so leid«, erklärt er. »Niemand hat mein Klopfen gehört, und der alte Bär schläft in der Halle tief und fest. Aber hör mir zu, Ed! Ich habe einen Anruf bekommen. Ein Notfall in Toulon, und ich muss fahren. Ich hatte deine Telefonnummer nicht, daher dachte ich, dass ich schnell vorbeifahre und mich verabschiede. Billa ist anscheinend unterwegs.«

»Ja, ja, so ist es.« Ed ist jetzt aufgestanden und wirkt immer noch ziemlich verwirrt. »Tut mir leid, das zu hören. Nichts allzu Schlimmes, hoffe ich.«

»Nun ja, es ist Leons Mutter. Sie ist sehr krank, und Leon weiß nicht mehr weiter.« Tris hält inne, holt keuchend Luft, krümmt sich und sackt plötzlich in den kleinen Lehnstuhl. »Sorry, Ed! Bedaure. Hätte die Treppe nicht so hinaufrennen sollen.« Den Kopf in die Hände gestützt, beugt er sich vor, massiert sich die Stirn und ringt immer noch nach Luft.

Tris atmet schnell und sieht zwischen den Fingern hindurch nach oben. Er fühlt sich tatsächlich ziemlich krank – er hätte auf dem Weg hierher diese Pille nicht einwerfen sollen –, aber das lässt den nächsten Teil seines Plans nur umso authentischer wirken. Er lehnt sich auf dem Stuhl zurück und presst die Hände jetzt in die Rippen. Dann lässt er die Umhängetasche von der Schulter gleiten, öffnet sie sorgfältig, damit Ed nicht hineinsehen kann, und kramt darin herum.

»Verdammt«, sagt er. »Verdammt, verdammt, verdammt! Jetzt weiß ich es wieder. Meine Tabletten, Ed. Sie liegen im Auto. Ich musste auf dem Weg hierher eine einnehmen. Meinst du, du könntest . . .« Er stöhnt. »Tut mir leid.«

»Nein, schon gut«, sagt Ed, offensichtlich erschrocken. »Wird es denn gehen?«

Tris nickt. Er atmet schwer und unregelmäßig. »Auf dem Vordersitz. Nicht abgeschlossen.«

Ed eilt hinaus. Tris setzt sich auf und lauscht einen Moment, und dann ist er schon aufgestanden und geht quer durch den Raum zu der Vitrine mit den Miniaturen von John Smart. Gestern ist es ihm gelungen, kurz nach der Abdeckung zu greifen. Er hat sie nur ein, zwei Zentimeter angehoben, um sicherzugehen, dass sie nicht verschlossen war. Nun zieht er aus seiner Umhängetasche eine kleine Aufbewahrungsbox aus Plexiglas, die speziell dazu hergestellt worden ist, die kostbaren kleinen Miniaturen zu transportieren, ohne sie zu beschädigen. Er stellt sie auf den Schreibtisch und öffnet sie. Dann hebt er die Abdeckung der Vitrine hoch, nimmt rasch die sechs auf Elfenbein gemalten Ovale heraus und legt sie behutsam an den für sie vorgesehenen Platz in seiner Box. Er verschließt sie, schiebt sie vorsichtig in die Umhängetasche und schließt den Deckel der Vitrine. Als Ed ganz außer Atem mit den Tabletten zurückkommt, sitzt er wieder auf seinem Stuhl.

»Brauchst du Wasser?«, fragt Ed nervös und gibt ihm die Flasche, doch Tris schüttelt den Kopf, nimmt eine Kapsel und schluckt sie hinunter. Ohne zu sprechen, hockt er dann mit geschlossenen Augen da und lässt sich Zeit zum Erholen. Er hat das Gefühl, vor Aufregung explodieren zu müssen.

Bald öffnet er die Augen und lächelt beinahe über Eds besorgte Miene. Was für ein lieber, leichtgläubiger Kerl er ist! Tris muss einen Lachanfall unterdrücken.

»Danke«, sagt er dankbar. »Jetzt ist es schon viel besser. Es tut mir wirklich leid.«

»Das braucht es nicht«, gibt Ed zurück, wie es vorauszusehen war. »Es tut mir leid, dass es dir so schlecht geht.«

Tris seufzt, nicht voller Selbstmitleid, sondern auf eine Art, die sagt: *So ist das Leben halt.* Er zuckt mit den Schultern. »Ich glaube, ich mache mich besser auf den Weg«, erklärt er. »Schade, dass ich Billa und Dom nicht noch einmal gesehen habe! Aber du grüßt sie von mir, ja? Ihr habt ja alle keine Ahnung, wie viel es mir bedeutet hat, dass ich zurückkommen konnte. Ich konnte hier zu einem Abschluss finden. Das ist mir wirklich ernst.«

Er steht auf, geht zur Tür – nicht zu schnell, denn er ist immer noch vorsichtig – und bringt es dabei fertig, bedauernd und dankbar zugleich dreinzuschauen. Ed, der sich sichtlich unwohl fühlt und besorgt ist, folgt ihm die Treppe hinunter und bietet ihm Tee an, ein Glas Wasser, während Tris sich, so schnell er kann, durch die Küche und nach draußen zum Auto schiebt.

»Wenn ich es innerhalb der nächsten zwanzig Minuten zurück schaffe, ist alles in Ordnung«, versichert er Ed. »So lange halte ich mit der Tablette durch, keine Sorge! Danke, Ed.«

Er streckt die Hand aus, und Ed nimmt sie und schüttelt sie energisch.

»Aber du bleibst doch in Kontakt mit uns, Tris, oder?«, fragt er. »Jetzt sind wir schon so weit gekommen. Wir wollen wissen, wie es dir geht.«

»Klar«, sagt Tris, schiebt sich auf den Fahrersitz und stellt die Umhängetasche behutsam neben sich ab. »Und nochmals danke, Ed. Es bedeutet mir viel.«

Er startet den Wagen, hebt die Hand und fährt über die

kleine Brücke zurück. Angespannt beugt er sich tief über das Steuer, weil er fürchtet, auf der Straße entweder Billa oder Dom zu begegnen, und unterdrückt immer noch den Drang, laut herauszulachen. Er streckt die Hand aus, um die Umhängetasche zu tätscheln. Auf seinem Beifahrersitz liegen Miniaturen im Wert von mindestens zweihunderttausend Pfund. Jedenfalls würde er auf dem freien Markt so viel dafür bekommen, aber das ist keine Option. Doch das macht ihm nichts aus. Er hat einen Privatsammler an der Hand, der auf dem Sprung steht, um ein sehr gutes Geschäft zu machen.

»Danke, Dad«, murmelt Tris, während er den Wagen über die kurvenreichen Straßen steuert.

Er denkt an das Bündel Fotos, das sein Vater ihm in dem Umschlag, in dem sich auch Elinors Testament befand, hinterlassen hat, Aufnahmen wertvoller Gegenstände, die er in der alten Butterfabrik gesehen hat: die Miniaturen, zwei Gemälde, ein paar Möbelstücke und einige Erstausgaben. Offensichtlich hatte sein Vater vorgehabt, sich für alle Fälle mithilfe dieser Fotos eine Vorstellung vom Wert dieser Gegenstände zu machen; doch da war seine Zeit in Mellinpons schon knapp bemessen gewesen. Im Lauf der Jahre hat Tris gelegentlich diese Schwarz-Weiß-Aufnahmen studiert, beobachtet, wie der Marktwert stieg und fluktuierte, und sie zur späteren Verwendung beiseitegelegt. Und dann, vor sechs Monaten, hat er eine Auktion besucht, auf der eine Miniatur von John Smart für dreiundvierzigtausend Pfund verkauft worden war, und war hellhörig geworden. Als man ihm gesagt hatte, dass seine Zeit fast um war, hatte er sich zu diesem allerletzten Roulettespiel entschlossen. Das Testament war immer ein Nebenschauplatz gewesen, eine List, die es ihm erlauben würde, Zugang zu der alten Butterfabrik zu erlangen und dort zu reden und zu diskutieren, während er auf genau so eine Gelegenheit wartete, wie sie ihm heute zuteilgeworden war. Und was für ein Spaß das gewesen war! All die geheimen Planungen, die Auswahl der Ansichtskarten, das Beobachten und Warten, die zwei fehlgeschlagenen Versuche, direkt in das Haus einzubrechen, und dann dieser Moment des Sieges!

»Für Leon«, murmelt er, und endlich bricht sich sein Gelächter Bahn. Doch das Lachen schmerzt; eine Faust scheint seine Lunge zusammenzuquetschen, und ihm ist übel.

Er ist froh, als er auf den Parkplatz des *Chough* einbiegen und kurz über dem Steuer zusammensinken kann. Jetzt wünscht er, er wäre seinem Instinkt gefolgt, hätte seinen Koffer gepackt und ausgecheckt, bevor er zur alten Butterfabrik gefahren ist. Aber die Vorsicht hat ihn gebremst und gewarnt, dass er dieses Mal vielleicht nicht mit seiner Masche durchkommen und dann wie ein Idiot aussehen würde, falls er zurückkommen musste. Hätte er seinem Instinkt getraut, könnte er jetzt bereits auf dem Weg nach Bristol sein, fast schon in einem Flugzeug sitzen. Stattdessen muss er nun zusätzlich Zeit aufwenden, um Erklärungen über seinen »Notfall« abzugeben, zu packen und zu zahlen. Er will nicht, dass jemand Verdacht schöpft und irgendwie Alarm schlägt. Tris steigt aus dem Wagen, nimmt die Tasche mit und geht in den Pub.

An der Bar steht ein Pärchen und unterhält sich mit dem Wirt, doch er kann sie nicht richtig erkennen. Im Schankraum scheint es dunkler zu sein als sonst. Die Tür öffnet sich, und das Mädchen – Tilly – kommt hinter ihm herein.

Sie lächelt ihm zu. »Hi, Mr. Marr«, sagt sie, und dann verändert sich ihre Miene, und sie wirkt erschrocken und besorgt. »Geht es Ihnen gut?«, fragt sie.

Aber es geht ihm nicht gut. Die Faust um seine Lunge drückt fester zu und quetscht ihm die Rippen, sodass er keine Luft bekommt, und er greift mit einer Hand nach der Theke und umklammert mit der anderen die Umhängetasche. Er rutscht ab, gleitet weg, sackt auf dem Boden zusammen, und die ganze Zeit über flucht er lautlos. *Nicht ausgerechnet jetzt! Noch nicht!* Ein paar Sekunden lang scheint er das Bewusstsein zu verlieren, und als er jetzt wieder zu sich kommt, kniet eine Frau neben ihm. Ihr langes Haar fällt nach vorn und streicht über sein Gesicht. Ihre Lippen bewegen sich, als riefe sie seinen Namen, doch er kann sie nicht hören. Er ist schwach, hilflos. »Maman!«, ruft er, doch dieses Mal ist er es, der auf dem Boden liegt, während sie sich über ihn beugt und ihm übers Haar streicht. Aber er bringt keinen Laut heraus, es wird dunkler um ihn, und jemand zieht sie von ihm weg, sodass er sie nicht mehr sehen kann.

27. Kapitel

Tilly kniet neben Christian Marr, ruft seinen Namen und versucht, ihm vorsichtig die Tasche aus den Armen zu ziehen, damit er es bequemer hat. Der Gast von der Bar eilt herbei, sagt etwas von stabiler Seitenlage, schiebt Tilly beiseite und nimmt Mr. Marr energisch die Tasche weg, die er auf den Boden legt. Tilly hebt sie hoch, damit sie aus dem Weg ist, während der Mann Christian Marr auf die Seite dreht. Der Wirt wählt die Notrufnummer und ruft einen Krankenwagen.

»Laufen Sie schnell nach oben und packen Sie eine Tasche für ihn!«, ruft er Tilly zu. »Schlafanzug und so etwas. Hier haben Sie den Generalschlüssel.«

Tilly schnappt sich den Schlüssel, rennt hinaus und die Treppe hinauf. Dabei wird ihr klar, dass sie immer noch die Tasche in der Hand hält. Sie zögert und eilt dann weiter. Tilly öffnet die Zimmertür, tritt ein und legt die Umhängetasche auf das Bett. Im Garderobenschrank stehen zwei Reisetaschen, und sie nimmt sich die kleinere, schnappt sich den Schlafanzug vom Bett und läuft ins Bad. Sie nimmt einen Waschbeutel und steckt Zahnbürste und Zahnpasta hinein, sieht einen Elektrorasierer und greift nach einer Flasche Rasierwasser.

Wieder im Zimmer, zieht sie die Kommodenschubladen auf und nimmt Boxershorts, zwei Paar Socken und ein paar Taschentücher heraus. Bei einem Pullover zögert sie und fragt sich, ob er ihn brauchen wird und ob er wohl in der Gegend Freunde hat, die erfahren müssten, was mit ihm los ist. Tilly sieht die Umhängetasche an. Sie hat Mr. Marr noch nie ein

Sakko tragen sehen, also bewahrt er seine persönlichen Gegenstände vielleicht in der Tasche auf. Sie zögert und weiß nicht, ob sie sie öffnen soll, doch dann entscheidet sie, dass es nicht schaden kann.

Tilly löst die Schnalle, schlägt die Klappe zurück und schaut hinein. Im Innenfach befindet sich ein fester, weißer Gegenstand, etwas ziemlich Großes, das den größten Teil des Platzes einnimmt. Vorsichtig zieht Tilly ihn heraus. Ein brauner Umschlag rutscht mit heraus, und mehrere Tablettenröhrchen rollen auf das Bett. Das könnten Medikamente sein, und Tilly steckt sie in die Reisetasche. Sie späht in die Umhängetasche und erblickt eine Brieftasche. Sie könnte Informationen über Verwandte enthalten, daher schlägt sie sie auf. Im hinteren Teil steckt, zusammen mit einigen Zwanzig- und Zehn-Pfund-Scheinen, ein Foto. Ein blonder junger Mann lächelt ihr entgegen. Die Augen hat er zusammengekniffen, um sich vor der grellen Sonne zu schützen. Er ist salopp gekleidet, und hinter ihm liegt eine Reihe Boote, als hätte er in einem Hafen oder Jachthafen für das Foto posiert. Sie legt die Brieftasche beiseite und betrachtet den großen Umschlag. Vorsichtig öffnet sie ihn, lässt ein steifes Dokument herausgleiten und sieht auf Elinor St. Enedocs Letzten Willen und Testament hinunter. Verblüfft überfliegt sie es zwei Mal. Sie legt es aufs Bett und rätselt immer noch darüber. Dann zieht sie die Plexiglasbox auf sich zu und öffnet den Deckel. Zutiefst schockiert erkennt sie Eds Miniaturen. Er hat ihr einmal ihre Geschichte erzählt und sie auf die Familienähnlichkeit hingewiesen, auf die er als kleiner Junge so stolz gewesen ist.

Blitzschnell trifft Tilly eine Entscheidung. Sie schlägt den Deckel zu, steckt die Miniaturen zusammen mit dem großen braunen Umschlag wieder in die Tasche und schiebt sie unters Bett. Dann nimmt sie die Brieftasche und die Reisetasche, eilt hinaus und schließt die Tür hinter sich ab.

In der Bar hat sich inzwischen ein kleines Grüppchen um Mr. Marr gebildet, der bewusstlos zu sein scheint. Tilly zeigt dem Wirt die Reisetasche und gibt ihm die Brieftasche.

»Ich gehe einen kleinen Moment nach draußen«, sagt sie leise zu ihm. »Ich fühle mich ein wenig wacklig auf den Beinen.«

Er nickt verständnisvoll. »Die Sanitäter sind unterwegs«, erklärt er. »Aber er gefällt mir gar nicht.«

»In der Reisetasche sind Medikamente, und in der Brieftasche ist eine Verordnung«, erklärt Tilly ihm, und mit einem weiteren Blick auf den Bewusstlosen huscht sie aus der Hintertür des Lokals. Als sie in ihrem Auto sitzt, zieht sie ihr Handy hervor und ruft Dom an, aber er meldet sich nicht. Ihr fällt wieder ein, dass er Ed und Billa besuchen wollte, daher ruft sie in der alten Butterfabrik an. Billa hebt ab.

»Hören Sie!«, sagt Tilly. »Ich bin im Pub. Das wird jetzt echt komisch klingen. Hier wohnt ein Mann, der gerade zusammengebrochen ist. Er heißt Christian Marr. Billa, er hat Ihre John-Smart-Miniaturen in seiner Umhängetasche. Ich bin mir sicher, dass sie es sind. Aber könnten Sie nachsehen, bevor ich mich zum Narren mache?«

Schweigen.

»Wie haben Sie ihn genannt, Tilly?«, hakt Billa dann nach.

»Christian Marr. Hören Sie, könnten Sie einfach nachsehen? Er wird jetzt jeden Moment ins Krankenhaus gebracht.«

»Warten Sie!«, fällt Billa scharf ein, und Tilly hört Stimmen im Hintergrund.

»Tilly.« Es ist Dom, und sie atmet erleichtert auf. »Ed hat nachgesehen. Sagtest du, der Mann ist zusammengebrochen?«

»Ja. Ich habe hinter ihm den Pub betreten, und er ist irgendwie umgekippt. Er hat seine Umhängetasche umklammert. Die hat er immer bei sich. Ich bin gegangen, um eine Reisetasche für ihn zu packen, für das Krankenhaus, und habe in die Herrentasche gesehen, nur um sicher zu sein, dass darin nichts war, was er vielleicht brauchen würde. Und da waren die Miniaturen in einer richtigen kleinen Box mit Deckel. Als wäre sie speziell dafür gefertigt worden. Und Dom ... Das ist total bizarr. Dabei lag ein Testament, verfasst von Elinor St. Enedoc.«

»Darüber weiß ich Bescheid«, sagt Dom. Im Hintergrund ist eine aufgeregte Stimme zu hören. »Hör zu, Tilly«, fährt Dom fort. »Ed sagt, die Miniaturen sind verschwunden. Du bist im Pub? Bleib, wo du bist! Ich komme sofort. Lass die Tasche nicht aus den Augen!«

»Sie ist noch auf seinem Zimmer, unter dem Bett. Ich sitze in meinem Auto. Am Hinterausgang.«

»Ich komme, so schnell ich kann.«

Tilly drückt das Gespräch weg, sitzt da und hält das Handy mit verkrampften Händen zwischen den Knien fest. Sie zittert und denkt an Christian Marr, von dem Harry erzählt hat, er sei Energieberater, und an die Miniaturen und das Testament in der Tasche. Langsam, ganz langsam vergehen die Minuten. Die Sanitäter kommen und eilen in den Pub, und dann schiebt sich Doms alter Volvo um die Hausecke und parkt neben ihr.

Dom klettert aus dem Wagen, beugt sich wieder hinein und holt einen Rucksack hervor. Tilly springt aus ihrem Auto und rennt zu ihm.

»Was ist los?«, fragt sie. Sie fühlt sich zittrig und schwach und so erleichtert, ihn zu sehen, dass sie ihn umarmt. »Wer ist er, Dom?«

Er drückt sie kurz an sich und lässt sie dann los. Seine Stimme klingt ruhig. »Sein richtiger Name ist Tristan Carr. Sein Vater war vor fünfzig Jahren mit Elinor verheiratet und hat sie dann ein paar Jahre später verlassen. Tristan hat Billa und Ed gestern besucht. Heute kam er unerwartet noch einmal, schien eine Art Herzanfall zu haben und hat die Miniaturen genommen, als Ed zu Tristans Auto ging, um ihm ein Medikament zu holen. Jetzt müssen wir rasch handeln, Tilly. Wo ist die Umhängetasche?«

Tilly führt ihn durch den Hintereingang und die Treppe hinauf. Sie schließt die Zimmertür auf, und sie treten ein.

»Ich habe sie unter das Bett gelegt und wollte zuerst mit dir sprechen«, erklärt sie. »Ich konnte mir nicht vorstellen, dass Ed die Miniaturen weggibt, doch ich wollte mich nicht blamieren.«

Sie zieht die Tasche unter dem Bett hervor und gibt sie Dom. Er schlägt die Klappe zurück, sieht hinein und zieht dann die Plexiglasbox heraus. Er öffnet den Deckel und zeigt Tilly die Miniaturen.

»Ich möchte dich nicht in etwas hineinziehen, mit dem du unglücklich bist«, sagt er. »Bist du auch der Meinung, dass das Eds Miniaturen sind?« Sie nickt feierlich. »Wir haben nicht vor, die Sache an die große Glocke zu hängen. Tris liegt im Sterben, und er ist Eds und Billas Stiefbruder, daher bringen wir sie Ed einfach zurück. Hast du damit ein Problem?«

»Nein. Sie gehören eindeutig Ed.«

»Dann ist das abgemacht.« Er schiebt den Plexiglaskasten in den Rucksack und öffnet den Umschlag. Darin befinden sich Elinors Testament und die Fotos, die Dom eingehend betrachtet. »Er muss sie seit Jahren haben. Andrew muss die Aufnahmen als Versicherung für schlechte Zeiten gemacht haben. Ist es für dich in Ordnung, wenn wir die auch mitnehmen? Man könnte das als Diebstahl auslegen.«

»Red keinen Unsinn!«, sagt sie. »Was immer das ist, wir stecken alle zusammen drin.«

Er steckt den Umschlag in den Rucksack und wirft die Tasche wieder aufs Bett. »Sonst war nichts darin?«

Sie schüttelt den Kopf. »Nur eine Brieftasche mit etwas Geld und einem Rezept. Oh, und ein Foto von einem jungen Mann vor ein paar Schiffen. Als wäre es irgendwo in einem Hafen aufgenommen.«

»Ah«, meint Dom. »Das muss Leon sein. Okay. Jetzt bitte ich dich, die Miniaturen und den Umschlag zu nehmen und direkt zu Billa und Ed zu fahren. Wir sehen uns später.«

»Wohin willst du?«, fragt sie und greift vorsichtig nach dem Rucksack. Sie fühlt sich immer noch ziemlich zittrig.

»Nach unten, um zu sehen, wie es Tris geht. Dann fahre ich dem Krankenwagen nach. Bist du sicher, dass du das schaffst?«

Sie nickt, und die beiden gehen hinaus und schließen die Tür ab. Dom nimmt den Generalschlüssel von ihr entgegen, doch sie zögert.

»Geh schon, Tills!«, drängt er. »Ich sage den Leuten, dass du ein wenig unter Schock stehst und nach Hause gefahren bist.«

Er verschwindet durch die Tür, die in die Bar führt, und Tilly geht hinaus und steigt ins Auto. Sehr vorsichtig verstaut sie den Rucksack auf dem Beifahrersitz, legt den Sicherheitsgurt an und startet den Motor. Als sie vom Parkplatz fährt, hört sie das ferne Jaulen einer Krankenwagensirene.

»Er hat uns von vorn bis hinten hintergangen«, erklärt Billa später.

Dom ist spät aus dem Treliske-Krankenhaus zurückgekommen, wo man nicht damit rechnet, dass Tris die Nacht überlebt, und ist dann zusammen mit Tilly nach Hause gefahren.

»Ich habe dem Bereitschaftsarzt unsere Beziehung erklärt«, hat Dom ihnen berichtet. »Habe gesagt, wir hätten Tris seit fünfzig Jahren nicht gesehen, würden aber annehmen, dass er uns den Besuch abgestattet hat, um offene Fragen zu klären.

An seinem Tod wird nichts Verdächtiges sein, und niemand wird von den Miniaturen erfahren, obwohl vielleicht irgendwo noch eine Kopie des Testaments existiert. Aber ich kann nicht sagen, dass ich mir deshalb allzu viele Gedanken mache. Es hätte vor Gericht nie Bestand gehabt, und außerdem diente es nur als Ablenkungsmanöver. Tris war nicht hinter dem Geld her, er wollte die Miniaturen. Die Tasche ist speziell zu dem Zweck konstruiert worden, sie aufzunehmen.«

Billa und Ed waren immer noch zu schockiert, um zu reagieren, und Dom und Tilly ließen sie allein, um wieder zu sich zu finden.

»Ich komme mir wie ein Riesenidiot vor«, meint Ed, nachdem die beiden fort sind. »Lasse ihn einfach damit hinausspazieren! Und ich hatte sie letztes Jahr noch neu versichern lassen, weil der Wert plötzlich in die Höhe geschossen war.«

»Tris hat uns alle hereingelegt«, sagt Billa bitter. »Das ganze Gerede über seine Mutter und seinen Halbbruder und darüber, dass er sterben muss!«

»Zumindest Letzteres stimmt aber«, gibt Ed zurück. »Hast du gehört, wie Dom sagte, dass Tris' Körper, abgesehen von der Tuberkulose, durch Drogenmissbrauch zerrüttet ist? In diesen Kapseln war Kokain.« Armer Kerl, setzt er beinahe hinzu, doch bei dem Gedanken an die Miniaturen seines Vaters, die ihm so gerissen unter der Nase weggestohlen worden sind, bleiben die Worte unausgesprochen. »Was für ein Wunder, dass Tilly im Pub war! Mein Gott, das war wirklich knapp!«

»Glücklicherweise ist er zusammengebrochen«, versetzt Billa heftig. »Wenn nicht, wäre er inzwischen lange fort.«

Vor Zorn könnte sie fast platzen. Sie fühlt sich angeekelt von sich selbst, wenn sie daran denkt, was sie gestern empfunden hat, als sie Tris aus dem Wagen steigen sah oder als er ihr Handgelenk umfasst hat: dass sie sich eine Weile mit ihrer Mutter identifizieren konnte und sich von einer Art Verständnis und dem Bedürfnis zu vergeben hat einlullen lassen. Jetzt hat sie das Gefühl, emotional ausgenutzt worden zu sein. Wie musste er hinter ihrer aller Rücken gelacht haben, weil er in der Lage war, ein zweites Mal in ihr Leben zu platzen und sie zu ruinieren! Sie weiß, dass ihre Reaktion extrem ist – Tris hat ihr Leben nicht ruiniert. Aber auf einer tieferen Ebene ist ihr klar, dass dieser Hass auf ihn sie zerstören könnte. Und doch klammert sie sich daran und erlaubt ihm, ihre Wut und ihr Selbstmitleid zu nähren.

»Wahrscheinlich war es richtig, dass Dom ins Krankenhaus gefahren ist«, meint Ed gerade. »Es wäre peinlich gewesen, wenn sie angefangen hätten, im Pub Fragen zu stellen. Besser, alles ganz offen abzuhandeln. Obwohl ich nicht weiß, wie man erklären soll, dass Tris einen anderen Namen benutzt hat. War wohl noch so einer seiner kleinen Scherze. Tristan Carr, Christian Marr.«

»Dom sagt, sein Pass auf den Namen Tristan Carr steckte in seiner Jeanstasche. Wahrscheinlich war Carr sowieso nicht ihr richtiger Name. Was macht das jetzt schon noch? Vielleicht wird in der Gegend noch ein wenig getratscht, doch es ist nichts passiert. Indem Dom zugegeben hat, ihn zu kennen, hat er allem die Grundlage entzogen. Nun ja, jedenfalls braucht ihr gar nicht zu erwarten, dass ich zu Tris' Beerdigung gehe.«

Ed wirkt alarmiert. »Würde man das von uns erwarten?«

»Dom sagt, er geht hin. Dass damit ein Schlussstrich unter das Ganze gezogen wird.«

Und ein paar Tage später, als Dom aus dem Krematorium Tris' Asche in einer Plastikschachtel vorbeibringt, starrt Billa voller Abscheu darauf.

»Was sollen wir denn damit anfangen?«, fragt sie und rümpft die Nase.

»Das weiß ich noch nicht«, sagt er. »Aber ich dachte, du wolltest vielleicht wissen, dass ich sie habe.«

»Wird seine Familie sie nicht wollen? Dieser Neffe, Leon, auf den er so stolz war?«

»Laut Sir Alec darf die Asche eines Verstorbenen nur mit persönlicher Begleitung außer Landes gebracht werden, und es ist eine sehr komplizierte Angelegenheit. Ich habe die einsame Entscheidung getroffen, dass wir uns hier darum kümmern werden.« Dom stellt die Schachtel ins Regal und schiebt sie ins untere Fach. »Vergiss die Asche einstweilen, Billa! Komm mit auf einen Spaziergang um den See!«

Eines Morgens, am Ende ihrer ersten Woche in Chi-Meur, kommt Tilly gerade rechtzeitig nach unten, um ein paar Menschen leise zur Terz in die Kapelle gehen zu sehen. Sie zögert, dann folgt sie ihnen spontan und setzt sich gleich hinter der Tür in den hinteren Teil des Raumes. Die Schwestern sind bereits durch ihren Privateingang gekommen: Schwester Nichola sitzt in ihrem Rollstuhl am Ende einer Bankreihe neben Schwester Ruth. Mutter Magda und Schwester Emily sitzen zusammen.

Hier herrscht ein Gefühl von tiefem innerem Frieden, und Tilly entspannt sich und heißt es willkommen. Sie steht auf und setzt sich, wenn die Nonnen und die Besucher es tun. Halb lauscht sie der Messe, halb träumt sie. Jemand hat ihr ein Gebetbuch gegeben, aber sie kennt sich damit nicht aus und hört einfach zu. Sie ist sich Schwester Emilys steigender und fallender Stimme bewusst, der zarten Betonung, die sie auf manche Worte legt. Und plötzlich nimmt ein neuer Nachdruck, ein jubelnder Unterton Tillys Aufmerksamkeit gefangen:

Der Herr ist meine Macht und mein Psalm
Und ist mein Heil.
Ich werde nicht sterben, sondern leben
Und des Herrn Werke verkündigen.

Tilly hört eine Amsel im Fliederbusch singen und stellt fest, dass sie an Tristan Carr denkt, der vor einer Woche im Treliske-Krankenhaus gestorben ist. Dom hat gesagt, er habe das Bewusstsein nicht mehr wiedererlangt. Er ist verbrannt worden, aus der Welt geschafft, und nur Dom hat sich von ihm verabschiedet. Tilly denkt daran, wie lebendig, wie vital Tris ausgesehen hat, und daran, wie er mit Harry in der Bar geplaudert hat. Und jetzt ist er nur noch Asche. Sie empfindet eine schreckliche Traurigkeit, doch Schwester Emilys Stimme dringt hindurch und erhebt sie:

Ich werde nicht sterben, sondern leben ...

Jetzt spricht Mutter Magda den Segen. »Möge Christus durch den Glauben in unseren Herzen wohnen.« Tilly schickt sich an, rasch hinauszuschleichen und in ihr Büro zu eilen.

Sie lebt sich sehr schnell ein, liebt die Priesterwohnung und gewöhnt sich daran, wie alles durch die täglichen Gottesdienste strukturiert wird. Vom Hintertor des Klostergeländes führt die Kopfsteinpflasterstraße direkt ins Dorf, und sie kann den steilen Hügel hinuntergehen, um Sarah oder Sir Alec zu besuchen und natürlich Clem und Jakey.

Gestern haben sie und Dossie Jakey mitgeteilt, dass er keinen Welpen bekommt. Tilly saß neben ihm auf dem Sofa, während Dossie das Teegeschirr abräumte, und sie diskutierten darüber.

»Zuerst einmal wäre es zu schwierig«, sagte Tilly. »Wir brauchen einen Hund, der einmal bei mir, dann bei euch oder auch bei Dossie sein kann. Für einen Welpen wäre das ziemlich verwirrend, meinst du nicht auch?«

Jakey wirkte geknickt; er hatte sein Herz an einen Welpen gehängt.

»Ein älterer Hund ist besser«, fuhr Tilly fort. Sie hatte die heruntergezogenen Mundwinkel des Jungen bemerkt und betete darum, die richtigen Worte zu finden. »So können wir jede Menge Spaß haben, ohne dass wir uns allzu große Sorgen machen müssen.«

»Ich habe mir aber einen Welpen gewünscht«, sagte er sehnsüchtig. Er stellte sie auf die Probe.

»Ein Welpe macht sehr viel Arbeit und Schmutz«, erklärte Dossie bestimmt, als sie in die Tür trat. »Um einen Welpen muss man sich praktisch rund um die Uhr kümmern. Es ist viel wahrscheinlicher, dass Daddy mit einem älteren Hund einverstanden ist. Also fordere dein Glück nicht heraus, Jakes!«

Jakey schaute resigniert drein, und Tilly sah Dossie bewundernd an. Die Ältere zwinkerte ihr unauffällig zu.

»Ich weiß einen netten, kleinen schwarzen Labrador in Bisland, ein Weibchen, das ein neues Heim sucht«, erzählte sie beiläufig. »Vielleicht möchtest du sie ja kennenlernen. Sehen, was du davon hältst.«

Jakey blickte zu Tilly auf. »Hast du sie denn schon gesehen?«, fragte er eifrig.

Tilly nickte. »Sie ist eine ganz, ganz Liebe. Ich glaube, sie ist genau richtig für uns.«

»Hat sie einen Namen?«

Dossie lachte. »Sie heißt Bellissima Beauty of Blisland«, antwortete sie, und Jakey und Tilly lachten ebenfalls.

»Aber sie nennen sie Bells«, setzte Tilly hinzu.

»Bells«, wiederholte Jakey. Bells war ein cooler Name, ein Name, der vielleicht Harry eingefallen wäre. »Wann können wir fahren?«, wollte er wissen. »Können wir sofort hinfahren? Ja?«

Dossie warf Tilly einen Blick zu; genau das hatten die beiden beabsichtigt.

»Wenn Tilly nichts dagegen hat«, erklärte Dossie, »könntet ihr zwei sie jetzt gleich besuchen. Aber ich muss zurück zu Mo und Pa. Schaffen Sie das, Tilly?«

»Oh, ich glaube schon«, sagte Tilly und lächelte über Jakeys Miene. »Wenn du wirklich willst?«

Aber der Junge war schon aufgesprungen, schrie vor Aufregung und war startbereit.

Und es war gut. Er war ein fröhlicher Reisegefährte gewesen, er hatte Bells angebetet, und so wurde der erste Schritt getan.

Jetzt schaltet Tilly voller Vorfreude bei der Aussicht, Teilzeit-Hundebesitzerin zu werden, den Computer ein und bereitet sich auf die Arbeit vor.

Dom ist derjenige, der vorschlägt, sich mit Sir Alec über das Testament zu beraten. Alec ist ziemlich nervös und hat keine Lust, in einer solchen persönlichen Familienangelegenheit als eine Art Schiedsrichter zu fungieren. Aber Billa und Ed stimmen zu, und so fährt er beklommen zur alten Butterfabrik und betet dabei um Weisheit.

»Alec hat Leon überprüft«, erklärt Dom, als sie alle um den großen Tisch mit der Schieferplatte versammelt sind. »Es gibt einen Leon, der mit seiner Mutter in der Rue Felix Pyat wohnt und im Jachthafen arbeitet. Anscheinend ist er ein anständiger, schwer arbeitender junger Mann und im Viertel sehr beliebt, und er wohnt schon sein ganzes Leben dort.«

»Schlägst du ernsthaft vor«, fragt Billa ungläubig, »ihm zehntausend Pfund zu schicken? Einfach, weil er ein anständiger, fleißiger Junge ist, der sich um seine Mutter kümmert?«

Ein kurzes Schweigen tritt ein, während Alec alles abwägt und die Stimmung einzuschätzen versucht. Er vermutet, dass Ed einen Schock erlitten hat und sich ein wenig dumm vorgekommen ist, aber das hat er bereits überwunden. Seine Miniaturen sind wieder da, es ist kein Schaden entstanden, und er hätte nichts dagegen, Leon finanziell unter die Arme zu greifen. Dom hat das Ganze als Wettstreit gesehen, bei dem der Tod ihm zu Hilfe gekommen ist, und kann nicht umhin, vor Tris' schnellem Verstand und seinem Wagemut den Hut zu ziehen. Wahrscheinlich ist er im Zwiespalt darüber, ob die Bestimmungen des Testaments erfüllt werden sollen. Bei Billa allerdings ist das eine andere Sache. Alec spürt Billas brodelnden Zorn, sieht ihre verbitterte Miene, und es betrübt ihn.

»Das Erste, was wir klären sollten«, beginnt er vorsichtig, »ist, ob Sie der Überzeugung sind, dass man die Wünsche der Toten achten soll. Ihre Mutter wollte, dass Andrew zehntausend Pfund bekommt, die danach an Tris und jetzt an Leon gefallen wären.«

»Aber sie kannte Andrew nicht wirklich«, platzt Billa heraus. »Er hat sie vollkommen hinters Licht geführt. Es war eine Art wahnhafter körperlicher Anziehung, und wenn sie nicht krank geworden wäre, hätte sie ihr Testament geändert.«

Alec wirft Ed einen Blick zu, der Billa mit so etwas wie Mitgefühl ansieht. In einer blitzartigen Erkenntnis fragt sich Alec, ob etwas von der gleichen körperlichen Anziehung die kurze Zeit geprägt hat, die Billa und Tris kürzlich miteinander verbracht haben. Sie ist zu erbittert und so verletzt, dass sie sogar die bloße Nennung seines Namens aufbringt. Natürlich wäre

307

der Diebstahl der Miniaturen eine Erklärung dafür – aber vielleicht auch nicht.

»Wenigstens hat er, darüber sind Sie sich alle einig, den Jungen geliebt«, meint Alec. »Ich finde, das ist ein beruhigender Gedanke.«

»Warum?«, verlangt Billa in scharfem Ton zu wissen.

»Weil ihn das irgendwie sympathischer macht. Es zeigt, dass Tris keine vollkommen verlorene Seele war. Wäre seine Mutter nicht umgebracht worden, hätte es diesen Bruch in seinem Leben nicht gegeben. Er wäre nicht von Pontius zu Pilatus geschleppt und gezwungen worden, in Angst und Gefahr zu leben. Wer weiß, was dann aus ihm geworden wäre? Wie hätten wir uns wohl an seiner Stelle entwickelt?«

Dom rutscht herum, den Blick auf den Tisch gerichtet, und Alec vermutet, dass er dieses Szenario in Gedanken schon durchgespielt hat. Eds immer leicht zu erweckendes Mitgefühl beginnt seine Züge weicher zu zeichnen, doch Billas Miene bleibt hart. Sie starrt ihn an.

»Also, was sagen Sie?«, fragt sie.

Alec geht mit sich zurate. »Tris' Leben war schon ruiniert, bevor es richtig begonnen hatte. Er war geschwächt, geschädigt, und er hat sich entsprechend verhalten. Vielleicht sehnte er sich nach Freiheit, hatte aber nicht den Mut oder die genetische Ausstattung, um diesen Sprung zu wagen. So oft erlauben wir uns, uns innerlich so einsperren zu lassen, finden Sie nicht? Wir klammern uns an Verletzungen, Zurückweisungen oder grausame Worte aus der Vergangenheit. Wir scharen sie um uns, wühlen darin und schüren in regelmäßigen Abständen erneut unseren Zorn und unser Selbstmitleid, statt diese Gefühle von uns zu weisen. All diese zornigen Gespräche, die wir im Kopf führen und für die wir uns entscheiden. Tris konnte diesen Sprung nicht vollziehen, und jetzt ist er tot, und sein Körper befindet sich als Asche in einer kleinen Schachtel. Armer Teufel! Vielleicht würde Leon es besser machen. Nach dem, was wir von ihm gehört haben, hat er einen guten Anfang gefunden; anscheinend könnten wir alle stolz sein, wenn er unser Sohn wäre. Vielleicht bekommt ja durch Leon Andrews und Tris' Leben nachträglich einen Sinn.«

Wieder Schweigen.

Alec lehnt sich auf seinem Stuhl zurück und sieht in die Runde. »Natürlich geht mich das alles gar nichts an«, meint er sanft. »Doch Sie haben mich nach meiner Meinung gefragt.«

»Und was würden Sie tun?«, hakt Billa nach, aber ihr Blick ist jetzt weniger aufgebracht, und ihre Stimme klingt ruhiger.

Alec zuckt verhalten mit den Schultern. »Ich würde noch ein paar Dinge überprüfen, und dann würde ich entscheiden, was ich mir leisten kann, und meinen Anwalt bitten, dem jungen Mann einen Scheck zusammen mit einem Brief zu schicken, in dem erklärt wird, wie sein Onkel starb und dass er verbrannt wurde, und erwähnen, dass sein Erbe abgewickelt wurde. Nichts weiter. Keine Namen, keine Schuldzuweisungen. Ende der Geschichte.«

Die St. Enedocs tauschen Blicke aus.

»Also, mir gefällt die Idee ganz gut«, sagt Ed vorsichtig. »Was meinst du, Billa? Dom? Sollen wir Leon den Vertrauensvorschuss geben?«

»Das klingt nach einem ehrenhaften Abschluss«, lässt sich Dom behutsam vernehmen. »Bist du einverstanden, Billa?«

Sie holt tief Luft; ihre Schultern entspannen sich. »Wenn ihr alle findet, dass es das Richtige ist...«, meint sie müde. »Warum nicht?«

28. Kapitel

Harry schickt Ansichtskarten: hohe, verschneite Berge für Dom, tiefe, stille Seen für Ed und Billa, einen hübschen Marktplatz für Tilly und für Jakey einen schönen Berner Sennenhund.

Hi, Kumpel, schreibt er an Jakey. Diese Burschen würden dir gefallen. Fast so groß wie Bär, aber nicht ganz. Der Schnee ist gut. Irgendwann musst du einmal herkommen. Wenn du surfen kannst, bringe ich dir das Skifahren bei. Alle Mann lächeln, reißt euch zusammen! Alles Liebe, Harry xx

Jakey bewahrt die Karte auf seinem kleinen Schreibtisch in seinem Zimmer auf, zusammen mit dem Foto von der Hunde-Teeparty und einem Bild von Bells. Jetzt nimmt er die Ansichtskarte zur Hand, um sie noch einmal zu lesen, und strahlt vor Stolz. Er hat die Karte mit in die Schule genommen, um sie herumzuzeigen, er hat sie Tilly und Sir Alec gezeigt, und die ganze Aufregung hat zur Veranstaltung einer weiteren Hunde-Teeparty geführt. Ohne Harry war es nicht ganz so lustig, aber Tilly war fast genauso gut, und jetzt hat er Bells und kann Ed, Billa und Dom von ihr erzählen. Tilly hat ein Foto von Bells gemacht, das Jakey ihnen zeigte, und sie waren angemessen beeindruckt und fanden, sobald Bells zur Familie gehöre, würde sie ganz bestimmt zur nächsten Hunde-Teeparty eingeladen. Jakey hat sich neben das Sofa gekniet, um dem darauf ausgestreckten Bär das Foto zu zeigen, und der Neufundländer öffnete verschlafen ein Auge und klopfte ein- oder zweimal mit dem Schwanz auf das Polster.

»Da hast du es«, meinte Tilly. »Bärs offizielles Einverständnis.« Und sie lachten beide und klatschten einander ab.

Tilly und er waren inzwischen zweimal mit Bells spazieren. Ihre Besitzerin fand, dass es eine gute Idee wäre, wenn sie sich langsam an ihre neue Familie gewöhnt, und so waren sie mit Daddy nach Blisland gefahren, damit er Bells kennenlernte, und dann waren sie zu dritt mit der Labradorhündin auf den Klippen spazieren gegangen. Jakey rannte mit Bells voraus, während Daddy und Tilly hinterhergingen, und er fühlte sich stolz und erwachsen, als wäre er allein für Bells verantwortlich. Sie war wirklich brav. Sie hörte auf »Sitz« und »Bleib« und ging bei Fuß, und er kam sich sehr verantwortungsbewusst vor. Es gefiel ihm gar nicht, als sie die Hündin zurückbrachten, doch Tilly versprach, sie bald wieder abzuholen, und er beschloss, lieber kein Theater zu machen.

»Du musst Harry schreiben und ihm alles über Bells erzählen«, sagte sie. »Du könntest ihm ein Foto schicken. Wenn du magst, helfe ich dir.«

So setzten sie sich eines Nachmittags nach der Schule zusammen, und er schrieb an Harry und legte ein Bild von Bells bei.

Hi, Kumpel, schrieb er in Schönschrift, *das bin ich mit Bells.* Und am Ende fügte er hinzu: *Alle Mann lächeln, reißt euch zusammen!*, genau wie Harry auf seiner Ansichtskarte.

Beim nächsten Ausflug nahmen Tilly und er Bells zu Mo und Pa und ihrem kleinen Terrier Wolfie mit.

»Wolfie fehlt der alte Jonno sehr«, erklärte Mo.

Vor vielen, vielen Jahren, noch vor Jakeys Geburt, erzählte sie, war auch Jonno aus Blisland gekommen, und er war Bells' Großonkel gewesen. Dadurch wurde die Hündin noch stärker zu einem Familienmitglied, und Mo und Pa freuten sich richtig, sie kennenzulernen. Beide umarmten Tilly, als es Zeit für die Heimfahrt war, und auf einmal hatte Mo ausgesehen, als würde sie gleich weinen, aber im nächsten Moment lachte sie schon wieder, was Jakey ein bisschen komisch fand.

»Geht es dir gut, Mo?«, fragte er sie, und sie küsste ihn lächelnd.

»Mir geht es sehr, sehr gut, Liebling«, sagte sie, und Pa und sie lächelten einander ganz aufgeregt zu. Kurz fragte sich Jakey, ob sie einander abklatschen würden, doch das taten sie nicht.

Auf dem Heimweg fiel ihm auf, dass auch Tilly glücklich aussah und vor sich hin lächelte, als hätte sie ein Geschenk bekommen oder so etwas.

Jakey hat Tilly wirklich gern, und es gefällt ihm, dass sie und Janna Freundinnen sind. Er mag Janna und besucht sie gern und trinkt Tee mit ihr. Auch sie ist ganz aufgeregt wegen Bells, und wenn Daddy und er wieder im Pförtnerhäuschen wohnen, werden sie alle zusammen auf dem Klippenpfad nach Trevone spazieren gehen.

»Aber wir müssen aufpassen, dass sie nicht in das Blasloch fällt, Liebchen«, meinte Janna.

»Was ist ein Blasloch?«, fragte Tilly, und Janna und er erklärten ihr, dass das eine nach oben offene Meereshöhle ist, und versprachen ihr, sie ihr beim nächsten Spaziergang zu zeigen.

Jetzt lehnt Jakey das Foto von Bells neben Harrys Ansichtskarte und das Bild von der Hunde-Teeparty an die Wand hinter seinem Schreibtisch und betrachtet sie. Bald werden Daddy

312

und er wieder im Pförtnerhäuschen wohnen, Bells wird ihnen richtig gehören, und Harry kommt nach Hause. Jakey kann es kaum erwarten.

Als Dave heimkommt, gibt Sarah eine kleine Abschiedsparty. Sie lädt einige Eltern aus Bens Vorschule ein, Clem, Tilly und Sir Alec. Seinem Knöchel geht es inzwischen viel besser, und Clem und er gehen gemeinsam zum Cottage.

»Schön zu sehen, dass Sie wieder munter sind!«, sagt Clem.

»Kann es nicht ausstehen, im Haus festzusitzen«, erklärt Sir Alec. »Da kriege ich einen Lagerkoller. Also, das mit dem Hund ist eine sehr gute Nachricht.«

»Sie stellt eine Verbindung her, unsere Bells«, meint Clem. »Sie ist eine absolute Gottesgabe.«

Sir Alec lächelt in sich hinein. »Sie wird ein großartiger Zuwachs bei unseren Hunde-Teepartys sein. Wann lerne ich sie kennen?«

»Wir holen sie erst, nachdem wir umgezogen sind«, antwortet Clem. »Ihre Züchterin findet, dass es klug ist, Bells nicht mit allzu vielen unterschiedlichen Wohnorten zu verwirren. Normalerweise gehen wir nur mit ihr spazieren. Meist übernehmen das Tilly und Jakey.«

»Prächtig«, meint Sir Alec. »Genau das haben Sie gebraucht. Wie Sie schon sagten: eine Verbindung.«

Sie treten in das kleine Haus, in dem schon ein paar Gäste versammelt sind. Dave schüttelt Sir Alec die Hand, überlässt ihn dann Sarahs Obhut und klopft Clem auf die Schulter.

»Danke, dass Sie sich um Sarah gekümmert haben!«, sagt er. »Klingt, als wäre es ein wenig stressig gewesen, während ich weg war. Was trinken Sie?«

»Sie hatte auch viel zu bewältigen«, meint Clem. »Zwei kleine Kinder und dann noch eine Firma ... Danke, ich nehme ein Bier, wenn es welches gibt.«

Von Tilly ist nichts zu sehen, aber Sarah winkt ihm zu, und es freut ihn zu sehen, dass sie zufriedener wirkt. Sie schiebt sich durch das Menschenknäuel und lächelt ihm zu. Er bückt sich, um sie auf die Wange zu küssen.

»Wie geht's Ihnen?«

»Besser jetzt, nachdem Dave zurück ist«, erklärt sie. »Ich freue mich schon auf den Umzug. Doch Sie werden mir alle fehlen.«

»Besuchen Sie uns zu Ostern, wenn Ihre Mum herkommt?«

Sarah verzieht ein wenig das Gesicht. »Ich finde, das könnte zu früh sein. Ben muss sich in Yelverton einleben, neue Freundschaften schließen. Wenn wir so schnell wieder herkommen, könnte ihn das verwirren.«

Clem nickt. »Das klingt vernünftig.«

»Sie müssen uns besuchen kommen, wenn wir uns eingerichtet haben«, sagt sie zu ihm. »Sie und Jakey. Und Tilly natürlich auch«, setzt sie mit einem kaum spürbaren listigen Unterton hinzu.

Clem lächelt. »Danke«, antwortet er unverbindlich.

Dave kommt mit dem Bier zurück, und Clem hebt sein Glas und stößt auf den Umzug und ihr neues Haus an. Ein paar weitere Gäste treffen ein, und Clem schlendert davon, plaudert mit den anderen und wartet auf Tilly.

Billa hat Narzissen gepflückt. Der Waldboden ist ein Mosaik aus Gold-, Creme- und Weißtönen, und sie hat einen frühen Spaziergang unternommen, denn sie konnte nicht mehr schlafen, seit das Licht über das Fensterbrett ihres Schlafzimmers gefallen ist. Seit der Hunde-Teeparty ist Billa ruhelos. Jakey verunsichert sie. Er ist so eifrig, so vertrauensvoll, so natürlich in seinen unvermittelten Bezeugungen von Zuneigung. Sie beginnt, ihn zu mögen, und er fehlt ihr, wenn er wegfährt. Dann strahlt sein aufgewecktes Gesichtchen aus dem Autofenster, und er winkt heftig.

Wir haben Glück, sagt sie sich. Glück, dass wir Tilly und Harry haben – und jetzt Clem und Jakey –, die zur Familie gehören. Es ist gut, junge Leute um sich zu haben. Sie bringen uns zum Lachen, halten uns fit.

Wenn sie Jakeys Haar zaust und diese seltenen Augenblicke auskostet, in denen er unbefangen nach ihrer Hand fasst, denkt Billa an ihre verlorenen Kinder und alles, was sie verpasst hat, und ihr tut das Herz weh.

»Irgendwann will ich auch Kinder haben«, hat Tilly in einem vertrauensvollen Moment nervös zu ihr gesagt.

»Natürlich werden Sie das«, antwortete Billa nachdrücklich. »Und Sie brauchen sich keine Sorgen wegen Jakey zu machen. Er ist alt genug und fühlt sich geborgen, und er wird sehr vernünftig damit umgehen.«

Tilly nickte. »Das glaube ich auch. Ich bin sicher, er wird ein guter Bruder sein. Ziemlich streng, aber sehr liebevoll.«

Sie stellten sich das vor und lachten zusammen.

»Er wird alt genug sein, um richtig an allem teilzunehmen«, pflichtete Billa ihr bei. »Er wird sich sehr nützlich machen. So, als hätte man einen verlässlichen älteren Hund, der mithilft, einen Welpen zu erziehen.«

»Ich habe solches Glück, dass ich es kaum zu glauben wage«, meinte Tilly. »Hat Dom Ihnen erzählt, dass Mum und Dad zu Ostern kommen? Sie wollen Clem und Jakey kennenlernen. Und Dossie und Mo und Pa. Und ist es nicht sonderbar, dass Dom Pa kennt – Sie wissen schon, Clems Großvater? Er ist auch Bergbauingenieur gewesen. Sehr gut kennen die beiden einander nicht, aber es ist noch so eine kleine Verbindung. Dad wird begeistert sein. Ich fahre mit Dom zu den beiden.«

Als Billa jetzt eine von drei Vasen mit frischem Wasser füllt und die dicken Stiele der Narzissen zurechtschneidet, denkt sie daran, als Dom davon erzählt hat.

»Jakeys Urgroßvater ist ein wenig älter als ich«, sagte er, »doch bei dem Namen klingelte etwas bei mir. Für unsere Tills läuft alles sehr gut, was?«

Und so ist es. Nachdem sie sich wegen Tris mit Alec getroffen haben, war die Stimmung zwischen Billa und Dom ein wenig angespannt, doch nach einigen weiteren Gesprächen hatten Ed und sie beschlossen, sich den Wünschen ihrer Mutter zu beugen und ihren Anwalt zu beauftragen, Leon zehntausend Pfund zu schicken.

»Ich möchte gern, dass wir die Summe dritteln«, beharrte Dom, als sie ihm davon erzählten. »Schließlich hätte ich leicht an Leons Stelle sein können, oder? Wenn unser Vater sich geweigert hätte, mich anzuerkennen, wenn er nicht für mich vorgesorgt hätte, dann hätte ich auch in ein paar Zimmern in einer schäbigen alten Pension enden können, wo ich mich um meine kranke Mutter gekümmert hätte. Lasst mich meinen Anteil übernehmen!«

Als sie Tris' Habseligkeiten aus dem Krankenhaus und dem *Chough* abholten, zeigte Dom Billa das Foto von Leon. Sie sah in das junge, lächelnde Gesicht und suchte vergeblich nach einer Ähnlichkeit mit Tris oder Andrew.

»Vielleicht sieht er ja Tante Berthe ähnlich«, meinte Dom. »Auch möglich, dass er ihr in mehr als einer Hinsicht nachgeschlagen ist. Schließlich hat sie Andrew aufgenommen, als er auf der Flucht war, und sie hat für Tris gesorgt. Weißt du noch, dass er lieber bei ihr bleiben wollte? Er hat mir erzählt, dass er das Gefühl hatte, wieder eine Familie zu haben, und er wollte sich um Tante Berthe und seinen Halbbruder kümmern. Wie schade, dass er es nicht durchgehalten hat! Vielleicht ist Leon ja aus einem anderen Holz geschnitzt. Jedenfalls ist es jetzt vorbei.«

Mit schnellen Bewegungen steckt Billa die Narzissen in die Vasen. Sie möchte das Erlebnis loslassen; Tris' Besuch als Erfahrung verbuchen und weitergehen. Aber ganz bringt sie das nicht fertig. Sie erinnert sich an Alecs Worte darüber, dass man sich an Verletzungen und Zurückweisungen klammert, und weiß, dass sie eine Tat, eine Geste braucht, um sich zu befreien. Doch sie hat keine Vorstellung, was das sein soll. Inzwischen fällt es ihr leichter, nachsichtiger und mit größerem Verständnis an ihre Mutter zu denken, obwohl sie immer noch akute Anflüge von Demütigung empfindet, wenn sie sich in Erinnerung ruft, wie Tris sie, Billa, angesehen, wie er ihr Handgelenk festgehalten hat.

Lass es los!, befiehlt sie sich lautlos und wütend. Lass einfach alles los! Mach dich frei davon!

Sie hat die Vasen gefüllt und trägt eine in die Halle und eine weitere auf die Galerie, wo sie *Old Devil Moon* in der Version von Miles Davis und das Klappern der Tasten von Eds Computer hört. Einer seiner Freunde aus dem Verlagswesen hat zugesagt, sich das Manuskript anzusehen, und Ed widmet sich jetzt vollkommen seiner Geschichte.

Billa geht zurück in die Küche und stellt die letzte Vase aufs Regal. Sie steht nicht richtig und wird durch etwas blockiert. Sie greift dahinter und zieht eine hässliche Plastikschachtel hervor. Kurz starrt sie verwirrt darauf, und dann wird ihr klar, worum es sich handelt: Tris' Asche. Ihr fällt wieder ein, was Alec gesagt hat. *Tris konnte diesen Sprung nicht vollziehen, und jetzt ist er tot, und sein Körper befindet sich als Asche in einer kleinen Schachtel.*

Billa setzt sich mit der Schachtel in der Hand an den Tisch, und ganz plötzlich und unerwartet beginnt sie zu weinen. Sie weint um ihre Kinder, die kein Begräbnis bekommen haben und um die nicht offiziell getrauert wurde, um Bitser, der eines Tages vor vielen Jahren aus ihrem Leben verschwunden ist. Weint um ihre Mutter und wünscht sich, sie könnte sie um Verzeihung bitten, und um ihren Vater, den sie so sehr geliebt hat. Und schließlich weint sie um Tris. Sie verschränkt die Arme auf dem Tisch und legt den Kopf darauf, und es scheint, als könnte sie nie wieder aufhören zu weinen. Aber irgendwann versiegen die Tränen, und als sie sich aufsetzt, weiß sie, wie sie all diese Fäden zu einer einzigen letzten Geste der Erlösung zusammenfügen kann.

Ein paar Tage später, an einem hellen, windigen Morgen im Mai, kommt Tilly an der alten Butterfabrik an und trifft auf Billa, die sich zu einem Spaziergang fertig macht.

»Es ist ein bisschen früh«, erklärt Tilly entschuldigend. »Ich hatte gehofft, Dom überraschen zu können, aber er ist ausgegangen, und da dachte, ich könnte gleich bei Ihnen vorbeischauen.«

»Gehen Sie mit mir spazieren?«, bittet Billa. »Ich kann Gesellschaft brauchen. Dieses eine Mal nehme ich Bär nicht mit, weil ich nicht weiß, wie weit ich gehen werde.«

Also brechen sie gemeinsam auf und laufen um das Seeufer herum, wo die Vogelkirsche blüht, und wandern an dem roten und gelben Hornstrauchgestrüpp vorbei, das das Norduufer bewacht. An dem aufgewühlten Bach entlang spazieren sie in den Wald. Bald wendet Billa sich landeinwärts und steigt den Hügel hinauf, der zum Moor führt, bis sie auf das graue Schieferdach von Doms Cottage hinunterschauen können und sehen, wie der Bach sich davonschlängelt und zwischen den hohen, mit Azaleen und Rhododendren bewachsenen Ufern verschwindet. Sie befinden sich hoch oben, wo sie ungeschützt vor dem starken Westwind sind.

Billa zögert und sieht sich um. »Ich finde, das ist eine gute Stelle«, erklärt sie. »Könnten Sie einen Moment warten?«

Sie geht ein kleines Stück beiseite und bleibt neben einem Schlehenbaum stehen, dessen Knospen gerade dabei sind, zu cremeweißen Sternen aufzubrechen. Billa zieht eine Schachtel aus der Tasche, tastet am Deckel herum und sieht auf den Inhalt hinunter. Ein paar Sekunden steht sie reglos da, und dann hebt sie die Schachtel und leert sie zugleich aus, sodass die Asche im Wind zerstreut wird und in Richtung Moor davonweht. Sie hält die Schachtel weiter hoch über dem Kopf, als wolle sie sich vergewissern, dass sie ganz leer ist, und wartet geduldig in dem kalten, reinigenden Wind.

Tilly beobachtet sie und meint, durch das Heulen des Windes und das ferne Plätschern des Wassers irgendwo Schwester Emilys frohlockende und hoffnungsvolle Stimme zu hören.

Der Herr ist meine Macht und mein Psalm
Und ist mein Heil.
Ich werde nicht sterben, sondern leben ...

Billa tritt jetzt wieder auf sie zu; in ihren Augen schimmern Tränen, aber ihr Gesicht wirkt heiter und friedlich. Sie lächelt Tilly zu.

»Vielleicht ist er ja jetzt frei«, meint sie. »Kommen Sie, gehen wir nach Hause!«